时运

魏思孝 / 著

上海文艺出版社

目 录

上 篇

大街上的每个人都欢天喜地 / 003

废物 / 016

和它的美国亲戚一样 / 025

教你做好吃的蛋 / 038

窥探 / 049

李烈的故事 / 057

你为什么不找工作 / 067

如果你注定贫穷 / 076

身体不健康的人没有前途 / 085

时运不济 / 096

收藏家郑友好 / 102

体检 / 108

吾友赵西 / 116

信任 / 126

兄弟，我们就要发财了 / 137

学徒侦探 / 143

这个月的星座运势出来了吗 / 168

下 篇

见面 / 177

交谈 / 186

他们都会托马斯全旋 / 192

和许多共青团员一样 / 200

将世界记录缩短十五秒 / 210

牛慧旅社 / 222

旅馆纪实文学 / 236

其他房间的住客都没在 / 262

现实生活 / 289

记王东临终前的讲话 / 315

跳楼男 / 325

沈东武 / 362

后记 / 392

上篇

大街上的每个人都欢天喜地

1

我想我应该去超市买点东西吃。

现在是晚上十一点四十五分,在过去的十二个小时里,我只吃掉了两个馒头,我想吃点肉。关掉电脑,我从口袋里掏出一百二十块钱,这是我全部的积蓄。我必须要用这点钱挨到月末,这才中旬,还有十六天的时间。一道简单的数学题:四块钱的哈德门两天一包,八乘以四等于三十二。回家的车费四块钱。一百二减去三十二减去四等于八十四。八十四摊到十六天等于五块二毛五。也就是说我每天的花费要控制在五块钱以内,最多不能超过五块五毛钱。我今天还没有花一分钱,吃掉的两个馒头是昨天剩下的,也就是说我现在有条件花五块钱买根鸡腿吃。

我穿上衣服系好鞋带找出钥匙和锁,又重新检查了一下钱然后抽出二十块钱放在口袋里,把一百块钱夹在一本书里,我拿起床上的手机看了一下,没有人给我打电话。我点上一根烟抽了几口。现在我要出门,我有点激动,我在房间里走了走,拉开窗帘看了看外面又把窗户关上、拉上窗帘,之后我看看房间里的东西,我又想了想要不要把那一百块钱带在身上,我翻出一百块钱最后还是放进书里面。

2

如果条件允许的话,我真想一直在房间里,不出门。我可以听歌可以躺在床上看书或者打开电脑写长篇小说。有时候我会想,如果条件真允许的话,也就是我有一笔钱的话,也不用太多,几千块钱足矣,如果有的话,我还会继续苦闷加穷×地写这个长篇小说吗?我不清楚啊。首先我应该换个住的地方,或者找个女人住在一起。我对我正在写的这个小说太失望了,一个长篇啊,它不是短篇不是微型小说不是诗歌更不是广告语,它是一个实实在在的十几万字的小说,我已经写了七八万字,我都不相信我已经写了这么多,我究竟都写了些什么呢?有什么事情需要用七八万字来交代,而且还要再写他妈的好几万字?你说几个不工作不上学整天没什么屁事没钱也没有女人的青年在一起究竟能干些什么呢?有什么事可干呢?还他妈的要干十几万字。我要写十几万字啊,这真是一件太过于扯淡和穷×的事情。目前的情况是,我已经写了七八万字啦,不继续写下去的话就太可惜了。事情就是这么寸,最主要的是这小说和我预期的相差太大。我本指望它让我名利双收,不获得几个国际性的奖项也应该要入盗版书商的法眼。它要有坚挺的生命力,五十年之后斩获诺贝尔文学奖,这还不行,最好是斩获诺贝尔看走眼文学奖。可是话又说回来,我能活多少年呢,就算我又一塌糊涂活了五十年成功步入老贼的行列,给我钱给我名给我女人,有何用?用来意淫吗?多悲伤啊!为了立竿见影,我决定心态平和一点,我的心理承受的底线是这个小说能在三个月的期限内带给我一笔钱，不要太多，几千块钱，多多益善，反正我是不会捐献给中国红十字会的。这样总可以了吧。

我现在的状况是这个样子的：我想吃肉，我还有一百二十块钱，抽得只剩九根的烟，一个破手机，几件穿在身上的衣服和一部即将完成的长篇小说。

3

介绍一下我的居住环境。

我想如果条件再一次允许的话，我应该换个地方住，我现在住的地方很契合我如今的处境，可是过不了多久，等我功成名就之后就不合适了。我的房间是一个两室一厅的客厅的一部分，两块大木板把足有五平米的客厅分割成两半，这一半放着一张床，写东西的时候我把电脑放在床上、把被子放在地上，然后我坐在被子上对着电脑打字，房间里有扇窗户和一张窗帘。本来我的一个朋友为我物色了一个更好的房子，正规的卧室有沙发有电视有舒服的床和一个阳台，晴天的时候阳光能照射进房间，尤其是另外的两个房间住着两位年轻貌美的女子（据说是单身）。不过房子的月租金是一百五十块钱，而我现在住的"鸟巢"每月是一百一十块钱。

朋友们，一起来做道数学题——

一百五减去一百一等于四十。

保守估计我会住半年，也就是六个月。

四十乘以六等于二百四。

假设：一包哈德门的香烟是四块钱，

那么：二百四除以四等于六十。

假设：一根鸡腿是五块钱，

那么：二百四除以五等于四十八。

假设：一个肉夹馍是二块钱，

那么：二百四除以二等于一百二。

如果我什么都喜欢的话，身上有两百四十块钱，我会昂首挺胸走在大街上，自信又自足，光明正大观察女人的细腿翘臀和漂亮脸蛋，我会欢天喜地走在大街上。

但是我后悔了。交了房租后，我搬进来的第一天的第一个晚上，我躺在床上用脚趾头碰着木板，砰，砰，砰，我的心中涌起巨大的悲伤和无尽的破罐子破摔般的虚无感，我懒得洗脸懒得洗头懒得洗脚丫子懒得去厕所小便实在不行才去大便，我不想见任何人跟任何人说话微笑和打招呼。白天趁没有人，我偷偷溜进卫生间把昨夜的尿倒掉，用水冲洗一下矿泉水瓶子然后回到房间躺在床上休养生息，等到下午再出去买点东西吃。

4

白天房子里就我一个人，另外两个房间里的人都出去了。几天后我了解到两个房间里分别住着一对情侣和一个男的，那对情侣很好辨认，晚上他们做爱的声音我听得很真切，那女的叫声很好听，听得我心急如焚，有几次我本已躺在床上，我又下床把电脑搬到床上，而后蹲在地上看了个毛片。这慢慢变成了一种习惯，甚至可以说是一种惯性。

我没见过那对情侣，一向是只闻其声，其实我想有朝一日把那个男的给阉割或者把他捆绑住当着他的面把他的女人给奸杀了，妈的。这种情绪在早上的时候尤为强烈，狗男女起床洗漱的声音实在是太大了，影响了我的睡眠，还伴随着那女人娇滴滴的"老公老公"的喊叫声。有天早上我实在是受不了了，我起床穿好衣服穿好鞋子出去，看到那个男的全身只穿着一条蓝色的松垮垮的内裤走进房间里，我在门口站了一会折回房间，脱衣服，钻进被窝，睡了过去。

有天下午，我刚起床不久，听到有敲门的声音。这肯定不是找我的。我坐在被子上没去开门，一分钟过去了，两分钟过去了，三分钟过去了，还有敲门声，我又等了半分钟，我实在是没有任何办法，袖手旁观的极限到了，我起身去开门。一个短头发的矮个女人站在门外，我问她找谁？她走进来伸头看了下我的房间又去敲对面房间的门，敲了一会儿她问我里面有没有人？我说我不清楚，她继续敲门，里面没人应答。我站在女人的后面不知道是继续站下去让她自己一个人去敲门还是回到自己的房间去，这个女人没有说要离开，我把她扫地出门也不太合适。她问我能不能帮她看看里面到底有没有人，我在原地跳了几下想从门上方的玻璃上看一下，可是没看清楚，我就拿出一个板凳站在上面看了看，一个沙发一台电视机一张乱七八糟的床还有从阳台上射进来的阳光，别无他物。女人临走的时候把她的手机号留给我，要我在住在里面的人回来时打电话通知她。我问她和屋里人什么关系？她笑了笑没正面回答。傍晚的时候，我听到对面的门响了，我想应该是那个男的回来了，但我没有给那个女的打电话，一个非常简单的道理，我不想浪费自己的电话费。

自从住进这个房间，我总是在想，如果我狠狠心或者再搞点钱，我就会住在一个有阳台有阳光有电视和沙发的房间里，每天我都能抽点时间坐在沙发上喝点热茶，阳光照在我的身上，我看着窗外的景色思考着小说下一步的情节如何发展或者隔壁房间单身女人的内衣是什么颜色的，可现在呢？再过十万年阳光也不会照在我那发霉的被子上。除非，除非，除非，除非，我现在是在南半球，在袋鼠的老家，这样的话，我还能领着失业救济金。

按照朋友徐大成的描述，我错过了一个千载难逢的跟两个貌美女青年同居的机会，我并不想提及这个，这只能让我对现在的处境失望透顶心生泪水。我这位和善的朋友，和我一样是十足的失败者，再次对我重申我的确错失良机，并对我本该有的生活作出了合理的推断。

徐大成说，如果你住进去，两个单身的女青年和你住在一起。晚上没事干她们跑到你的房间里聊天然后上床，多爽啊，两个女人陪你睡觉还给你做饭吃，房租也不用你发愁。我说，这么好的事情，你怎么不去住？徐大成说，我已经交了半年的租金。

5

我出门，用小锁锁好自己房间的门，然后走出楼道，我回头确定了下楼道的位置，这个小区每个单元楼实在是太相似了。有天晚上我回来的时候走错了楼道，走进了西边的楼道，钥匙怎么也打不开门，我敲了敲门，门开了，一个男的站在我的面前，我看到客厅里停着一辆自行车。那个男的看着我没有说任何话。

我走进二十四小时便利店选了一只鸡腿一颗卤蛋和一瓶纯净水，收银员告诉我一共是七块五，我付了钱撕开鸡腿的包装，一边吃一边往回走。街上的人很少，我临时决定不立刻回到住的地方，去别处走走。我顺着步行街往北走，走到华光路往西走，走在华光路上的时候手里的鸡腿还剩下一半，我叠好放进口袋里，明天还可以继续吃。我喝了点水。走到华光路上的工商局门口，我又继续往西走，刚好有个公园，我在里面坐了一会，抽了一根烟，有点冷，我在一棵松树下面小便，然后往回走，走进小区的北门。北门的路上没有路灯，我又点上一根烟，心想明天要买一盒烟。越接近住的地方我的脚步越慢，怎么说呢？我还是不想回去。我深呼吸了几口，感觉真的很好，舒服啊。然后我的后背接近腰的位置被一个利器顶住。

一个人说，哥们，别紧张。我回头一看，一个男的戴着黑色的帽子和口罩。我问，干什么？对方说，借点钱。我说，我没钱。对方说，有多少要多少。我从口袋里拿出收银员找给我的十二块五，说，我就这么多。对方不相信，在我上衣口袋里翻了翻，一无所获，又在我裤子口袋里翻了翻，拿出我的手机。

我说，我的手机不值钱。对方说，这不用你管。对方拿着我的手机退了几步，别回头。我站在原地想了想，扭头喊住他，你等等。他往后跑，一边跑一边对我说，别过来，我有刀。我说，我有事和你说。对方说，十几块钱不至于拼命吧你。我说，不是的，我真有事和你说。我向前走了几步。他停下来袖口往前伸着。他说，站着别动，有什么事，说吧。我说，我的手机真卖不了几个钱，不过我要没有这个手机就会很不方便，我住的地方还有一百块钱，你跟我回去取钱，你就当把这个手机卖给我，行吗？对方想了一会，你可别骗我。我说，不骗你，我还怕你上门寻仇呢。他说，那好吧，我跟你回去取钱。

6

走进房间，我从书里拿出一百块钱递给他，他把钱放进口袋里然后递给我手机。我说，坐一会吧。他坐在床上看着地上的卫生纸和塑料瓶说，你一个人住？嗯。我递给他一根烟。他说，哥们，今天对不住你了，我实在是急用钱。我说，你怎么了，没钱交房租了？他问我，你这房租多少？我说，一个月一百一。他说，很便宜啊，我那一个月三百多呢，不过我那房子比你的条件好。我说，三百多，那也太贵了。他说，两室一厅。我说，这么大啊，你自己住？他说，不是，和女朋友。我说，那很好啊，我还没女朋友呢。没有更好，女人很麻烦的。他说，妈的，要不是她我也不会去抢劫。我说，怎么回事？他说，她没工作啊。我说，那你呢？他说，我也没工作，两个人都没工作这怎么可以，我让她去找个工作她也不去，没钱了只好去抢劫了。我说，你抢劫这事她知道吗？他说，知道，还是她让我出来抢的。我笑了笑。他说，哥们，你怎么称呼？王东。我说，你呢？

沈东武。沈东武又说，哥们今天实在是对不住了，过几天我把钱还给你，我应该像你一样租个单间，你是不知道，和女人住在一起很麻烦的。我说，我还挺羡慕你的，有个女人，住那么大的地方，如果我有点钱的话，我就换个好点的房子住。沈东武说，你不上班啊？不。我从口袋里拿出半个鸡腿和卤蛋，你吃吗？沈东武说，不吃。我把东西放在窗台上，那我留着明天吃。

沈东武站起来说，哥们，我们去喝酒吧，我请你。我有点犹豫，这么晚了。沈东武拉着我的手说，走吧，不然我觉得对不住你。我说，还是不去了吧。沈东武说，走吧，走吧，我请你。

7

在路上我问沈东武刚才抢劫时紧不紧张，他说其实挺紧张的，心一直跳。我说我没看出来还觉得你是个惯犯。沈东武说他这也是第一次抢劫，没想到挺顺利的，而且刚好碰到了我，一见如故，说着他把手搭在我的肩膀上，说，对不住啊，实在对不住。

事情发展到这种地步让我觉得很奇怪，我和抢劫我的人一起走在喝酒的路上，关系融洽、谈笑风生像是多年的老友重逢。我在想我要不要趁他不注意的时候打晕他把他的钱财抢夺过来，可又一想这样做不太好，沈东武是个真诚的家伙，我喜欢，而且他把我当朋友要请我喝酒，我已经好久没喝酒了，我也真想找个人喝点酒说会儿话。一想到这，我还挺激动的，不仅是激动简直就是兴奋，我们肩并肩走在街上，欢天喜地。

我对沈东武说，其实去年的时候我也想过去抢劫。沈东武问，抢没抢？我说，没有，本来已经物色好了人选，但是没抢。沈东武问，为什么？我说，我怕对方反抗的话我会打伤他，我和他无冤无仇，不太好。他妈的。沈东武说，你跟我想的一样，刚才我抢劫你的时候也担心你会反抗，万一你反抗的话我要不要动手啊。我大笑一声，不过当时我们是两个人，因为三个人以上包括三个人就是团伙作案，然后我们两个人去的，不过我们没有用刀子，拿着一个勺子假装是刀子。妈的，沈东武从袖口拿出一个勺子，我也怕用刀子万一出了人命，那就不值了。我说，你一个人拿着勺子，不安全。沈东武说，我这不是被逼急了嘛。我理解你。我问沈东武我们是去什么地方？沈东武说，我知道一个地方，菜做得不错而且还挺实惠的。我问，远吗？沈东武说，不是很远，你是不是担心我害你啊，不会的，你又没钱我害你干什么，对吧，哥们。我笑了笑，你这人挺有意思的。我说，都这么晚了，那地方还营业吗？沈东武说，大排档，通宵营业。

大约二十分钟后，我们走进一个小区，继而走进路边的一个帐篷里。一个秃顶矮胖的人看着沈东武走进来笑着说，小哥，好几天不见你来了啊。沈东武说，这几天比较忙。帐篷里还有两桌人在喝酒，我找到一个靠边的位置坐下来。沈东武拿着菜单过来问我想吃什么？我说不知道吃什么还是你点吧。今天我请客，沈东武说，你想吃什么随便点。我看了看菜单说，土豆丝。妈的，沈东武夺过菜单说，还是我点吧。沈东武对老板说，炖两斤鸡，炒个菠菜，老醋花生。老板说老醋花生没有了，花生米可不可以？行，沈东武说，菜上得快一点。老板又问，你们喝什么酒？沈东武问我喝什么，我说啤酒。沈东武说，先拿一捆啤酒。我拦住他说，这么多，喝不了。没事，胖老板笑嘻嘻说，喝不了可以退，能喝多少算多少，酒逢知己千杯少。

沈东武递给我一根烟，今天挺冷的，要不来点白的？我说，喝不了白酒，啤的就成。他对老板说，给我来个小二（二锅头）。我说，你挺能喝的。酒逢知己千杯少，沈东武说，刚才在你那看到不少书，你喜欢看书？我说，我在写小说。沈东武说，作家啊。我说，还没到那种程度，写着玩。沈东武问，都是讲什么的？我说，其实也没什么，无所事事。哦，沈东武又问，那究竟是讲的什么？我又说，我准备接下来让主人公去抢劫或者被抢，我觉得应该挺有意思的。那你顺便把我写进去吧，沈东武说，就写我被抢劫了，还被揍了一顿。好啊。我说，既然你想被抢，我成全你。

说话间，炖鸡已经端了上来，我吃了几块鸡肉，真的很好吃。我用勺子喝了几口鸡汤，味道很鲜，我又吃了几口菠菜，同样的好吃，我感觉我的脑袋上面开了一个洞眉间多出了一只眼睛，魂魄出窍，喝了几杯啤酒后我们兴致大增。

沈东武说，你的书出版了以后一定要给我一本看，不，我亲自买一本，支持你。没问题。我问沈东武，在小说中你还想怎么样？有什么愿望我帮你实现。沈东武想了想说，能让我死得出乎意料一些吗？比如说你们抢劫我，结果我很屄是个屄货，你们还没动手我就吓晕过去了。怎么样？妈的。我说，你这想法很牛×啊，然后你晕过去了，我们慌神了不知道如何是好，但是我们不能见死不救让你白白送死，于是我们把你抬到马路上给120打了电话。

不行，沈东武说，你要弄死我才成，意外加残忍血腥。你别着急听我说完。我说，然后救护车过来了从你的身上压过去把你的脑浆都压了出来，怎么样？我发现你实在是太牛×了，沈东武端起酒杯说，哥们，走一个。主要是你启发了我，我说。我好久没和一个人聊得这么开心了，舒服。我说，我也是。沈东武说，你平时都干什么，有什么爱好？我说，喝酒算吗？算，当然算。沈东武说，其实我想当厨子，不过我一直没机会学，我上技校学的是开挖掘机，一点意思都没有。我说，厨师好啊，好厨师都是男的。沈东武说，可是当厨师发不了财啊，我想发财啊。谁他妈的不想发财。我说，你要搞明白怎么才能发财，这才是关键。沈东武说，我要是知道怎么发财的话我还会和你坐在这里吗？我早就请你去酒店去洗浴中心去商务会所了。他妈的，别说了，越说心里越失落。我说，你明天还有钱交房租吗？沈东武说，你别说这么现实的事情好不好。

此时帐篷里只剩下我、沈东武和胖老板三个人。胖老板正一边听着收音机一边在刷碗。沈东武看着我说，要不我们搞点钱。我说，怎么搞？沈东武说，抢劫。我问，去哪抢？就在这。沈东武示意我看胖老板。我说，不好吧你是这里的老顾客。沈东武说，顾不了这么多了，以后谁认识谁啊。我说，算了别这样了风险太大了，我们可以不结账就跑犯不着去抢劫。沈东武说，那你呢，你身上也没钱。我想了想说，那还是抢吧。我又说，谋财归谋财，别害命。沈东武说，放心，有分寸。

沈东武问胖老板，餐巾纸有吗？胖老板说，有，你等会。沈东武，你和我说在哪，我自己拿。胖老板说，在案板旁边。沈东武走过去顺手拿起案板上的菜刀，他从后面走过去把刀放在胖老板的脖子上。

8

出了帐篷，我们欢天喜地地走在大街上。过了几个路口后我们站在路边不知道接下来要去什么地方。在我要写的小说里，事情的结局是这样的：就在我和沈东武接下来不知道去什么地方的时候，沈东武突然把他的那份钱塞给我对我说，这些钱你全拿着吧。我说，你这是什么意思？天色尚早。沈东武说，我觉得我还能再去抢一次。

现实中，就在我和沈东武站在路边、身上有些钱拿不准主意去什么地方消遣一下的时候，一辆警务巡逻车开过来停在我们面前，从车上下来两个警察问我们这么晚在这里干什么？沈东武说，不干什么。警察让我们拿出身份证。沈东武拿出身份证，而我没带身份证。警察让我们站着别动开始搜我们的身。警察从沈东武的身上找到了一把菜刀，大半夜的你拿着菜刀干什么？沈东武指着我说，我刚才把他抢劫了。

废物

去年的某一天晚上,我去找马奇,他住的地方比较远。我出门时天还不是特别黑,到了半路上天已经全部黑了下来。电动车是那种你没办法提速的交通工具,我慢慢悠悠行驶在路上,借机想了些其他的事情,包括对未来的计划,但也只是想想而已。现在我都想不起来那天晚上到底想了些什么,不过可以确定的是,生活并没有按照我所计划的进行,甚至出现了不少的意外。我应该早就想到这一点,但你不得不承认,对未来进行畅想是很有趣的,不仅打发时间,还会让你感受到活力。我点上一根烟,在黑夜的路上行驶,感到身体充满了力量。

晚上我打算在马奇家住下,电动车的电池有些老化,无法坚持到我回家,这当然是个理由。马奇把插座从窗户伸出来,我给电动车充上电,这样明天一早我就可以再骑着它回去。我应该换块新一点的电池,那样我可以在闲暇时间骑上它到处走一走,当然也走不了多远。不过总比现在这样要好,坐在它上面总是提心吊胆,快没电了,很快就没电了,那样我就只能下来推着它。

吃完饭,我们拿着几瓶啤酒坐在地上听音乐和抽烟。过了没一会,我们头有点晕,加上烟雾缭绕,身体放松下来。我拿起他书架上的书看,没几本可以看下去。一次次的令人失望,我的表达欲望渐渐强烈起来,仿佛我可以掌控什么。马奇他这个人话不多,多少有点腼腆。我碰到过那种特别话痨的,一直在你的耳边不停说来说去，让你觉得想死。他不错，安静坐在一旁，抽着烟听着音乐，不时朝我笑一下。我们碰杯喝酒，他的酒量不大，不一会脸已经红了。我的情况要比他好一点，也只是一点。我喝光一瓶，打算再开一瓶，开瓶器找不到了。我站起来在桌子上找了找，又去外面的客厅看了下，还是没有。马奇准备站起来去找，我伸手将他摁下，说不用找了，我可以用牙齿咬。我没办法一口咬掉瓶盖，只能四处咬松动。即便如此，我还是感觉到一块牙齿掉了下来，我用手摸了下牙，有点碎渣，和陶瓷有点像。我最终还是把瓶盖咬下来了，我喝了一口，放下，点上一根烟，和马奇相视一笑。马奇说，你的牙齿挺结实的。我说，不如以前了。马奇说，我从来没用牙咬过，前几天我自己在家想喝点啤酒，没找到开瓶器，就没喝。我说，说明你还不是特别想喝。马奇说，可能是这样吧。

挺没意思的，这是我和马奇对现状的共识。马奇是那种可以很容易和你成为朋友的人，但是要更进一步的话，会无从下手。不过这样平和的状态也不错，你在他的面前不用太伪装自己，一点也不累，你要做的就是将自己真诚的一面表现出来。这样对谁都好。这也是我愿意在他这里过夜的原因。马奇坐在我的面前，并不打算和我多说些什么，这就需要我率先找个话题。我摸着手里的啤酒瓶，问马奇，你对未来有什么计划吗？马奇抬头看了我一眼，他大概没想到我会突然问这种问题。他认真想了一会，笑起来，怎么说呢，我觉得这样挺不错的，当然要是手里有点钱的话，我想骑着摩托车到处走走。我说，没想干点别的吗？马奇说，说实话我什么都不想干，但是没有钱花的时候，找个地方上几个月的班，够生活的就可以了，我也不是那种会发财的人。我笑起来，你没试过怎么知道不会发财？马奇说，我以前想过发财，但是现在我想明白了，我不是那种人。我问，什么人？马奇说，就是会发财的人。我说，我也觉得你不会发财。马奇笑起来，你呢，对未来有计划吗？我说，计划还是有的，但大多也只是想想而已，做起来未必能行。马奇说，那要做过才知道。我说，但是总觉得做出来也没什么意思，就是一直在想想的状态，你明白，事情在脑子里已经完成。马奇说，还是做出来比较好，看看是个什么样子。我说，肯定和自己想的不一样，有区别的。马奇喝了口酒，有具体点的吗，容易实现的。我说，其实我想的东西都比较容易实现，也不是特别麻烦，如果换成另一个人做的话，的确不是特别麻烦，可是对我来说，我觉得挺麻烦的。马奇想了会，其实你是有行动能力的，和我还是不一样。我问，你什么样子？马奇摊开双手，我就是现在这个样子，可你不是。我问，那我是什么样子？马奇指着我，一个用牙齿咬掉啤酒瓶盖的人，还会怕什么东西。

马奇的女友在上星期离开了他，东西还没拿走，说这几天就来拿。我和他那女友不太熟，见过一次但没说很多话，人不漂亮。她决心离开马奇，让我感到意外。我甚至有点担心，她能否在余生找到要她的男人。我的担心有点多余，不论是马奇还是我，都不是那种抢手货。女人离开马奇是非常正常的，不离开才不对劲。马奇看起来也不伤心，和原来还是一个样子，话不多，坐在安静的角落里，和死了也没多大的区别。能有什么震惊到他呢？我想，马奇看到他女友和别的男人睡在一起，也就是现在的表情，有什么关系呢。说起来，我挺佩服他的，宠辱不惊的样子。反观我自己，我可不是那种人，我容易激动，到了人多的场合手脚都不知道怎么放。马奇不同，他决定在社会中当个死尸。真了不起。我拍着马奇的肩膀，想知道点他女友的事情。马奇不太愿意讲，没什么好说的，都已经成现在这样了。我问，你还想她回来吗？

马奇说，她刚走的那几天，我还有点舍不得，但慢慢我适应了，舍不得其实是对生活中一个人的缺失无所适从，当你适应了没有她的生活后，也没什么不好的，我觉得一个人住，真的挺不错的，再也没人对你指手画脚，说你这里不行那里不行，好像我真是废物一样，当然我可能真的是废物，但是我是废物和你有什么关系吗？她走了，我活成什么样，只是我自己的事情，你明白吗，就在刚才我说这些的时候，我突然意识到其实我也没那么喜欢她，我也忘了当初为什么要和她在一起，或许因为我长得比较好看而已。我看着马奇，他的脸红得越来越厉害，眼珠子也是。我拿起啤酒，示意他再喝点。马奇说，我就不明白，她为什么不知足呢，我就觉得现在过得挺好的，我不想做些改变，你看别人买了汽车，别人又住进了大房子，别人又买了好看的衣服，那都是别人的事，和你有什么关系，我实在是想不通女人是怎么想的，她既然想做出改变，我也不反对，但是不要把我牵扯进去，我要的就是现在这样。马奇喝下一口酒。我说，是你没有能力，所以你不想改变吧。马奇说，是这样，我也知道自己什么德行，还是算了吧，我认命了，为什么她不能像我这样认命呢，就她的长相能找到我，你不觉得已经很不错了吗？我说，她虽然长得不好看，身材也不怎样，但是找到比你条件好的，还是大有希望的。马奇盯着我，你真这么认为吗？我点点头，你说你有什么，除了长相还不错，你看你连父母都死掉了。马奇问，可是她有什么呢？我说，她是女人，这就足够了。马奇喝下一口酒，其实她已经在外面有男的了，不然也不会这么快就搬走。我问，你见过那男的吗？马奇说，没见过，我只是听她提到过。我问，你就不想见一下？马奇说，没这个必要吧，我又不想和他打架。

我只见过马奇的女友一次，和她没说过几句话。但在我未来的计划中，有一块是和她有关系的，我觉得有必要向马奇说出来。他们已经分手，说出来也没什么大不了。马奇，你知道吗，其实我想找你女友拍个小短片。马奇感到疑惑，什么短片，为什么要找她呢？对，为什么要找她，她四肢短小皮肤黝黑而且身材臃肿。即便我没看到她裸体的样子，也能想象出她那中年妇女的身材。但我选择她，而不是其他的姑娘，就是因为她所拥有的体貌特征，和我设想短片中的角色是一致的。马奇，你应该比我了解她，她性格活泼，完全没有因为自身外观的限制而羞怯和内敛，相反她喜欢哈哈大笑，和周围的每个人都显得熟络。是她先追求的你，对不对？你恰好是那种不太会拒绝别人的人。你们第一次上床，是她主动脱光了你的衣服，这些我都能猜得出来。马奇笑起来，你说的不对，不是这样的。我问，那是怎么样呢？马奇捂住脸，不说这些了。我说，你怎么这么容易害羞呢。我抓住他的手。马奇站起来，躲在一边，你要拍什么样的短片？

室内戏，一男一女。我觉得你演那个男的也非常合适，木讷。剧情不长，大概也就五六分钟，不超过九分钟，基本上都是男女之间的对话。你和剧中男的处境也非常相似，我打个比方，比如就是这个房间，有天你从外面回来，发现门开着。你首先想到是家里来贼了，当然的确是进来贼了。你在房间里到处寻找，最终在厕所里发现一个女的正蹲在便池上。你走出来等她。她出来后，你们坐在沙发上进行了一番对话。大概就是这样，当然整个对话你是处于主导地位的，毕竟她是个被抓现行的小偷，你是这个房间的主人。怎么说呢，这就有点类似于，斯德哥尔摩综合征，犯罪被害者对犯罪者产生好感和依赖心理，反过来帮助犯罪者。当然它是针对人质来说的。在我们这里,这个女的因为被你当场抓住害怕你报警,对你言听计从。马奇问,我要她做什么都可以吗?我说,你想对她做什么呢?马奇,没什么,我只是这么一问。我说,你设想一下,如果你处在这种情况下,你会对这个女的做什么呢?马奇说,可以耍点流氓。我说,这女的可不漂亮,是你女友。马奇说,那我还是直接让她走吧。我说,你先听我讲剧情。马奇点头。我说,你刁难了这女的一番,后来觉得没意思,就让她走了。马奇问,就这么让她走了吗?我说,我是这么想的,这个短片重要的是讲话的内容。马奇说,我觉得你可以把它拍成毛片,女的担心男的报警,将自己的身体奉献出来,女的敲诈男的强奸了自己,两个人发生激烈争吵,男的一怒之下将女的杀了。我说,马奇,你怎么这么变态!马奇说,这种情况也合乎情理。我说,不方便拍摄,我要的是那种内在的张力,懂吗,男女之间微妙的感觉。马奇说,那样太闷了,血腥暴力一点,有看头。我说,你是不是想杀了你女友啊?马奇说,我们已经分手了。我说,你有杀了她的想法对不对?马奇说,没有,没有,我是和你讨论剧情。

马奇在房间里走来走去,模拟剧情。我走进来,看到一个女人蹲在厕所里,我当时应该是被吓了一跳,觉得莫名其妙,我站着,她蹲着,我问她到底是谁,怎么进来的。她呢?她蹲在那里感到害怕和尴尬,回答我的问题。马奇转身说,要是有把手枪就好了。我说,不符合国情。马奇说,实际上我也不是普通人,本身就是个警察,所以我有手枪,这样就合理了。我说,这倒也可以,警察的家里进来一个小偷。马奇说,我的态度很友善,等她从厕所出来后,我们坐在沙发上进行了一番对话,后来她冒犯了我,我开枪把她打死。我说,不可能,你是警察手里也有枪,她不可能冒犯你，除非她脑子有毛病。马奇说，或者是我做了些让她难以接受的事情。我问，什么事情呢？马奇说，我觉得这个女的还是得漂亮点，这样观众爱看。我说，你想非礼她。马奇笑起来，你直接拍个毛片得了，观众爱看。我说，如果能找个外国姑娘就好了，金发的那种。马奇说，我要是个黑手党就好了。我说，西西里岛的姑娘都是黑头发的。马奇说，不一定非要在意大利，可以发生在国内，我是个中国籍的黑手党。我说，黑手党压根没有外国人，都是意大利人。马奇说，妈的，真没意思。我说，我对意大利没什么好感，当然西西里岛的姑娘倒是真不错。马奇拍了下大腿，我可以把两条手臂涂黑。

早上，我躺在马奇的卧室里睡觉，听到客厅里有人在说话。我闭着眼睛听了会，是个女的，在夸赞马奇的皮肤特别好。马奇可能有点不好意思，只是在笑。女的说，大哥，你在调查表上填个资料，到时我们公司有返利的活动，我及时通知你。马奇说，好的。过了一会，女的说，大哥这套洗漱用品，一共四十块。马奇说，什么，不是免费赠送吗？女的笑了笑，大哥，在超市卖一百多，这已经非常便宜了。马奇说，可是我用不着。女的说，你肯定用得着。马奇说，我现在有得用。女的说，早晚都会用的，你不要就太可惜了。马奇有些犹豫。女的说，只要四十块钱。马奇说，可是你一开始为什么不说花钱呢？女的说，你也没问我啊。马奇说，我以为你们免费送，你怎么能要钱呢？女的说，大哥你也不缺这四十块钱。马奇说，我现在手头只有三十块钱。女的有点为难，就再也找不出十块钱了吗？马奇说，找不出来了。女的说，那我今天就给你个内部价吧，三十也成。马奇说，可是，这三十块钱是我这个星期的伙食费，你拿走了，我就要饿肚子。女的说，大哥，你没那么惨吧。马奇说，我不骗你。女的说，你怎么不早说。马奇问，说什么？女的说，早说你没钱，我就不进门和你说那么多话了。马奇说，你也没早说是花钱的。

女的走后，我穿好衣服来到客厅，看到马奇正坐在沙发上抽烟。马奇看着我出来，打招呼说，你起得这么早。我问，刚才那女的是谁？马奇说，搞推销的。我问，推销什么？马奇说，洗头膏洗面奶乱七八糟的，八成是假的。我问，那女的长得怎么样？马奇说，一般，反正不漂亮。我说，听她声音不错。马奇说，太能说了。我笑起来。马奇问，笑什么？我说，那女的太倒霉了。马奇问，她有什么倒霉的？我说，碰见你这个穷×，连四十块钱都没有。马奇叹了口气，你饿不饿？我去下面条给你吃。我说，我先走了。

马奇所住小区尚未全部建成，路边堆满了建筑垃圾。我骑着电动车往南门走，路上碰见一个女的站在路中间四处张望，手里拿着一根烟。我将车速调慢，从她身边经过时，歪头看了下她的长相。她也恰好看到我。她喊了我一声，我停下车子。女的走上来问，你看我干什么？我笑起来。女的问，你笑什么？我问，你是干什么的？女的把手里的烟扔掉，你要洗面奶什么的吗？我问，免费的吗？女的愣了下，你说呢。我笑起来，四十块钱对不对？女的问，我和你见过吗？我说，没见过。女的问，同行吗？我说，不是。女的扭头要走。我说，等一下。女的停下来看着我。我说，我想请你演个电影。女的睁大眼睛，你说什么，演电影？我心虚了，支吾着说，其实是个短片。女的上下打量我一番，你是干什么的，导演吗？我说，不是，拍着玩。女的问，有钱赚吗？我说，没有，不过可能会有点。女的问，你为什么找我？我说，你很合适。女的说，我不相信你。她扭头往前走。我骑着电动车跟在她的身边，我觉得你真的非常适合。女的往路边躲了躲,是那种色情小电影对不对,你看走眼了,我为人很正派的。我说,姑娘你误会了,绝对不是,而且你根本不适合拍色情片。女的看了我一眼,为什么?我伸出手指着她全身上下,根本不适合嘛。女的停下脚步,我怎么不适合了?你说。我说,你身材不好,皮肤也有点黑。女的把手中的袋子朝我扔过来。我从电动车上掉下来,车子摔在地上。女的气冲冲看着我,我也看着她。我把掉在地上的洗漱用品一个个捡起来,放进袋子里,递给她。她问,你到底要干什么?我陪她走了一段路,在这个过程中,我把简单的剧情和她说了下。听完后,她表现出了难得的兴趣。后来我们还聊到了她现在所从事的工作,她发出了巨大的抱怨,是我这辈子见过的最恐怖的抱怨,搞得我特别难受。更让我没想到的是,她居然率先哭了。我总觉得,先哭的会是我。

和它的美国亲戚一样

我抽着最后一根烟出去买烟,走出去没几步碰见王娜。她向我走过来,茶色的太阳镜几乎遮住了她半张脸,但我还是一眼认出了她,尤其是她胸前快要弹出来的乳房,深深的乳沟摆在显眼的位置,令我不得不多看上两眼,难道不就是为了让我看吗,我也就没多客气。王娜好像不认识我,就这么走了过去,都过去这么长时间了,她还在生气。擦肩而过之后,我站住冲她说,王娜。王娜转过身看着我说,你在叫我吗?我当然是在叫她,不然能有谁,整条街就我们两个人。我说,你不认识我了?她说,你是谁?我把手里的烟扔掉,笑着迎上去,我就知道是你。王娜往后退了几步,问我想要干什么。我说,你为什么穿得这么少?我指着她的下身,指完后又指了指她的乳房,你为什么还要穿衣服呢?王娜说,你是不是有病!我说,你不穿衣服更好看,起码比现在好看。王娜伸手抽了我一耳光,电光石火,我没反应过来,整个脸都被她抽歪了。然后她补了句,×你妈!扭头走掉。我站住看着她离去的背影,裙子一摆一摆的。我说的都是真的,她不穿衣服会更好看。

过了马路,我来到街角的小卖部。说实话,我真不喜欢在这里买烟,但这又是最近的地方,能怎么办。男老板坐在柜台里面手里拿着一沓的毛票,正在点钱,样子十分认真。我说,买烟。没有反应。这个家伙总是这样,每次来买东西都这么爱搭不理的，我站在这里他的眼睛就没有离开过手里的钱。我又说了句，买烟。他头也不抬地说，等会。然后继续迅速地数钱。我压着怒火，好几次我都在想，我早晚会找机会往他的头上摔个酒瓶子。这地方不缺酒瓶子，在我脚下就有那么一摞。我又着腰刚要说第三遍，老板及时抬起头问我要什么？我指着柜台下面的烟说，烟。他递给我烟，把钱接过去。临走前我又看了他的那张脸，甚是讨厌，眉毛短稀，眼睛如米粒，嘴巴周围仅有的几根胡须常年不刮比大腿上的汗毛长不了多少。每次来这，我都希望他那胖乎乎的对每个人都保持微笑的老婆在。站在路口等车，一只狗在我前面走过去，抬头用狗眼扫了我一下。我看到狗的身上挂着一个牌子，上面写着四个字，"我是只狗"。我笑了起来，冲它屁股就是一脚。小狗叫了一声，夹起尾巴回头看了我一眼，跑向小卖部，去找它那烂主人。

一个中年妇女递给我一份男科医院的宣传杂志，我走进公厕，蹲在靠墙的坑位上，翻开杂志看了两眼。我摸了摸自己的左脸，又摸了摸右脸，左脸明显比右脸大那么一点，也就是那么一点，让我想起王娜。必须承认，在这种环境下想起美丽的王娜十分不妥。如果可能的话，我想当面和她说清楚，很多时候我都会想起她，尤其是在大便的时候。

我和王娜认识得挺早，比认识现在的女朋友更早一些。之前我还把和王娜的故事写了个短篇，的确很短，也就千把字。大概的内容是，突然有天王娜来找我，说要和我在一起。再次相逢令我们兴奋，为此我们喝完酒后去宾馆开了个钟点房，并心急火燎地做了一次爱。大中午的，我们把宾馆房间的窗帘拉上，像是在深夜，做爱的时候王娜还掉了几滴眼泪，这是次失败的性爱经历，我被她的眼泪所吓倒，并误以为她根本不想和我苟且。王娜发现我的异常后，抹掉眼泪开导我说，是她感觉到太幸福了。然后我们一致决定再做一次，可是就在我们躺在床上酝酿情绪之时，宾馆的服务生敲门说钟点房的时间到了。我说，要不延长时间？王娜在我的怀里点了点头，露出羞涩的表情。我紧紧抱住她。这算是我一生中为数不多的幸福时刻，如果不出意外，我会铭记终生。但是我们并没有再做一次弥补刚才的不足，王娜提出要和我在一起，而那时我已经有了女朋友。王娜知道后，很不高兴，又哭了起来。这次我没安慰她，只是坐在床头抽烟，我心里想我的确很喜欢王娜，很想继续和她开房做爱，但是我们真的不能在一起，不是因为我对现女友的忠诚，这显得太虚伪，毕竟我已经背着她和王娜搞了一次，即便不算太成功。我想告诉王娜，我们可以保持炮友的关系，但是要我和现在的女友分手是不可能的。可是我没说出口，不用说也知道后果是什么。王娜个性要强，怎能忍辱当小三。我是这么对王娜说的，我说我女朋友很凶，什么事都干得出来，经常在我面前舞刀弄枪，有次吵架还砍了我一刀。说到这，我趴在床上让她看我的后背，的确有道伤疤。王娜抚摸着伤疤，过了一会，提出一个过分的要求，把我吓了一跳。王娜说，我们合伙杀了那贱人。我没想到她为了得到我竟然会冒出杀人的念头，早知如此的话，我就把女友描述得好一点，这样她就会知难而退。实际上我现在女友的确脾气不是很好，称得上是凶悍，我后背的确被她砍了一刀，责任怪我，我骂她是泼妇。小说的结尾，我对王娜的提议表示赞同。我们握紧双手像是一对革命小夫妻走出了旅馆的大门，外面阳光刺眼，我们到厨具店买了一把菜刀。敲开房门，此时女友光着身子躺在卧室的床上熟睡。我指了指她那肥大的屁股，把菜刀递给王娜，说，就是这个贱人。

上面是小说里的情节。我和王娜根本没在旅馆开过房，我想过，但是她没有同意。忘了告诉你们王娜的长相，如果要我形容的话，只需一个词：AV女优。这并不是我总结的，而是赵西。有次我给赵西看王娜的照片，他脱口而出说长得真像AV女优。以前没觉得，自从听他这么一说，越看越像。而且一次偶然的看片经历，真发现里面一位AV女优和王娜极其相似，女优的名字我至今记得，早川濑里奈。去年夏天的一天早上我正在睡觉，王娜给我打电话约我出去，这让我很高兴，这是她第一次主动约我。虽然我已经有了女朋友，但我还是快速洗了个澡穿好衣服出了门。女友问我干什么去？我说去面试。那段时间我四处找工作，但直到现在还是无业游民。说来也奇怪，一年这么快就过去了，而且还是在没工作的情况下，看来日子也挺好混的。

约会的地点挺奇怪的，是在医院里。我在急诊室外面的长椅上看到王娜，她颜色苍白坐在那里，见到我连站都没站起来，就那么看了我一眼，问我带没带钱？我问她怎么了？王娜把脚丫子伸到我眼前，大脚趾上全是血，黑乎乎的。我说，怎么了？王娜说，这还看不出来，掀掉了脚趾盖。我有点心疼地说，怎么这么不小心。王娜有点不耐烦，你别问了行不行。我就没再说话。我挂号拿着病历搀扶着王娜到二楼的骨科，医生看后让我们去到换药处进行治疗。换药处坐着一个老妇女，简单看了一下王娜的伤势，扔下一句，做手术吧。我说，就这还用做手术？我禁不住捂住了口袋里的一张百元大钞。老女人说，当然了，把脚趾盖拔掉。王娜说，啊，要拔掉，多疼啊。老女人说，想不疼你就不要搞成这样。王娜抬头看着我，眼睛里充满了信任，我不想拔掉。我对老女人说，不拔行不行？老女人埋头翻着本子，不拔掉化脓感染截肢我可不管。我对王娜说，要不还是拔掉吧。王娜说，多疼啊，本来就很疼了。老女人说，你们出去商量好了再进来。王娜拉着我往外走。我说，别走啊。王娜说，反正我不拔。站在门口，我冲老女人说，有你这么当医生的吗？我不忘留给她一个脏字。老女人终于抬起了她那浮肿的脸，你怎么说话呢，你妈×的你怎么随便骂人呢。王娜拽着我往外走，我伸着脖子说，骂你怎么了，老×。

在医院的门口，王娜抱着我哭了起来，一边哭一边说，我不想拔掉，很疼，疼死了。门口有很多来来往往的人，歪头看着我们，我拍着她的后背说，别怕别怕，这不是还没拔嘛。他妈的，我真希望王娜的十个指甲盖和十个脚趾盖在短时间内接连掀起来，那样她就能抱我二十次，我就能像这次一样体会她那丰满的乳房在我胸膛上蹭来蹭去。后来我去药店买了纱布碘酒和消炎药，王娜包扎好的大脚趾像根鸡巴。我把王娜送回住的地方，这是我唯一一次去她住的地方，房间里乱糟糟的，门口的一堆垃圾已经发霉。我说，这样的卫生环境很容易滋生细菌。王娜坐在沙发上把脚搁在茶几上一副要死的模样说，那怎么办？我说，我帮你收拾一下。收拾完了后，王娜说，我是不是应该吃点东西补一补。我说，我去给你买猪蹄，吃什么补什么。吃完猪蹄后，王娜看着我说，天不早了，你还不走？我说，我想陪你过夜。王娜说，死一边去。

回去后，女友已经做好了饭，我坐下吃了起来。女友问我面试怎么样？我说，不合适。女友把筷子一扔，吃吃吃，你怎么不去吃屎。我说，你做的饭比屎好吃。女友说，钱呢？我把口袋里的钱拿出来。女友说，怎么少了这么多。我跑到厕所里。女友在外面喊，你给我滚出来。我说别打扰我吃屎。

我走在路上没有遇见王娜。几天之后，赵西给我打电话问我知不知道？我说知道什么？赵西说，王娜死了。我说，放屁，我前几天还在街上看见她。当然我没把王娜抽我的事情说出来。赵西说，没骗你，真死了。我说，什么时候的事？赵西说，半年了。我急忙说不可能绝对不可能，我前几天真见过她。我一想不对啊，赵西怎么知道王娜的事情？对于我的疑问，赵西支支吾吾的，说是听别人说的。鬼才信呢，除我之外赵西根本不认识王娜的朋友。赵西说你他妈的别问这么多了好不好，王娜真的死了。我问怎么死的？赵西说，难产死的。我说，这绝对不可能，王娜还没结婚怎么会怀孕呢？赵西在电话里笑了起来，王娜给人家当二奶，你不知道啊。我说，不可能吧。赵西说，爱信不信。说完，他挂掉电话。过了一会，赵西又打来电话。我问，又干什么？赵西笑着说，你就相信吧。我没有王娜的联系方式，已经和她断绝了来往，一时不能确定王娜是不是真的死了。如果王娜确如赵西所言已经在半年前难产死掉，那么前几天抽我脸的人是谁？要么是鬼，要不就是一个长得像王娜的人。其实怎么说呢，就算王娜没死，我也已经当她已死，姑且认为她难产死掉的吧。对于王娜的这种死法，我认为我有不可推卸的责任。都怪我总是在大便的时候想起王娜，难产死亡，这和让肚子里的屎憋死又有何不同呢。

王娜死后，我和赵西见了一面。我本来不想见他，不只是他，我任何人都不想见。但是见见也好，这也是没办法的事。我总该找个人说说王娜，她都死了，关于她生前的事，我需要和一个人交流一下，也可以说是缅怀。缅怀故人，最好是找个认识死者的，这样会省很多的口舌，悲伤的情绪也能顺利冒出来。此前我以为朋友里面没有人认识王娜，可是我错了，赵西认识王娜，虽然他不承认。我去赴宴，另外的目的是想探知王娜和赵西究竟是什么关系。这几天我一直被这个问题所纠缠，甚至没顾得上为王娜掉一滴眼泪。这样不好，我希望能抱着赵西痛哭，也希望王娜在天之灵能看到我的泪水。王娜，你他妈的看见了吧，虽然你活着的时候不让我搞你，可是你死了，只有我哭得最凶，你难道就不后悔吗？求求你在天之灵变成女鬼，来找我，我的门永远为你敞开着。

女友听说我去见赵西，问我为什么不让他来这里，出去喝酒还花钱。我说是他约的我，地点是他定的。女友说那你给他打个电话，让他来家吃。我说你有病吧，不来就不来。女友有点不乐意，你和赵西说我给他做铁锅鱼吃，他肯定来。如果我按照女友说的去办，赵西肯定会立刻赶过来。所以我不能这样做。我跟她要一百块钱。女友说拿钱干什么，不是赵西请客吗？我说我出门身上一分钱都没有，这像话吗？女友说有什么不像话的，我们刚认识的时候你他妈的身上有几个钱。我说你给不给？女友扔给我一百块钱，掉在地上。我捡起来放进口袋里。女友坐在椅子上，背对着我。我出门的时候看了眼她的后背，又多了几斤肉。过不了多长时间，房间里塞满了她的肥肉，终有一天，她会像个气球一样飞入云霄，再也不用回来。

赵西喜欢吃女友做的铁锅鱼。我不让赵西来家里，倒不是因为怕花钱买条鱼，当然也有这方面的原因，但不是最主要的。一方面女友在场，会影响我和赵西缅怀王娜。女友根本不知道王娜的存在，她以为她是我的初恋，当然我们上床的时候，我还是处男。但是我并不想把处男之身交给她。还有个原因是，女友对赵西的态度不是很正常。去年夏天，赵西来找我，女友去市场买了一条鱼，十几块钱的大蒜还有金针菇什么的。铁锅鱼需要用大蒜铺锅，正好是大蒜最贵的时候，那几头蒜比一条鱼还值钱。我们一边吃着铁锅鱼，一边喝着啤酒，真是特别爽快。赵西脱掉衣服，身上冒出来一层汗水。女友看到赵西的上衣有点脏，菜都没吃就跑去洗衣服。我没见她这么勤快过，平时她的内裤都是我洗，我的内裤也是我洗。突然给赵西洗衣服，如果他把内裤脱下来，我敢说这个娘们也会毫不犹豫地洗，用手一边搓一边闻一闻，到底是什么味道。我的脸色立刻就变了，食欲也没有了，只顾着喝啤酒。赵西问我为什么不吃鱼？我说既然你这么喜欢吃，你就吃吧。赵西笑着说肯定小芳平时经常做给你吃，吃腻了。我笑着点头，心里想小心被鱼刺卡死。

当然，被鱼刺卡死有点夸大其词，不太可能。就在前几天我看了条新闻，还真有人让鱼刺卡死了。一个男的几年前吃鱼，细小的鱼刺卡在喉咙里，当时没在意，这天他突然呼吸不畅死掉了。医生检查后得出结论，是鱼刺卡在喉咙化脓引起炎症导致气管病变。我拍腿而起，立刻想到去年赵西吃鱼时，的确有根鱼刺卡住了喉咙。我说没关系，喝口酒冲下去。赵西喝了一杯酒，没管用，又喝了一杯，还是难受。女友闻讯赶来，看到赵西发红的脸，很是着急，倒了一杯醋给他喝。没管用。女友说要不让小魏带你去医院看看。我说不用，鱼刺而已。女友说你这人怎么这样。我说怎么样啊，死不了人的。赵西使劲咽口水，又喝了碗醋，说没得事了。剩下的时间，女友坐在桌子前，把鱼刺剔除干净后再放到赵西的碗里面。赵西一边吃一边说谢谢。我说也给我弄点吃。女友说你不是吃饱了吗？我说现在又饿了。女友说你把锅里的大蒜吃了。不知道去年的鱼刺在赵西的喉咙里有没有化脓？喝完酒，我对赵西说天不早了，你住的地方离这还挺远。女友说没事，多玩会，衣服还没干呢。很快到了晚上，女友又要留赵西吃晚饭，扬言要做咖喱鸡。我说你做得那么难吃，你怎么好意思。女友说你怎么知道我做得难吃，你都没吃过。赵西看出我的不情愿，穿上已经晾干的衣服，走出门。赵西从我面前走过去的时候，我闻到浓烈的洗衣粉味。关上门，我冲着女友嚷道，你他娘的用了多少洗衣粉，你把卖洗衣粉的打死了呀？

再后来我和赵西就不怎么联系了，偶尔他会给我打个电话问我最近怎么样，我能说什么，没有工作就在家待着。我问他怎么样，他说又换了个工作。有几次赵西说想吃小芳做的铁锅鱼，我说好，有空我叫你过来。一年多就这么过去了。所以说，赵西告诉我王娜的死讯，令我很是意外。从电话里能听出来，他很兴奋，像是知道了国家机密，世界上真有外星人存在一样。给赵西看王娜照片的时候，我们合住在体坛小区。我没女朋友，赵西也没有。在得知王娜还是单身后，让我给他介绍一下。我当然没有答应，我还没搞到手。我是这么说的，我说王娜是个良家妇女，不合你的口味。赵西说，屁啊，就这张脸还良家妇女，你被她骗了。我有点不高兴，你要相信不是所有的女人都是骚货。赵西拍着我的肩膀，你还生气了，她肯定在骗你。

后来赵西再也没提王娜，好像这个人根本不存在一样。我没工作，也没想找工作。赵西有工作，后来辞职了。我觉得他是受我影响，每天朝九晚五，看到我整日足不出户泡在网上。终于他受不了了，告老还乡。对于辞职赵西是这么说的，那个爱放屁的女领导对他性骚扰。从春末到秋初，我和赵西的生活规律是这样的：中午起床，吃饭，玩游戏，晚上十点去大排档喝酒，看毛片至凌晨三点，睡觉。这期间，赵西从网上勾搭了几个女的，邀请我3P被我严词拒绝。主要是赵西太重口味，都什么跟什么。说回王娜。我觉得赵西和王娜相识，只有一个可能，那就是赵西趁我不注意在我的手机里找到王娜的手机号，记了下来。我实在想不到第二种可能。

赵西看到我走进来，冲我招手。饭馆里坐满了人，我走过去坐下。好久不见他明显发福了，还理了个光头，显得脑袋很大。实在是闷热，赵西脱下上衣，露出大肚皮。我也脱下上衣，瘦骨嶙峋。赵西问我吃什么？我说你看着点。赵西说那就铁锅鱼，一个拍黄瓜，够不够？我说够了够了。先上的拍黄瓜，鱼有点慢。我们吃着黄瓜喝了一瓶酒。没有进入正题，只是说近况。也没啥好说的，主要是听他说。一年多的时间赵西又换了几个工作，我们分居不久他又回到原来的单位，而且还和放屁女领导上了床。我说涨工资了吧？赵西说卖肉的不容易。赵西还说事情挺奇怪的，那女领导的确很爱放屁，当自从和他上床之后，就不爱放屁了。但是几个月后，她被查出了宫颈癌晚期，死了半年多了（和王娜几乎同时）。我说葬礼你参加了吗？赵西说我去个屁。查出癌症后没几天，女领导就回家养病了，赵西也理所当然地辞职，找了个送快递的活。

听说我还没工作后，赵西竭力向我推荐送快递并拍着肚皮说，我和我们领导打个招呼，你来我们公司，咱俩一起送快递，一个月小三千呢。我说有什么要求吗？赵西说只要有辆摩托车就行。我说电动车行不行？我不会骑摩托车。赵西说不会吧。我说真不会，一直没学。赵西说电动车肯定不行，送不了几件货就没电了。我说那怎么办？赵西说你赶紧买辆摩托车学学。我说真够麻烦的。赵西说两三个月就赚出来了。我笑着说也对。我敬了赵西一杯酒，一想到有个工作，还真挺兴奋的。我说你黑了。赵西说整天在外面跑能不黑吗？我说你也胖了。赵西说整天吃肉能不胖吗？我又说不过你人没变，还那样。赵西说他娘的，好人难混。我说混好混坏的都一样。赵西说你和小芳怎么样？我说还那样。赵西说还不结婚？我说小芳她家里不同意。我说你呢？赵西说没合适的，你又不给介绍。我说要不我把小芳介绍给你。赵西笑红了脸，你再说我可当真了。我说我没开玩笑。

赵西说，聚贤苑你知道吗？就顺着柳泉路一直往北，过了高速路的高架桥，然后再往东就到了。王娜就在里面住，我上班没几天就去聚贤苑送的快递。本来也轮不到我去送，一开始划分的区域聚贤苑根本不归我管。但是我刚上班没几天，发生了一件事，原先负责聚贤苑那片的同事，送快递的时候被人砍了。也不是什么大事，一个快件本来应该早上送到，结果出门的时候他忘记带了，客户打电话催让他务必在中午之前送到。他死活不送，说我就是不送你能拿我怎么办？但是快件总是要送的，到了下午他打电话把事情给我说，要让我去送。我×他娘的，这不是存心整我嘛，我当然不去了，我说我的快件还送不完呢。然后他又让我陪他一块去送，我想了想去就去吧，就陪他去了。你不知道，我要是不答应的话他立马就会哭出来。我×刚一开门，屋子里坐满了一帮人，问上午接电话的是谁？他不承认，我也没说话。对方打电话，同事身上的手机响了，然后这帮人就拿着刀砍过来。幸亏我眼疾手快退了出来，不然保不准身上被砍上几刀。他人没死，就是胳膊的韧带被砍断了，以后伸不直了。后来聚贤苑这片就归我管了。

王娜一开门，我就知道是她。你忘了你给我看过她的照片，我一直都记得。我本来心想你和王娜买了房子住一块了，结果不是，她自己一个人住。我也没说我和你认识，放下东西我就走了。一个星期之后我又去给王娜送东西，不对，一个星期我送了好多次。这个王娜真有钱，经常网购，也不知道哪里来的这么多钱。前几次我给她送东西，都没说什么话，后来她知道是我负责给她送东西，就开始对我笑了。我早就说过了，王娜长得像AV女优，有次我给她送东西，她穿着紧身的保暖内衣，粉红色的，那身材！你应该能想得到吧。然后我就萌生了一个念头，这也不能全怪我。你和王娜又没啥关系，你想上她，她又不给你上。我也不怕告诉你我的想法，反正她已经死了再说也和我没啥关系，我没做过伤天害理的事，我是想做的，但是也没做成。这天其实没有王娜的快件，我去就是想强奸她，当然如果她配合的话就一点事都没有。聚贤苑你也知道，正在建的小区，也没啥保安摄像头，到处都是民工。我开门对王娜说，你的快件。然后我就在包里找啊找，找了半天也没找到。我说怎么找不到了呢。然后王娜就让我进来，慢慢找，还给我倒了一杯水喝。我说可能是我记错了，根本就没有你的快件。我发誓，此时我强奸她的念头已经打消了，我就想赶紧离开。强奸真是不值得，还不如夜深人静看毛片解决一下。不过事情就是这么意外，你信不信就是这样。王娜勾引我。她当着我的面脱了衣服。你说我能怎么办。我就去洗澡，出来后王娜已经脱光了在床上等着我了。下面的我就不说了，我怕你受刺激。我早就和你说过，王娜根本不是良家妇女，你还不信。你先别着急问，你听我慢慢说，我也很奇怪。你说我赵西何德何能，让这么漂亮的一个姑娘主动扒光衣服上床等着我，还是免费的。我×，你给我留点酒喝，我还没喝呢……

赵西说他第二天去找王娜，敲了半天门，没有人。第二天再去，已经人去楼空。这大半年以来赵西一直给王娜的手机打电话，一开始一天打十几遍后来喝醉了之后才打，当然一直没有人接听。后来终于有人接听，也就是在前不久。对方告诉赵西，王娜已经在昨天难产死掉了。我举起杯和赵西碰了一下，酒出来一点。赵西说，其实这件事我也挺难过的，你不觉得我被她玩了吗。我说滚，我还想让王娜玩一次呢。

对于王娜主动和赵西上床，也不是多么难以理解。王娜被人包了二奶，对方是个六十多岁的老头，据说是搞房地产的，也有人说是搞服装生意的。老头刚离家不久赵西就来了，可以想象王娜当时的心情可以用万念俱灰来形容，不对，破罐子破摔才对。既然已经和个老头搞了，再和别人搞也没什么大不了的。可是王娜为什么没有第一时间想起我呢，她有难处我是不会袖手旁观的。我问赵西，你和王娜上床具体是哪一天？你问这个干什么？我想知道。赵西拿出手机推算了起来，十一月二十号。我拿出手机查看短信，这一天王娜给我发过一条信息。内容是："祝你万事如意"。当时女友拿着我的手机问我这个陌生号是谁？我说可能是发错了吧。一直以来我没有把王娜的手机号存下来，根本没有必要，她的号码我倒背如流。铁锅鱼端了上来，赵西夹了一口，没有你家小芳做的好吃。我说想吃的话，让她做给你吃。赵西说说话算数。我心里想，早晚有天让鱼刺弄死你。我们一边吃一边喝酒。我看着赵西的大肚皮，联想到这曾把王娜压在身下，突然肚子里一阵恶心，我憋住，咽下去，终于，我没有忍住，把刚才的鱼全部吐到了眼前的盘子里。一根硕大的鱼骨飘在上面，打着转。王娜，你他妈的看到了吗？我差点被鱼刺弄死，谢谢你救命之恩。

教你做好吃的蛋

1

我觉得有必要提醒各位，这是个悲伤的故事，不然我也不会刚动笔就感到难受，悲伤的情绪在我的身体里乱窜，难以抑制，我想自己并不适合将它写出来。但如今看来，不写是不可能的，这会白白浪费掉我身体内部的悲伤情绪，它们继续蔓延逐渐渗入骨髓，令我在这个炎热的夏天感到寒冷。除了你们即将看到的这个悲伤的故事，我还在想另外一个问题，是悲伤的情绪主导了这个故事，还是故事本身令我悲伤，我想两者皆有。昨天晚上我躺在床上，想到这个故事的雏形，它让我难以入睡，我闭着眼睛体会到眼泪往心里流的滋味。原谅我，这是个多么矫情的比喻，你知道我很少使用比喻，所以足以说明，这个故事的确太令人难过了。

2

赵学是这个故事的主人公，我和他并不相识，但他的生活状态和最终的遭遇让我觉得舒服。我使用舒服这个词，并没有幸灾乐祸的成分。你知道的,我希望每个人都生活幸福,可是这是不可能的。所以我总是对与自己境遇相若的人存有亲切感,这多少导致了我的不幸福。我觉得幸福不重要,人们总是把幸福挂在嘴边,也只是一种美好的祝愿。实际上我认为人生在世,并不是为了追求幸福,而是怎么和幸福拉开距离。受苦受累才是本质,别想摆脱它。赵学很早就意识到了这一点,所以在贫穷和苦闷的氛围里,他一直存在着,并且逐渐没有了改变的想法。所以你们看到的赵学,虽然二十出头,却已成暮色之势,走在街上显得矮人一等,不敢抬头注视众人,脸上的表情也总是那么漠然。作为一个无所谓的人,赵学以行尸走肉的形式存在,走在街上,睡在床上。而且这段时间,赵学在作息上向僵尸靠拢,白天在房子里睡觉,晚上在网吧通宵。如果没人打扰,赵学一般是下午三点多醒来,冬天的阳光从窗户照进来,桌子上是早上的剩饭,他吃完后点上一根烟,看着窗外太阳落山。这样的生活节奏已经持续多日,但赵学并没有完全适应,他最不喜欢醒来之后的半个小时,太阳落山,房间变暗,温度尽失。这些都是次要的,浑噩的精神状态变得清醒,意识到自己尚存人间,还要继续过昏天暗地的日子,赵学只能顺从。

3

不知道你们有没有这种体会,日子其实过得很快,所有的日子都会到头。未来存在变数,当然变得更好还是更糟,是另外的问题,我们的赵学也懒得去想。总之改变是早晚的事情,所以赵学有时心情也很乐观。赵学所租住的房间,还有两个月到期,届时他就会另外找个住的地方，过另外的一种生活。在此之前，赵学还可以继续过黑白颠倒的生活。昨天房东来收取房租和电费的时候，赵学还在睡觉。赵学被敲门声弄醒，开门，房间角落里那堆小山般的垃圾着实把房东吓了一跳。尽管是冬天，但发霉的馒头剩菜和脚臭味还是让房东退到客厅。赵学有些不好意思，穿上衣服走到客厅，将一百五十元的房租交到房东的手上，并在电费的问题上和房东争执了一番。赵学刚住了一个月，二十元的电费他想破脑袋也不知道自己怎么用的。首先赵学的房间里除了一盏灯外没有任何的电器，而且他白天基本在睡觉，晚上都是在网吧通宵，也不怎么开灯。对，赵学还有一个手机，但是他除了借钱外不给任何人打电话，也鲜有人给他打电话，所以手机四五天才充一次电。房东从床底下翻出来一个电磁炉。赵学把锅盖打开，里面是长毛的方便面汤。赵学告诉房东，电磁炉我只用过一次，以后再也没用过。需要说明的是，与赵学合租的还有另外两个女士，她们的房间里不仅有电脑还有做饭的工具，这二十元的电费，是她们用的无疑。赵学从口袋里掏出五块钱递给房东，你不用找给我钱了。房东指着堆积如山的垃圾，对赵学说，小伙子，打扫一下，都烂得淌水了，住在这里会得病的。赵学客气地笑了笑，会的。送走房东，赵学刚躺下，又被敲门声弄醒。赵学打开门，发现是他的一个朋友。寒暄几句后，赵学想躺在床上睡觉，但又觉得不妥，所以依靠在床头听这个朋友说话。赵学根本不想听，但不听觉得不礼貌，对方在说完后总是等待着他的回应。没有办法，赵学勉强打起精神点头并且发出嗯嗯的声音，后来他实在是困得很，点上烟抽起来，直到烟抽完，他的朋友把自己的烟贡献出来。很快这个朋友发觉了赵学的冷漠，就不再看着他的脸说话，拿着手机坐在床边看。赵学再次醒来时他的朋友正在给人打电话，听内容还是个女的。赵学闭着眼睛强迫自己睡觉，可谈话的内容一个劲往他的脑子钻。没有办法，赵学躺在床上进行旁听，朋友的甜言蜜语让他觉得恶心和肉麻，但是朋友却乐在其中，和女人调情不止，并且发出刺耳的笑声。终于这一切让赵学难以忍受，他从床上坐起来，对还在浪笑的朋友吼道，你有完没完了！朋友看着赵学愤怒的脸，挂掉电话。赵学躺下，用被子盖住头，他想忘掉刚才的一切，继续睡觉，但此刻他的脑子异常清醒，周围太安静了，让他难以忍受。后来，朋友喊赵学起床去吃饭。赵学起身看着朋友，说他不想出去。朋友说，我请客，去吧。赵学说，谁请客无所谓，我真的不想去。朋友说，那好，我带回来吃。说完，朋友开门走出去。赵学看着房间的一切，感觉自己不属于这里，他应该选择离开。这一切太让人难以忍受了。赵学来到网吧玩游戏，不一会他的朋友提着菜和酒找过来。赵学让朋友坐在他旁边一起玩游戏，朋友提议还是回住的地方喝酒。赵学刚玩了一会，不太想走，但考虑刚才对朋友的态度，他觉得应该做出点补偿或者是牺牲。两个人回到住的地方，吃菜喝酒。朋友率先对赵学表示了抱歉，这让本就愧疚的赵学觉得难以忍受自己的存在，只好不停地喝酒然后大醉继而吐来吐去。等深夜赵学醒来时，朋友已经走了，他闻到房间里弥漫着一股酸臭的味道，察觉到自己的肚子很饿。他出去吃了点东西，思前想后还是走进网吧。

4

赵学常去的网吧叫日月星，在整条步行街上有四五家连锁分店。步行街上除了网吧，还有各种小旅馆和餐馆，生意都不错。即便是深夜，街上的人也不少，甚至比白天还多，他们大多是居住在步行街两旁赵庄小区的外地年轻人，黑夜适合释放肾上腺激素，背井离乡来到城市为的不就是将残存的青春消耗殆尽吗？说起来，赵学只是居住在赵庄小区的外地青年人中极其普通的一员，不仅普通而且毫不起眼，虽然都是住在脏乱的环境里，但也有高低之分，如同垃圾堆里的垃圾，也有可回收和不可回收的分别。上文提过，赵学感到自卑，我认为这主要表现在两个方面，一是赵学总是孤身一人，二是赵学缺少女人。放眼望去，他们都有哥们陪伴，而我们的赵学总是独来独往，这在治安不好的步行街和赵庄小区，决定了你只能忍气吞声尽量不要轻举妄动。赵学缺少女人，是因为他过于普通的长相，金钱倒是次要的，你要知道情窦初开怀揣爱情的姑娘还是大有人在的，但如果你相貌不出众少言寡语还身无分文，除了改变性取向外，当真是无药可救了。赵学在赵庄小区的短短一个月时间内，已经目睹了两次斗殴事件，对于只在住所和网吧间两点移动的他来说，两次已经不少。第一次是在日月星网吧，赵学下午走到网吧门口，看到一个男的满头鲜血躺在台阶上，身边站满了像他这样围观的人，没有人上前，只是静静站着观看，期待着男子自己站起来。农村出来的赵学，看着眼前躺在地上的男子，想起了刚从母亲体内分娩出来的马驹，同样身体沾满鲜血，不同之处在于马驹会立刻尝试站起来，而这个男子就这么躺在地上，最后还是被赶来的护士粗暴地扔到了救护车上。第二次是在网吧对面的洗浴中心，赵学从小区出来看见一辆警车停在门口，洗浴中心里面传来了打砸和惨叫声，两名警察站在门口聊天，然后一个男的从三楼的一个窗口伸出头，很快被人拽了进去。赵学觉得没什么意思，走进了网吧。我想每个城市都有个赵庄小区，农村的年轻人聚在一起，浪费掉身上最后的一股热血，带着被打的伤口被流掉的骨肉，蜕变成唯唯诺诺的老实人。赵庄小区作为一坨并不新鲜的粪便，继续吸引从四面八方赶来的尚且年幼的蛆，它们在拥挤的环境中蠕动，并不时发生摩擦和交配，等时机成熟，它们就展翅高飞，找到另外一块粪便产下幼虫。而我们的赵学很显然是一只不太活泼的蛆，尚未产下幼虫便被粪便活活闷死了。

5

多年前，本地电视台《每周警事播报》的节目讲过发生在赵庄小区的一桩案件。一对来自外地的青年男女因共同租住一套房间而结识，很快两人出于房租的考虑，住进了同一个房间。电视里说女的在夜店工作，想必姿色应该还可以。男的没有工作，或许之前有工作，自从和女的同居后就没有了工作。本来以为能减少开支的女的发现和男的在一起后，花销更大，便提出了分手。男的开始不同意，后来同意了，但要女的给他一笔精神损失费，当然也不是很多，大概几百块钱吧。女的当然不同意，自己养了这个男的小半年，分手了居然还向她要钱。这的确说不通，自古以来由于男女的社会分工，向来都是男的给女的青春补偿，哪见过女的给男的钱。在相处的小半年时间里，女的还为这个男的流产一次。当然这个细节在整个案件中并不重要，可以忽略不计。可以想象的是，这对男女在争执的过程中，定是三番五次将流产的事情拿出来晾晒。后来女的被人发现死在房间里，因为是夏天，尸体都发臭了。英明的警察通过排查，很快锁定了犯罪嫌疑人，并将其绳之以法。在节目的最后，主持人提醒大家，出门在外不要轻易相信他人，交友一定要谨慎。几年后，赵学入住赵庄小区，在此期间小区保持着每年死五六人的速度。有时在房间里，赵学偶尔也会想到自己会死在哪里这个问题。但你们不觉得，讨论这个过于遥远了吗？

6

像往常一样，这天赵学醒来时已经是下午三点多。他看到手机里有四个未接来电，都是刘东打来的。不是什么重要的事，刘东喊赵学过去吃晚饭。我们的赵学并不愿意去，即便是免费的晚餐他也不想去，他只想尽快吃点饭然后去网吧。可惜的是赵学违背了自己的意愿，还是去了。这是因为赵学上个星期向刘东借了一千块钱，而且他还考虑到等钱花完后，还要继续向刘东借钱。到刘东那里不是很远，坐公交车的话需要十分钟，走路去的话半个小时就够了。时间尚早，赵学决定步行前往。赵学起床照镜子，发现自己的头发长了很多，多日不洗油糟糟。赵学没有热水瓶，只好用凉水洗头。刚洗完的时候没觉得什么，头发没干走在街上，寒风这么一吹，他觉得头发蒙，像是被人扣了一口大锅。

7

赵学和刘东是多年老友。赵学时常想，人和人就是不一样。

单说刘东，胆小如鼠，可是家里全款买了房子，娶的老婆也有份很不错的工作，待遇优厚整天没啥事。赵学走在街上，想到刘东和他的老婆王翠，觉得头越来越晕沉，然后莫名其妙就被人打了一顿。事后刘东回忆，他看到赵学的状态的确不对，脸好像肿了，整个人的情绪也十分消沉，但当时并没有特别在意，因为长久以来他就是这个样子，提不起精神，人在泥沼里，时间长了也就习惯了。能怎么样？刘东一直肯接济赵学，已经证明了他的人品。刘东还说，其实王翠并不喜欢赵学来他们家。所以当赵学来了之后，王翠客气了几句之后就一直躲在厨房里准备饭菜，直到饭菜做完。赵学深陷在沙发上抽着烟，眼睛木然地盯着电视机。刘东向赵学说了几句话，都得到了似是而非的应答。刘东觉得无趣，便去厨房帮厨。赵学坐在沙发上，时而摸着自己的头部，有几块很大的包。他用手指摁压了几下，看了看手指，出血了。他抽了几张卫生纸擦了擦头，留下几块血迹，卷成一团扔到垃圾桶里。饭菜做好后，刘东把已经睡着的赵学叫醒。赵学睡梦中惊醒，大喊了一声，然后看了下四周，稳定下情绪。他的举动把在旁的刘东和王翠吓了一跳，致使王翠所端盘子里的鸡汤散出了一些。刘东连忙对赵学说，吃饭了。赵学这才稳定了情绪，看到眼前桌子上摆着丰盛的晚餐。但他的嗅觉出了问题，闻到的都是一股黏稠的带有血腥的味道，这让他觉得恶心，想吐但是吐不出来。刘东拿出一瓶白酒，赵学想到酒精会把味道压制，喝了一口。不过刘东还是察觉到了不对，往常赵学看到酒会很有兴致，这天没有，他像是被人打了一顿，兴致全无。刘东说得对，赵学的确是被打了。简直是莫名其妙。很快王翠就吃饱了饭，拿着遥控器不停换台。刘东询问赵学最近过得怎么样。赵学不太想继续这个话题，直说还是老样子。酒精的确起到了作用，赵学恢复了嗅觉，他觉得那盘鸡蛋特别好吃，一连吃了好几口表示出衷心的赞叹。这话在旁的王翠听到了，她从沙发上直起身，问，真的好吃吗？赵学立刻点头，真的好吃，是我吃过的最好吃的蛋。王翠很高兴，笑起来，我按照菜谱，新学的。赵学看着王翠笑起来，第一次做就做得这么好吃，厉害。王翠说，回头我把菜谱发给你，你也可以自己做，很简单的。赵学说，好。王翠说，其实我还会做其他的蛋，下次你来我再做。赵学说，好，没问题。

8

赵学觉得头晕，呕吐的感觉再次出现。他慌忙跑到卫生间，趴在马桶上想要吐，但是没吐出来。刘东和王翠赶忙问赵学怎么了？赵学说，没问题。王翠惊呼道，你的脸色很难看。赵学看着镜子的自己，没觉得难看，甚至发现自己白皙了不少。刘东问他是不是喝醉了？赵学说，没醉。那你到底是怎么了呢？赵学捂着头说，我被人打了。赵学担心他们不相信，尽量把事情的经过说得详细一点。其实也不复杂，赵学走在步行街上，突然冒出来四五个人，是四个还是五个他没太看清楚，他们上来就拳打脚踢，他一点防备都没有。赵学能做的只是蜷缩在地上，捂住头，即便如此头还是被结结实实打了好多下。说到这里，刘东才猛然发现赵学所穿的黑色羽绒服上的确有几块脚印，他的裤子上也是如此。刘东问，他们为什么打你？赵学抬起头看着他，我也不知道。说完，赵学双手捂住头，我真的一点都不知道，太突然了。突然，王翠哈哈大笑起来，她躺在沙发上像是快要生产的妇女，只不过是刺耳的呻吟声由笑声取代。如此大的笑声，让赵学再次感到头疼欲裂。他盯着王翠,发现她每看自己一次,笑得就更加大声。赵学和刘东停下所有的动作,注视着王翠,她真的是太欢乐了。自赵学离开前,王翠一直保持着欢快的心情,她每看赵学一次,就发出笑声。在笑声中,赵学将自己的羽绒服脱下来,穿上刘东淘汰下来的羽绒服。在笑声中,赵学一步步走下楼。在笑声中,赵学的头继续疼下去。在笑声中,赵学感到欢乐是多么重要。

9

赵学走进网吧,坐在电脑前。在开机的过程中,他感觉到时间变得缓慢,几次睁开眼睛,电脑还在开机的状态,没有办法他只好再次闭上眼睛。赵学想找个人说下自己被打的经历,在找寻的过程中,他看到王翠给他的留言:教你如何做好吃的蛋,下面是做法……赵学看得有点头晕,同时还有冷,他双手裹紧了羽绒服,让自己暖和一点。突然四周异常安静,赵学睁开眼睛,看到四周的物体冲自己挤压过来,他感到呼吸困难,同时他意识到自己拥有休息的权利。赵学把胳膊放在桌子上,头落下来。在昏厥的过程中,赵学感到无比地躁热。着火了吧,是着火了吗?问候完这个世界,我们的赵学幸运地死掉了。

10

以下是当晚赵学所食鸡蛋的做法,大家不妨抽空一试——

【蛤蜊炖蛋】

原料：蛤蜊、鸡蛋、葱花

调味料：盐、湿淀粉、油（少许）、料酒

炖蛋做法：

1. 蛤蜊洗净，放入开水锅（水中放一点料酒）焯至壳开，在煮蛤蜊的水中晃动漂去其杂质，蛤蜊入另一碗中。煮蛤蜊的汤倒入汤碗中，让汤沉淀一下。

2. 鸡蛋液、湿淀粉、盐打散，将沉淀过的煮蛤蜊的汤倒入蛋液中（倒的时候要慢点，别将沉淀的杂质也倒入）划匀，先撒少许葱花，淋一点油，上蒸锅蒸至六七成熟（也就是说，最上面的蛋液还没凝结），这时将蛤蜊码入蛋液中，再继续蒸熟。最后撒入剩下的葱花即可上桌。

窥探

检查报告上的数据显示，我每毫升的血液有上亿的乙肝病毒。半个月的入院治疗，让我之前厌食和呕吐的症状有所缓解，脸色也趋于正常，可总是会感到疲惫。出院时，李医生叮嘱我要注意休息，千万不能再喝酒，干扰素要隔一天打一次，一个月后看有没有效果。我拿了半个月的保肝中药和干扰素。干扰素需要低温冷藏，我把它们暂时放在冰箱里，去网上买了一个冷藏冰袋。

五月底，天气开始闷热。不知道睡了多久，张大林的电话把我吵醒。我没什么朋友，生活中有两三个，这几年都来往不再密切，各自的生活都有许多要处理的事情。张大林是我的网友，和我其他众多网友不一样的地方在于，我和张大林见过几次面，这都是两年前的事情。那时，我在青岛。张大林比我大十几岁，喜欢汤姆威兹的歌，个头和我差不多，显得壮实一点，皮肤有些黑。和许多青岛人一样，他喜欢喝酒，不是那种令人讨厌的酒鬼。第一次见面是在朋友的聚会上。我和张大林碰过几次杯，互相说了几句话，主要是他问，我答。为了回避交谈上的尴尬，他们喝到中途没酒了，我出去给他们打散装的啤酒。总之，这是次异常乏味的聚会。晚上，在回去的路上，我决心以后不再参加这种活动。

一个月后，张大林约我出去，地点在台东附近的小酒馆。他给我带了本书，洛特雷阿蒙的《马尔多罗之歌》，说我应该会喜欢。实际上，我对这本书没感觉，回去翻了几页就扔在了一边。

我和张大林先各自介绍自己的生活，他说得详细一点，我大概聊了下。张大林高中毕业后，去工厂上班。按照他当时四十多岁来推算，学历在同类人中也没那么低。兄弟三人，他是老大。还未长成男人，他就去化工厂上班。工厂里几乎没有人能等到退休，都早早牙齿掉光生病死掉。张大林想活得久一点，在化工厂干了一年，积攒了点钱就辞职了。他喜欢读书，把自家的沿街房简单拾掇，开了个书店。面积虽小，书都是他亲自去北京挑选。没过几年，成了青岛有名的独立书店。

对于开店过程中的艰辛，他略过不提，实体书店没受网络冲击那会，倒是挺赚钱，后来又开了几家。我也说了些自己的情况，对工作没什么兴趣，当然缺钱是一方面，没想明白应该过怎样的一种生活，尽管也写点文章，大概也称不上是小说，没办法拿出来示人。

对于我的生活，他表现出与年龄相符的老大哥的担忧，又区别于其他人劝说我找份工作这样的迂腐。我们挺聊得来，双方都摆出一副倾听的架势。我们喝了许多酒，后来酒馆的人越来越多，不得不探出身子，贴着耳朵才能听清对方说什么。

走出酒馆，我走路轻飘飘的，眼睛看到的世界更加清晰，举动有些夸大。张大林酒量大，正在舒服的时刻。后来，我身体糟糕，和那段时间在青岛的过度饮酒不无关系。

几年就这么过去了，中间我和张大林保持着松散的联系，对于彼此的生活状态有个大致的了解。我的情况显而易见，身体搞垮了，没什么乐观可言，生活没有几年前那么困顿不堪，却也没有稳定的收入来源。

张大林的父亲突发脑梗住院，医生说一时半会醒不过来。家里人都要上班，看护这事自然落在张大林的身上。这两年书店步履维艰，关了几家门店后，他开了家小旅馆，想让我过去帮忙。我推辞自己不合适，怕是不能胜任。张大林说很简单，有专人打扫卫生，我只需要坐在电脑前给旅客登记。

当天晚上，我坐火车去青岛，来到舒适旅馆，已是晚上十点多。旅馆在嫩江路上。繁杂如树根的青岛街道，让我费心找了一番。张大林的侄女坐在前台，正在昏睡中。对于我的出现，她有些怨气，没有过多的寒暄，给我开了客房，让我住下。放下东西后，我问她有什么吃的。她拿出一包方便面。她和我简单介绍了下旅馆的情况，以及我们的分工。一共十间客房。白天有人清扫。她早上八点到下午五点。我下午五点到第二天早上八点。她住得远，只能这样安排。我表示理解，问她需不需要今晚值班？她想了一会，说今晚先休息，从明天早上开始。她和我说了下具体的操作流程，以及押金的问题，每天打扫房间的人会把换洗的拿走，都不需要我担心，如果房间有东西损坏，有具体的赔偿价格表。她给我留了一张名片，是维修师傅的，比如马桶和电路的问题都可以二十四小时联系他。说完后，已经接近十二点。这时刚好有一个男的入住，她给客人办理入住，我站在一旁看流程，是挺简单的。

第二天一早，从房间出来，她在吃早餐，问我吃不吃？我说，可以。她说，出门往右拐有个劈柴院锅贴。我问她附近有没有诊所？她让我自己找。

街道上人流攒动，昨晚来的时候没看仔细周围的环境。旅社的前面是条Y字形的路口，左边的分叉路是条主路，右边的分叉是条小路，通往老城区。这个路口是新老城区的关口。我顺着路往上走，看到劈柴院锅贴，里面人挺多，我吃了一份，觉得不错。在老城区走了十来分钟，经过一片海鲜市场，问了下路人，在一条僻静的小胡同里找到一个诊所。说明来意后，大夫问我为什么打这种针，又问我有没有医院的诊断证明。我拿出诊断证明，他又问我这药是不是真的。

我打了辆车，去了附近的医院，挂号，打针。在输液室，一个护士看了我的诊断证明后，表现出反感，和旁边另外一个护士说，这个我不打，你打吧。打完针，回到旅馆已经是上午十点。侄女有些不高兴，简单交接后走了。一上午，有两拨客人办理入住，他们问我这边离海边远不远？我不太清楚，让他们自己查地图。

其余的时间，我瘫坐在椅子上，找了个电影看了会，没什么意思。中午张大林来了，给我带了些吃的。和几年前相比，他变化不大，憔悴当然是有的，其余的不那么明显。他提着散装的啤酒，独自喝起来，没有劝我。电话中我说过自己的身体情况。

张大林问我怎么把长发剪掉了，感觉成熟了一些。我想了会几年前自己长发戴着发箍，一幅自以为是的讨厌样子，有点想笑。我问了下张大林父亲的情况，他没太多谈，并不乐观，老爷子已经无法进食，在喉咙的地方割了口子，往里面注射流食。吃完饭，他走了，说最近也没太多时间过来。

打扫卫生的阿姨五十岁左右，性格和蔼，不太言语，清扫好房间后，我看到她的脸上挂着汗珠。我去清点房间的物资，发现垃圾桶里有使用过的避孕套。

到了晚上，久坐之后，我会在旅馆里走动一下。寂静的旅馆，从各个房间里传来的声音各有不同，电视机的声音，小孩的啼哭声，以及呻吟声。不知道具体什么原因，我喜欢这种游荡在客房外的状态，像是一个夜间的巡视员，看关在里面的人如何生活。我有时会点上一根烟，更多的时候只是没有任何思绪地走着。走累了，我就在沙发上躺一会，我已经尽量克制自己不去想一些事情，我的孤独，以及其他的。

有时我会想起死去的父亲，在他人生最后的时光，住院期间，也是这样的夜晚，在他入睡后——我想他只是忍着疼痛不发出声响。我走出来，站在走廊尽头，打开窗户抽烟，远处有零星的灯光，世界仍旧在运转着，过不了多久，父亲就会死掉，没有他的世界和有他的世界，是完全不同的。我就这样想着，情绪低沉到仇恨整个世界，也想把一切都摧毁掉。夜里我在沙发上醒来几次，不是没有困意，只是不踏实。我在旅馆外面站一会，路灯还亮着，空旷的街道，任何的风吹草动只会让我更觉得凄凉。困意和疲惫，以及被遗弃的感觉，让我有些自怨自艾，我并不想这样。

侄女来替班后，我躺在客房里，不能很快入睡。房间在最角落处，窗户外面是个只能容下一个人的露台，有些积年累月从楼下落下的垃圾、编织袋、衣服和一些生活用品。

我躺下，辗转反侧，对任何声响都很敏感，脑袋却又是昏沉沉的。接下来的几天都没有好转，一般下午两点多我就醒了，不想出去，在客房里看会电视。

平静如常过了一个星期，随着天气炎热，旅游旺季的到来，客房几乎天天住满。那天早上，侄女来替班时说，想把客房腾出来，又说，你白天也睡不了几个小时，可以在附近住个家庭小旅馆。当天，我搬到海鲜市场附近的家庭旅社。老板是个六十多岁的老太太，孩子都不在身边，两个卧室割成三间客房，赚点零花钱，不熟悉的人，也找不到她这个地方。老房子的缘故，湿气很重，空调的噪音很大，更适合我一些。

当天下午晚些时候，一对男女住进我之前的房间。在给他们办理登记的过程中，听他们谈话，我了解到，四十多岁的王胜利是食品公司的老板，周丽是他的下属。我说，只有一间偏僻的客房。

我坐在椅子上，体内的欲望让我坐立不安。王胜利出来问，人呢？我急忙回去。他拿了一瓶饮料，对我说，记在房费里。听到客房关门声，我没有片刻犹豫，把旅馆门锁上，从储物室的窗户爬出去，双手扒着墙沿，踩着空调外机，来到露台上，我脚步放轻，尽量不弄出一丝动静。我蹲下，靠在窗户边，房间里传来王胜利的说话声。

王胜利躺在床上，围绕这次失败的展销会自言自语。周丽洗澡出来，让王胜利去洗。王胜利不想去，让周丽给他按摩后背。周丽给王胜利按摩后背，说赵挺（音）对工作不积极，给经销商打电话的时候态度不好，有几个已经投诉她了。王胜利没表态。周丽开始撒娇，说赵挺欺负自己，和同事一起孤立她。王胜利说，你不早就被孤立了，这和赵挺有什么关系。周丽有些委屈，质问王胜利是不是看上赵挺了？王胜利笑起来，你放心，我就算喜欢赵挺也没用，她和你不一样，她是正经姑娘。周丽生气了。王胜利笑起来，我就喜欢你这种不正经的。周丽发出一阵娇喘，你先去洗洗。王胜利说，洗什么，干完再洗。过程中，周丽只是轻微呻吟了几声。事后，周丽说她母亲生病了。王胜利，这个月的绩效我给你多提点。周丽说，这是我劳动所得，你别觉得我欠你的。王胜利笑起来，我知道。周丽说，今晚上还做不做？王胜利说，不做了，累了。电视机打开，两个人没再说话。

这天晚上，我躺在沙发上，睡得很踏实。

我的情绪明显有了好转，以关心的口吻让侄女早点回去。我有意把那间客房留给我想窥探的客人。这天，来了一对体面的中年夫妇，崔正浩戴着金丝眼镜，皮肤白皙，穿着一身休闲服，身上有种我讨厌的圆滑和狡诈。谢华留着长发，穿着长裙，脸上化着妆，五官因平时的精心护理比实际年龄要年轻些，举止是给人距离的端庄。她的身材是中年人年龄与自制力角力后的发福，赘肉并不明显。登记完毕后，崔正浩自顾去房间，让妻子一个人提着行李箱。

崔正浩抱怨妻子没有提早预订酒店，只能住在这个破旅馆里。妻子没有回应。一会，卫生间响起了洗漱的声音。崔正浩走到窗台边，离我很近，打电话。崔正浩说，宝贝，我很想你，我给你带了礼物，过几天回去。他们没有做爱。

这天夜里，下起了雨。我站在外面，清新的雨水落在灯光照耀的地面上，一切都是破碎的。

我对房客们越来越失望，起初窥探的神秘感在逐渐消失。他们的所作所为颠覆了我原本对这个社会的认知。道德上的不堪，人性上的丑恶，在狭小的空间里像我体内的病毒一样滋生，同样没有任何药物能杀死他们。

初次约会见面的网友，性爱过后，男的责怪女的躺着像具死尸，还说她根本没有照片上长得好看，头大腿短，如果不是他随便，根本没有人会和她上床，她应该感谢自己的饥不择食。女的哭了起来，不是那种剧烈的号啕大哭。退房的时候，女的眼睛红红的，男的早就走了。实际上，这女的并不丑，甚至称得上可爱。我想对她说些什么，却又不知道如何开口。

刚高考结束，两男一女来住店。他们喝了许多酒，在床上做爱。女学生的呻吟声很疯狂，让我有些担心对面楼的人闻声看过来会发现我。我闭上眼睛，脑海中想象着他们年轻富有活力的身体。

二十多天的颠倒作息,让我的身体和情绪都到了难以承受的程度。张大林的父亲身体恢复得不错,尽管离出院还有一段时日。我让张大林提前找个人选。张大林问我遇到了什么事?我说没有,只是想尽快离开。

一年过去了。我的情况是,三个月干扰素的注射最终证明效果不好。检查报告出来的当天,我的心情糟糕透了,那每隔一天就浑身疲惫肌肉疼痛对我来说意味着什么呢?同时,我又为结束注射干扰素的繁琐,感到一丝的放松。我开始吃药,每天一粒。我对未来没什么奢望,克制着去生活,其他的一切都不是我能改变的。在药物的副作用下,我开始脱发,偶尔会感到疲惫,一切看似往好的方向发展。

在舒适旅馆的那一个月,让我找到了人生定位,蹲在窗外的狭小的露台上,被孤立在世人之外,听着众人的隐秘故事。那些肮脏不堪或者真情流露的时刻,都深埋在我的心中,让我觉得并不孤单。

李烈的故事

我和李烈已有两年没见面，其间通话数次，都感觉没什么话好说，要不就是他正忙着，或者我不在状态，仅有的表达是我问他过得怎么样，他说还行，而面对这个问题，我的回答和他如出一辙。交流欲望的寡淡，和我们相距几千里不无关系，倒不是因为我们的生活果真无话可说，大的波澜没有但小的烦恼并不缺乏，可总觉得没有细说的必要。将自身的烦恼传递给远在天边的朋友，这有点不像话。大概李烈也如此想的，局面很是沉闷。而内心里，我渴望帮李烈分担，尽下朋友的义务。李烈没有给我机会，这一度令我为这份友谊的下场感到担忧。晚上睡不着的时候，我设想过李烈惨死在外地的景象。他所在的西部戈壁滩，时而有暴力冲突事件发生。我问李烈，新闻上说的暴动离你那边近不近？李烈语气平静，就在我们这个县城。我惊呼，那你没危险吧？李烈在电话中让我放心，虽然暴动就在身边，但他活得好好的。后来再出现类似的新闻，我也懒得向李烈求证。不得不说，这两年的绝大部分时间里，李烈如同死人一样，我们的生活没有任何的交集，单凭电话那头的声音，能证明是个鲜活的肉体吗？这非常值得怀疑。即便缺少了个朋友，生活不还是要继续嘛。反观我这两年的生活，并没有因李烈不在而有什么不对头，假设他没有跑到祖国的大西部去，还留在本地，我的生活会有翻天覆地的变化吗？这当然是不可能的。

我和李烈最近一次碰面是在前年年初，当时徐大成刚在聚贤苑小区买了房子，我去帮忙组装家具。李烈打电话，问我在哪里。李烈来了，我们几个男的一起组装家具，只是一个大衣柜，没有说明书，捣鼓到天黑才终于完工。我们六七个人去体坛小区的大排档吃饭，都是高中同学，算得上小型的同学聚会。去体坛小区，也是因为几年前我和徐大成一起在这里租住了大半年，当时我们没有工作经常兜里连吃饭的钱都没有。每当这时候，我就喊李烈过来小住几天，他便会请我们吃路边摊，喝点啤酒什么的。这种情况持续到那年秋天，天气转凉后我们退掉房子，各奔东西。回头来看，在体坛小区的那几个月，是我们青春的尾巴。听起来有点矫情，而且过得有点苦不堪言。我们如此怀念它，正是因为自由以及无所事事。

刚过完春节没几天，气温很低，我们坐在大排档里面的小平房里，菜上桌没一会就凉了，身子发冷，喝了点酒也没感觉暖和。大家缩着身子说着上学那会的事情，还能说些什么呢，相互敬酒递烟，慢慢地，大家脸上都有点麻木和坐不住了，可也不好意思告辞。后来李烈出去接了个电话，说有事先走了。我问他有什么事，他吞吞吐吐的没明说。李烈走了后，我们又喝了会，直到冻得鼻涕都流出来才散场。第二天我给李烈打电话，在我的逼问下，他才勉强说出来。昨晚他和欧小蕾在旅馆住了一夜，高中的时候李烈就喜欢她，没想到这么多年过去了，夙愿达成。我问李烈感觉怎么样，他的情绪不太高，说两个人压根没有做爱，只是抱着睡了一晚。欧小蕾想等到结婚时再把身体交给李烈，话说到这个分上，李烈没了兴趣，不是他不想负责，这么多年他对欧小蕾念念不忘，但是两个人不太可能结婚。李烈的母亲绝对不同意自己的儿媳是欧小蕾这种一米五身高的，其实他儿子个头也不高。用他母亲的话说,你都这么矮了,还要找个比你更矮的吗?

当初李烈远走他乡,是为了发财。从警校毕业后,父母给他找好关系报考狱警,身高面试没通过。李烈先是在自家的饭馆里帮工,眼看着周围的人越来越有钱,不仅是他,他的父母更坐不住了。父母给了李烈几万块钱,让他炒股。刚开始的时候,李烈信心很足,他认识一个中年人仅凭炒股身价上亿。那段时间,我刚好在体坛小区住,李烈拿着一本从地摊买来的炒股方面的书,从基础知识入手,态度十分严肃,整天对着电脑研究。我问他,今天赚了多少?他说赚了十几块,改天再问,又说赔了不少,几万块钱就在股市里转来转去,一个多月过去了,竟然赚了几千块钱。这在我看来已经相当不错了,但是李烈不满足,他分析了一下,之所以赚得少,是因为本金太少。我有个朋友是放高利贷的,李烈从他那里借了几万块钱投进股市,后来赔了一点。这并没有挫伤他的积极性,股市无常嘛。李烈的父母逐渐对他失去了信心,短时间内在股市上看不到出路,也不能这样干耗着,总要找点事情干。恰好李烈姐姐的男友在服装行业浸淫多年,李烈拿着父母给的十几万跑到了祖国的大西部,经营服装生意。几个月后位于当地最繁华商场的服装店开业,据李烈交代刚开始营业额的确不错。一个人在异乡孤独寂寞可想而知,李烈想赶紧发财衣锦还乡,那阵子流行炒黄金,他听信谗言把全部的钱投了进去,赔了个精光。他没敢把情况和家里说,只好向银行贷了十几万。服装店的生意由此受到波及,新品迟迟不能上市,这么一恶性循环,就再也没有缓过来。李烈把店整体转了出去,手里还剩下点钱,又没脸回家,就在那里待着。这种事情瞒不住,李烈的家里人还是知道了,便把饭馆关掉,过去投奔自己的儿子。那边恰好是山东人援建的,都是老乡,正在建设大型钢铁厂。嗅觉敏锐的李烈父母认为这是个千载难逢发财的好时机,开了个饭馆。起初李烈的父母让他在饭店里打杂,后来生意没有预料得那么火爆,随即将他送进钢铁厂。

上班后,李烈每月工资除去还银行贷款所剩无几,发财梦算是彻底破灭了。他想过回来,但不知道回来能干些什么,何况父母又来到自己的身边。很快,三四年过去了,李烈从普通的工人成为经理的专职司机。当司机的日子里,李烈真切感受到了自身的渺小(我很怀疑为什么他到此刻才感受到呢,难不成他从前一直觉得自己是个人物)。李烈失去了自由,他经常在半夜三更被经理的电话叫醒,驱车去某个地方接送人,或者是经理有什么私事。李烈所服务的这个经理,脾气不是特别好,讲究上下级的关系,吃饭的时候,你要充当服务员的角色,任何时候都要顺着他的脾气,不能有丝毫的反驳。幸好李烈的性格比较闷骚,抱怨埋藏在心里,也正因如此他的几次调换工作的请求都被否了。李烈偶尔也会被派去服务大一点的领导,他的体会是给大领导当司机是很悠闲的,既然能坐在高位上,为人都比较谦和不嚣张跋扈。大领导出入的酒店比较高档,有细心周到的服务员在旁,不用自己亲自服侍,甚至会单独给你安排饭菜。由于年迈的缘故,大领导有着正常的作息,不会半夜三更把你喊起来。可怜的李烈,所能做的也只是盼望着经理突然猝死,或者被革职查办。

从李烈的口中,我感受到祖国的疆域辽阔,他住的地方距离公司两百里,每天早上驱车一个小时上班。地广人稀,时速可以达到一百二十迈。平时他开车去邻近的县城接送客人,几个小时的路上,有时一辆车也看不到,路的两边是茫茫戈壁滩。李烈说,开的时间长了之后,会有种幻觉,时间他妈的停住了,无头无尾。听到这里,我居然有种想哭的冲动,劝说李烈赶快回来。

我觉得我的这位老友，实在是太孤独了。你看，四五年过去了，我们这些朋友相继娶妻生子，剩下李烈还孤身一人在戈壁滩里瞎混，一事无成，他就不担心客死异乡吗？都没有留个后代。这番感悟，与我平时的立场极不符合。至于孤独，难道李烈回到我们朋友身边，就能解决吗？无后对于人来讲，也没那么重要，如果没有外力的逼迫我认为无儿无女未必不好，简直是太好。实际上我真是太羡慕李烈了，跑到祖国的西部在无边无际的戈壁滩上过活。可李烈是我的好友，如果非要死的话，还是离我近一点比较好，方便我处理他的身后事。我对李烈说，你应该找个女人结婚。李烈笑起来，他的笑容总是那么神秘以及不怀好意，我上个星期刚举办了婚礼。

昨天晚上我给李烈打电话，本来我应该早点打的，自从女儿出生后，生活忙得一团糟就没顾得上。春节前我还嘱咐李烈，春节要是回来，一定要通知我。我没等到他的电话，心想他可能没回来过春节。电话里我问李烈回来了没有，他显得有些犹豫，冒出一个反问句，我这到底算是回来了还是没回来呢？我说，你回没回来自己都不知道吗。李烈说，算是回来了吧。我又问，你在哪里？李烈说他正在长途车上。我问，你要去哪里？李烈说，我在从河南回来的长途车上，快到家了。

现在李烈坐在对面，和两年前相比没有什么变化，这让我有些失望。我对过去的两年产生巨大的怀疑，它没有让李烈发财，也没有让他身体发福。这两年我对李烈的感情生活一无所知，那就从女人谈起吧。李烈刚去西部时，我们交流还比较频繁，他多次建议我抽空去找他，并说那边洗浴场所的姑娘都很漂亮，服务态度很好，完全没有我们当地的那种敷衍了事。不消说，这的确让我有种去投奔李烈的冲动，如你所知高昂的路费我承担不起，况且是为了素不相识的洗浴服务生。但这不妨碍我在心里进行了一番幻想，祖国边疆的姑娘和内地的姑娘在外观上有很大的不同，她们的高鼻梁和粗犷的身材更像欧洲人，尤其是在两千多年前，一支古罗马的军团在中亚的一场战争中神秘失踪，据说他们辗转来到了中国，其后裔至今仍生活在那里。李烈说我想太多了，那地方基本上从事服务业的女性都是内地过去的，所谓的少数民族姑娘根本不可能染指。不过李烈紧接着安慰我，放心，等我发财了，一定会让你过来，食宿全包。

李烈跑到西部寻找发财机会，和女人多少有点关系。他喜欢大学时的女同学，两个人上过床，到了这个程度，就不要有太多顾虑了，能在一起最好不过，不能在一起也实属正常，况且两人相隔很远。我不知道李烈这家伙怎么想的，让那女的等他两年，发财后自然会迎娶她，如果发财不成她有更好的选择，可以立即结婚，不用等自己。李烈不仅没发财还欠了不少钱，他无法面对这个女的，两人逐渐不再联系。投资失败后，李烈先是和一个女的确立了炮友关系。同床几次后，那女的突然消失了，是死是活至今仍是个谜。据李烈所言，他们是在火车上认识的，恰好在同一个卧铺车厢，一天一夜的车程。晚上那女的爬上李烈的床。

至于李烈的妻子陈晶，她比他小八岁，河南商丘人士，和李烈同在一个公司工作，她的父母也在遥远的西部，承包小工程。我问李烈，有陈晶的照片吗？李烈有些扭捏，没什么好看的。他拿出手机给我看，女的挺可爱的，用软件处理过，眼睛大大的，皮肤也挺白，搭配李烈足矣。公司里不乏好事的大妈，看到两个年轻人都孤身一人，将两人往交媾的方向牵引。李烈和陈晶坐在一起，没有看对眼。那时，李烈正喜欢着别人。两人互留下手机号，匆匆告别。尽管经常在公司碰面，没有过多的交流，对方都是可有可无的样子。

以下是李烈的原话。

那女的叫黄丽，名字俗气，人长得清纯，你知道我一直就喜欢这个类型的。她是学舞蹈的，身材特别棒，我在黄丽的身上能找到欧小蕾的影子，当然她比欧小蕾高多了。黄丽是我经常陪领导去吃饭的那家五星级酒店的行政人员，我第一次见她的时候就动心了，几次后我才鼓足勇气要了她的手机号。你也知道，在酒店工作见到有头有脸的人多了去了，凭借她的姿色肯定有很多男的都盯着，我觉得我那经理看她的眼神就不正常。我只是一个司机，保不准她被什么大领导给包养了。幸运的是黄丽没有男朋友，也没被包养，还是个单身。和黄丽谈话几次后，我约她出来吃饭。你知道我那时为什么工资不够花吗？黄丽一约就出来，想更近一步，也无从下手。

一个月后的晚上，我接黄丽下班，到了她住的楼下，我跟她表白，她明确拒绝了我。我觉得还挺有希望的。在这差不多的时间里，那帮闲着没事的老妇女介绍陈晶和我认识，如果没有黄丽，我可能会考虑下陈晶。又过了半个月，我还只是摸过黄丽的手，财力实在是有点撑不住了。很快到了黄丽的生日，我计划好了，吃完饭送她回家，喝点红酒，在酒精的作用下把事情给办了。结果那天公司急需用车，在那边没有车极其不方便，又没有出租车，我只好骑着电动车到酒店门口接黄丽，她出来后脸色就变了，问我车去哪里了？我对黄丽有所隐瞒，我对她说自己是做边境贸易的，车是自己的，你也知道现在的女人多世俗，别说长得好看点的，就是丑成猪头的也对男的都是要求，没钱没势怎么能搞到漂亮的女人。我对黄丽说，路上我被人劫了，关进了小黑屋里，好不容易才跑出来，车也不知道去哪里了。我想改天再开公司的车，就说劫我的人被逮住了，车也被追回来了。黄丽听我这么一讲，吓坏了，问我报警了没有？我当时被问住了，我说明天再报警也不迟，先给你过生日。我原本可以说已经报警，为什么要说等明天再报警呢，就是为了感动下黄丽，你看，没有什么比你过生日更重要，即使我刚被人打劫，车也丢了。黄丽非要拉着我去报警，在去派出所的路上，她一直追问事情的细节。我能怎么办，只能顺着编造下去。我有种错觉，自己真的被人劫持，关进了一个小黑屋里。面对着黄丽激动的表情，我整个人融入了进去，那个小黑屋就在我上下班的路上，我都不知道看到过多少次。到了派出所，民警先给我做笔录，问劫持我的是几个人？我说，两个，一胖一瘦，手里拿着枪。我本来打算说是刀，可是刀给人感觉没那么刺激，当地的治安的确不是特别好，枪支也不是多么稀奇的事情。民警这么一听，立刻打电话向上级汇报。我被他们的阵势吓住了，越来越相信自己编造的故事。民警让黄丽先回去，他们要带着我去指认案发现场。黄丽想跟着我们一起去，民警不同意。我和黄丽说，你先回去等我，事情处理完了，我再去找你，不管怎么样生日还是要过的。有那么一会，我觉得黄丽这个女人对我真不错。

在警车上，我和民警攀谈起来，我也是警校毕业的，算起来是半个同行。那两个民警显然没有心情和我说些话，让我坐好，并要求我回忆发生的事。有什么好回忆的，这事怎么解决我都深思熟虑过了。如果不出意外应该是这样的，我们到了现场，没有查到任何蛛丝马迹，凶手什么都没有留下。民警整天那么忙，也不可能一直注意我这个虚构的案子，再者说也不是多大的事，又没死人，只是少了一辆车。民警问我，你的车牌号是多少？我愣住了。民警又问了一遍，你的车牌号？你不会连自己的车牌号都记不住吧。我冒了一头的汗，如果我说出来，明天开车上路被警察拦下来，事情就彻底穿帮了。但是，我不可能不说，这完全一点道理都没有。另外一个民警说，你让他想想，可能脑子受刺激了，一时半会想不起来。下车，我们三个人走向废弃的小黑屋。我借口头晕，蹲在地上缓了一阵。民警走进小黑屋，紧接着冲出来，拽着我往里走。你猜他们发现了什么，妈的，一具尸体，都他妈快风干了。他们盯着我，指着尸体问我这是怎么回事，之前怎么没提？你可能见过风干的尸体，妈的，这和骷髅还不一样，骷髅是白色的，但是风干的尸体他的肉还在骨头上，只不过没有了水分，脏不拉叽的，就像是一个人瘦得只剩下皮了。我当时就吐了，太他妈的恶心了！我不能再继续说下去了。我先喝口酒。

在我的哀求下，民警没把这事和公司说，交了点钱就把我放了出来。事后黄丽知道了我是个司机，挺生气的。她说不是因为我是司机看不起我，说我这个人不真诚，还特别虚荣。她可能忘了我请她吃饭和买礼物花了多少钱，我也就现在这样说。那时我根本没脸见黄丽，你别笑，我知道都怪我自己，我也搞不清楚怎么干出了这么件蠢事，大概是为情所困，我就是太想和黄丽上床了。事后，我没再主动联系黄丽，她倒是给我打过电话。她问我想不想知道为什么不和我上床，我问她为什么？你猜她怎么说的！妈的，黄丽是个同性恋，根本就不喜欢男的。我当时就破口大骂，你不喜欢男的，你他妈的早说啊！黄丽说这也不能怪她，我也没主动问过。通过黄丽这件事，我对自己有了个全新的认识，我这种人应该有自知之明，什么适合自己，什么不适合自己，陈晶是适合我的，我们就开始交往。刚开始彼此没有感觉，但那个地方，年轻人也少，相处一段时间也没有太大的问题，陈晶的身体特别软，摸起来很舒服，她性格也好，不怎么发脾气。性生活的事你就别问了，我也不可能和你说。我要说的大概就这么多，没其他有趣的事，整天给领导开车，能有什么事发生。

我看着眼前的李烈，他表情严肃，盯着我，继而浅笑，埋下头，仰头，假装严肃，又是浅笑。我说，李烈，你好歹也是警校毕业生，怎么能干出这么件事情呢？李烈有些委屈，那怎么办，干都干了。这件事可当作李烈在外多年的一个缩影，作为谈资它将在各种场合从我口中传播出去。李烈，你终究还是有所作为的。

你为什么不找工作

这么多年过去了，我是说我自己的这么多年。没事的时候回头想想我这几年也不是没有规律可循，总体上我挺倒霉的。好运从没有主动找上门，加上我生性懒惰，这么多年里总有一两个月甚至更多的时间根本吃不上饭，可是我又不想去上班，总觉得日子会好起来好日子离我不远了，自我欺骗成功之后我就开始给朋友打电话，说我正在下一盘很大的棋需要你们的帮助。我说得很真诚，加上我给人留下忠厚的印象，总有人借给我几百块钱花，这真是很不错了。

如果身上有几百块钱，我就能挺起胸膛走在大街上，认为这个世界还他妈的是属于我的，而我还有能力干出点事情来。我那几年身边总是没有女人，来来往往的总是在看清我的本来面目后就拍屁股走人。我见不得人，所以后来我就学乖了，开始利用网络，只要是不见面不深入到现实的生活中，我还是挺讨女人欢喜的。

重申一下，我不是骗子，你见过被别人骗了的骗子吗？我是在人人网上认识的赵晴，那年头还叫校内网。赵晴和我是一个大学的，比我低一级，我毕业了她还在学校里，我先看了她的照片又看了她的爱好，印象很不错，你知道，文艺青年还是有市场的，何况我还有份比较体面的工作（从事虚构），然后我们在校内网上从跟帖发展到留下了手机号，说来也巧，赵晴后来对我说，她给我留手机号的那晚上心情十分不好想找人说话，这恰好被我赶上了，你说这能不算是缘分吗？

赵晴心情不好是因为她刚好来了月经，在校园里又淋了一身雨，回到教室又被告知考试成绩很不理想，她身心俱疲来到网吧看到我的留言就把手机号留给了我又问我敢不敢给她打电话，接到我的电话后她有点激动然后就挂掉了。我在网吧和她聊到十点，她就回去睡觉了。刚好是深秋，我从朋友那里借了点钱，一到晚上我就在网吧一边听歌一边写点东西，我的爱好就这么多，听歌，写东西，女人。

这种幸福生活一直持续到了冬天，我躲在一个七平方米左右的小房子里盖着一条薄薄的被子想着下一盘更大的棋，有多大呢？上千块钱。我拿着手机翻开着通讯录打通了木头的电话，这个远在保定上警校的哥们家境殷实，抽出点生活费来接济一下我还是不成问题的。

我是这样想的，先和他聊一下近况最后再谈钱不伤感情。可是我查了下手机费，余额只剩五块钱，这不允许我说些废话只能单刀直入。迫在眉睫啊，我的语气十分激动，闲话少说，我说木头你给我听清楚了我想到了一个十分好的发财之道我要开一个公司，你先别插嘴听我说，对，开个公司，赢利模式非常清晰咱们这里根本就没有，有核心竞争力，绝对的，赚钱肯定没问题，对啊是需要资金但是投资不用很大，我现在没钱饭都吃不上了，我整天在想怎么赚钱真是不负有心人啊终于被我想到了，你要不要入股啊？对啊股东啊有分红的，绝对没问题，哥们我们就要成为有钱人了，你真没钱啊，不是吧你怎么会没钱呢你不是一个月有一两千的生活费吗？真的还是假的这都不够你花你整天吃屎吧你，你还他妈的还下馆子去洗浴中心玩小姐，你能不能别这么腐败呀还他妈的大学生呢你以为你是公款吃喝呀，你想想办法好不好？真的是赚钱的你别不信你要是现在不出份力表示一下哥们义气我以后发财了我他妈的才不认识你呢，你怎么就不信呢不多不多就是两千块钱，行行行行，那你借到了钱给我回电话，一会我把银行卡号发给你，好了好了快停机了挂电话了。

查了下余额，一块四。赵晴给我发了几条信息我没有回，睡觉之前我顺手拿了本书看了会，觉得肚子饿，床上床下翻了个遍就找到几个方便面渣，拿起来尝了下，还挺脆。

我和衣躺在被窝里睡着了，夜里觉得冷，醒来一次趴在窗口望出去，路灯下白雪飘扬，用塑料纸糊的窗户上漏了个洞，寒风夹杂着几片雪花进来，在屋里飞了一会落在床上一会就化掉了。我点上一根烟拿出手机翻开此前赵晴发给我的短信，挺温暖的。

第二天我去银行查了下，多了一千五百块钱。我取出五百块钱先去饭馆大吃了一顿，还喝了点白酒，剩下的白酒我带了回去，我想晚上睡觉前会用得着。还剩下四百多块钱我充了话费买了一条被子和一身冬天的衣服，换下来的破衣服我随手扔到了路边，走在路上想着银行卡里还有一千块钱便情不自禁唱起了歌，我身上的衣服也非常合身，裤子是一直想买的瘦腿的，妈的我都好几年没换身新衣服了，这感觉只有小时候过新年才体会得到。

我走进网吧上了会网，其间木头问我钱收到了没有？我说已经收到了，勿挂念。木头又和我说一定要好好干一定要发财。我说一定会的哥们感谢你。在网吧那会我也没问木头从哪里搞来的这钱，我那会老想着跟赵晴聊天，我心情挺好的，和她说了不少甜蜜的话，我说我很想她，晚上想得都睡不安稳，还说如果有可能的话我们应该见一次面。她过了会说我们早晚会见面的让我不要太着急。我心想我他妈的能不着急吗？吃饱了饭后我就开始想

你为什么不找工作

女人，想想我真够没出息的。

回到住的地方我拿出纸和笔想写点东西，抽了两根烟也不知道如何下笔，我总是这样，身上有了点钱写东西的欲望就少了，身无分文的时候倒是能写出点东西来，这不会是活该让我这样吧。我给木头打了个电话问他钱的来路，他说是借的，我问是谁借给他的，他没有说反问我的公司搞得怎么样了？我说我今天去了工商局，要是注册公司的话需要三万块钱我说我还是弄个工作室得了。他问我具体是怎么回事到底是如何发家致富？我说你就别瞎问了这是盘很大的棋一句半句也说不清楚，我继续问他钱是怎么来的？他想了会说不太好意思说。我说有什么不好意思就是你当鸭子赚的钱你借给了我还不许我感动一下吗？木头说钱是一个女孩的。这个女孩是木头在洗浴中心认识的足底按摩技师，喜欢木头很长时间了。他对她说自己的哥们想开公司但是没钱，于是她就把两千块钱借给他了。我说等会怎么是两千我只收到了一千五啊。那五百我留下来，这个月的生活费我花完了。我说你真不要脸跟女人借钱。还不是因为你，不然我怎么会这样。这让我挺感动的，我说这钱我肯定会还的。木头说不用你先忙你的只要是发财了什么都好说。我说我会努力的。

说一下卡里那一千块钱的下场，几天之后木头说他没有生活费了问我能给他点钱？我毫不犹豫给他汇过去两百。又过了几天他说自己没钱买火车票回家了，我又汇过去四百。剩下的四百块钱我拿出了两百在商场买了一件假皮大衣，快过年的时候回家给了我父亲当是新年的礼物。他摸了摸问我是不是真皮？我说不是真皮的，他说那你买它有个啥用。虽然是这么说，春节时他穿着皮大衣走亲访友别人问起时总说是他儿子给他买的，一千多块钱呢。之后的几年每逢过年时他才从柜子里拿出皮衣穿上几天，然后脱下来放进柜子里，在他死后这件皮大衣还在柜子里躺着，跟新的一样。

春天的时候赵晴问我要不要见上一面，我以工作很忙为由推辞了，再后来她急了说我们要是在一个星期之内不见面的话以后就不要再联系了，她说得十分认真。所以我去人才市场找了份在餐厅当服务员的工作，准备干上半个月后领着工资去找她。一个多星期之后，就在我准备辞职之前给她打了个电话，她说她已经找了男朋友。我说不是吧怎么会这么快呢？怎么了我就不能找男朋友了吗？那也用不着这么快吧！我们情投意合当然就快呀。不是吧，你是不是开玩笑呢？有什么开玩笑的这都是真的你爱信不信。打完电话我觉得整个人都是往下沉的，旁边的哥们看着我的样子在笑，意思好像我就是个傻×。我真想踹他一脚，可现如今也还是需要一个人安慰，眼前这个人不是个好选择，他一直在看我的热闹。

我问他身上还有没有钱，他拿出来十块钱，我买了瓶白酒回到宿舍喝光。第二天起床后我辞职领了几百块钱坐上车到了另一个县城。我的高中同学王能在县城的酒厂上班，之前他曾多次邀我前来，这次我不请自来，一是我需要人陪，二是他在酒厂上班有酒喝。到了之后我才发现痛苦只是属于自己的，别人根本不能理解，而且王能正和大学的女朋友处在谈婚论嫁的阶段，无法体会我的感受。我到了之后才知道虽然王能在酒厂上班，可是他属于调味品的部门，根本就无酒可喝。就这样我在王能的宿舍住了两个星期，天渐渐转暖后，他辞职和我一同离开了这个没有快乐的地方。

钱花光之后我回了一趟家，在家门口看到父亲在往屋顶上运砖头，他说他找算命先生看了我的生辰八字说我这几年诸事不利是因为屋顶上的布局不对，只要用砖头在屋顶上围个圈我就会顺利起来。我拿了本书蹲在门口抬头看着父亲在屋顶上围砖头，背景是深蓝色的天空，几朵大大的白云在天空中像是蒲团。春天真是个美好的季节。

王能辞职后我们开始混在一起，两个欲望刚强的男青年想要发财和女人，我们是革命战友，为了共同的人生目标走在一起。想一想，从春天到秋天我们都做过些什么呢？我们先是愤世嫉俗了一个月，然后去服装批发市场进了一批衣服在夜市上卖，全是女装，因为审美的问题我们挑选的货十分不好卖，搞到最后连本都没有收回来。然后是王能的未婚妻离他而去，他痛苦了一阵子，就像之前的我那样。可我体会不到他的感受，因为我认识了金文文。

我和金文文的认识方式和过程同赵晴一样，在和她交往的时候我就说我会见你的只是现在还不是时候。到底什么时候才能和金文文见面，这取决于我何时能发财。夏天我和王能卖衣服，到了秋天的时候我们准备开公司，这次我可不是说着玩的。

我拨通了木头的电话我说我要开公司，和上次不一样这次是真的，不是我自己一个人有合作伙伴你认识的是王能，这次真的是有搞头，做广告啊，空手套白狼，不是不是，前期也是需要钱的但是投入不是很大你明白的也就几千块钱，没有？不会吧你他妈的一个月一两千块钱的生活费你不会是又找小姐了，你就不能过点正常大学生活啊，什么大学生都这个样我上大学的时候可没有像你这样，你到底借还是不借啊，你想不想我发财啊，想的话就快点把钱打过来，别说这些没用的。

这一次木头给我打了两百块钱，我用这钱去旧货市场买了两张折叠床，然后就和王能住进了一间毛坯房里。房子是朋友许某哥哥的房子，暂时空着。王能住了两天就因为忍受不住饥饿回了家。我和许某住在一起，因为他要去网吧通宵打游戏，我和他也不怎么见面。

一般情况下许某早上回来的时候我还没起床，等我下午回来的时候他已经去网吧。白天我在街上走来走去累了就在马路上坐着或者到公园里晒太阳，中午我会找个朋友蹭点饭吃，晚上去我姐姐家吃饭。还没到冬天，这样的日子实在是没办法过了，我就去应聘当报纸发放员，就是每天领着一捆子报纸扔到沿街的营业房里，这活很轻松，几个小时就能干完，剩下的时间全是自己的，一天二十多块钱够吃饭和烟钱。为此我还买了辆二手的自行车，结果在一天的晚上丢掉了，这份工作我就没再干下去。这时候许某也不再泡网吧想寻个地方开保健品店卖壮阳药和避孕套。在我们住的地方附近那一条街两边全是洗浴中心和练歌房，许某的想法只存在十分钟就化为乌有。然后我们两个就整日在住的地方抽烟和唉声叹气，怎么办才好呢，我想写点东西来着，可渐渐地冬天来了，天冷得要命，我就没心思写东西，在被窝里睡来睡去。

说说金文文吧，我已经很久没和她联系了，你知道的就我当时的状态来讲，女人对我来说已经是没必要了。所以一天晚上我趴在地上捡烟头抽的时候，金文文给我打电话我都没敢接，等到第三次的时候我咬了咬牙接了起来。

金文文问我现在怎么样？我说还是原来的样子。她又问我是不是交女朋友了？我说怎么可能呢。她又问我为什么这么长时间不和她联系，我很长时间没说话不知道说什么才好，我问她最近怎么样，她说她前段时间因为贫血在医院住了一段时间现在还吃着药。我说你为什么不早告诉我？然后金文文就在电话里哭了起来，很长一段时间都没停下来。哭完之后她问我能不能去找她，她想见我。

我问许某还有钱不？他看着我说你开什么玩笑，我都两天没吃饭了。我说你就没想过去搞点钱？他问我怎么去搞？我说去抢劫吧。然后这天晚上十一点左右我们穿好衣服戴着帽子袖口里装着木棍出了门。许某比我狠多了，他在一个没灯的小胡同里朝一个女的头上打了两下，然后我拖住她的腿，他拽着包就跑远了，然后我们换了个地方又干了一次。

这天晚上我们一共收获了两只手机和四百多块钱的现金，两只手机卖了八十多块钱。分了钱后我买了车票去找金文文，我在她的住处住了一个多星期。金文文说她比以前胖了，她还说她以后可能会更胖因为她吃的药里含有激素，胖就胖吧，只要她现在还不是很胖，和她一起睡觉感觉挺好。这么多年了，和金文文同居的这几天是我过得最舒服的冬天，有暖气有女人有吃的，我挺满足的。刚开始的几天我和金文文每天都做爱，她一下班回家我就抱起她来到床上先干上一次然后再吃饭，吃完饭之我们躺在床上看会电视然后再干上一次。

这样的生活过了没几天，金文文开始计划我们的未来，她不想我离她而去。她说我应该留下来，在这个城市找份工作然后我们住在一起过日子，这样多好。我也觉得这样挺好的，可是找份什么工作好呢？金文文下班后会给我带几份找工作的报纸，翻阅报纸代替了做爱，我找来找去也没看到有份需要大爷的工作，这如何是好呢？金文文对我说不要太在意工资，要从底层做起慢慢就会好起来的。是的，会好起来的。这么多年以来我总是用这句话来安慰自己，可是又好到了什么地方去了呢？

我给金文文留了张字条，又从她的抽屉里拿了几百块钱就去了车站，我说我会把钱还给你而且我会让你幸福的。我在字条上是这样对她说的。晚上金文文回去后发现我不在，给我打电话也没打通。几天之后金文文打通了我的电话并哭着对我说我是个混蛋，我也没说其他的。一年之后，金文文给我打电话说要过来看我，我说那你就来吧。我去车站接她然后一起去旅馆。躺在床上，我们看着正在降落的太阳。我说，你看，我现在都还没有工作。

如果你注定贫穷

三年前，我错过了一次发财的机会，至今都耿耿于怀。这可能是我这辈子唯一的一次机会，反观这几年的生活，也逐步在验证。因此懊悔并没有被时间所冲洗，反而被打磨得越发光亮。我时常设想，如果我把握住那次机会，生活将是另外一番景象。只是我对富人的生活过于陌生，只能略显浮夸流于表面地进行憧憬。首先我应该有诸多的女性玩伴，她们概因钱财聚集在我的身边，但会有一两个对我动了真心，摆出要与我相濡以沫的架势。这说明抛开金钱来讲，我是有男性魅力的。可惜我是个玩弄女性的混蛋，女人们的心被伤透，自杀未遂后远走他乡。醉酒的夜晚，在良心的谴责之下，我怀揣风尘女子倾诉衷肠，哭成一副痔疮流脓的模样，仍不忘趁机捏下对方的屁股。畅想至此，我无法再继续下去，没想到在内心深处的自己是如此阴暗。

回到现实，我对现今的处境倒是有些满足，上无父母，下无儿女，只要不干犯法的事，谁也不能把我怎么样。但我明显感觉到周围投射过来的异样目光，尤其是那些处于晚年的老大妈们，她们在背后指指点点，我不在乎，无非是说我三十多了还找不到对象，她们在嫉妒一个自由的人，她们无法容忍不循规蹈矩生活的人出现在视线内。对此，我唯有沾沾自喜，在经过她们面前表现得更加快活，希望借此能使她们心情郁结，让并不通顺的脑血管更加堵塞。去年，我将父母留给我的乡下房子卖掉，在这个老生活区租住。远离了生活了十多年的街坊邻居，让我的生活更加惬意，我不必再碰到熟人时生硬地打招呼和挤出一丝的微笑，也不用在她们嘘寒问暖时强忍住心中的怒火。和过往划清界限，这多少和我双亲亡故脱不了干系，实际上我没有表现出来的那么洒脱，多愁善感在一定程度上令我过得艰辛，对亲人的缅怀只能雪上加霜。我时常在想，为什么父母给了我一个幸福安稳的家庭，令我找不到一丝拒绝想念他们的理由。

游手好闲过了两年，父母生前留下的积蓄被我挥霍得所剩无几。姐姐隔三差五来我住的地方，带来生活用品并顺便打扫房间卫生，走时扔下几百块钱。她来的时候，我躲在卧室里不出来。这样持续了半年左右，秋后的一天，和往常不同，姐姐不打招呼登门。当时，我已经断粮两天，如果她再不来，我已萌生抢劫的念头。与半年前相比，姐姐胖了许多，这让我更加生气，把自己养得白胖，却让亲弟弟挨饿。没等她站稳，我便问，你就这么空着手吗？这句话让她顿时火大，质问我，你打算这样混下去吗？我说，要不你帮我找个工作。她用手托着自己的肚子，缓慢坐在沙发上。我说，你胖得坐下都费劲了？她说，我怀孕了，以后不过来了。突然，她捂住脸嘤嘤哭了起来。我一时慌了手脚，坐立不安。我递给她手纸，她擦了下眼泪，哽咽着说，昨晚咱爸给我托梦了，问我你找到工作了没，是不是还在瞎混。没等她说完，我站起来，说这些干什么呢。姐姐抬起头，红着眼，你让我怎么和他们说？我说，你让他们来问我啊！说着，眼泪啪嗒啪嗒掉下来，我赶忙扭过头，屏住呼吸，试图让自己情绪稳定。

我跑到阳台上抽烟，天空灰蒙蒙的，连个活物都看不到。回到客厅，坐在沙发上，两人无话。我确实不知道自己能干些什么，没有一技之长，又不能吃苦。我也不是没考虑将来，可那是我能想的吗？感谢我唯一的亲人，她早已给我做好了职业规划，并决定伸出援手注入资金。一个星期后，我开着姐姐从二手市场买的汽车，干起了黑出租的生意。这有违她的本意，但要成为正规的出租车司机，需要花钱的地方多，她也不是阔绰之人。我个人倒是更倾向开黑出租，符合我的性格，自由散漫。我印了几百张名片，四处张贴在所难免，然后分发给相熟的朋友。不过我也没几个朋友，这两年离群索居，还保持联系的朋友只剩下一两个了。我决定修复友谊，不只是为了刚起步的黑出租生意。这年头，小县城不同于大城市，路宽人少，私家车越来越多，活确实不好干。比如昨天，我在车上躺了一整天，腰酸背痛另说，泌尿系统似乎也出了问题。晚上睡觉前，当我在盘算是否将车变卖另谋他路时，朋友刘忠打来电话，让我明天驱车去一百公里外的鲁中监狱，接一位他刑满释放的朋友。电话中，我本打算详细询问我要接的那位仁兄的情况。刘忠正在青岛和老婆游玩，十分不耐烦。现在我只知道，要接的人叫曾立。

第二天早上，我六点多出发，不知道曾立是几点出狱，一路上开得比较快，车上没有导航，问路浪费了不少时间。来到鲁中监狱门口，已是十点过五分，门口连个站岗的都没有。我在不远处的超市买了面包和水，借了一块硬纸壳，写上：曾立。硬纸壳放在车窗上。吃完面包后，我放下座椅，不一会睡着了。我被敲车窗的声音吵醒，睁开眼，一个头发花白的男的贴在车窗上朝我看，我被吓了一跳，急忙擦拭嘴边留下的口水。我摇下车窗，你是曾立？男的摇头。我摇上车窗，男的伸手挡住车玻璃，等曾立吗？我点头。男的说，他今天出不来了。我问，你怎么知道？男的说，我是他狱友，他得再住半个月。男的嘴角一咧企图微笑，但其他的面部肌肉并没响应。我下车，点上一根烟。男的问，你是曾立什么人？我有些不耐烦，这时一辆黑色汽车从监狱里开出来，朝西边走了。我收回目光，看看眼前这个男的，他比我矮一点，大概一米六左右，皮肤黝黑，眉宇间有道很深的悬针纹，不过他身形保持得不错，瘦但不单薄，力气不小。我说自己是帮朋友接曾立的。男的问我还有烟没有？我递给他一根。他放在嘴边抽了一口，手有些发抖。曾立不出来，这意味着我今天不仅没活干，还要倒贴一两百的油钱。男的说曾立昨晚上偷狱友的钱，被逮住了，延期出狱。说到这里，男的又咧了嘴。我扔掉烟，打开车门，准备回去。男的握住我的手，别着急走，我租你的车。他自称老陈，手里拿着一个黑色帆布包。上车后，他两只手紧攥着包，有些拘谨。我说，包车一天五百，先付一半。老陈听后，打开黑帆布包，取出一个状似钱包的塑料手纸外包装，里面有一沓钱，他清点出二百五，递给我。我装进口袋里，问他现在去哪里？老陈说，先找个地方吃午饭吧。

往西几公里，靠近公路的一家包子铺，我和老陈要了两笼猪肉馅的蒸包，我吃了几口，一股猪油味，难以下咽。老陈倒是吃得很香。我又要了半笼韭菜素的，同样的难吃。不时有油罐车从路上驶过，激起漫天的尘土。临街的商铺，除了这家包子铺，都是刻墓碑的，路边摆满了各种大小不一的方形墓碑，有些刻着字，有些只是光滑的石板。我有些无聊，便走过去。两年过去了，也没给父母立碑，今年清明节上坟的时候，遍地荒草，已经泯然众坟。明年清明节立个碑，以表孝心不至于，算是一个记号。本来当初要立碑的，家族长辈说最好等我有了后代，将后代的名字刻上。两年过去了，娶妻生子的事连个影都没有。

老陈站在我的背后，盯着斜靠在路基上的一块墓碑，你觉得这块怎么样？我嗯了一声，不明白他想干什么。老陈走过去蹲下，将墓碑搬正，抚摸着它。他抬头看着我，露出牙齿，相比之前，这次他是真在笑。我过去，蹲在他的身边，这个小了点。老陈说，墓碑而已，够写上自己的名字就成，弄那么大没必要。我指着下边，这里都缺角了。老陈说，不碍事。我问，怎么你要买？老陈点头，抬起来试了下重量，又放下。我问，给谁买的？老陈说，给自己，也给别人。

后备箱多了块墓碑，我感到有些晦气。反观老陈，他心情不错。我问，你犯什么事进去的？老陈说，捅了个人。我问，死了吗？老陈说，没有。他点上一根烟。我问，为什么事捅人啊？老陈脸突然僵住，不再言语。我笑起来，牢都坐了，说出来听听。见他不言语，我打开音乐，听歌。没唱两句，老陈将音量关掉，真想听？

陈多云，五十一岁，临淄人，已婚，有个二十岁的儿子。他是地道的农民，如前所述，两年前老陈故意伤人被判入狱，刑期是到两个月后，因表现良好减刑到今日。这么说来，我和老陈今日的相遇，颇有些因缘巧合。监狱生活对我来说有些陌生，在我狭隘的想象中，大概和寄宿的高中生活相仿，对于老陈这种习惯了劳作的农民，繁重学业和体力劳动哪个更让人难以忍受还真不太好说。兴之所至，我问里面是否真有鸡奸的现象。老陈说，我所要等的曾立凭借白皙的皮肤和柔软的身体正是小有名气的男宠。老陈笑起来，坦言曾立出狱，让诸多狱友感到不舍，他这次偷盗被举报，十有八九是莫须有的，只是这些家伙挽留他。我又问，你们平时都做些什么呢？老陈笑言，里面就相当于一个工厂，我们这些干活的，只是工资少点而已。他拍了下自己的帆布包，两年就攒了这点钱。老陈头发全白了，活像六十岁的老头。他看着后视镜里隐约的脸孔，深舒了一口气。我说，现在你自由了,多好。老陈说,顺利的话,今晚上我还得进去。

兄弟三人,陈多云排行老二。回到两年前,他早该从大哥和三弟的身上看出厄运将至的端倪。先说大哥,他在农村每年的免费体检中查出了肺癌,幸好是早期,靠化疗维持。三弟四十多岁的人,至今光棍一条,为人鲁莽,打架斗殴,把人脚筋砍断,碰到严打,入狱十五年。大哥查出肺癌那年,三弟出狱。

兄弟三人中,陈多云脑袋灵光,与人为善,性格温和,日子过得也安稳富足。当同龄人大多选择进工厂上班时,陈多云四处借债在镇上开了一家卖卫生洁具的店铺。刚开始的两年生意不好,没少遭到妻子段良芬的讥讽嘲弄,她的原话,脸都洗不干净还顾得上洗腚。短短几年的光景,热水器在农村风靡一时,似乎大家都开始注意起了个人卫生。一开始陈多云骑着摩托三轮去安装热水器,半年后换成面包车。陈多云很知足,小富则安,儿子初中辍学在家玩电脑,他也觉得没什么。

三弟出狱后,陈多云打算让弟弟跟着自己一起干,留妻子在家操持家务,一来帮衬弟弟尽下哥哥的责任,二来段良芬有高血压碰到外出安装的活,她也帮不上自己。但这个提议,被段良芬否决了。陈多云只好帮弟弟在附近的工厂找了份工作,作为一个有前科的人,年龄偏大,工作确实不太好找。陈多云的良苦用心弟弟没领,他自顾在劳务市场蹲点,说这样自由没人管。

那天星期五,段良芬正在店门口摘韭菜,准备中午包水饺。陈多云去外面修理热水器还没回来。娘家大哥打来电话,情绪激动,儿子在丰收大道上青田桥下面出了车祸。青田桥离店面只有一里地,挂掉电话,段良芬扔下手里的韭菜,锁上店门,骑着电动车到了事故现场。段良芬看到侄子正躺在桥下的阴凉位置悠闲地抽着烟,电动车被撞碎,散落一地,车头躺在下水沟里被污水浸泡。司机蹲在路边一脸愁苦地抽烟。肇事的白色小型货车在不远处，车门大开。这个位置是车祸多发地段，每年都要死伤七八个，前年一天死过五个人。西边过来刚好的下坡，视线不佳，车速难以控制。侄子在地上已经躺了半个小时，初夏的天气，衣服都湿透了。张店区的交警和救护车前后脚赶到，查看后发现并不在自己的管辖范围内，事发地在桥东边归临淄区。段良芬站在道路靠中央的位置维护现场，示意过来的车辆避让。电话响起，是陈多云打来的，他到店里发现门锁着问她在哪里。段良芬简略叙述，让他立刻过来。

上文所说，段良芬有高血压，她臃肿的身体便是明证，最近耳朵也时常耳鸣。天气炎热，段良芬站在道路中间，感到胸闷和头晕。躺在地上的侄子能切身感受到，车祸是发生在一瞬间的事，不会给你任何反应的机会。陈多云亲眼看到摩托三轮车疾驰而下，撞到段良芬的肚子，晃悠了一阵，加速逃逸，从他眼皮底下跑远。段良芬仰躺在路上，嘴角渗出一丝血迹，如同睡了过去。救护车还没到，段良芬已经不行了。

回忆至此，陈多云拿出一张有些褶皱的照片。我在路边停下车，递给他一根烟。照片上的妇女短发，体态臃肿，面对镜头眼神有些含羞，两只手不自然地下垂紧贴着身体。除了皮肤有些白净，和普通的农村妇女别无二致。我把照片递给老陈，他轻手放好，问道，杀妻之仇，能不报吗？上次没捅死他，让他多活了两年。我说，车祸是意外。陈多云说，有什么不一样，人都是没了。

凭借现场遗留下的电话本，两天后，青州市的六旬老头潘庆祥被逮捕。谈到赔偿问题时，潘庆祥已经把名下的财产转移出去，摆出一副死猪不怕开水烫的架势。当天，潘庆祥开着摩托三轮车先撞了一个人，在逃逸的路上又撞了段良芬。撞的头一个人只是受了些皮外伤，眼看讨要赔偿没戏，他也就自认倒霉了。潘庆祥的态度明确，让法院判决，不论是死刑还是坐牢，他毫无怨言。潘庆祥靠养猪为生，那天开着摩托三轮是去拉饲料。陈多云来到猪圈，七十多头猪尚在，已经在其儿子名下。儿子对陈多云说，我听我爹的，他想坐牢我也没办法。段良芬下葬后，三弟对陈多云说，弄死潘庆祥的儿子以命偿命。陈多云去派出所与正在拘留的潘庆祥会面，商谈赔偿事宜。审问室，在两个警察的注视下，陈多云将匕首戳进了潘庆祥的肚子里。

来到青州潘庆祥的家，已是下午两点。陈多云已不记得具体的位置。在树下乘凉的老头误以为我们是镇养老院的人，在得到否定的答案后，他瞬间拉下脸，咕哝骂了句。推开门，尚未进屋，我就闻到一股强烈的酸臭味。陈多云表情严肃，不为臭味所动，径直走进屋内。在垃圾堆般的陈设中，窗户边的一张床上，潘庆祥躺在上面，被周遭的衣物和食品包装袋包围着。床边的塑料桶里，漂浮着黄褐色的大便。先前问路的老头跟在我们的后面，捂着鼻子问，你们干啥的？陈多云来到床边，潘庆祥身上盖着一个床单，床单下面如同空的一样。他的头既细又长，只剩下一层皮。我问老头，他怎么了？老头捂着鼻子，摆手示意我去屋外。我跟出去，大舒一口气，递给老头一根烟。老头说，老潘活不过这个月。他的儿子联系不上，靠附近村民送些饭餐，但老潘也吃不了多少，食道癌晚期，喝口水需要一两个小时。老头联系过养老院，这样下去不是办法。过了好一会，不见陈多云出来。我怕出意外，往屋里去。老头追问，你们到底是干什么的？陈多云坐在床边，正用一个勺子给老潘喂水。老潘梗着脖子，用力吞咽。水大多顺着他的嘴角流下来。陈多云再喂，老潘紧闭嘴巴。

上车后，我问陈多云，临走老潘哭什么了？陈多云说，他想让我杀了他。我笑起来，你来这里不就是为了杀他吗？陈多云说，我不希望他死，这叫生不如死。陈多云心情不错，终于有了刚出狱的样子，他给我买了瓶饮料，请我抽了根二十块钱一盒的烟。我们坐在车上，像是发了一笔横财。这个场景，让我想起了三年前。

我坐在刘忠的车上，发财的欲望围绕着我，这种欲望是如此强烈，令我不得不抱怨自己过往的二十八年都在干什么。几年而已，刘忠已经在社会上混得风生水起，成为繁忙的体面人，都来不及扶持我一把。我说，刘忠，给条发财的路子吧。刘忠连看都没看我，你这样不挺好吗？这句话惹怒了我，仿佛我注定要贫穷，没有办法，我拿友情作为要挟，让他务必要帮兄弟一把。他给了我一个机会。刘忠的原话，只要发财的信念足够大，就一定会成功。一个家伙欠了刘忠五十万迟迟不给，合情合理的途径毫无用途，只要我能要回这笔钱，他会分给我二十万。你知道吗，当时我就愣住了，似乎二十万已经装进了口袋里。

后来发生的事有些曲折，不管怎样，我并没有完成刘忠交给我的任务。可能是我发财的信念不够大，或者我善念尚存。如同陈多云今天这次失败的复仇，他并不是想让潘庆祥继续忍受病痛的折磨。他只是单纯的怯懦，故去的妻子没能让他丧失理智。陈多云用刀捅潘庆祥，一如他给潘庆祥留下墓碑，都是作为农民的后代，看到地里有杂草不能熟视无睹的另一种表现形式。和陈多云略有区别，我是作为农民的后代，丧失了耕种的技能。

身体不健康的人没有前途

到了冬天，洗澡是个大问题。王娜在的时候，我们去过几次浴池，开个小单间，互相搓洗后，穿上衣服，在大厅吹干头发，回到住处，躺在床上，互摸身体，竟然有种久违的新鲜感。现在我躺在床上，也不觉得少了点什么。自由来得这么容易，实属出乎意料。年关将至，我想清洗一下身体。也不是我不能继续忍受自己的污秽，只是想舒服一下。隔壁独居的老头时刻把自己搞得干干净净，下一秒死后不用麻烦亲人清洗身体便可穿上寿衣驾鹤远行。楼道中和老头擦肩而过，他笑着说，你几天没洗头了。我没说话。他往我身上凑了凑，也该洗澡了。我说，这几天就洗。老头又问，你对象呢，怎么这几天没见？我说，死了有些日子了。

下午徐成打来电话，问我回来了没？我说，从哪里回来？徐成说，你不是出去了吗？我问，谁说的？果真是王娜在造谣。我问，孩子出生了吗？徐成说，没呢，还有一个多月。怎么这么快，我还以为要大半年呢。胎儿说来就来，破壳而出，稍加时日就能干缺德事了，真是好。

挺高兴的，这么长时间没见徐成。进门后，客厅打扫得很干净，从感官上来讲，一尘不染也不夸张。徐成从厨房将炒好的菜端出来。我把啤酒放在茶几边上，打开两瓶。李燕挺着大肚子坐在沙发上看电视，她起身要去端菜。我让她坐下，别动，我去。

她说没事的。我说，你还是别动。李燕执意起来，我拦在她的面前让她坐回去。徐成走出来笑着说，没事，能活动。我说，不能大意，摔一跤早产了可不好。

李燕坐回沙发，继续看电视。我继续说，就在前几天，一个女的摔了一跤，孩子早产，没救过来，死了。我指着地板说，要擦干净，不能有水，鞋子也要防滑。我问李燕，你的鞋子防滑吗？她没有接话，只是看电视。我歪头看了眼电视，老迈的范增杵在风雪中，命不久矣。徐成笑着说，我和她说，她不听，前几天下雪还出去乱走。说完，徐成将医院的体检报告递给我，纸上面，黑乎乎的照片，便是他的孩子。专业术语在此不赘述，一句话，孩子很健康，除去没查出来的，其他的一切向好。我盯着纸条多看了几眼，抬头对照李燕的大肚子。她察觉我在看，双手捂了捂肚子，我低下头看纸，多希望孩子跃然纸上，跳出来让我抱一下，不要啼哭，要大笑起来。

喝酒间隙，我们躲在厨房吸烟。酒精让我们的脸有些泛红，房间内的温度也高了。抽完烟，我们走出来，继续坐下来喝。我有点喝不进去，不知道怎么搞的。一瓶还不到，平常都是刚来兴头。肚子发胀，不停地嗝气。李燕还在沙发上，眼睛盯着电视机。徐成也在看电视，同样专注。只有我心神不宁，我本来有许多话要说的，看来要多喝一点。

胎儿在肚子里踢了一下。李燕惊呼，又在踢我。徐成将耳朵贴在肚子上，等了一会，没有动静。李燕笑了起来，真坏，一会还要踢。我说，你提前说一声，我也想让他踢我一下。我终于想起要说什么了，前不久发生的事。孕妇去医院体检，医生说胎儿有问题，三只手三只脚，必须要引产。引产后，发现不是孩子的问题，是三胞胎。徐成将酒瓶端起来，喝了一口，要给我倒满。

我接过酒瓶，自己来。李燕站起来，你们先喝，我睡觉去了。我看着她走进卧室，脚步并不笨重。

身体不健康的人是没有前途的。这是今天我想表达的主题，这还不够，应该再说点什么。有时候我甚至想，即便你身体健康，每天早上醒来感觉浑身有使不完的力气，可你还是没什么前途。我最近早睡早起的规律生活给了我一种错误的提示，那就是我身体健康，我还是有前途可言的。越来越多的事实告诉我，这是假的，我根本没前途，我的路全部都堵死了，我能做的只是枯坐在房间里，和时钟这么熬下去，在不久的将来，成为身体不健康的人，也终于安心接受了没有前途这件事。

我不打算谈自己的生活，这不重要，平心而论我还没到山穷水尽的地步，虽然离得不是特别远。每当想起身处生活边缘被现实追打得无处可逃只好认栽的徐成，我都觉得羞愧。为什么我还身体健康，疾病迟迟不来光顾，快点来吧，这样我就可以名正言顺接受失败，享受剩下的时光。徐成体格比我健硕，说是肥胖也可以。我都不知道他是怎么胖起来，每失败一次，就多一斤的重量，这么多年下来，他就成了个合格的胖子，仍然没有停止的迹象，原本粗糙的皮肤在肥肉的填充下变得紧绷和光滑，整个人显得笨拙。有些事情和他也讲不清楚，那就不讲，我们早已经适应了彼此的存在，不说话也没有关系，我们盯着电视机，在广告的间隙端起酒杯碰一下。徐成的厨艺不错，桌子上的几个菜都是他亲手做的。自从结婚后，他的厨艺进步了不少，在她老婆怀孕的这几个月，更加精湛。

徐成在厨房里，不需要任何人的帮忙，只要几根香烟作伴，半个小时菜就做好了，当你吃上一口，他的脸上会露出欣慰的表情。我似乎明白了一点，徐成身上的肥肉，不会凭空出现，也不会没有理由添加在任何一个人的身上，它们是有目的的。我告诉他，你的手艺完全可以当个厨师。徐成笑着说，真的吗？我点头，并且用筷子将菜放在嘴中仔细咀嚼，为了显得诚恳和认真，我将嗯的声音拉长，的确好吃，而且你还没学过，这就是天分。听完我的话，徐成笑了笑，端起酒杯，我们喝了一口。这一口喝得有点苦，我故意将啤酒在口腔里停留了一会。徐成点上一根烟，低着头，一只手在抠自己的脚。他的两只脚的脚面上都有白色的裂纹，他很轻松地拽到了一块死皮，往外扯，扯掉了，用手指弹了一下，也不知道弹到哪里去了。

前两年我们一起同居的时候，他的脚就这个样子，现在还是这个样子。我问，疼吗？徐成说，不疼，只是痒。我问，流脓吗？徐成说，之前流，现在不流了。我说，别管它了，我们喝酒。徐成抬起头，我们碰杯。我重复了一句，你真的有当厨师的天分。徐成叹了口气，厨师需要什么天分？我说，需要，干什么都需要。徐成也考虑过当厨师，现在有点早，还不到三十岁，放弃发大财有点早。

去年，徐成跑到武汉学习了两个星期制作鸭脖。学成归来后，他在附近的市场上租下个门面，不是特别大，前面放着展示柜和冷藏柜，后面留个小屋当制作间。鸭脖店开了没多久，就关门了。没挣什么钱，开始几个星期还不错，自从有天营业额跌到一百后，再也没有反弹上来。徐成做的鸭脖味道不错，店址选的不对，位置有点偏，好的位置租金也高。李燕已经怀孕了，没等多久，徐成在化工厂找了个工作，工资不高，但起码有点收入。辞职后，徐成还没想好下一步干什么，或许应该把房子卖掉。房贷已经压得他抬不起头，卖掉房子后呢？算了，不说这些了。我又打开一瓶酒，给他倒上。

我又说起厨师这件事，赚不了太多钱，养家糊口还是可以的。就徐成目前的情况，开个小饭馆也不太现实，有个孕妇要照顾，不过等孩子大点，可以开个夫妻店，徐成主厨，李燕打杂。这有点累，起早贪黑。要是有其他的办法就好了，也应该会有的，只是还没有想到。

徐成昨天晚上没睡好觉，不只是昨天，自从李燕怀孕后他的睡眠就不好。即使李燕不在家，徐成一个人在家里，客厅和卧室随便他睡，就是睡不好，本来挺困的，躺下去立刻精神起来，每当快要睡着的时候，心脏的位置就憋得厉害。徐成将手放在心脏的位置，问我有没有这样过？我用手捂住自己的心脏，的确出现过几次心脏中有根线拉扯了一下的那种疼痛，但很快就消失了。要说憋闷的情况，还真的没发生过。这让我很不好意思，没办法和徐成同甘共苦，更可气的是，我一向睡眠很好，熄灯躺在床上，过不了几分钟便睡过去。

我们又谈论了下个人的健康问题。总的来说，徐成的健康问题主要集中在两块，一个是心脏，一个是肠道。他每天起码要拉十几次肚子，难能可贵的是这种情形已经坚持多年。我觉得可能是肠炎，吃点肠炎宁可能有点作用。我觉得应该检查下身体，徐成觉得也没必要。他昨晚上没有睡好，早上起得太早，四点多醒来就睡不着了，躺在沙发上，感觉有点冷，懒得找点东西盖。昨晚上后半夜下雪了，四点多雪才变小，这些我都不知道，我昨天晚上像往常一样沉睡，外面发生的事情一概不知。

徐成依靠在墙上，整个人呈现下降的趋势。他的两只眼睛睁开，什么都没有看。我们喝了最后一杯酒，疲惫不堪的徐成从座位上站起来，要去躺一会。我的精神尚可，坐在座位上，看着电视机。徐成走进卧室，关上门。我感觉有点晕，脚步轻快，即便是坐着，也有了跑动的感觉。我两只手用力压住心脏，感觉它跳得欢快，一点也没有被什么压迫的不良反应。现在我不知道干什么，没有任何困意。我斜靠在沙发上，看到窗户外面的路灯光，对面住户的阳台已经没有灯光。

很久没有睡着，不舒服，或者说这张床太舒服，让我有点不太适应。起床去卫生间，客厅黑乎乎的。我点上一根烟，很快抽完。经过客厅，徐成的房间也是黑的，里面有三个人。两个大人，一个胎儿。他们躺在床上，对客厅里的目光毫不知情。

我推开卧室门，借着路灯光，看到床上的徐成，他保持着平躺的姿势，发出均匀的呼吸。我站在他的旁边，看了一会，走出来，把窗帘拉上，躺在床上，大口地吐着气，想起那句话，身体不健康的人是没有前途的。

以上都是半年前的事，最近我的心情不好，到了晚上更是如此。我躺在床上抽烟，不知道还能干什么。如果身边有电脑或者是电视机，我的心情可能会好点。还没到深夜，时间在慢慢过去，我实在受不了，从床上起来穿好衣服，出门。

我走到不远处的立交桥上，看下面的车流。十几分钟后，我下桥的时候碰见一个女的，她穿着一身运动服，长发披肩。我上下打量了她一番，擦肩而过。我站在路边点上一根烟，在想是直接回去还是到附近的银行取点钱。附近只有农行，我的卡是工行的。其实不取也可以，我只是想查下卡里还有多少钱。如果足够一百的话，我就取一百去超市买点东西吃。没等我做出决定，刚才穿运动服的女的走过来，和我打了个招呼。她说，你现在有事吗？我说，没什么事，我准备回去。她问，你住在哪里？我说，离这里不远。她说，我也住在附近，平时怎么没见到你呢。我说，我租的房子，不经常出来。她噢了一声，把头歪到旁边。

我顺着她头的方向看去，远处一辆汽车开过来，灯光在我们的脸上一划而过，眼睛被刺得有点疼。我问，你有事吗？她回过头说，也没事，我在想个问题。我问，什么问题？她说，我在想是走到那边的小超市买个打火机，还是问你借个火。我把还没抽完的烟递给她，她并没有伸手接，我还没想好。我说，给你。她说，你没明白我的意思，我身上没有打火机。我拿出打火机，递给她。她拿着打火机扭头要走。我说，我只是借你用一下。她回头看着我，只是一个打火机，你这么在意干什么呢？我愣在原地。

女的走上桥，站在桥上抽烟。她冲我招手，翻越栏杆，跳了下来。我跑过去看，一辆拉货的汽车在不远处停下，司机从车上下来，和掉在货物上的那女的交谈，不知道他们在说什么。女的从货物上下来，司机回到驾驶室，开车走远。女的一瘸一拐朝桥的方向走过来，我跑过去问她，你没事吧？女的往我的身上一靠，我拽着她的胳膊。往前没有多远就有一家医院，如果她需要的话，我可以带她过去。她说不去。我拽着她来到路边，可以给她家里人打个电话。我的提议，这个女的都通通拒绝。我说，如果你没其他的事情，我就先走了。她拽着我的手，让我把她扶到桥上，她要再跳一次。我拿出一根烟，问她要打火机。我点上烟，把打火机放进口袋里。她说，把打火机还给我。我说，你反正都要死了，留着打火机有什么用？她在后面喊我，我往前走。

在回去的路上，我接到一个电话，对方问我是不是很穷？我以前接过朋友的恶搞电话。怎么说，这样做没多大意思。我问，你是谁？对方继续问，请问你是不是很穷？我说，你听谁说的。对方又问，你到底穷不穷？我说，是，怎么了。对方问，那你想不想卖器官？我说，不想。对方说，既然你很穷的话，可以考虑下卖器官。我说，都是卖什么？对方那边沉默了一会，这样吧，我这边有点事先不和你细说了，这是我的手机号，你如果有意向可以再联系我。我说，好吧。

我挂掉电话，抬头发现自己走到了医院门口。我想了想，决定回去看看那女的。桥上没有人，桥底下也没有。我在附近转了一下，在北边的花池旁看见她正坐着，头趴在膝盖上。我碰了碰她，没有反应。我抓着她的头发往后拉，发现她睡着了。我用手拍了拍她的脸，感觉有点凉。拍打了几下后，她终于勉强睁开眼。她问我，你怎么又回来了？我说，你在这里干什么呢？她说，我的头有点晕，想睡觉。我问，你住哪里？我送你回去。她试图站起来，没成功。我把她扶起来，她摇晃着身体看了下四周。我问她需不需要去医院看看？她说，不去，我没钱。她说自己只是脑袋有点晕和疼，找个地方睡一会就好了。说完，她想要继续躺下，我强拉着她，不让她躺下。我的手用力拽住她的胳膊，可能是太用力了，她轻声喊了一下。我松手，她一屁股蹲在地上，身体伸展在地面上闭上眼睛。我拽着她的胳膊，你起来啊。我把这个女的背回我的住处，放在我的床上，盖好被子。我在椅子上坐着，对眼前的麻烦没有任何的办法。我搜了搜，发现一个钱包，里面还有十几块钱，没找到身份证。我放回去，看了看她的脸，她的上嘴唇十分薄，眉毛修过，十分细。她没有化妆，身上也没有令人讨厌的香味。

手机响了，是徐成打来的。我走到外面接电话。徐成问我在哪里？我说在住的地方，问他什么事？徐成笑着说，我在附近，出来吧，喝酒。我笑起来，你今天怎么这么高兴？徐成笑着说，我刚发了工资。

我和徐成来到小饭馆，他身上穿着工作服，散发着一股化工原料的味道，并不是特别难闻。徐成问我王娜回来了没有？我说，还没有。徐成说，你应该给她打个电话，劝劝她，都半年了还不回来。我说，再说吧。必须承认的是，一个人过日子也不是特别坏，相比女人带给你的麻烦，寂寞根本是不值一提。如果不是徐成的儿子刚出生，我倒是建议他选择独自生活。今天晚上我不想提这些，难得徐成心情不错。我们谈了会徐成的工作。在工厂上班就是那样，到点去上班工作，到时间就下班回家，作为一个从未在工厂上过班的人，我的确是一无所知。徐成告诉我现在的上班并没有想象中的那么辛劳，无非就是守着一个机器，将原料往机器上搬，你说辛苦么，肯定是有的，完全可以忍受，身处其中，你是机器的一部分，要做到准确无误，相当于是在喂养机器。对，是饲养员。这个比喻十分的恰当，可是这相当的乏味，你是去工作赚钱的，不是去消费享受的，枯燥是必然的，也是你所付出的代价。如果说人活在世是为了打发时间，那么就去工厂上班吧，你不仅成功消磨了时间，还得到了金钱。说真的，我有点被他说动了。我应该赚点钱，让自己舒服起来。酒喝得比较急，徐成还要赶回家，期间李燕打电话催了几次。关于即将到来的工作，我又问了些细节，关于同事之间的相处和工作的难度，很担心自己不能胜任。徐成劝我放轻松，工作和吃饭睡觉一样，任何一个智商正常的人都可以。对于同事之间的关系，就更不用多想了，你是去赚钱的，不是去交朋友的，谁也不欠谁的。我点头。不用给任何人的面子，化工厂的车间工作，也没有多少的工资可以拿，你不欠任何人的，你付出了自己的劳动，你流着汗水付出了辛勤的劳动，像这样的工作就算是辞职不干了，也没什么可惜的。说完，徐成端起杯子，我们碰了一下，一饮而尽。徐成擦了下嘴巴，问我和王娜到底出现了什么问题？他总觉得我和王娜之间出现了严重的问题。根本没有，我们谁也没有找到新欢，也没有大吵大闹，我们只是厌倦了对方，我们只是相处时间太长了。我无法继续忍受王娜在我的生活中出现，她大概也是这样想的。一个星期过去了，我没有丝毫要找她的冲动，甚至我更希望王娜出了意外，突然就这么死掉了。我会松一口气，伤心是一定的。听我说完后，徐成深叹了一口气，我明白你的意思，我也经常盼望死亡在我的生活中发生，只是觉得两个人当中应该有个人自动消失，不是她就是我，我更愿意是我。

我把晚上的事和徐成讲了，他觉得不可思议，一定要亲眼去看一下。徐成认为我把她带回来十分的不妥，如果这女的死在你这里怎么办？我倒没想到这一点，想到女的说自己头晕，仿佛已经看到那女的死在了我的床上。我跑起来，徐成跟在我后面。我们一句话也不说，只顾往前跑，像是那女的尚未断气，或者下一秒就会咽气。我不知道徐成怎么想的，在奔跑的途中，我竟然隐约有点希望那女的死。床是空的，那女的不见了。她就这么走了，什么痕迹都没有留下来。徐成对女的是否存在表示怀疑，认为完全是我编造的。我望着空空的床，手放在她曾经躺过的地方，感受到了余温。我对徐成说，你过来摸摸，还是热的。徐成过来摸了一下，的确是有热度，但人去哪里了呢？

我送徐成下楼。他问我去工厂上班是不是真的？我点头，这次一定是真的。徐成看着我，那我明天帮你问一下。我说好。我突然想起另外一件事，便问徐成，你们工作的地方安全吗？徐成问，你什么意思？我说，就是容不容易受伤。徐成说，你问这个干什么？我说，我听人说工伤会有补偿的，比如说断一根指头起码补偿七八万。徐成急忙问，这是真的吗？我说，当然是真的，有个家伙只削掉了一骨节的指头，就拿到了五万块钱。讲到这里，我们不由自主伸出自己的手掌，十根指头全部健在，如同一百多万摆在你的眼前令人心慌。后来，我没到徐成的工厂去上班，不是我不缺钱，只是觉得时机还不成熟，生活还可以继续熬下去。至于徐成，今天下午他告诉我，在我附近的医院，身体没有大碍，只是在工作的时候削掉了左手的两根指头。是的，没错，是两根完整的手指，外加一部分手掌。看望完徐成，我回到住的地方躺在床上，想起那天晚上的女的，不知道她是否尚在人间。但是，这好像和我也没多大关系。

时运不济

我进城去找余同拿钱,心情有些沮丧。他下楼,看到我站在路边,朝我打招呼,脸上勉强露出微笑。余同刚理了发,头皮一层青色。坐进车里,他把一千块钱放下,说,随便走走吧。我松下手刹,低着头有些不好意思,叹了口气。

余同问,你到底怎么了?

其实也没什么事,账号里的钱输光了,一直没告诉王娜,她今天早上发现了,和我吵了一架。过几天要交养老金和保险,好几个稿费都没发,要等到年底了。我知道你也没钱。对了,暖气费你交了吗?

交了,牛慧上个月工资发了两千一,加上我的工资一千八,还有你给我的一千块,刚好够暖气费和房贷。我手头还有四百块。这一千块我借张方明的,挺不好意思,平时就偶尔见一面也不打招呼。本来我想借佟峰的,一想还是算了,我都不接他电话了,借钱的事再找他,有点说不过去。我先向余磊借的钱,他也没钱,还没找到工作,去年的暖气费还没交,加上今年的,还有这个月的房贷,他还想找我借钱。我又给薛健打电话,他还欠着信用卡一万多,四五天都没去上班了,想把房子给卖了。

你今晚上夜班吗?

今晚上不太想去了。

余同，你眼睛怎么红了？

昨晚上厨房的水管坏了，捣鼓到十二点也没修好。去年坏了两次，把楼下都给淹了。上午我找师傅上门修好了，花了七十块钱。我刚睡了两个小时，头有点发懵。

那你晚上还去吗？

还没想好，我再想想。余同点上一根烟，现在去哪里？

我把罚单递给余同，上个月27号在公园对面的牛山路停车被逮了。我看见警车了，等跑过去交警已经把单子开好了。一百块钱。你知道一中队在哪吗？我查了下地图，在人民路上。

我从人民路一直往东开，快要郊区了也没找到。

余同说，不会是在刚才的公路局吧？

那是公路局，不是交警队。

余同查了下地图，上面写着就在人民路上。

开车来到公路局。停下车，我让余同待在车里。传达室里有个老头，他说附近有个交警队，但不清楚是不是一中队。交警队的具体位置他也不是特别清楚，好像是前面的十字路口往北在路的东边。

拐过去往北没多远，路东边停着许多车。大概就是这里了，我把车停在路边，余同在车里等着。门朝南，前面聚集了不少来处理违章的人。门边挂着二中队和三中队的牌子。这时，一个交警走出来。我问，一中队是在这里吗？他朝一辆警车走过去。我跟在他的后面。他边走边说，一中队不在这里。我问，那一中队在哪里呢？他走到警车边，停下来回我，在西二环边上。我问，西二环在哪里？他皱着眉头，张新村你知道吧？我摇头。他说，顺着管仲路往南走到头。

我回到车里。

余同问，交上了吗？

管仲路你知道吗？

咱们高中旁边不是有个交警队。

那不是交警队，是挂牌落户的地方。

路上余同让我不要着急，别开太快。我确实有些着急，已经是下午三点多。我问余同要不要先把他送回去，我自己去。余同说不用，时间应该来得及。打开车窗，我们点上烟。前面红灯。我有些焦躁。余同靠在椅子上，嘴巴自顾说着，晚上到底去不去呢，去还是不去呢？他在化工厂上班，这是第三个月，试用期刚过，月工资涨到了三千块。如果没有别的出路，余同打算这样干下去。还有两个多月就要过年了，过完年儿子到了上幼儿园的年龄，这又是一笔开销。

多年不来，管仲路上的变化不小，街两边是各式的会所。十多年前，上高中那会，这条路还很荒凉。车速慢下来，我不时看着两旁。今天有雾霾，到处都灰蒙蒙的。立冬过去，路面上还有不少落叶。这一切，与我和余同的心境相仿，沮丧和少许的凄凉。到了管仲路的尽头往西走，开了一段路，我下车问路。路边停着一辆大货车，车后有个男的。我问他知不知道一中队在哪里？他不知道。一会，走出来个中年男的。他指着东边，一幢塔式的高楼，就在那里。楼门口挂着修车厂的牌子，开车进院，在西边看到一个平房，这就是一中队。我找地方停下车，走进去，将罚单和钱递给一个姑娘。姑娘问我干什么？我说处理违章停车。她连单子都没看，告诉我不用处理，等审车的时候来一起处理，没有滞纳金。我说，那我现在处理可不可以？她有些不耐烦，你现在不用处理，等审车一起处理就行。

回到车里。余同问，处理完了吗？

不用处理。

怎么不用处理呢？

等审车的时候一起处理。

来都来了。

快到高中校门时，我觉得不妥，罚单上写着十五日内要来处理。这个细节刚才我并没有问姑娘。余同说得对，来都来了。我掉头，又回去。我找到刚才的那位姑娘，仔细问清楚。她有些无奈，笑起来，你真的不用担心。可我审车要等到后年。那就后年一起处理，姑娘看着我笑。我道谢，出门，碰到两个交警一左一右挟持着一个壮男迎面而来。壮男脸色红润，表情木讷，走近闻到一身酒气。

余同问，交了吗？

还是不让我交，算了。刚才那个胖子了，酒驾。你记得朱亮吗？我说，他这辈子都不能开车了，喝酒开车把人撞死了。

什么时候的事？

两年前，我记得和你说过。

没有，我第一次听你说。

你肯定忘记了，这种事我怎么会不和你说？

这种事你如果和我说过，我怎么会忘记。

那天晚上他跟几个朋友去唱歌，喝了几瓶啤酒，回家经过桥洞，冒出来一个骑电动车的男的，怼上了。朱亮说他车开得不快，也可能他确实开得不快，或者是他本身开得快，喝酒了没意识到快。对，朱亮的酒量不错，按理说几瓶啤酒不至于这样。朱亮没跑，人死了，他再逃逸的话，估计现在还在监狱里呢。你怎么能说朱亮倒霉，他这完全是自找的。死了的那人才真倒霉，独生子，孩子才一岁多，晚上下班回家，就这给撞死了。赔了四十多万，那家人才没起诉朱亮。这钱都是朱亮家里人到处借的，你酒驾，保险公司不理赔。

你确实没和我提过这件事，我一点印象都没有。

送你回家，还是去坐班车的地方？

我还没想好，到底去不去上班。

不去会怎么样呢？

余同笑起来，能怎么样，少赚一百多块钱。

那我给你一百块，你别去了。

余同想了会，说，不去了，今晚在家睡个好觉，万一在班上睡觉被发现要罚一千块，半个月的工资就没了。

要罚这么多吗？

从现在到过年要奋战一百天，新机器投产，查得很严。前几天三号车间一个家伙被逮住罚了一千，真他妈的没人性。

到了楼下，余同摇晃着身体下车。我们相视苦笑。

天暗下来，我开车来到人民路和承诺路交叉口的工商银行。银行已经下班，我走进自动取款机，查询了三张银行卡里的余额，将里面的钱和余同给的一千块，集中存到一张卡里。出来后，我坐在车里打开天窗，抽烟。抽完烟，我盯着前面的公路，一辆辆车飞驰而过，我睡着了。时间不长，等我醒来，天已经完全黑透，不时有车灯照过来，有些晃眼，脚有些发麻。有人敲车窗。我放下车窗，看着他。

他穿着保安制服，朝车里扫了眼，问，你在这干什么？

和你有什么关系。

你把车停这里面，我就管得着。

我关车窗，他用胳膊挡住。我打开车门，下车。他另一手里拿着橡胶棍，摆着架势。我想走两步，结果摔倒在地上。

他着急了，忙说，我可没碰你，是你自己倒下的。

我揉着腿，站起来，腿麻了。

×，还以为你要讹我。你快点走吧，这里不吉利。

我问，怎么了？

昨晚上这里死了个人。

在哪里？

就在这里，你停车的地方。

我看了眼脚下，怎么死的？

不清楚，一个五六十岁的老头，我发现的时候身子已经僵了，躺在这里一动不动。

我原地跳了几下，腿不麻了。把车开出去，拐进公路，我从后视镜看着保安，他注视着我。他长得像我的父亲，眼神中流露出的那种关切，以及与人交谈时从内心深处泛出的笑容，和我有几分相似，谨小慎微地活着。只是，父亲已经死去多年。

收藏家郑友好

1

以下是郑友好自己说的：

十年前，我二十岁，念大二。秋天的时候生了一场病，回家乡的医院住了一个多月。出院回到学校已经是冬天，到处都很冷清，也包括我的情绪。听医生的话，我试着戒烟，没有完全戒掉，偶尔还会抽几根。此后，我保持着低落的情绪，即便现在也没逃出那几年对我性格的影响。这也是我拿出来和你分享的原因。

牛慧比我大三岁，夏天毕业离校，当代课老师，工作的地方离学校上百里路，我们不怎么见面。大概一两个月她会来一次，我们去外面开房。这份感情不会太过长久，对此我们心知肚明，也没想过要多么努力进行维护。我生病回家后，牛慧表达过要来看望我的想法，也仅此而已。住院枯燥乏味，我很想念她，每天都会通几次话。她在乡下小学教书，住宿舍，放学后，偌大的学校只剩下她和另外两个女舍友。一开始她还有些担心害怕，牛慧虽说不是那么美艳动人，但置身乡野，单凭女大学生这个名号，足以使得村里的男性浮想联翩。刚工作的时候，对现实处境的失望让牛慧有段时间情绪低落，不得不说爱情是慰藉的途径。这也是我们的爱情没有迅速终结，得以继续维持的关键。等到第二年春天，牛慧经热心同事介绍，和当地一乡镇企业的儿子确立恋爱关系对我提出分手也是顺理成章的，当然这是后话。我对她没有过多的怨恨，这和我的性格有关，我不是嫉恨之人，也没想过报复。辱骂牛慧的话，也只是在当时特定情形下自尊的合理表现。说实话，话说出口，我也有些后悔，何必搞得如此难看呢，分手难道不正在我们的计划之中吗？这不是重点，我要讲的是我和牛慧的最后一次见面。

牛慧计划放寒假前来看我，届时小学放假，她时间自由。有天，牛慧要到市里办点事，问要不要见一面。早晨我坐上去市里的公交车，半路上天空飘起了雪花。我心情不错，想象着和牛慧牵手走在雪中，不乏浪漫气息。可惜雪花落地即化，天气阴冷潮湿，地上泥泞，世界像一块穿了几个世纪从未洗过的鞋垫。走出车站，我在路边等牛慧。长时间的等待，我心情沮丧，焦躁不安。当牛慧微笑着从远处走来，一切都不再是问题。我们看着对方，一句话都说不出来，只是在笑。

好，我讲重点。我提议去开房。牛慧没说去，也没说不去，只说逛会街。这样的鬼天气，有什么好逛的呢，但是总要表现出对女性的耐心。就像现在，我和你坐在一起，其实刚见面那会我就坐不住了，感觉糟糕，当然这不是针对你，你当然还好，是我自身的问题，和陌生人相处有些费劲。可是，坚持到现在，我们相处得虽说不上融洽，但也不坏，你说呢？

我和牛慧走进一家面馆,点了两碗热腾腾的面。吃完后,牛慧提议看电影。十几年前,电影院还没现在这么普及,说是录像带放映厅更为贴切,里面弥漫着一股说不清的臭味。我们找了个偏僻的角落坐下,在另外几个偏僻的角落还有几对男女。电影开场没多久,我按耐不住去抚摸牛慧。她的身体我都熟悉,这时又是新鲜的。我们接吻,试着将各自重点部位的衣物褪掉。衣服卡住肉的感觉不好,可也顾不了这么多了。你还要继续往下听吗,有些不雅。我当然也不想说了,不过我尊重你的意见。你要是想听,我就讲。好,简而言之。牛慧俯下身子抚摸我。我并不喜欢这样,她也是。确实环境受限,你别笑。一个男的走过来,我急忙把牛慧拽起来,用衣服遮住。

牛慧还想看电影,我一点兴致也没有了。男的事后总是情绪低落,万念俱灰。我想立刻就走,这样显得太功利。又看了会电影,我问牛慧末班车是几点的,要不要提前走?牛慧感觉到我在赶她走,生气了。她气嘟嘟跑出去,在站牌等公交车,任凭我怎么哄劝,一句话都不和我说。牛慧板着一张脸,我想到追求她时的情形,她吸引我的正是这种冷艳。我承认,我真是犯贱。牛慧对我笑颜相迎我不把她当回事,这都是我自作自受。还好,在我苦苦哀求下,牛慧终于开口说话了,你不就是要赶我走吗,我现在就走。牛慧甩开我的手,让我滚开。公交车来了,我跟着她上车,坐在她的后面。我要怎么对她说,说我刚才赶她走是因为性欲得到满足,现在我元气恢复了。这其实和你们女的生理期是一个道理。你们月事来的那几天,喜怒无常,我们不也是忍而不发吗?我不是狡辩,确实是我有错在先。到了车站,想到牛慧即将离我而去，我痛不欲生。我紧紧抱住牛慧，她可算是笑了。我心里松了一口气，可我还是喜欢冷艳的她。

这天晚上，我们都没有回去，在车站旁边住的旅馆。太冷了，开空调也无济于事。我们穿着秋衣，盖了两床被子，抱着取暖，牛慧正在生理期，畏寒怕冷。我把她的双脚抱在怀里。我们谈了下彼此的生活，也只是一带而过，似乎没有深谈的必要。一些事情在悄然改变，我们早已有所察觉，不打算作出改变。我们都在旁观，期盼它能快点结束。我抱着牛慧哭了起来，不是嚎啕大哭，只是流着凄凉的泪水。不是因为爱情，更多是对自身生活的一种释放。我清楚地记得，对牛慧提出做爱。这很自私，我没有强求。虚无笼罩着我们，进入各自的睡眠中。

2

韩雯看着眼前的郑友好，就这些吗？郑友好端起水杯喝了一口，点头。韩雯笑得有些轻蔑，这和你的癖好有什么关系。郑友好说，我想收藏牛慧带经血的内裤，她没同意。韩雯说，那她也太小气了。郑友好笑起来，我也这么想的，如果是你，你会同意吗？韩雯说，当然了，一条内裤而已，又不是多贵重的东西，你想要，等过几天我送你条。郑友好看着韩雯，你是不是对我有意思啊？韩雯忙摆手，你多想了，你不是我喜欢的那种类型，我只是单纯帮你忙。郑友好舒了口气，那就好。两人陷入短暂的沉默。韩雯问，说下你的内裤收藏史吧，多少条？郑友好说，不到二十条，平均下来一年收藏两条就不错了，女的内裤好找，问题是要带经血,这就比较麻烦了,需要一点运气,就算我翻墙入室,人家也不一定在生理期。韩雯笑起来,照你这么说,二十条已经很多了。郑友好说,今年我还没得手,你如果送给我,那就太好了。

3

大学刚毕业那年,我找了份编辑的工作,和几个陌生人租住在一起。有天晚上下班回去,在洗手间看到个脸盆,一堆脏衣服里有条带血的内裤。这是第一条,是谁的我不清楚。我们搞收藏的不在乎原来的主人是谁,也不讲究物归原主。以前我根本不知道自己有这个爱好,接下来的半年里,如法炮制又弄到三条。每天一下班我就急忙回来,先跑去洗手间看,搞得有些魂不守舍,干什么都提不起兴趣。搞到内裤,我能兴奋几天。辞职后,我没立刻找工作,什么心思都没有,想发财没门路,就在家待着。第二年,我在一所高中找到份后勤的工作,每周都检查男女宿舍。半年的时间,在女宿舍搜集到了九条内裤。我喜欢这份工作,尽管工资有点低。丢掉这份工作,我很长时间都没缓过来。具体原因我不说,你也能猜到。有一年,我实在忍不住了,半夜里抢了个女的内裤。在这之前,我还连续抢了几个,都没成功,她们没在生理期。再这么下去,我迟早被逮进去。我知道这样不好,可我控制不住自己,每次得手我都很亢奋,你根本体会不到。这些年,我试图联系过牛慧,都没成功。如果当初牛慧把内裤给我,我还会这样吗?不清楚,或许不会,或许会变本加厉。这两年我自律多了，去年我在一家工厂女宿舍的垃圾桶里找到一条内裤。这些年，我一直是单身，眼看三十岁了，家人也挺着急的。第一次相亲遇到你，是我运气好。

4

两个星期后，韩雯下班回到租住的地方，蹲在马桶上，发现月事来了。她用一个纸盒将内裤装起来，坐在沙发上给郑友好打电话，没打通。韩雯又给同事王姐打电话，问她能不能联系上郑友好？上次相亲是王姐安排的，回来后，她对王姐说，对方少言寡语，不合适。王姐对韩雯好一顿劝，试图让她明白女人到了三十四岁是没有竞争力的。韩雯也清楚自己很普通，前些年身材也说得过去，如今衰老得厉害。王姐见韩雯询问郑友好的电话，立刻亢奋起来，我之前怎么说来着，合不合适多接触下自然就知道了，才见一面就放弃对自己也不负责。韩雯随口应付下来。几分钟后，王姐回电话，语气低沉。三天前，郑友好出车祸死掉了。具体怎么回事，郑友好的家人没细说。韩雯把内裤从纸盒里取出来，洗干净，晾晒好。之后，每次来月事，韩雯都会想起郑友好。

体检

1

王东和母亲去医院体检,作为多年的乙肝患者,这是必不可少的。前几年母亲对体检还排斥,一是心疼钱,二是感觉身体无恙,随着丈夫肝癌去世和其年龄增长,她意识到体检的重要性。其他不论,若丈夫能按时体检,癌症会在早期被查出,绝不会拖到晚期,短短两个月便与世长辞。这次体检,是母亲主动提出的。王东虽不到而立之年,却也时常担忧自己的身体,尤其是父亲离世后,他认为自己迟早罹癌。何况如今,年轻人患癌不在少数,前几天他在网上看到一条新闻,五岁的小女孩查出肝癌晚期,给了他很大的震动。王东怕死。除此之外,他笃信人各有命,以何种方式死掉,早已注定。即使你选择自杀,何尝不是命运安排好了的。许多的日子里,王东不得不过多地关注自己的健康,体察身体是否有不利的信号发出。他为自己的谨小慎微感到羞耻,这不是二十多岁的人该有的样子。有时,他期盼病魔赶快到来,与其殊死搏斗一番。可这,何尝不是心虚的表现?

2

办诊疗卡，拿病例，找医生开化验单。当王东和母亲来到三楼化验室抽血，已是上午九点多。下午三点出化验结果，时间尚早，王东让母亲坐车先回家，他去市区逛逛下午来医院取结果。市传染病医院位于一座山头，出了医院要走几百米到路口打车去公交总站，再坐回家的公交车。早上没有吃饭，王东感觉到饿和疲劳，山脚下有个羊汤馆，他提议去里面吃点饭。母亲觉得没有必要，一会就回家了。在路边等了会，一辆出租车过来。在公交车站，王东给母亲买了一串糖葫芦，个头很大，三块钱。起初母亲不同意，觉得贵。王东还是买了，母亲也挺爱吃的，问他要不要吃？王东吃了一个，味道还不错。母亲将山楂核吐在地上，王东告诉母亲不要乱吐。母亲说，怕什么，又不是没人打扫。上了公交车，母亲坐在车上朝王东招手，让他走。他看到母亲吃着糖葫芦，将山楂核放在手里扔出窗外。王东想再叮嘱母亲不要乱扔，不过车开了。他和母亲招了招手，去找开往市区的公交车。

3

单纯体检的话，王东没必要来传染病医院，其他的医院也可以，不过这里是专科医院，医生更加可靠。二〇〇六年夏天，还在上大学的王东熬夜喝酒，全身乏力毫无食欲，他没有去传染病医院，随便找了家医院，医生给他开了些药吃。到了秋天，王东的身体每况愈下，整日无精打采躺在宿舍的床上，饭也吃不下，半夜上吐下泻。他休学回家住院。事后总结，王东当初不去小医院听信庸医，何须住院花这么多冤枉钱。这八年来王东依旧熬夜，每天都能睡到自然醒，他有了喝啤酒的习惯，频率不高，一个月两次左右，喝到舒服而止，一年醉酒两次左右。他没有工作，很少有繁重的体力劳动。父亲死后，王东曾决心戒烟戒酒，没有成功。从上次住院到现在八年的时间，王东的肝脏保持稳定，这多少有些出乎意料。他的父亲，从第一次住院治疗到查出癌症，也只有短短的八九年时间。父亲一直从事繁重的体力劳动，后来因身体无恙掉以轻心开始喝白酒。王东不同，他不事劳作，从不喝白酒。阳光灿烂的上午，王东坐在公交车上，想着体内的病毒以及死去的父亲，阳光普照下倦怠中有些无助。

4

自从和老婆在柳泉路上开的店铺转让后，王东很少来市区。老婆安心在家带孩子，更是没机会出门。下车的公交站点在之前店铺的前面，接手的那个女的在店铺装修完毕后检查出怀孕，立刻张贴出了转租的告示。过去了大半年，店铺也没人接手，就这么空着。乐天玛特一楼的餐饮区，十点多，只有王东一个顾客。这里的香鱼煲，用辣椒炖的鱼肉豆腐和金针菇，尤其是汤，十分好喝。王东吃得满头大汗，摊点对外的招牌是黄焖鸡，很明显香鱼煲更加好吃，更应该是招牌菜。吃饱后，他坐电梯来到四楼的精彩电影城。王东看了下屏幕上的节目单，没有想看的电影。百脑汇前面的广场搭建的舞台上，一群妇女穿着红绿为主的演出服正在跳舞，妇女臃肿的身形被衣物包裹得凹凸有致。每当妇女的脸转过来时，苍老的脸庞和婀娜的身姿所呈现出的反差，有些骇人。观看的人不少，以上了年纪的男性为主。

5

化验科没上班，王东坐在一楼大厅等。一辆警车停在门口，两个警察押着一个女的从车上下来，她双手被铐住，低头走进来。女的染着黄色的短发，看起来年龄不大，一直低着头。戴眼镜身形略胖的警察说，怎么了，还害羞？医院还没上班，他们在王东对面的椅子上坐下。刚才说话的警察看了王东一眼，眼神有些凶。王东迅速低头，心里有些发慌。王东抬头发现警察仍然盯着他看，他索性起身来到外面，在花丛边抽烟。有人在背后喊他，回头发现是刚才的警察。王东问，是叫我吗？警察点头。王东走过去，怎么了？警察问，你来看病吗？王东说，体检，等结果。警察问，你怎么了？王东说，没怎么，就是正常的体检。警察说，身份证。王东将身份证递给他。警察拿过去看了看，递给他。王东笑起来。警察问，你看见我跑什么呢？王东说，没跑啊。警察说，没跑，你出来干什么？王东说，抽根烟。警察往大厅里看了一眼，你认识她吗？王东说，不认识。警察问，别看见我们就跑。王东笑起来，我真没跑，就是出来抽根烟。警察有点生气，你怎么还不承认？王东说，我就是有点心虚。警察问，你心虚什么？王东辩解，也不是心虚，就是你刚才看我的眼神，有些害怕。警察问，我刚才怎么看你了？王东说，就是现在这种眼神，可能你没注意到。警察说，到底什么眼神？王东拿出手机，对准警察，我给你拍张照片，你自己看看就明白了。警察盯着镜头，微笑起来。王东说，你别笑，用你刚才那种眼神。警察收起笑容，严肃起来。王东说，不对，把我当成犯罪分子的眼神。警察目露凶光，是这样吗？王东说，对，保持住。摁下快门，王东将手机递给警察，你看你的眼神，吓不吓人？警察看了后笑起来，的确有点凶。王东说，好人都让你吓到了。警察将手机递给王东，把照片删掉。王东点头。警察从口袋里掏出烟，递给王东一根。王东说，刚抽了。警察说，怕什么，再抽一根。王东给他点上烟，再给自己点上。王东问，那女的犯了什么事？警察说，信用卡诈骗。王东说，真看不出来。警察说，那你看着她像干什么的。王东看女的脸，此刻她低着头，头发遮住了脸，看不清楚。王东问，她多大了？警察说，十九岁。王东说，这么小，看起来挺成熟的。警察说，在社会上混的时间长了，显老。王东问，带她来医院干什么呢？警察说，体检，进看守所前都要进行体检。王东哦了一声。同事在喊他，警察告辞，走进大厅里。

6

王东沿着医院的人造湖走，湖里有许多金鱼，个头很大，成群出没。建造人造湖挖出的土在旁边堆积成小山丘，上面种着许多树，枝繁叶茂。王东走上山丘，在一块宽阔的水泥面上躺下。他闭上眼睛，想到二〇〇六年秋天在这里住院时的一些事情。住院的当晚，护士给了王东两个容器——装早晨的尿和大便，想到明天要把自己的小便和粪便递给这位年轻的护士，王东感到羞愧，久久不能入睡。护士看着尿说，量太少。王东问，那怎么办？护士问，你吃饭了吗？王东说，吃了。护士说，那明天再取尿，记得多取点。王东问，大便足够吗？护士看了下容器里的粪便，够了。对话结束，王东深吸了一口气，感觉挺过了人生的一个重要关口。和王东同一病房的有两个人，一个姓公，一个姓左。姓公的年龄比王东小一岁，外来务工人员。姓左的年龄大一点，贵州人，三个孩子的父亲，在化工厂上班，化学品泄漏肝损伤住院。王东和他们熟络起来，早上打完吊针后，结伴去外面吃饭，再到网吧上网。姓左病还没治好，化工厂的老板不出医疗费，只好出院走了。姓公的肝功恢复正常后出院，一个星期后来医院复查，各项转氨酶指标又升高了许多，再次入院治疗。王东和姓公的是一天出的院，两个人约好以后常联系。住院花了不少钱，王东的手机停用，姓公的留下了手机号，不过王东从来没打过。如今故地重游，王东想到失去联系的病友，不知是否尚在人间？

7

王东感觉眼前有个黑影，他睁开眼，一个老头站在那里。王东迅速坐起来。老头形如枯槁面色蜡黄，在风的吹拂下，衣服里像是空的。老头问，你是干什么的？王东说，来医院查体。老头问，也是肝不好吗？王东点头。老头在旁边坐下，望着天空。王东起身要走。老头说，坐下说会话。王东坐下，看着老头笑。老头说，你这么年轻肝就不好？王东点头，好多年了，大爷你呢？老头说，肝硬化。王东问，你贵庚？老头说，七十二。王东说，我估计活不到你这个岁数。老头哀愁的脸露出笑容，说得对，我二十多岁那会身体很壮，没你这么瘦。说完，老头斜看了下王东。王东问，医生说你还能活多久？老头拉下脸，不说话。王东说起自己的住院经历，姓公的病友在第一次出院后，病房里住进来一个老头，年龄以及身体情况与眼前这个老头相仿。晚上，老头盘腿坐在床上主动与王东攀谈，没说十句话，累得上气不接下气。他吃力地走下床，试图弯身取尿壶，王东见状立即跳下床，将尿壶递给老头。老头命令王东将尿壶放回原处。王东没有照做，手里拿着尿壶，等待老头直起身子。老头甩手将尿壶打掉，深陷眼窝的眼睛喷射出一股怒火。王东说，我只是想帮你。老头说，我还没死呢。眼前的老头问，为什么要说这些呢？王东说，那老头两天后就死了，我觉得你也快了。老头伸手要打，王东闪到一边。

8

医生仍是早上的中年妇女，看完化验单说，你母亲的肝功正常，你的也正常。王东说，我的胆碱酯酶有点偏高。医生说，这个不影响。王东问，为什么偏高呢？医生说，这个我就不清楚了，你的肝功是正常的。医生将化验单递给王东，没事你可以走了。王东说，我上网查了下胆碱酯酶高有可能是神经系统疾病或者肾功能不好。医生抬起头，那你最好去神经科和肾病科。王东说，我晚上磨牙，特别严重，已经影响到了夫妻生活，我查了下资料，磨牙和基底神经节功能紊乱以及中枢神经系统递质分泌异常有关。医生打断王东，我对磨牙没有研究。王东说，胆碱酯酶偏高有可能是神经系统疾病，磨牙也是神经系统的问题，这么巧，你说我是不是神经有点问题？医生看着他，你感觉自己精神状态怎么样？王东说，还可以，没有大的问题。医生说，那应该没问题，不要想太多，放轻松。王东说，感觉活着没意思，医生你有这种念头吗？医生说，现在年轻人压力大，挺正常的。这时，一个中年男子走进来。王东起身对医生说，谢谢你。医生说，不客气，如果你真感觉精神出了问题，最好去做个检查。王东走出门外。房间里传来医生和中年男子的对话。医生说，吓坏了，一个神经病。男子问，刚才出去的小伙子吗？医生说，对，你没看出他精神不正常吗？男子说，没啊。医生说，可能你没仔细看。听到这里，王东折返回屋，对男子说，你仔细看看我吧。

吾友赵西

1

没记错的话，再过几天，赵西就会被执行死刑。出于我和赵西之间的友谊，我觉得挺可惜的。站在中立的位置，他的确该死，早就应该死，而不是再往后拖。这阵子我的睡眠不好，夜里经常做梦，总是在凌晨醒来，心里很失落。梦中的情节怎么也想不起来。这种反常的作息和赵西没有必然的关联，我认为是季节交替所致。春天来了，万物复苏，我的老友赵西也要投胎重新做人。除了赵西，我还想到王娜。有时我在想，如果这几年我和赵西持续交往的话，彼此的生活轨迹会不会发生改变。不说我，单说赵西，他还会做出杀人的举动吗？我不能确定，何况生活也没有什么假设和如果。

我始终认为，从王娜死的那刻起，我和赵西的生活就注定改变。赵西曾不止一次对我说，要为王娜的死讨个公道。这在我看来十分可笑，王娜是难产死的，当小三也是她权衡利弊后的自愿行为，把矛头对准包养她的那位六旬老翁，这不太合适吧。赵西问我，王娜肚子里的孩子是不是那老头的？我点头。赵西又说，王娜是不是难产死的？我点头。赵西说，那老头就是该死。我说，可那孩子也是王娜的。赵西生气了，质问我，你什么时候变得这么理智？必须指出，我虽然暗恋过王娜，这都是前尘往事，我没有责任和义务，为她的死做出任何过激举动。而赵西，作为和王娜上过床的众多男性之一，比我更有资格为她杀个人。我就不明白了，为何要将我牵扯进来。

有时我想起王娜，不是惋惜，更多的是羞耻。我怎么也搞不清楚从前为什么如此痴迷王娜，她性感美丽，这就是全部的理由了吗，如此的话我这个人可真够浅薄的。我把大好的青春浪费在了一个虚无缥缈的女人身上，这和爱情没有多少关联，完全是性欲在作祟。可赵西得到过王娜的身体，却执意要为她复仇，这算是怎么回事呢？

王娜死后，赵西变得多愁善感，经常谈到王娜的时候，眼睛里饱含热泪，不时声嘶力竭。毫不客气地说，即便是他亲妈死了，也难得有如此的表现。开始我觉得赵西是在作秀，不排除有存心刺激我的可能。后来次数多了，我不胜其烦，对他说，如果你当真如此思念王娜，为什么不去死呢，这样阴阳两隔，你哭来哭去的又有什么用呢？赵西涨红了脸，用纸巾擦拭着脸颊的热泪，继而说，你怎么可以这样对自己的朋友？我站起来，赵西拽住我的胳膊，别走，陪我一会。

我最终还是坐了下来，目睹赵西将自己灌醉然后趴在桌子上呼呼大睡。我从他的口袋里找出钱包，把服务员喊过来付账。钱包里有张赵西和王娜的合影，两人的脸蛋凑在一起，相约做出了嘟嘴的表情，两个人都没有穿上衣，消瘦的王娜露出锁骨。如果说此后赵西约我，我不再赴约全都是因为这张合影，我也不反对。我扔下还在饭桌上熟睡的赵西，走出饭馆。在回去的路上，我想是时候和赵西以及死去的王娜划清界限了。不然呢，我察觉到和赵西这么混下去早晚会出问题。现如今，我为自己当初的决定感到庆幸。刚开始多少有些不适应，我这人不善交际，朋友不多。有时晚上想找人喝酒，都没得选择。赵西给我打过不少电话，有空出来喝点，都让我以各种理由拒绝，后来我索性换了手机号。

人活着就是个适应的过程，没过多久，租的房子到期，我从市里撤离，回到小县城。家里开始催着我结婚，催也没用，女人不是说来就来的。那段时间我挺孤独的，时间多得没处用，手头也缺钱，是该找个地方上班了。之前赵西多次劝我送快递，我向家里要了几千块钱买了辆摩托车，去快递公司面试，没想到这么容易。没工作的时候时间用不完，当了快递员就有点不够用的。

我去西关小区送快递。签收完毕，我转身要走，一个男的从屋内走出来，喊了我的名字，王东。我回头一看，即便他大腹便便我还是一眼就认了出来，就是怎么也想不起来他叫什么。必要的礼节提醒我不能直接问他叫什么，我所能做的就是张开嘴巴扮作惊呼状，哎呀，原来是你。老同学过来一把抱住我，我闻到他身上浓郁的酒气，以及他作为体面人所呈现出的自信。他揽住我的胳膊，由于身高的差距，我整个人缩在他的怀抱中。我登堂入室，这个气派的房间，用金碧辉煌来形容太过头，但称得上考究。老同学大声呼喊赵西的名字，你看谁来了，我×，你快起来，妈的你就别装睡了。

赵西斜躺在沙发上呼呼大睡，脸上布满了以往酒醉后的红色。老同学离开我的身体，走到赵西的面前大声喊，赵西，快看看谁来了。说着，他伸出手掌，在赵西的脸上拍打了几下。这个间隙，我看着饭桌上丰盛的饭菜，不禁咽了几下口水，为了使吞咽的声音不被人所察觉，我及时咳嗽了几声。赵西如死猪一般躺在沙发上，扭拧了几下身体。我制止住老同学，算了，让他睡觉吧。老同学招呼我坐下，赵西好几次提到你，没想到今天碰到了。说着，他继续用手拍打赵西的脸，力量越来越大，赵西的脸越发红润。疼痛使赵西的眼睛睁开，我看着他，微笑着。赵西半睁着眼睛，瞳孔没聚焦只是机械地扫射了下四周，微微张开的嘴巴哀鸣般地吐出了几个象声词。我站在他的眼前，赵西似乎也没有发现我，那散淡的目光从我这里扫过之后，又急忙闭上。旁边的同学看不下去了，用力打了一下，大声呼喊，你真他妈的醉了啊，王东来了。我站在那里目睹这个不知名的老同学一边疾呼一边摇晃着赵西的身体，使我有种赵西已经死去的错觉。

我转身看到了老同学的妻子，她和我一样站在旁边，脸上挤满了不屑以及嘲弄。她衣着光鲜脸上画着精致的妆容，我打量了下她的身体，上等的裤子面料将臀部的形状完好地呈现出来。女人察觉出我在看她，原本搭在胸前的双手护住了臀部，显出胸部的形状。我转头看赵西，他仍旧是死尸的样子。我脑子想了会这个老同学，上学那会他并不起眼，赵西似乎还打过他，我们几个人将他围住，赵西抽了他几个嘴巴，一如现在赵西被他抽得脸蛋绯红。老同学住着宽敞的房子，有一位势利眼的貌美妻子，正在抽打着上学时欺负过他的同学，一切都如此顺心如意。

老同学挽留我等赵西醒来。我推脱还有快件要送，他留下我的手机号，让我有空来玩，我一一应许。老同学送我下楼梯，途中他问我收入怎么样？我没有明说，含糊过去。老同学似乎明白了什么，拍了拍我的后背，感叹道，大家的变化真大，赵西经常提及你，嘴里没句实话。我问，赵西现在忙什么呢？老同学说，他开黑出租，车和驾照被警察扣住了，找我帮忙疏通关系，屁大点事。从他急切的表情我意识到，他在等待我问他现在所从事的职业，直至道别时我也压根没问。当天晚上，赵西没有给我打电话。第二天，赵西打来电话，问我在什么地方。我如实相告，时间并没有在我们身上发挥应有的作用。

2

如果说是友谊让我和赵西又聚首，不如说是同病相怜。必须要承认，这才短短几年，从经济状况和社会地位而言，我们已经被同龄人狠狠抛在身后，他们并没有回首拉扯我们一把的意思，社会是如此的残酷，一不留神便会被我们这种货色纠缠住。我和赵西如同狗蝇一般，旁人唯恐躲避不及，这使我们意识到，要相互寻找存在感。

赵西状态不好，他右腮的位置明显凸起。我问他是怎么回事？赵西用手捂住，上火，牙疼。我说，吃点布洛芬。赵西问，布洛芬是干什么的？我说，止痛药。这几年我有了吃药的习惯，尤其是干上快递员，上火是经常的事。赵西建议我换个工作，干什么都比送快递强。我笑说，你以前可不是这样说的。赵西说，人要寻求进步。我问，你的车和驾驶证取出来了吗？赵西明显一愣。我说，老同学讲的。赵西说，李文博这个家伙不行，嘴上说得好好的，事不给办，刚才给我打电话说有点困难，意思是让我给他点钱。谁会想到胆小怕事的李文博现在混得有头有脸，酒量大得惊人，把赵西都灌得尿裤子了。李文博的父亲是国企的副总，凭借丰富扎实的人脉关系，让科员李文博的仕途一片光明。今非昔比的李文博，令我和赵西站在大街上情绪低落。赵西提出找个地方喝酒。半个小时后，我们来到高速路下面的户外烧烤摊。天色尚早，老板刚把桌子马扎搬出来，我们坐下抽着烟，由于马扎过矮，我们的上半身往前倾，似乎在密谋些什么。太阳照在身上，暖洋洋的，我打了几个哈欠。赵西抬头冲我笑。好久没体验这种慵懒的状态了，我试图找些谈资，赵西也在进行这方面的努力，一时没有起色。赵西招呼老板拿酒，我们一人一瓶啤酒，碰了下。

赵西啊，这一年多你都在忙什么吗？高速路上奔驰的大卡车，发出巨大的轰鸣，让我听不太清楚赵西的话。赵西说，就那么回事嘛。我笑起来，没发财吗？赵西说，发什么财，老子都不太想活了。赵西低下头，×，不说这个了，喝酒吧。我们一直喝到太阳下山，不知不觉四周已经坐满了食客，吵吵嚷嚷的。

说一下赵西。不来往的这段时间，他辞去快递员的工作后，家里出资他在批发市场租了个门面卖日用品，开业没多久，道路改造，一修就是半年，生意惨淡，转租也没人要。流年不顺，有天夜里赵西肚子痛得要死，查出胆结石，住了一个多月的院。病好了后，赵西的母亲又病倒了，胃癌晚期，一点治疗的必要都没有，可也不能眼睁睁等死。亲戚的钱借了个遍，赵西带着母亲去北京住院，钱花光了，人也就死了。当时赵西还交往着一个女友，如果没这些事情的话。说到这里，赵西补充道，我本想结婚时请你做伴郎的。赵西又说，那阵子我特别想找你喝酒。我觉得愧对老友，眼睛里的泪已经在涌动。

经历了这些变故，赵西对生活没那么多的奢望，他从二手市场买了辆车，开起了黑出租。除了熬夜，还算顺利。赵西建议让我向他学习，买辆二手车开黑出租，送快递风吹日晒受窝囊气，何必呢。就在我们说到兴起的时候，和邻桌发生了点摩擦。邻桌的胖子起身时把赵西碰倒，手压在地面的浓痰（不知谁吐的）上。赵西把沾染在手上的浓痰摸到胖子的嘴巴上。胖子愣了一会，用鼻子细嗅了下，弯下腰，呕吐起来。喷薄而出的呕吐物溅在赵西的裤子上，和胖子坐在一起的瘦子，从座位上站起来，我起身拦住那个瘦子，四个人扭打在一起，双方都喝了酒，动作有点变形。赵西手里拎着空酒瓶，要砸在对方的头上。对方扬言让我们等着，骑着摩托三轮走了。我和赵西坐回原位，继续喝酒。两三分钟后，我和赵西不约而同站起来，付账走人。

我们顺着公路，一边走一边说笑。不知不觉来到聚贤苑小区的门口。赵西一屁股坐在地上，姿势不太舒服，索性身子往后仰，平躺下来。我也躺在地上。我们抬头望着夜空，看到什么了吗，什么都没看到。我感到疲惫，裹紧衣服准备睡一会。赵西碰了我一下，我微微睁开眼睛。

赵西终究还是谈起了王娜，他问我是否还记得要替王娜复仇的事。我当然记得，便问，你干了没？赵西说，还没有，那段时间的事简直多得要死，抽不出身，这么一拖就到了现在。我开导赵西，那个老头你不动手，也没多长时间可以活。说到这里，我让赵西好好回忆他母亲死前的情形。赵西向我描述他是如何要折磨死一个人的，由于情节暴力，在此不赘。听到一半，我趴在旁边吐了起来，吐完后，躺在地上，空虚至极。赵西还在描述他的计划，他在网上看了许多解剖的视频。我说，赵西，要不你先把我给杀了吧，我不想活了。

3

后来，我和赵西保持着联系。他喊我出来吃过一次饭，认识下他的朋友。饭局中，赵西努力讲着段子调节气氛，给大家劝酒，使我能融入其中，他的用心良苦我都看在眼里。酒足饭饱后，赵西提议去唱歌，我把他拉到一边，明天还要早起上班，就不去了。赵西手握拳头捶了下我的胸膛，笑道，去吧，有小姐的。我摆手，真不去了。赵西指着他的那些朋友，大家这么开心，一起玩玩吧。我想了下，终于还是说出了口，以后别喊我出来了，挺没意思的。赵西拍着我的肩膀，语重心长地说，多交朋友没有坏处，不知什么时候就用得着。

赵西拿李文博作为例子，他的确不是个东西，但他对你有用，人和人就是相互利用，这你还不明白么，你早回去干什么，你又没女人，我给你找女人，你有什么不愿意的。我说，人多了没意思。从赵西的眼睛里，我看出了他对我的失望。现如今，赵西死期将至，我为当初的行为感到后悔，迁就下朋友有何不可。

以上是我和赵西的最后一次见面。从他杀人到被抓，历时一月。我没机会和赵西进行攀谈，细节部分的真伪并不能保证。如今的记者你也知道，为了博眼球添油加醋实属正常。我的老友真如他们所言，在将受害者张然（化名）的头颅割下后还有奸尸行为吗？据我了解，赵西并没有特殊的性癖好。张然的躯干刚从河里打捞出来的时候，警方寻人的告示铺天盖地。送快递的途中，我就在某小区的电线杆上看到了，由于太过血腥图片进行处理，尸体的旁边是些衣物。我第一感觉是，张然是性工作者。案件告破，与我的猜测不符。可她的私生活也不检点，被人包养的同时还与另外几个男的有暧昧关系。张然生前热衷于整形，不仅面部动了很多刀子，死前不久刚隆了胸。一开始警方为确定受害者的身份伤透了脑筋，躯干在水里浸泡了长达数周，不仅高度腐败，有些部分呈现白骨化。多亏张然被人包养手里不缺钱，是去正规机构做的隆胸，硅胶上记录着生产批号。以此为线索，水落石出。当警察找上门时，为张然操刀的整形医生还纳闷，为什么她没有来复查。一切似乎是命中注定，赵西也没想到，他将尸体和石块用铁索捆绑住沉入河底，尸体居然还漂浮上来。

案件告破后，电视上整日滚动播出。这些细枝末节的东西一一曝光，在我们当地只要你有看电视的习惯，对这些不会陌生。案发后，案件令平时无话可说的人们有了共同的谈资，上班的间隙我和没什么交情的同事聚在一起，对这个案件进行着各种猜测，我们每个人的脸上都洋溢着不正常的兴奋，猜测凶手是何许人，什么时候会被逮住。需要补充的是，我们对破案纷纷表示出悲观。这样说对死者多有不敬，可这就是真实的生活。我们的确低估了警察的能力，以及他们除暴安良的决心。

赵西驾驶黑出租的监控画面，有半个多月的时间频繁出现在电视上。下面是赵西犯下命案的具体过程。

这天中午，张然为纪念隆好的胸，去影楼拍摄写真。她走出小区，等了半个小时也没见一辆出租车。这时，赵西的黑出租出现。倒春寒，张然要求司机赵西打开空调。赵西说，空调坏了。张然不悦，早知道没空调就不坐你的车了。赵西没有接话，挑剔的顾客他见得多了。张然口齿伶俐，说起来没完没了。赵西一个急刹车停在路边，让张然滚下去。假如此时张然乖乖下车走人就没有后面的事了，她坐在后面说，你是什么态度！×你妈的！张然还诅咒他一辈子没好日子。这句话在电视上从赵西的口中讲出时做了特殊处理，我是从他的嘴型判断出来的。两人厮打在一起，赵西是个光头，张然留着飘逸的长发。赵西拽住她头发往车玻璃上撞击数次，张然晕了过去。赵西把张然带回出租屋，绑在椅子上，脱光衣物侮辱拷打了一阵。张然大小便失禁，赵西拿水管滋。中途，赵西接到老顾客的电话，还出去拉了一次活。晚上赵西回来，张然没有了呼吸。赵西用斧子把张然的头剁了下来。

张然的头没有找到，赵西供述他把头装进垃圾袋丢进街边的垃圾桶里了。

赵西判决死刑后，我想这样也好，他没什么亲人，父亲过世得早，前几年母亲病逝，作为独生子，他也没找个合适的女人留个后。我努力在脑海中回忆与赵西交往的点滴，试图挤出眼泪来，没想到居然如此困难。但我坚信，这只是时机尚不成熟，未来的某个时刻，眼泪定会流出来。可我没想到，这一刻如此突然。这天深夜，我躺在床上，在电视上看到了一个熟悉的面孔。这才多久，李文博已晋升为政府发言人，他穿戴整齐坐在办公桌的后面接受采访，在被问到这一年的法制建设时，他提到我们的同学赵西，在其身上一连用了罪大恶极、无视法纪、滥杀无辜的亡命之徒进行形容，以绝不姑息作为结束语。我关掉电视，用手捂住脑袋，酝酿了一会情绪，终于哭了起来。我尽量放低声音，还好，我做到了。

信任

1

临近黄昏,李强和妻女从超市回到家。房子是李强父母生前留给他的,临街的老居民楼,建于上世纪八十年代,外表看上去很是破败。与这桩四层小楼相邻的那几幢楼几年前便出租给了外地人,一楼用于经营废品收购,卫生条件堪忧。尤其是夏天,腐臭味不时飘来。道路有些狭窄,李强尽量将车靠在路边,居住在此的人已经不多,并不妨碍行走。

八个月大的女儿已在王娜的怀里入睡,李强打开车门,老婆抱着女儿小心翼翼下车。王娜看着车后座上的包和购物袋,朝李强使了一个眼色。李强问,拿包,是吧?王娜一脸鄙夷地看着他,你说话小声点行不行,吵着孩子了。女儿在王娜的怀里蠕动了几下,她赶忙轻拍女儿。李强提着包,砰,关上车门。王娜回头瞪了他一眼,李强羞愧地耸了下肩膀。街对面,一个身穿黑衣的男子站在树下抽烟。烟味飘过来,李强回头,那男的急忙背过身。

一进家门,女儿睁开眼睛在王娜的怀里哼唧起来。王娜不等坐下便将上衣掀开,女儿顺势含住乳头。李强蹑手蹑脚收拾着婴儿床。自从女儿出生,房间每天都像是有小偷入室翻找,刚收拾整齐，不出半天又乱成一团。现在他俩已经适应这种脏乱，这何尝不是生活应有的样子，没有头绪可以理。李强将婴儿床里女儿的玩具放到沙发上，整理出一片空地供女儿睡觉。王娜看着杂乱的沙发，面露怒色。李强赶忙将沙发上的杂物，扔到角落的椅子上。

王娜躺在沙发上，舒展着身体。她一边看着手机，一边吃着从超市买的面包。李强躺在沙发的另一边，啃着火腿。王娜伸手拿茶几上的水杯，喝了一口，没有喝到水。她踢了李强一脚，朝他晃水杯。李强极不情愿地起身，王娜从他缓慢的动作中读出了不耐烦，紧跟着又是一脚。李强这才快速跑向厨房。回来经过婴儿床，李强闻到一股酸臭味，他开始以为是水质出了问题，把水杯放在鼻子下闻了闻。女儿躺在婴儿床里，闭着眼睛，身体蠕动。李强将食指伸进女儿的尿不湿里，拿出来的时候，半截手指已是屎黄色。他举着手指朝王娜挥舞，嘴巴做出"拉了"的口型。王娜从沙发上弹起来，将女儿的尿不湿换下来，用卫生纸擦屁股。李强站在旁边，用卫生纸擦了手后，放在鼻子下闻，干呕起来。王娜说，拿片尿不湿过来。李强四处找，没找到。王娜有些不耐烦，不是刚买了一箱新的吗？李强说，准是忘后备箱里了。王娜说，那还不赶紧去拿。

2

路灯亮起。走出居民楼，李强蹲在路边点上一根烟。从王娜怀孕开始，李强便禁止在屋内吸烟。只要女儿处于睡眠的状态，李强产生任何的噪音都会遭到王娜的白眼。他感到压抑。实际上，尿不湿是他故意丢在后备箱里，以便有机会出来抽根烟呼吸下空气。这么做，李强感到有些自私，相比之下王娜比自己更辛苦，她还要哄着女儿睡觉，一晚上不知道要醒来多少次。但王娜的更辛苦并不能抵消掉李强的辛苦，甚至让身心更加疲惫。自从有了女儿，王娜暴躁无常，在李强看来自己一个并无大碍的错误，都会招来责骂。他深知自己并不能表现出任何的不耐烦以及敌意，这会招来更大的抱怨。在道德上，李强占据着不利的地位。李强抬头看着黑夜，再次想起早逝的父母，若是他们健在，会减轻育儿的负担。这个念头，让李强感到难为情。为何自己总是在试图逃避生活重任的时刻，想起父母呢？难道他们只有吃苦受累的份吗？如此一来，他们不在人世，倒也不是多么遗憾的一件事，至少不必经受世间的痛苦。可为父母的死亡感到庆幸，又违背基本的伦理。总而言之，李强被这些杂乱的思绪，搞得疲惫不堪。

抽完烟，李强端着一箱尿不湿，身体尚未离开车厢，感觉屁股被一个东西顶了一下，他以为是有人和他开玩笑，用力将屁股往后靠，一阵刺痛。李强试图回头，有个低沉的声音出现，别动。李强双手端着尿不湿，趴在车厢里，一动不动，感受来自屁股的刺痛。几秒钟后，肖亚楠发现李强确实听话没有反抗的意思，便说，你听话，我不会伤害你的。李强问，你刚才是不是用东西扎了我的屁股？肖亚楠说，是你往我刀子上靠的，这不怪我。李强说，我没带钱，只有箱没拆封的尿不湿，要不你拿走吧。肖亚楠说，我要尿不湿干什么？李强说，你没小孩吗？肖亚楠说，我还没结婚呢。

在驾驶室，肖亚楠坐在副驾驶上，上身正对着李强，刀放在李强肋骨的位置。李强看到肖亚楠戴着黑色的口罩，头发短短的，由于是坐着，看不出个头。李强说，我女儿刚才大便了，需要尿不湿，你放我走吧。肖亚楠说，不着急，放心，我不会伤害你的。李强用手抹了下屁股，借着车厢室内灯，手上一摊血，他抽了几张纸，垫在车座下面。肖亚楠说，这真不能怪我，你屁股突然往后靠，我躲不开啊。李强吸了口气，扎得挺深的，要缝针。肖亚楠说，屁股上肉多，怕什么。李强说，你想要什么，我都给你，放我走吧。肖亚楠说，开车。李强说，车我也可以给你，我有保险，能赔。肖亚楠说，我让你开车，你听见了没。李强发动汽车问，去哪？肖亚楠说，往公路上开。

3

这几年，老城区越发像是城乡接合部。有经济条件的早已搬到交通和生活设施更为便捷的新城区，留下来的要不是李强这类生活拮据的老居民，便是外地务工人员。天黑后，街上没什么人。车上公路，两个人坐在车内，无话。李强出来比较着急，身上没带钱包和手机，肖亚楠在搜身，只找到香烟和打火机。他将黑色的口罩掀开一条缝，点上烟。李强说，也给我一根吧。肖亚楠说，你专心开车。李强说，给我点一根吧，有点紧张。肖亚楠说，你紧张什么呢，我又不会把你怎么样。李强说，换成是你，你能不紧张吗？肖亚楠将烟从嘴巴里拿出来，塞进李强的嘴里，那你抽一口。抽完一口，肖亚楠问，现在怎么样？李强深吸了一口气，好点了。

李强脑海中思索，为何会发生这样的事。他认为旁边这家伙是受人指使来寻仇的，这未免也太巧合了点。李强在这里住了十几年，鲜有抢劫等恶性案件发生，近几年随着外地务工人员的增多，治安确实比以往差了许多，但还没糟糕到不成样子。听口音，这家伙不是本地人。李强握着方向盘，低头扫了一眼，肖亚楠手里的刀子正对准他的腹部。李强感受到肖亚楠内心的紧张，刀子被他攥得很紧，逐渐往自己肉里插。李强往边上挪动身体，幅度又不能太大，怕引起对方的注意。

李强问，你不是本地人吧？肖亚楠说，你话有点多了。李强问，是张方明让你来的？肖亚楠笑起来。这让李强更加确信自己的判断，他说，你给方明打个电话，我和他说，本来就不是多大的事，用不着这样子。肖亚楠问，你和张方明是怎么回事呢？李强有些吃惊，一想也对，雇人行凶不一定要知道缘由。

事情是这样的：一个星期前，张方明向李强借钱，他没给，数目倒是不大，但因为和他确实不太熟，加上这个人的名声不太好，好吃懒惰，李强就没借。这点小事，似乎不至于。不过人心难测。李强觉得不借给他钱是小事，在张方明看来，可能是天大的事。李强问肖亚楠，换作是你，你会把钱借给这种人吗？肖亚楠微微一笑，让他继续说。李强也确实松动了，可王娜不同意，这就没办法了。钱都由王娜保管着。李强有些懊悔，早知道把钱借给张方明得了，搞成现在这样子。

路口，红灯。车停下。李强在拉手刹的时候，手臂碰到刀子，划了一道。肖亚楠递给李强一张纸巾。李强问，张方明给了你多少钱？肖亚楠不回答。李强继续说，如果是货到付款的话，他不一定有钱给你。肖亚楠说，我不认识什么张方明，你继续猜。李强忙问，真不是他？肖亚楠点头，你仔细想想，还得罪了谁。

还能有谁呢？李强交际面窄，平时不怎么与人接触，尤其是女儿出生后，他的生活围绕着妻女。女儿出生时，李强倒是和妇产科的护士吵了一架。那个护士长什么样，他都记不清了。起因是护士在女儿的腿部例行抽血化验，本来好好的皮肤，青了一块，大半年过去了，青块至今未退。李强当时没动手已经很忍耐了，现在想起来，他心中怒火重燃，后悔没教训那个护士。李强心想，她怎么还反过来找我寻仇？肖亚楠说，你能有点想象力吗？他用刀子戳了下李强的肩膀，再不认真想，我可真捅了。绿灯，过路口。李强靠边停下车，捂住脑袋，别急，我认真想想。

在李强并不丰富的人生经历中，他与人为善，即便有时受到不公正的待遇，他总是站在对方的角度，生活不易，彼此为难实属没有必要。呈现在世人面前的李强，给人懦弱的印象。这并不是说，李强经常受到欺凌，相反凭借着敏锐的观察，他总是在对方有侵犯之举前进行言语警告。

李强心跳加速，肖亚楠看出了他的异常，再次重申不会对他怎么样。李强说，你直接说吧，我实在想不出来。肖亚楠有些生气，用刀背敲打李强的大腿，你害怕了吗？李强说，能不害怕吗？这句对白似曾相识。对，是邵庆宝。

十多年前，还是高中生的李强问邵庆宝，你害怕吗？邵庆宝说，能不害怕吗？服软没有任何的用处，李强还是将邵庆宝的两颗牙打掉，并威胁他不准告诉老师。现在想起来，李强感到懊悔，牙齿掉了长不出来。这几年，邵庆宝混得挺开，是同学中最有出息的。李强感到吃惊，说失落也不为过。当得知邵庆宝的父亲是国企副总时，他有些释然，对自己的平庸不再那么介意。李强早就做好被邵庆宝寻仇的准备，这天终于来到，他倒有些欣喜。担惊受怕的日子到头了，接下来要做的就是忍受痛苦。

妈的，我让你认真想，你就想出个这？肖亚楠抬手打李强的头。李强问,还不对啊?肖亚楠盯着李强,你就没做过伤天害理的事?李强摇头。肖亚楠又抬手给了他头一下,谁他妈的信啊。李强忙说,真没有,我是好人啊。肖亚楠说,你最亲近的人。王娜。李强脱口而出。肖亚楠问,她是谁?李强说,我老婆,我刚才还纳闷呢,怎么偏偏让我碰到这事。前几天王娜对他说,有了女儿,你是可有可无的人了。可她为什么要这样对我呢?我又没做对不起她的事。肖亚楠说,你再想想,真没做对不起她的事吗?李强说,没有。肖亚楠说,你这人不诚实啊,她可不是这么说的。李强问,她怎么说的?肖亚楠笑而不语。

李强见机去夺肖亚楠手里的刀子,两个人厮打在一起。李强一声惨叫,刀子插在他的大腿上,肖亚楠愣住了,松开手。两个人看着大腿上的刀子。肖亚楠伸手要拔出来,李强攥住他的手,用恳求的目光注视着他,别拔。肖亚楠收回手,这不怪我,是你不老实。李强倒吸着凉气。肖亚楠说,我和你开玩笑,没人派我来,我就是没钱坐车,想让你送我。李强抚摸着大腿,不行,我要去医院。肖亚楠说,这点伤去什么医院。李强咧着嘴说,扎到骨头了。他抽出几张纸,放在刀口的周围,血渗出来。肖亚楠说,你先把我送过去,再去医院也不晚。李强说,搭车你早说,犯得着这样吗。肖亚楠说,不这样你会乖乖送我吗。李强有些不耐烦,你去哪里?肖亚楠说,牛山路的麦乐迪KTV。李强说,去不了,我没驾照,进市区碰到交警就坏了。肖亚楠说,你没驾照还开车。李强说,驾照正在考,先买了车练手,我平时只是附近开,不进市区。肖亚楠从储物箱里翻找出驾照,打开,李强的照片。肖亚楠说,李强啊,你不诚实,相互信任就这么难吗?李强冷笑,相互信任,那你先把口罩摘下来,身份证给我看看。肖亚楠摘下口罩,从口袋里拿出身份证,递给李强。李强对照身份证看着肖亚楠，你变样了啊。

4

在牛山路麦乐迪的对面，肖亚楠盯着麦乐迪的门口看，KTV门口的霓虹色招牌将整条街映照得五彩斑斓，青年男女们进进出出。李强担心他在等同伙。肖亚楠递过来一根烟，腿还疼吗？李强说，没知觉了。肖亚楠说，对不住了。一时间，气氛有些伤感。李强问，你等人吗？肖亚楠说，我进去捅个人，一分钟后出来，你能等着我吗？李强一时不知如何回答，顿悟了会，说，行，没问题。话说完，肖亚楠哈哈笑起来。李强也跟着笑起来。肖亚楠说，你这瞎话说的连自己都不信吧。李强说，你问的有问题，我傻啊我不跑。肖亚楠打开车门，下车。李强问，那人怎么着你了，你要捅他？肖亚楠说，这事和你没关系。李强说，没刀你怎么捅？说着，李强忍痛将大腿上的刀子拔出来，伸出车窗。肖亚楠愣住了，他从口袋里拿出另外一把水果刀。肖亚楠走了两步，李强又喊住他。肖亚楠问，又怎么了？李强说，你身上有钱吗，我去对面的药店包扎下。肖亚楠笑起来，你忘了啊，我就是没钱坐车才搭你的车啊。李强说，那怎么办啊？肖亚楠笑起来，说不定他们可怜你，会给你包扎。

5

药店里三个穿着白大褂的店员正站在前台聊天，李强的血顺着裤腿流在地上。年长的店员问,怎么了?李强说,被人抢了,还给扎了一刀。店员问,快去医院。李强瘫坐在地上说,血流得头有些晕。

包扎完大腿,胳膊上的划伤已经结痂,屁股上的那刀伤李强自行贴上创可贴。完毕后,李强起身告辞。店员大姐拉住他,你还没给钱呢。李强说,我让人抢了,明天我送过来。大姐看着李强,有些迟疑,便说,快去医院吧,你不来送钱我就自己垫上。李强说,大姐,你放心,我肯定来。

出了店门,天上下起细雨。李强把车开到KTV的门口,刚停下,肖亚楠从里面跑出来,后面几个保安在追。李强打开门喊,快上来。肖亚楠坐上车。几个保安跟着车跑了几十米后放弃了。

肖亚楠喘着粗气,用上衣擦拭手上的血。李强问,真捅了?肖亚楠点点头,回头张望,担心有人追上来。李强问,现在去哪?肖亚楠说,走小路吧。

6

雨越下越大,车驶过闻韶路的涵洞,来到工厂区,两边是高耸的油罐。路上车辆稀少,车继续开,来到郊区,路两旁是农田,玉米已有半米多高,任凭雨水的冲打。车行驶在土路上,颠簸不已。肖亚楠说,停车,尿都给颠出来了。他走下车,等上车时全身已经湿透。肖亚楠问,你怎么没走呢?李强笑起来,想知道你会不会真的捅人,还有被捅的到底是谁,你为什么要捅他。肖亚楠说,你这个人好奇心也太重了。李强笑起来,我是写小说的，想问清楚了回去写篇小说，骗点稿费。肖亚楠说，记得用化名。李强点头。肖亚楠拿起烟盒，空了。雨越下越大，乡间小路上雨水汇成一条小溪，流向两旁的农田。

肖亚楠的父亲死得早，妹妹比他小十岁，所谓长兄如父。两个月前，参加完高考的十八岁姑娘肖倩，从老家菏泽来投奔哥哥。肖亚楠从事安装空调的工作，夏天是最繁忙的时候，几乎一年的收入都集中在这几个月。他起早贪黑，本以为妹妹在这里玩上几日便回去了。逛街的时候，肖倩收到麦乐迪的招聘传单，想勤工俭学分担哥哥的压力。青春期的孩子做事不考虑后果，何况在KTV这种场所，虽是量贩式的，整日灯红酒绿，肖倩就这样被一个服务生搞大了肚子。

你情我愿的事，也没对错之分。可这小兔崽子为了省钱，带我妹妹去小诊所做人流，害得我妹妹摘除了子宫。说到这里，肖亚楠眼睛红了，你说，要是你女儿这样，你怎么办？李强有些不悦，别你女儿你女儿的，是你妹妹。肖亚楠解释，我就打个比方，你说，我捅他一刀不过分吧。李强说，不过分，一点都不过分。肖亚楠说，要不是为了给妹妹治病，我花光了钱，也不会搭你车，今天这事的根源，就在他。李强问，你有什么打算？肖亚楠说，再把那个小诊所的医生弄死。李强说，我把你送过去。肖亚楠说，今晚先算了，还没踩好点，你待会在路边把我放下就行。

李强发动汽车，车走不了。肖亚楠下车，看到车轮陷在泥浆里剧烈打转。肖亚楠说，车陷下去了，我去后面推。他来到车后，用力推车。李强踩油门，车轮还在泥浆里打转，一点效果都没有。肖亚楠喊道，你倒车试试。话音刚落，李强挂上倒挡，踩油门，车轮从泥浆里出来，急速后退。砰，一声，汽车颠簸了一下。李强急忙下车,肖亚楠消失不见,他喊了几声,从车底下传来沉闷的呻吟声。肖亚楠仰躺着,车轮压在胸部。李强上车,往前开,车轮陷在泥浆里,他又往后倒车,再次从肖亚楠的身上碾压过去。肖亚楠仰面陷在泥里,李强蹲在他的旁边,束手无策。雨越下越大,雨水冲洗着肖亚楠的脸,血从他的嘴巴里咕咕冒出来。李强瘫坐在地上束手无策。一道闪电,在头顶炸开,天空瞬间成为跌碎的玻璃。

兄弟，我们就要发财了

我想不起乌青给我打电话的那天是星期几了，这段日子我过得没什么时间概念，基本上凌晨睡觉中午起床，随便吃点东西便躺在沙发上看电视。天气越来越冷，要在身上盖个毯子。电视上正在演一个案件侦破的纪实节目，我喜欢看，虽然节奏有点拖沓，整体虚张声势，但是案件总会真相大白，身处其中的感觉真是不错。我总是在节目没开始之前就躺在沙发上等候着。有次我起床晚了，打开电视时案件莫名其妙就破了，我一整天感觉都不对，没有心思做其他的。之后我下定决心，一定不要迟到。这天我像往常一样，躺在沙发上看电视，今天的这个案件和以往的差不多，把案情简单说清楚，根据蛛丝马迹查找凶手。作为资深观众，我认为这个节目正在不可救药地走下坡路，它根本没有抓住我的好奇心。我想我应该找点其他的新鲜元素，这的确不是件容易的事情。我点上一根烟，在想是不是要继续看下去。这时，乌青打来电话。他问我最近怎么样？我说还是老样子，没什么变化。我问他最近怎么样？乌青瞬间提高声调，我刚经历了人生超级大劫案。我笑起来，他一直是这么夸张。我问，那你现在怎么样呢？乌青说，我在想这件事怎么会发生在我的身上，完全没有任何的理由，我到现在也没搞明白，怎么会这样呢？我拿起遥控器将电视静音，调整了一个躺姿。我有点激动，但是不能表现出来，这不是喜悦，可能和它有点类似，应该算是兴奋吧。我问，那你准备怎么办呢？乌青愣了一会，接着说，事情来得这么突然，我一点防备都没有，怎么会这样呢？现在说起来，我都有点想哭。不仅是他，我听了后觉得整件事，除了哭一哭，没有其他的办法，怎么说呢，人生无望。我说，你要好好的。乌青答应下来。

挂掉电话，我把电视声音打开，节目已近尾声，犯罪嫌疑人坐在镜头前接受记者的盘问。他尾随单身居住的女性，用仿真枪逼其交出银行卡和密码，然后去银行取钱。可是他为什么不作任何伪装呢，难道他不知道取款机有摄像头吗？关掉电视，我躺在沙发上，想想如果我是他，会怎么做。需要说明的是，他在选择对象上面的确很聪明，目光独到，一眼能判断出对方是否是独身居住。这方面我十分欠缺。如果换成是个男的，可能就没那么容易对付了。真枪难找。如果是我的话，我会选择一个同伙，除了仿真枪，再准备一两把锋利的刀。我们尾随女性进入房间，用枪顶住她的脑袋，让她不要叫。同伙及时掏出刀架在她的脖子上，还有点不自信。既然有枪了还拿出刀干什么呢？算了，还是用枪吧。女的喊叫的可能性并不大。接下来，要拿出绳子和胶布，把她四肢绑住嘴巴堵上。我们两个人会分工，其中一个人去搜房间，另一个人和她交谈。当然我更愿意当后者。我会先安慰一下姑娘，她的眼睛因为恐惧瞪得很大，眼泪快要出来了。我往她的跟前走，出于防备，她的身体往后躲。我用手把她的身体固定住，姑娘别躲，我并没有恶意，这句话不对，但是我不会伤害你的，我只是想搞点钱，关于其他的我没有兴趣，我不会伤害你，你把值钱的东西拿出来，再告诉我们银行卡密码，我们就会乖乖走出去，你就可以选择报警，不要摇头，我相信你肯定会报警的，我们也必须为了不被抓做些其他的。姑娘镇定了许多，她的身体不再颤抖，眼角的眼泪也快掉完了。我和同伙用准备好的袋子把有用的东西装进去，把姑娘身上的绳子松开一点。我们走后，她用点力气晃动就会挣脱开。我可不希望几天后姑娘被人发现死在房间里。出门没走几步，我觉得不太保险，担心姑娘没能力把绳子松开，我可不想变成杀人犯。我走回姑娘的房间，担心有点多余，姑娘已经将绳子松开，撕开嘴上的胶布，一边哭泣着一边打电话。她看到我，慌忙把手机藏在身后。我问，你在干什么？姑娘没说话。我让她把手机交出来。姑娘有点犹豫，最终还是把手机递给我。我拿着手机，查看最近拨打电话。我真的是冤枉姑娘了，她没有报警。我问，你是给谁打电话？姑娘说，我男朋友。我问，你和他说了吗？姑娘说，他还没接，你就走进来了。我问，你们没同居？姑娘说，没有，我们认识的时间不长。我说，你们应该同居。姑娘点头。我拿起地上的绳子，重新将姑娘绑住。在绑的过程中，我和姑娘商量，能不能等我们走远再报警。姑娘问，大概多长时间？我说，半个小时就可以。姑娘表示同意。绑完后，我说，手机我拿走了。姑娘说，能把卡取出来吗？补卡很麻烦的。临出门，我又对姑娘说了句话，她可能听着有点不舒服，我也顾不了这么多了。我说，像你这么温柔的姑娘，下次遇到我可能会性侵的，你还是尽快和男友同居吧。姑娘瞟了我一眼，充满厌恶。我们来到最近的银行，戴上准备好的遮阳帽，将卡里的钱取出来。不多，几千块钱。现在街上的监控实在太多了。我们尽量躲避着监控头走。记住，千万不要打出租车，也不要开车。上公交车和自投罗网没什么分别。尽量往偏僻的地方走。换身衣服，和同伴分道而行。就算这样，也总会留下蛛丝马迹。

　　下面的几点，是我在实践中总结出来的经验教训，希望后来者能避免。1. 尽量单独行动。2. 不要让受害者看到你的脸。3. 别去银行取钱，最好拿现金。4. 有伪造的身份证。5. 别太仁慈，尽量别留活口。当然，以上几条我都触犯了。幸运的是我没有被抓住，我的同伴，上个月就再也没联系上。为了保险起见，我换了住的地方，连老家都不敢回，尽量不接任何人的电话。乌青给我打电话时，我相当的犹豫。我怎么能不接他的电话，他刚经历人生超级大劫的，我觉得自己有必要站出来，与他进行一番心灵上的交谈。我给乌青打了个电话，把想法说了出来。乌青说，其实也没什么，我能挺得住。我说，青啊，你不要自我欺骗了，我知道你扛不住，你是不是刚才又偷偷掉眼泪了？乌青说，我已经哭了一个星期了，不是那种号啕大哭也不是嘤嘤的哭，只是流泪。我说，你要振作起来。乌青说，他妈的怎么会振作起来，完全不可能啊。他说得很对。我说，你知道我最近在干什么？乌青说，我他妈的怎么知道！我问，你想不想知道？乌青说，说实话，我真的不想。我说，那刚才你打电话问我怎么样。乌青说，那只是开场语，你怎么会当真呢，谁他妈的关心你最近过得怎样，我刚经历了人生超级大劫案啊，完全一点道理都没有，这事怎么会发生在我的身上，你知道这是什么感觉吗，我觉得把我的心给偷走了。我说，我上个月把三个女的给抢了。乌青发出一阵惊叹，真的吗？我说，钱没搞到多少，成功率还是挺高的。乌青问，你怎么做到的？我把过程详细说出来。我说，现在的问题是，我的同伴失踪了，也不知道是被抓住了，还是被人给弄死了，不过他妈的谁关心呢！乌青问，你和我说这些是什么意思呢？我说，你有兴趣加入吗？乌青问，和你入室抢劫吗？我说，不然怎么样，难道你不想抢劫吗？你可是刚经历了人生大劫案的人，你没有资格去抢劫别人，世界上没有任何人有资格去做。乌青口气冷静，你等等，我想一想，可是，你知道的，抢劫这事，违背我人生准则的。我问，什么准则？乌青说，我他妈的怎么能干抢劫这种事呢，这完全不符合我的风格。我说，你的风格就是被劫吗？兄弟，你要出击才对啊。乌青说，这会不会有点冒险呢？我说，你放心，我都抢劫三次了，这么干下去不出半年肯定会被抓的，但是有你的加入，我确信这一年我们肯定不会被抓的。乌青说，那我们迟早还是被抓的，对不对？我说，肯定是这样的。乌青生气了，你他妈的是在陷害我对不对？我刚经历了人生超级大劫案，我已经很受伤了，我都哭了整整一个星期了，你现在又要让我进监狱。我劝他冷静一下，如果我们计划周密的话，被抓的几率是很小的，世界上干任何事都不是万无一失的就像你这次人生大劫一样，简直是太不可思议了，我知道你以前当过私家侦探，虽然一个生意也没有接到，但是我相信你的能力，你出主意我们共同行动，还是很有搞头的，我们的目标是单身女性，不排除会遇见漂亮的你中意的那种小萝莉。我说错了，你怎么可能是那种人。乌青在犹豫，我感觉到他的心脏在一点点重生。我说，关于你的人生超级劫案，我听了都想帮你哭一个星期，但是这有什么用呢，我们要做的是报复社会，这样说也不对，总之就是这个意思，你明白的。乌青说，也不是说不可以，你确定我们会遇到小萝莉吗？我说，我抢劫的三个当中就有个小萝莉。乌青问，然后呢？我说，你知道的我不喜欢小萝莉的。乌青叹口气，你这个×的口味就是偏。我问，怎么样？乌青说，我能说什么。我说，你应该说那句你经常对六回说的话。乌青问，什么话？我说，就是那一句，你知道的。乌青说，兄弟啊，我们就要发财了，是这句话。我说，对，你刚才说的时候两只手平展着举在胸前了吗？乌青说，我手里拿着手机怎么做这个动作？我说，你打开免提，做着这个动作再说一次，不然我没信心。乌青说，兄弟啊，我们就要发财啦。

学徒侦探

1

这天早上,镇派出所的小胡接到区里协查一起案件的任务。他驱车来到镇下属的辛留村,经村口热心妇女的指点,找到王东家门。大门敞开,小胡并没在铁门上敲一下示意,而是径直走进庭院,一股说不上来的粪便味扑上来。西边的茅厕门敞着,他捂住鼻子走过去,看到王东手持锄头半蹲在茅坑边上打捞东西。小胡没出声,站在门边盯着看。打捞并不顺利,传来几声扑通声,王东拄着锄头起身,耷拉着脑袋叹了几口气,心情很沉重的样子。他转身看到等候多时的小胡,往后退身体失去平衡,幸好那把锄头才得以站稳。小胡走过来,伸头往茅坑里看,视线所及并非令人作呕的人类排泄物,而是一片如墨汁的粪水。不知何时,茅坑不再渗水,这几年夏季雨水丰沛,日积月累即成此景。小胡问,你在捞什么呢?王东没说话,用手指。水面漂浮着一个黑乎乎带有毛发的东西。小胡不解。王东说,狗死了。这条黑狗饲养了十几年,尽职尽守,但凡有陌生人站在门口,它便狂吠不止。如果它尚在人间,王东会提前知晓有陌生人进了家门。为方便谈话,两个人来到庭院。王东和小胡见过两次面,都是在去年,一次是在派出所,一次是在快递点。小胡对王东也有印象,两个人都心照不宣。

小胡声明让王东不要过于紧张,他只是问几个问题。王东说,我不紧张,我又没干犯法的事。小胡说,那最好了。王东说,你要是不着急的话,我先把狗埋了。小胡点上烟,坐在庭院的凳子上。小胡三十不到,身体已发福,凳子有些矮,坐了一会他呼吸有些困难,又站起来。王东找到一双黄色的胶皮手套,长时间在太阳暴晒,手指间已经粘连在一起,他伸进一只手,稍微用力就撑破了。小胡看到此景,自顾笑起来。一会,王东戴着新胶皮手套两只手抓住狗的四肢,快步经过庭院,小胡跟在后面凑出去,地上留下一路水迹。几个村民聚集在门口,见小胡走出来,他们收声用眼神打量着。

屋后是一片小树林,王东将狗扔进事先挖好的坑里,蹲在一旁默哀。狗的眼睛睁着,嘴巴微张露出一颗白色的牙齿,全身因湿漉显得毛发锃亮。王东不禁想到,十几年来这条狗基本是在狭小的茅厕度过,偶尔有机会外出放风,当晚也必定被抓回来。早些年生活条件有限,它跟着吃的饭菜也寡淡,这两年大鱼大肉多了起来,它也跟着胖了不少。它有没有在并不多的外出时间里寻觅条母狗留下子嗣,这不得而知。也正因是未知,让王东更加伤感且自责。王东的老婆倒是早盼着这条狗死,前些日子还在为如何处理它犹豫,是卖掉还是杀了。

这两年家里跳蚤横行,王东皮糙肉厚并没察觉有何不妥,倒是细皮嫩肉的老婆被跳蚤咬得坐立不安。女儿出生后,身上被咬得一块块红色斑点,王东买了几百块钱的跳蚤药,有粉剂、喷剂,隔三差五在卧室和客厅里喷。仅维持几天,过后情况照旧。回想和跳蚤作斗争的那些日子,苦不堪言,一次次的徒劳无功。对跳蚤有所了解后,他坦然接受失败。跳蚤的外壳,可以承受比身体大九十倍的重量。换种说法,人有这样的外壳从一千米的高空跌在水泥地上也能安然无恙。跳蚤善于跳跃,能跳一米多高,相当于一个人跳过一个足球场。老婆不甘心,指出跳蚤的源头是这条狗,令王东清扫狗舍,喷洒药物。事实证明,王东老婆是明智的。跳蚤确实绝迹了。这几天王东的老婆回了娘家,若得知狗死的消息,大概心情会不错。

当王东努力挤出几滴眼泪之际,身后的小胡发问,怎么死的?王东说,大概是吃了死老鼠。前几天王东买了老鼠药,药死了几只。昨天他喂狗的时候,看到两只死掉的小老鼠在茅房里,忘了及时打扫出来。早上喂狗的时候,两只老鼠不见了。狗大概是吃了老鼠后,痛苦万分失足掉进粪坑淹死了。说到这里,小胡补充道,这算是你杀的。

埋好狗,王东和小胡一前一后往家走。村民三五成群围在一起窃语,看到王东走过来,眼神躲闪。王东停下来,对小胡说,你给说两句。小胡不解。王东指着那帮村民,我本来就没工作在家待着,你穿着警服这么一来,不到下午全村老少都认为我犯事了。小胡笑起来,我该怎么说?王东说,说你是我哥们,来找我玩。说完,王东递给小胡一根烟,并双手握住打火机点上。王东笑起来,消除不良印象的同时还能提升我在村里的地位,帮下忙。小胡拍了拍手,让村民们静一下,说他和王东是多年的老同学,这次来是叙旧,没别的。听完后,村民们失望之情溢于言表,摇头摆尾四散而去。

王东在庭院里洗手,不时嗅一下是否还有臭味。小胡问,你认识许辉吗?王东没听清,反问,谁?小胡说,你不会连自己的拜把兄弟都忘了吧。王东明白过来,许桧是吧,是秦桧的桧,不是辉。小胡急了,你就说认不认识吧。王东擦完手,点上烟,认

学徒侦探　　145

识。小胡问，上次见他是什么时候？这可把王东问住了，记忆有些模糊，他是十年结的婚，当时请几个要好的同学喝喜酒，许桧也受邀出席。二〇一一年两人还见过一面，比较匆忙。如此来讲，至今已有四年。这话小胡有些不信，怎么说也是异姓兄弟，四年都没联系？王东点头，确实没联系，虽然手机存着许桧的号但从没打过，平时想不起世上还有这号人，他对我也是这样，不然为什么不主动联系我？小胡说，你这想法不对，都是你这么想，活该没朋友。王东问，许桧到底怎么了？小胡说，他是一起命案的嫌疑人。王东坐在台阶上，太阳照得他睁不开眼，和我有什么关系呢？小胡说，区里下派的任务，跟我走一趟就是了。

王东和许桧有个共同的女同学朱白，在区警局户籍科工作。寻找许桧的任务发布，朱白想到王东和许桧非同一般的关系，上报给领导。二〇〇九年冬天，王东和许桧一起厮混，还帮朱白在闹市区贩卖过暖宝宝。想必这几年许桧和朱白也没有来往，不然她不会误以为王东和许桧交往过密。警方只需调查许桧的通话记录，便会知道，他和王东断绝来往已有数年。

警车还没开出村，坐在后排的王东发话，我能坐副驾驶吗？又说，这样对你尊重。小胡停车，王东坐上副驾驶，补充说，坏人才坐警车的后面。小胡说，系上安全带。王东问，要不我跟你讲讲许桧？

2

我和许桧是育才高中 01 届的学生，你应该听过这所私立高中，在交通局的旁边，每年分不够上重点高中又不想上中专的学生，大多来这所学校。我和许桧没有同班过，高中三年分班不下五次，但他学理我学文。我和许桧能认识也属偶然。我哥们孙峰和许桧一个宿舍，关系不错。有天中午，孙峰找到我说有人想和我拜把子。我到了他宿舍，看到许桧，还有另外一个男的。对，是我们三个人拜把子，另一个人的名字我忘了。

你说这两个人我都不认识，非要和我拜把子，烟酒都备好了，搞得还挺正式的。我们按照电影中的情节，面对插着三根香烟的碗，磕了三个头，念了一段有福同享有难同当之类的说辞，互相微笑注目，抽了几口烟。没有感情基础的拜交，意义不大。必须要承认的是，任何事情仪式感是非常重要的。我和他俩并不熟，拜交时庄重的仪式已经留在心里。在校园见面，我们会友好地打招呼。被我忘记姓名的那个异姓兄弟，有天半夜走进我宿舍，塞给我半只盐水鸭，我们俩坐在一张床上分吃。不怕你笑话，这是我第一次吃盐水鸭，虽然味道不怎么样，但心里挺感动的。袍泽之情大致如此吧。只是在感动的外表下，也挺尴尬的。我和他俩缺乏感情基础，这让整件事显得别扭。大概他俩也是这么想的，我们被仪式感所制约进行着微妙的交往。

说回许桧这个人，他说话喜欢牵着你的手，用那双毫无神情的死鱼眼盯着你，说些不着边际的话。这么几次后，我开始担心碰到他。他总是这么热情，牵着你的手。如果高中三年，我和许桧还有什么事情需要拿出来说一下，就是有次我和别人约架，从外面喊人，让许桧帮我筹钱，也不多，几百块，对学生来说挺多的。他节衣缩食筹到了。这事我一直记得。许桧没参加高考，激光治疗近视后跑广东当兵去了。我在外地上大专，待三年。

我们再次见到是二〇〇七年的冬天，我的情况和初入职场的毕业大学生没什么两样，总觉得在社会上无所适从，自身的价值被低估了，越来越自卑找不到人生定位。许桧的出现，让我这种感觉更加强烈。事到如今，我记不清他怎么打听出我的联系方式。

几年不见，初冬的夜晚，许桧穿着一件枣红色的西服，从车上下来，先给我来了个幸福的拥抱，紧接着牵着我的手，端详了我半天。吃饭的地点很平民，但他举手投足间俨然是成熟的社会人。酒杯交错中，他毫无缘由地点评了这个五线城市各大洗浴中心的优劣，并以悔过的语气对自己长达半年黑白颠倒的糜烂生活进行了恰当的炫耀。我能做的只是在一旁点头应允再加上好言相劝，许桧啊，这样下去你的身体会垮掉的，要珍惜自己的身体。对于我的好言叮嘱，许桧选择无视，他这样是正确的，一个从未糟蹋过自己身体的人，好言相劝是多么的苍白无力。他手持三块钱的啤酒，不无失望地说，昨晚喝掉的那瓶芝华士酒劲尚在。既然如此，我们就点到为止。许桧欢笑起来拍着我的肩膀，兄弟，让我们用酒来丈量情义吧。喝到深夜，许桧带我去了一家洗浴中心，当那位女性技师托着我的双脚轻揉之际，我有些坐不住了，我不太习惯别人这么伺候。在灰暗的灯光下，许桧看出了我的局促，嬉笑起来，用手重重拍了下我的胸部，让我尽情躺下。我试着平躺下，别说，还真挺舒服的。我怀揣不安，担忧许桧要安排色情服务。可不一会，许桧鼾声如雷，我多虑了。多说一句，为我服务的足疗技师，几天后我们在街上重逢，她仰首挺胸走在街上，轻蔑地扫了我一眼。她的优越感让我有些不舒服，让我生了好一会的闷气，可是话说回来，我那浅薄的优越感怎么就涌上来了呢？

这个冬天我们又见过几次，每次他都心情不好，觉得生活没有意思，洋酒和女人已经不能满足他。一次酒醉后，他被一个大妈拉进小黑屋里给办了，要价十块倒是不贵。我不明白，许桧和我说这些干什么，说完后他的心情就好多了，追忆往事是必不可少的。所谓的成功人士不都是这样嘛，许桧想起高中时没追上的一个姑娘，不知她现在怎么样，求我打听一下。向往纯情是成功人士的固定套路吧。他手腕处因尖锐湿疣所留下的疤痕，举手投间都这么显眼。我问他这是怎么回事？许桧语焉不详。对于他怎么变得有钱，我也很好奇，可他怎么会告诉我呢，闷声发大财让周围的人只有钦佩和羡慕的份，不更好吗？我隐约知道，许桧手头经常有从国外走私过来的各种奔驰、奥迪车亟需抛售，时而从广东跋涉两千多里将车开回山东。

每次都是许桧主动联系我，等我再见到他，已经是二〇〇八年的冬天了。要说这一年多的时间，从个人感情来讲，没有许桧不会意识到缺少点什么，当然他再次进入我的生活，确实能明显感觉多了点东西，也不足以引起重视。这次和以前不同，我不再自惭形秽而是幸灾乐祸。回头来看，这年冬天也是我人生的低谷，半年多没有工作寄居在家里，让父母的忍耐到了极限。一天晚上，在激烈争吵后，我离家出走。许桧收留了我，从朋友那里借到的钱租房子有些困难，恰好许桧那已是士官的哥哥婚房闲置着，不过是毛坯房，除了几堵墙什么都没有。我们买了两张二手的折叠床，被子、电磁炉等用品是我从家里带过来的。落魄后的许桧竟然乐观了起来，完全没了以前的阴郁和傲慢，他似乎真以为困难是暂时的，不久后必将重新富裕起来，并再次和我划清界限。

刚同居的几天，许桧手里还有点闲钱，我们煮过几次火锅，他总是催促我多吃点肉，说我太瘦了。几天后，我们连蔬菜都吃不起了，去批发市场买了一箱廉价的方便面。后来方便面吃完了，许桧盯上二楼菜贩摆放在楼道里的蔬菜，顺棵大白菜和几个西红柿。我们把白菜放进锅里倒上盐，煮烂后能吃出肥肉的味道。我是累赘这个事实，让许桧颇有微词。他建议我把电动车卖掉。我没答应。电动车花了我两千多块，骑了不到三个月，卖二手有些可惜。许桧招呼没打，消失了四五天。后来据他说，他去投奔朋友，在网吧鏖战了三天三夜。物以类聚，这个哥们也无业，不过他女朋友有工作。许桧消失的这几天，我停在楼下的电动车丢了。他兴奋又惋惜，责怪我没听他的。吃软饭的哥们建议我偷一辆回来。胡警官，我要承认，我觉得他这个提议挺不错的。

窗外明媚的阳光毫无吝啬地照耀在我们的身上，并没有因为我们是一群废物而区别对待。即便过去这么多年，一想到当时的阳光，我还是心存感激，它在那个绝望的冬天给了我为数不多的温暖。

我们三个坐在床上，抽着烟盘算如何偷车。许桧的哥们是个老手，究竟是如何老，他没明说，头头是道的样子，确实挺令人信服。本来是偷电动车，不知怎么的，变成抢劫。胡警官，你别紧张，我们这些货色，心术有些不正，还没有足够的行动力难道。我们被这个不知是谁提出的念头搞得兴奋异常，认为的确是生财之道。那些在娱乐场所上班的单身女性，身上钱不多不少，又总是在半夜下班。十二点多，我们出门，在寒冷的冬夜蹲守了半个小时后，彻底失去了耐心，并切实体会到抢劫也是体力活，并不适合只求不劳而获的人。

许桧又消失了几天，再出现时带着做米线的一整套家伙，煞有介事地研制了起来。我跟着吃了几天的米线，等许桧手艺娴熟决定出去摆摊的时候，下了一场大雪。腊月寒冬来到了，他不可能在凌晨三点起床骑着一个破三轮车在几里地外的闹区卖米线。吃完剩下的米线，他向我学习，放弃任何美好的幻想，向现实低头。

在剩下的一个多月里，我们轮番向好友举债，艰难度日。许桧不再去网吧通宵，养成了健康的作息。白天我们结伴去街上散步，走累了就近去超市里偷吃。天气好的时候，去植物园晒太阳。下午回住的地方，躺在被窝里看盗版小说。我们之间的话越来越少，彼此厌恶的情绪只多不少。有时我怀疑电动车是许桧偷的，也许是我心理阴暗了。后来许桧的床塌了，我们挤在一张床上。即便是穷途末路，他还保持着每日喷三次劣质香水的习惯，搞得我被子上都是这种令人厌恶的气味。胡警官，我可以向你总结下和许桧之间的关系，那就是一个二项插头和三孔插座，就算贴得再近也没用。你说他有可能牵扯进命案里，妈的，我只能说，他在我的心中已经接近于一个公牛牌的插座了。临近春节，我和许桧一起收拾东西回家过年，他没钱坐车，问我要了五块钱。分别轻松，我们都摆出一副来日再会的表情，又心知肚明不想再被彼此拖累。

后来我交了女朋友，去外地待了两年。再见到许桧是在我结婚的喜宴上。许桧混杂在一帮朋友中，我们喝酒举止亲昵对彼此的生活连礼貌询问的兴趣都没有，当时孙峰对许桧百般讽刺。许桧表现出很好的个人修养，说句实话，我看不惯孙峰的做派，如果换做是我，我早已经动手了。可是许桧保持微笑，谦和礼让，有修养极了。一个重要的细节我忘记说，许桧的脾气很好，我从没看过他对什么人发过火，当然他对我讲述过几次和人干架的事情，从他不同以往的语气中，容易判断出是夸张了的。胡警官，

学徒侦探　151

你说就他这样一个人，说他杀人我不太相信，被杀的可能性更大。

上级打来电话，小胡说自己正带人往区里走。王东笑了笑。小胡看着王东，脸沉下来说，好，我现在马上过去。小胡说，许桧找到了。王东愣了。小胡说，你下车自己坐车回去吧。王东拽住小胡的手，让我和你一起去吧，许桧见到我说不定就招了。小胡说，许桧死了。

3

万豪大酒店作为本地唯一的三星级酒店，许桧选在这里跳楼，确实足够醒目。小胡和王东赶到的时候，现场已经聚集了不少围观群众，他们密密麻麻像是一群围着粪便的苍蝇。救护车停在外围随时待命，一会直接把许桧运到太平间。经过重重障碍，小胡越过警戒线，区里的干警陪伴在法医左右。小胡走上前，没等开口说话，便吐在地上。围观群众一阵哗然，随即又哄堂大笑。作为基层民警的小胡确实没见过什么大场面，平时除了巡逻更多是调节邻里纠纷，一年也碰不到几次见血的事。一名干警上来和呕吐完毕的小胡耳语了几声，小胡很识趣地走出警戒线。

王东从人群中出来，跟在小胡的屁股后面，问他都看到了什么？小胡说，你给我买瓶水去。没等他掏出钱，王东已经走远了。刚才这一吐，小胡精神有些恍惚，坐在旁边花坛的石凳上，点上一根烟，歪头看着人群，不时有人离开，一会又有新的加入围观的行列。小胡注意到，围观的人们大多表情兴奋，与身边的人耳语，不时啧啧叹息，感叹许桧（当然他们不知道这是谁）有什么想不开的，因为贫穷吗？能住在万豪这种地方，肯定不是因为穷。过于富裕而感到人生无趣继而选择死亡的可能性更大。小胡冷静下来，想许桧的死因，这确实有些巧合，警察正满世界找他，他却突然死在这里了。自杀还是他杀，尚无定论。小胡认为他杀的可能性更大，畏罪自杀这么有涵养的犯罪分子不多，参照王东的介绍，许桧大概不属此类。若是他杀，就是另外的一个案子。小胡吐空的胃又肿胀起来，许桧的惨状又不自觉地在脑海中浮现出来。许桧大概是脚先着地，像个技艺高超的柔术表演家，两条腿架在肩部，如同假肢；两只胳膊随意搭在地上，从衣服破掉的地方可以看到开裂的骨头。强烈的冲击力下，许桧贴地的半张脸外掀，几颗牙齿镶嵌在肉里。血渗出来一摊，面积不大，已成凝固状。

王东把水递给小胡。小胡漱口，吐在地上。王东点上两根烟，其中一根插在花坛里。小胡说，跳楼是个不错的死法，摔成这样，没有痛苦。王东没回话，闷头抽烟。小胡抬头，酒店的门口摆着婚庆的红色拱门。拱门的下方，几个西装革履的人正焦急地等待着。小胡忍不住笑起来。王东抬头，看着小胡。小胡指给王东看拱门。

这时，先前与小胡耳语的干警走过来，身后跟着两个男青年。小胡迅速站起来，往前赶了两步，和干警会合。焦警官神情严肃，把身后的两位男青年引荐给小胡，这两位老师住的酒店房间在许桧的隔壁，昨晚许桧和他们聊过，你和他们谈一下，看有没有什么线索。小胡盯着那两位其貌不扬的男青年，点了两下礼仪式的头。焦警官随即扭头走，小胡喊住他，我今天不用回所里了吗？焦警官憔悴的脸上流露出一丝不满，你要有事可以回去。

小胡说，没事，没事。焦警官走远后，小胡和两位男青年略显尴尬地站着。王东走过来，胡警官，我帮你记录吧。

在酒店大堂的西南角，小胡等四人坐下，王东煞有介事拿着向服务员借来的纸和笔。或许是小胡穿着警服的缘故，服务员端来四杯茶水。两个男青年，戴着发箍长头发的姓吴，皮肤白皙的那位姓曲。这两位说着广西蹩脚的普通话，在谈话伊始，交流上确实带来了一定的麻烦，小胡不得不将话重复多次。基于此，双方的谈话远称不上愉快。不过也没必要愉快，这牵扯到一条人命。吴可以健谈，曲强话少，只在吴可以求证时，曲强补充几句。没一会，小胡就发现吴可以心直口快，曲强这个人心思过重，要想知道更多的事，只能从吴可以下手。不用勉强，吴可以已经把自己所知道的和盘托出。令人沮丧的是，这对整个案件并无多大的用处，但对现年二十多岁的吴可以和曲强来讲，许桧的死在他们平静的生活中有着重大的意义。以下是吴可以的讲述。

4

胡警官，你误会了，我们和许桧不认识，我流鼻涕是有些感冒。我感冒和许桧还是有关系的，他来我们的客房，把窗户打开后又关不上。昨晚一整夜，窗户就这么开着，十五楼还是挺高的，风也大，就这么一直吹着我，把我吹感冒了。我是盖着被子的，可是头在外面，曲强没事，他的床在里面，我的床紧挨着窗户。如果许桧没死，我对他还有些意见，人已经死了。我应该当时给前台打电话，让他们来维修一下，这样我就不会感冒，精神状态也会更好一点来接受你的调查。

胡警官，我说的有点远了。许桧来我们的房间，告诉我们，他要跳楼。我们为什么不报警？我们以为他在开玩笑，他喝酒了。酒店的窗户是上方固定，从下面一推，窗户四十五度角，头掉下去没什么问题，身子会卡住。许桧打开窗户，伸头往下看，说了句，妈×的。许桧抽回头，要把窗户关上，试了几次后不行。他骂起来，具体骂的什么我没听清楚，都是你们本地方言。我看不下去，过去让他不要管窗户了。我们俩人生地不熟，怕许桧对我们动粗。虽然他喝酒了，个人修养还是不错的，为打扰我们休息道歉。他伸出手握住我的手，许桧的手温热，手劲有些大，动作失控，差点把我摁倒在床上。

许桧走了。我和曲强说了几句他的坏话，担心是小偷来踩点。几分钟后，许桧抱着几瓶芝华士冲进来，把酒塞给我们，自己坐在椅子上喝起来。我和曲强心里有些顾虑，不是担心酒里加了迷药什么的，酒是全新没开封的，瓶塞上也没针孔。我们不知道他心里在想什么，芝华士不便宜，随手送人两瓶这件事，我是干不出来的。许桧这家伙挺有钱的，都说山东人比较豪爽，看样子不假。我们谈什么了？我和曲强没说几句话，都是许桧在讲。如果我早知道他第二天就死了，真应该和他聊一下，我大学期间选修过心理学，不说一定能让许桧回心转意，总会有些成效吧，起码对我来讲是个慰藉。

对，胡警官，我认为许桧是自杀。他为什么寻死，我们也没问。什么，你怀疑凶手是我们？胡警官，这种事可不能开玩笑。你不相信我说的，可以看酒店走廊监控。我和曲强压根就不认识许桧，为什么要杀他。

我们来这里完全是个误会，你们这内陆五线城市对我们见过祖国大好河川的人来讲，没什么吸引力。是的，这里曾经是春秋战国齐国的首都，在课本上我们都学习过，历史悠久，但两千多年过去了，还有什么能留下呢，空气中化学品的味你没闻到吗？昨天刚下火车，我们就收到本地举办文化节的信息提醒，可又能怎样，全国数百个县城每年都有花样百出的这种文化节，吸引不了几个外地人。我们的计划是去青岛，曲强身体不舒服，就临时下车了。我们从南宁出发，先去的广州，又到了南京，再去青岛，然后回家。我是来陪曲强散心的，他刚失恋了。胡警官，你误会了，我们不是同性恋。我喜欢女的，他也一样。我比曲强对女的更感兴趣，他总是执着于同一类型，我包容性更大，任何类型的女人都有可取之处，拿山东姑娘来讲，身体壮硕，走路生风，难道这就不美观了吗？我不这么认为，这让我联想到上世纪六七十年代宣传画中孔武有力的女人们，她们横眉冷对世间一切的艰难困苦，如此积极向上，和她们谈恋爱的话，肯定是非常舒服的，不用斤斤计较整天只想着购物花钱。我就搞不懂，那种瘦弱不堪整天粉饰自己的女人有什么可取之处，曲强就是被这种女人折磨得苦不堪言，你瞧他现在的样子，就算一个人死在他的眼前也提不起他的兴致。曲强啊，找个劳动妇女不好吗？

许桧知道我们是来旅游，想领我们了解当地的风土人情，附近有几个他熟悉的洗浴中心，里面的技师手法不错。我们回绝了，一个前几分钟还寻死的家伙，让我们跟着他，这得需要多大的勇气。我和曲强一致认为他是拉皮条的，给我们芝华士喝是一种手段，为了从我们身上骗更多的钱。我说奔波了一天，确实累了，不想出去。许桧不依不饶，拿出手机给我们看他拍的一些下流的照片。照片里有几个姑娘确实是曲强喜欢的那种婉约纤细的类型，我倒是没多大的兴趣。好客山东，这次我们真算是领教了。坐出租车来酒店的路上，司机听我们是南方的口音，说有个酒吧里面有十七八岁的小妹，跳不穿衣服的舞，还可以带出来过夜。都说不想去了，还说起来没完。胡警官，我们外地人能怎么样，又不能发火。本来以为住的酒店好点，又来了个许桧。后来许桧喝多了，我和曲强架着他回房间，你不知道，一开门，屋里的味太臭了，脏得一塌糊涂，桌子上的剩菜都长毛了，地毯上一层用过的卫生纸。我们把许桧扔床上就跑出来了，他在这里住的时间不短了，没让人进来清理。对，他身上有股古龙水的味，劣质的，很难闻。回去后，我躺在床上睡不着，冲澡后想着许桧说的那些色情话题，睡意全无。我挺长时间没碰女人，也没碰自己，欲望特别强烈。我就自己出门了。

讲到这里，胡警官让他不要再说了。王东看着密密麻麻的几张纸，甩了几下酸痛的手臂，颇为不爽地盯着吴可以。吴可以说，我还没说完。胡警官说，我只问你一句，许桧的死和你俩有没有关系？吴可以摇头。曲强低着头，不回答。胡警官起身，先到这里，你们想到有价值的线索，随时联系我们。吴可以有些不舍。这时，一直闷不吭声的曲强开口了。

昨晚吴可以出去后，许桧又来敲门，我给他开门。我本来想告诉你，你晚上回来太晚了，早上起床看到许桧跳楼死了我就把这事给忘了。许桧脑子有点问题，喜怒无常，他坐在地上哭得很伤心。我这个人不善言辞，也不会安慰人，女友分手也是觉得我这个人太闷，有事总是埋在心里。许桧哭完后，又语无伦次说了一大堆话，都是你们的方言，我听不太懂。他喝得太多了，坐都坐不稳，脑袋不停往后倒。我扶他起来在床上躺会，他一把抱住我，趴在我的肩膀上抽泣。我拍着他的肩膀说，人生能有什么过不去的坎呢？就这么一想，我也跟着流泪了，仿佛我抱着另外一个自己。长久以来失恋的痛苦，没想到会抱着一个男的发泄出来。我刚才看到许桧的尸体，我觉得他是替我死的。这次旅行，我原本要自杀的。吴可以，你别急，听我往下说。我让你陪我，就是想让你替我收尸，你是我最值得信赖的朋友。我计划去青岛跳海，阴差阳错来到这里，遇见许桧，他又恰好死了。

我相信许桧是自杀，不可能是他杀。我没有证据，这是我的直觉。许桧去卫生间吐，他趴在马桶上，在呕吐的间隙，一直在感叹自己的人生，有句我听得很清楚。他说，我许桧妈了个×的这一辈子。他这一辈子怎么了，没等说完，他又呕吐起来。味道太难闻，我把卫生间的门关上。我坐在床上抽烟，他在卫生间里边呕吐边骂，说什么人活着就是为了钱，可有了钱又能怎么样？他还抒发了对女性的态度，言语太露骨，我就不复述了。不过我不赞成他的观点，我尊重妇女，对女性要宽容对待，是我的人生信条之一。你可以问吴可以，我对女人千依百顺，尽管她们深深伤害了我。

很长时间，许桧没出来，我推门进去，发现他趴在马桶上睡着了。我给前台打电话，酒店派一个保安过来，我和保安把许桧抬回房间。回到房间，我发现马桶堵了，我用力摁，漂浮着的呕吐物溢出来，里面夹杂着血迹，你说有没有可能许桧罹患绝症，才选择跳楼。

胡警官喝了口茶水，站起来说，好了，就到这里吧。王东把纸递给胡警官。他接过，连扫一眼的兴趣都没有。曲强问身边的吴可以，昨晚你几点回来的？吴可以说，两点多。王东问，你回来这么晚，干什么去了？吴可以说，刚才我想说你们又不听，现在又问。王东笑起来，我完全是好奇，说给我听听吧。这时，大厅里响起喜庆的音乐，参加婚宴的一行人涌进大厅。胡警官朝大厅入口走去。王东说，没事，坐下再聊会。吴可以问，你知道这么多干什么呢？王东说，职业病。吴可以说，你们警察可真有意思。王东做出一个握笔的姿势在空气中划拉了几下，我是写小说的。

5

根据酒店入住记录，许桧在这里住了六天。登记的名字是郑友好，二十岁，和他的表哥许桧同村——黄城镇西阳村。前台那位圆脸的姑娘回忆说，开始这两人的确在房间住，究竟郑友好住了几天，她也说不上来。

下午三点，正在家中睡午觉的郑友好被警方找到带回去协助调查。郑友好说许桧的死和他没有任何关系，他这几天一直在家里，父母让他去蔬菜大棚帮忙，他也没去，为此父母颇有微词这几天都没正经给他做饭吃。焦警官察觉到郑友好对表哥的死并不意外。郑友好坦言，在酒店的第二天，许桧就流露出了自杀的念头，他好言相劝没有效果，还被赶了出来。郑友好又说，我觉得他的脑子出问题了，住这么高级的地方。焦警官拿出一张照片给郑友好看，问他认不认识。郑友好扫了一眼说，不认识。焦警官笑起来，你看仔细一点。郑友好说，再看也不认识。焦警官说，25号，我们在淄河滩的枯井里发现了他的尸体。郑友好说，每天有人死，你和我说这些干什么？焦警官说，给你机会你要珍惜，和你没关系我们为什么不找别人？郑友好闭口不言。

审讯陷入僵局，小胡敲门，焦警官走出去。小胡把手里的一张万豪酒店的便签纸递给焦警官。焦警官看后问，从哪里找到的？小胡说，那两个广西的小伙子送过来的。在火车站，吴可以在包里翻找湿巾发现这张便签纸，看到上面的内容，他意识到事关重大，立刻给小胡打电话。这张纸为什么在吴可以的包里，他认为有这么几种可能，1. 是许桧故意放在包里，意在临终对世界开个玩笑。2. 许桧在和吴可以抱头痛哭的时候，纸不小心掉在床上，吴可以在收拾衣物的时候没发现，放进了包里。除此之外，吴可以不无惊恐地揣测是许桧的亡灵作祟。

当焦警官把许桧的遗书摆在郑友好面前，他本就脆弱的心理防线立刻失守。郑友好伏在案板上痛哭了一会，眼泪纵横地向焦警官交代，我没杀人，和我没关系，许桧都写清楚了，和我没关系。焦警官拍了下桌子，那他为什么在遗嘱里强调和你没关系呢？真和你没关系的话，他用得着强调吗？郑友好愣住了，许桧喊我去，我不知道他要杀人，不然我也不会跟他去。焦警官问，他杀人你看到了？郑友好点头，看到了，可我有什么办法，我想走也来不及了。焦警官问，你都干了些什么？郑友好哭啼着，许桧让我摁住于得水的腿，我就摁住了。焦警官递给他手纸，擦干净，从头到尾说。

6

我和许桧虽然同村，他妈是我亲姑，但我们两家不怎么来往。他比我大十来岁，小时候我经常跟在他的屁股后面偷鸡摸狗，就这次杀人，说我是从犯也很勉强。

16号，我在家睡觉，表哥来找我。我躺在床上，他坐在床边，递给我一根烟。我们抽着烟，也不知道说些什么，他问我小梅去哪了？小梅是我去年交的女朋友，我们分手都好几个月了。我不愿意提小梅，她这人脑子有点毛病，身材倒是不错。我当时和她在一起，也是看她长得还不错，我让她和我同居，她就真住我们家了，白吃白住还跟我妈要钱买零食吃。也不是疼她吃，养她这个人也没啥问题。她喜欢上网交朋友，手里有点钱就跑出去和网友见面，几天都不回来。我打她也不管用，一条筋。我妈赶她走的，她害我染上了性病。

我和表哥谈了会小梅，也没其他好说的。表哥说我们现在的年轻人对感情太不负责了，到处乱睡。反正就是以长辈的口气教导我，搞得我挺烦躁的。我脾气不好。许桧不经常来，我问他怎么样，这几天没看见小智。小智是许桧的儿子，一岁半，会跑了。其实我听我妈说了，小智的妈和他闹离婚，带着小智走了。村里的事就是这样，好事不出门坏事传千里。我这么一问，许桧只是笑。我心情立刻好了，跟着笑起来。他又问我怎么没去上班，这样整天在家里睡觉怎么能行？你都二十岁了，年纪不小了，应该自己赚钱。妈的，一说这些我心里更不痛快了。

我初中没上完就辍学了，不是学习的料，我喜欢打网游，这几年也玩得没什么兴趣了。我也不知道应该干什么，村里和我这种情况的同龄人不在少数。我爸妈种着两个蔬菜大棚，前些年还有个大棚让政府征用了，给了二十几万补偿款，养我这个儿子没啥问题。前几年我爸经常打我，嫌我偷着把家里的粮食卖了。这几年他都主动给我钱花，对我的要求也降到了只要不惹事干些违法的事就行，不指望我给他们养老了。对，我是独生子，在我前

学徒侦探　161

面我妈还生了两个孩子,都没出满月就夭折了。我皮肤这么白,头发还是红的,不是染的,我生下来就这样,先天性心脏病。感谢政府对农民的医疗政策,上初中那会我换了心脏。我爸妈都说我这个人没心没肺,他们说对了一半。今年我在工厂上了几个月的班,白班和夜班轮番倒,实在是太累了,心脏也受不了。其实我也特别想出去闯荡一番,爸妈不同意,担心我死在外边。我的情况许桧又不是不知道,他还教育我。你们理解不了身体不健康的人。

许桧问我过几天有没有空,他搞了把钢珠枪要去淄河滩打鸟。说实话,我没兴趣,我也是这么和他说的。他劝我,不要总是在家里,要出去走动。我已经很多年没打鸟了,附近也没什么鸟可以打。许桧自己的生活都一团糟,他在私人化工厂给领导开车,前两天辞职不干了,什么事辞职我不清楚,他也没和我说。我对他的生活提不起兴趣,我自己的事都操心不过来。新买的摩托车总是坏,我想换辆新的,车行的老板不答应,说给我修好,都修了三四次了。不管怎样,我还是答应陪许桧去打鸟。一个三十多的人了,老婆带着孩子走了,可能过几天就离婚了。

20号上午,许桧来找我。当时我妈在家,看到表哥,一脸不高兴。她不要我和他来往,怕把我给带坏了。我应该听我妈的话。焦警官,你说许桧是怎么想的,杀人带上我,需要我帮忙应该提前和我打声招呼,让我有个思想准备。焦警官,你不了解我,我这个人看起来挺浑的,但胆子小,别说杀人了,架都没打过几次,从小周围的人都知道我身体不好,也不招惹我,我也不主动招惹别人,你非说我也杀人,我承认,我的确是摁住了于得水的腿,这也是许桧逼的,我要是不这么做,他都杀红眼了。不怕你笑话,我当时都吓傻了,事后还瘫坐在草丛里哭了好一会。

许桧让我帮他把于得水扔进井里，我都没力气站起来。我确实是帮凶，我没自首也是侥幸。后来许桧说要自杀，我心想死了好，那样就没人知道了。许桧给了我五万块钱，我长这么大第一次见到这么多钱，就拿着了，我不拿也不行啊，怕引起他的怀疑。焦警官，你说得对，我也认为是雇凶杀人，有人给许桧一笔钱让他杀于得水，究竟是谁雇的他花了多少钱，我怎么可能知道。反正在万豪酒店里，许桧花钱大手大脚。许桧当过兵，没打过仗，杀人这种事，他也扛不住了，神经兮兮的，说要把钱留给儿子小智，但又挥金如土。

许桧说面包车坏了，要去镇上租辆车。我说不用租车，我有摩托车。许桧说担心被交警查住。我说不走市区走小路，不会有交警。他说小路难走，又说东西太多拿不了。其实就是一个大帆布包，还指望打死个鸵鸟拿不动啊。我骑着摩托车载着他先到镇上，我把车放在我一个哥们家里，又去镇供销社西边的广场上找车。许桧碰到了于得水。这肯定不是凑巧，他早就盘算好租于得水的车。听他俩攀谈，他们在化工厂上过班，是同事，看起来关系不错，有说有笑的。具体都谈了些什么，我不知道，起得太早，我在车上睡着了。醒来后，已经到了淄河滩。天气不错，秋高气爽，天上连块云彩都没有，很蓝，很难得。许桧和于得水去河滩上打鸟，许桧拿着钢珠枪，于得水跟在他的后面提着包和网子。我不感兴趣，就沿着河滩走。走累了，我坐在岸边抽烟，不小心把枯草给点着了，灭火的时候把裤子烧了。他们打死了几只麻雀，喊我去看。麻雀太小，身子都给打烂了。许桧说这里有野鸡，不如打只野鸡烤着吃。他俩开始布网。许桧从后面用网绳勒住了于得水的脖子，我还以为他俩在闹着玩，等到于得水两只脚扑腾，许桧还不松手，我知道坏了。

那五万块钱还在床底下放着,我一分钱都没花,死人的钱我也不敢花。你们早把事情查清,还我清白。你们怎么会怀疑到许桧的头上,他在什么地方出现差错了。许桧要焚尸,被我劝下来。四周都是枯草,点火引起火灾,容易被人发现。刚好看到一口枯井,他就把于得水扔里面了。回去后,许桧知道自己逃不掉,不打算活下去了。他心理素质这么不过硬,学别人当什么杀手?

7

上午九点多,王东在村道上陪女儿玩。女儿小罗不到两岁,坐在扭扭车上,一只手握着车把,一只手拿着毛绒小羊。扭扭车上拴着一根绳子,王东拉着绳子,走在前面,不时回头看女儿。女儿瞪着眼,过来辆车或者人,她都歪着头看。一辆拖拉机开过来,突突作响。女儿赶忙从车上下来,往王东的怀里钻。王东把女儿抱起来,拍了拍她的后背,站在路边看走远的拖拉机。

一辆警车从胡同里开出来。女儿用手指着警车,嘴里喊着,车,车。王东应和着,对,警车,里面坐着警察叔叔。车开到眼前,王东发现副驾驶上的小胡。王东笑着问,干什么去了?小胡说,找你。王东一惊,又找我干什么?小胡笑起来,你怕什么,你们村里有人打架,我过来看看。王东问,怎么样?小胡说,鸡毛蒜皮的事,教训几句拉倒。王东说,你这一天也挺忙的。小胡伸出手碰了下小罗囟门上扎的小辫,怎么在这里扎小辫,整得像日本武士。王东笑起来,头发长,怕遮住眼。小胡拿出烟,递给王东。烟刚放在嘴巴里,王东感觉到胳膊和胸前一股热流涌出来。他指着小罗，你是不是尿了，和你说了多少遍有尿提前说，怎么就不说？小罗低着头，两只手摆弄着。小胡在一旁笑起来。王东提溜着车，我先回去给孩子换裤子去。小胡说，我跟你一起。

走到家门口，小胡指着门前贴着实习标志的白色汽车，这车是你的吗？王东点头，刚买一个多月。小胡问，上次怎么没见呢？王东说，上次车胎爆了，送去补胎了。王东的老婆李翠芳正在庭院里洗衣服。王东说，尿裤了。李翠芳站起来要去屋里，看到身后跟着的小胡，她愣住了。王东忙介绍，这是胡警官，上次为许桧的事来过。李翠芳说，来屋里坐吧。在客厅东南角的塑胶垫上，李翠芳给女儿换好衣服。女儿依偎在李翠芳的怀里，盯着坐在沙发上的小胡。李翠芳解释说，小孩认生。

不知从何说起。王东说起和小胡去年的碰面。从去年6月份开始，王东总是在晚上十一点多接到辱骂电话，对方认定自己是王能超，不论王东如何解释都没用。这个王能超和他有何冤仇，他也不说。对方辱骂，挂掉。王东想过换个手机号，想到重新告知亲友的繁琐又算了。不可否认，随着辱骂的持续，王东没有开始那么气愤，甚至将骚扰电话视为生活中的一部分。听口音，他大概四十岁左右，生活不顺，所骂内容除了涉及到父母妻儿的性器也没有新的花样。王东边听边嬉笑，他反正骂的是王能超，又不是自己。连续几日不接到这个电话，王东还有些不适应。王东去派出所，是刚被骚扰的时候。当时接待他的就是胡警官，他让王东留下骚扰者的电话号码，回去等消息。这一等，就没了消息。听到这里，胡警官笑起来，那人现在还骚扰你吗？王东已经有半年多没接到骚扰电话了，这让他本就苍白的生活出现了一块空缺。他设想过对方不打电话的各种可能性，和王能超和解了，或者发

学徒侦探　165

现王东不是王能超，要不就是死了。王东说，胡警官，你能帮我查下这个人么，我真的特别想知道他究竟是谁。小胡看着李翠芳问，你男的是不是有病？李翠芳点头，对，我也觉得他病得不轻，有什么好问的呢。小胡说，你这人真奇怪，对不认识的人这么牵肠挂肚，认识的人死了也不放在心上。王东知道他说的是许桧，便问，那案子结了没？小胡说，我昨天从区里回来，许桧的案子都查清楚了，是五丰化工厂的老板张权利雇许桧去杀于得水。

23号，五丰化工厂的质检员牛美丽报警说她的丈夫于得水失踪。

25号，淄河滩附近村民发现于得水的面包车。

两个小时后，在枯井内找到于得水的尸体。

谋杀无非两种：图财，仇杀。于得水的钱包和手机都没丢，肯定不是图财。于得水的老婆牛美丽，比他小八岁，外地的，相貌出众。牛美丽十八岁来这边打工，认识了货车司机于得水。五丰化工厂那些工人对牛美丽颇有微词，一个初中都没上完的外地人凭什么能干质检员这样的美差，还不是仗着自己脸蛋没事往张权利的床上跑。于得水以前在厂里开货车拉化工原料，张权利为他和牛美丽鬼混创造条件，把于得水辞退了。张权利也是个情种，大小也是个老板，又不是没钱，单就看上了牛美丽。牛美丽再好看，也是个已婚妇女，韵味尚存比不上那些嫩模。于得水活着的时候，牛美丽就把张权利的事和他说了。于得水要去找张权利算账，被牛美丽拦了下来。牛美丽答应辞职，不再和张权利来往。背地里，于得水砸过张权利的保时捷。张权利不让牛美丽辞职，还让她和于得水离婚跟自己过。牛美丽和于得水有个五岁的儿子，她明确告诉张权利，为了儿子她也不会离婚。张权利离异多年，有一对儿女在国外念书。五十多的人想娶牛美丽，接受不了失去她，就决心杀了于得水。张权利说本来想让许桧找道上的人，给钱办事。许桧觉得这是个生财之道，自己接了。

于得水遇害当天，王东见过他。当天牛美丽接到取快递的电话，给于得水打电话，让他去取。20号上午十点多，在塑化城对面的圆通快递，刚买车不到半个月的王东在倒车的时候和一辆面包车发生了刮蹭，快递门前的监控器拍到了这个画面。王东向于得水赔礼道歉，将身上仅有的两百块都拿了出来。李翠芳说，你不是说自己是在练车的时候擦到墙了吗？王东笑着向李翠芳解释道，怕你骂我，这事瞒着你。李翠芳黑着脸，你就是欠骂，你还有什么事瞒着我？王东说，就这一件。

王东回忆说，于得水收下了两百块钱，没再说什么。他那辆面包车确实也挺破的，车身刮蹭的划痕不少。王东说，应该给他一百块。此时，王东的把兄弟许桧正坐在面包车里，他看到了王东，被他的窘境逗得发笑，有强烈的下车冲动，但他终究调整座椅往后躺，不小心碰到正在后座上酣睡的表弟郑友好。让我们站在许桧的角度设想一下，在去淄河滩的路上，他拿出手机想给王东打电话，发现早已删掉了他的号码。车外阳光明媚，许桧感叹道，是个杀人的好天气。

附：许桧遗书——

走到这一步，没法回头了，早晚都是死，不如死在自己手里。我杀了得水，查到我是早晚的事，郑友好和这事没关系。爸妈，我想好了，小智还是跟着他妈吧，让他好好学习。我没尽到当父亲和儿子的责任。你俩保重身体，别生我气，不是还有我哥吗？

这个月的星座运势出来了吗

1

我走在街上,太阳很大,离我住的地方还有一段不近的距离。我低着头由于出汗眼镜不断从鼻梁上往下滑,我就往上推,一次次的,搞得我很烦。让我烦的事情还有很多。为了早点回到住的地方,我命令自己走快点,或许是炎热还有烦恼什么的,总之我的灵魂出来了那么一点,当然并没有完全出来。小多半的灵魂裸露在身体的外面,感觉不到烈日当空,也感觉不到苦闷。为了达到灵魂出窍的效果,我命令自己再走快一点。我离前面的那个姑娘越来越近,看见她左边胳膊挎着的包是开着的,里面有东西露出来。我伸出手点了点她的胳膊说,姑娘,你的包开了。说完,我超过她,继续往前走。姑娘在我身后尖叫了一声,说了句,谢谢。我往前走,走得很快。姑娘抓住我,说她丢了东西。我说你的包是开的,东西没了很正常,如果不是我提醒你,可能还会丢更多的东西。她有点发火,一只手抓住我的胳膊不放,认定是我偷了他的东西。我从来没碰见过这种情况,一个姑娘在大庭广众之下拽着我,不让我走,杂七杂八的人看着我们俩。我可以说些什么,可是天热得很,眼镜不断往下滑。

2

起床后我肚子很饿，昨晚睡觉前已经饿了。我出门买点吃的，外面太阳已经高高的，很亮，很热。我很后悔没早点起床。我走了两条街，没发现任何吃的。我一个人走在街上，没有可以说话的人，我挺想找个人说话，说我很饿，以及天气。我们对待天气的看法，会十分一致。我还想说没事别出门。走了两条街没找到吃的，我有点丧气往回走，碰见了一个姑娘。姑娘说她丢了几百块钱。我说你可以搜身，我身上只有二十块钱。姑娘开始搜我的身，从口袋里找到了二十块钱。事情到这里可以结束了，但是没有。姑娘还是认定我拿了她的钱，钱不在我的身上，不能说明钱不是我拿的，我很可能藏在某个地方。我觉得姑娘说得很有道理。我问她现在怎么办？姑娘说，你把钱还给我。我说，我现在没钱。姑娘说，你总会有钱的。在ATM取款机前，我把银行卡塞进去，查看余额，0.17元。我对姑娘说，你看，我真的没钱。姑娘说，你可真穷。我说，对不起，现在怎么办？姑娘问，你住在哪里？我说，就在附近。姑娘说，走，去你那里。在去的路上，我不止一次对姑娘说，我住的地方也没钱。她不相信。她一只手拽着我的胳膊，我看着她，笑了起来。她问我笑什么。其实也没什么，从来没有女人去过我住的地方。她很严肃，只是让我走。我感觉很饿。姑娘从包里递给我一块面包。我撕开吃，有点甜，吃完了我也没饱。

3

我本来以为银行卡里会有几百块钱,但是没有。如果有的话我会毫不犹豫取出来交给姑娘,那样她就不用来我住的地方。如果她不来我住的地方,我就不会知道她今天早上刚刚被人辞退。姑娘说到辞职这件事,坐在我的床上哭了起来。姑娘哭了一会,或许是发现我没说半句安慰的话,她眼神变得很怪,盯着我看。我说,你可以再找份工作,工作并不难找。姑娘说她并不只为了失去工作难过,还因为别的事情。我问她还因为什么?姑娘说她仅有的几百块被我拿去了。说到这里,姑娘又开始哭了起来,你怎么连几百块钱都没有呢,你怎么这么穷呢!这段话她重复了好几遍,把我的眼睛也给说红了。我背着身,深吸了几口气。我为自己感到羞愧,同时也有一种奇异的幸福感。居然有个姑娘因为我的贫穷而哭泣,我都没怎么为自己哭过。我走过去,拍了拍她的肩膀,别哭了,为了我哭真的不值得。姑娘甩开我的胳膊说,我现在怎么办,你说我现在怎么办?我也不知道怎么办。姑娘说,看来我要再找份工作。我说,这个不用着急,工作总会有的。在我的劝解下,姑娘停止了哭泣,她站起来看了看我的房间。突然她转过头问我,你一个人住吗?我说,对,一个人。

4

我之前是和李亮住在一起,房子也是他租的,我没地方住就和他住在一起。后来他走了，我留了下来。李亮这人不错，走之前还交了半年的房租。我可以免费在这里住半年，现在来算，也没有半年，四个月多一点。如果不是图免费，我早就想换个地方。我应该抽空想一下四个月后去哪里，总不能再去找李亮。李亮结婚了，找了个不错的老婆。人们总是说机遇，我觉得这的确十分重要。拿李亮来说，他的机遇来了，找了个不错的老婆，在生活面前可以轻松自如，不用那么着急。这也是我和李亮疏远的原因，我的烦恼他理解不了。李亮的烦恼我也理解不到，比如他要在岳父面前低三下四，在我看来这理所应当，你把人家的女儿睡了，还要继承一大笔的家产，受点奴役怕什么呢。我和姑娘说了会李亮，也不知道她爱不爱听。姑娘听完可能觉得不好意思，和我分享了一下她的生活。姑娘昨天和一个男的相亲，朋友介绍的，对方是个工程师，长得高，有点瘦。两个人在餐厅吃饭，也没怎么吃。后来男的说有事先走了。姑娘也走了，在打车回去的路上，姑娘上网看到一条微博，她认为这个微博就是相亲的那个男的。当然这个说不定，名字是网名，也没有他的照片，但就说微博的内容，他说刚才相亲的女人让他性冷淡。说完，姑娘质问我，我是那种让你们性冷淡的女人吗？我忙说，不，不，一点都不，相反我觉得你很好看。姑娘问我，你相过亲吗？我摇头，没有。姑娘说，没想到第一次相亲就碰见一个混蛋。我说，你这样的人还怕没男友吗？姑娘问，我这样是什么样？我没办法描述，我觉得这个姑娘不难看，当然离漂亮也有点距离。我不知道说什么，就低下头。姑娘叹了口气。这一口气，让我突然紧张起来。

5

这几天我总是在想一件事,如果我绑架了一个女的,我会做些什么。当然我不是随便绑架,绑架的对象我不清楚,这个可以任意选,绑架的手段我已经想好了。我随便敲一户门,门开了,一个女的问我找谁,我随便说个名字,就说是李亮吧。我问李亮在吗?女的说,对不起你敲错门了。她把门关上。如果这个女的是独自一个人在家,我就再次敲门,门打开。女的问我想干什么?我就捂住她的嘴巴进到门里面,我拿出准备好的刀,放在她的脖子上,不要说话。如果一切顺利的话,我就把这个女的绑起来,嘴里堵上什么东西。现在房间里只有我们两个人,我能做点什么了。我不想伤害任何人,这个女的没有生命危险,我就是想在她的房子里转转,看看她的卧室是什么样子,吃点她家里的东西,再坐在沙发上看会电视节目。我觉得看电视是浪费时间的好办法,以前在家里,我看电视,很轻松就把一天浪费掉,现在我住的地方没电视,我就上网,网络总让人心烦意乱,到处都乱糟糟的。看完电视,我就解开这个女的。我希望和这个女的以此建立起友好的关系,等我无聊的时候可以再敲她的门,那时候我们彼此信任,就像多年的老友一般。这个绑架,我唯一不能保证的是,我敲门的对象是否是独居,如果她和男友什么的住在一起,那就没意思了。可是,我也知道没那么好心的女人。你说,对吗?姑娘看着我,如果你敲的是我的门,我可以这样。我跳起来,真的吗?姑娘说,如果像你说的那样,一点问题都没有。

6

姑娘去厕所。我打开电脑，快到月末了。不知道下个月的星座运势出来了没，这个月的运势说我会遇到心仪的姑娘，也没有碰到。她回来，问我在干什么？我说查下星座运势。姑娘坐在我的旁边，问我什么星座？狮子。姑娘说，我是双子，你也帮我看看。我说，等会，我看看。姑娘说，这个月我挺倒霉的，工作没了，还被人说是性冷淡。我说，我也挺倒霉的。姑娘又说，你没有我倒霉。这话我不愿意听，我觉得我已经可以了，怎么会不倒霉呢？先说姑娘的运势。她下个月在财政上会有所改善，现金的流入会增加，金星照耀恋爱宫，紧接着还会有些难忘的激情体验。总之，不论是爱情上或者是事业上，都会有很大的反弹。姑娘对我说，快点，看看你。星座上说我下个月可能有出国的机会，我觉得这简直是胡扯，我这辈子也没有可能出国。上面还说我会有份比较满意的工作，其实上个月也这样说，但我还是老样子。至于爱情方面，只要我主动出击，会有比较不错的收获。到了月底，会是我散发光芒的时候。算了，我已经不太相信这些了。倒是姑娘比我还激动，她说你下个月的恋爱运也不错。我说，可是，我根本不需要爱情。姑娘问，那你需要什么？我想了想，可能是钱，或者是其他的，比如说一点希望。姑娘把她的地址留给我，并且叮嘱我记得敲门绑架她。我把纸条收起来。姑娘临走之前笑着对我说，我的恋爱运很不错，你也是。关上门，我又坐在电脑前看了下运势，发现刚才看的其实是这个月的运势，而下个月的运势还没有出来。我觉得肚子饿极了，掏出纸条吃了下去，咽的时候有点困难，感觉她整个人都卡在我的喉咙里。

下篇

见面

1

在旅馆等待邹莹的一个多小时里,王东过得并不轻松,欲望即将达成的欣喜,让他有些手忙脚乱,吸烟暂时缓解,却又放大沮丧的情绪。他站在窗边,望着阴沉的天空,审视自己的行为,并为自己的慌张感到好笑。多年来,王东发现和内心相处是一件困难却有趣的事,面对周遭所表现出的任何反应,总能为此找出适合的理由进行接受,并深信这没有什么不妥。但这并非源于自信,说是自我欺骗更为妥当。

邹莹把包放在椅子上,喘息有点急促,头发因雨水显得黑。她取出一包纸巾,擦了下脸,叹了口气,低着头笑起来。王东坐在床角,心想应该谈论下天气,比如这场突然下起来的细雨。他为自己没举着旅馆的雨伞去接她有些自责,但这是否有献殷勤的成分呢,如今对女性的礼节已经被不少女权主义者搞得变了味道,呵护备至在一定程度上难道不是承认女性天然的柔弱吗。在过去一个多月的接触中,邹莹不止一次提到,她不喜欢男人对其过于顺从,霸道一点甚至更能取得她的芳心。王东反问她是否有受虐的倾向,换来的是愤怒的表情与其搭配的一行文字:你们男的总是自以为是。

邹莹脱下外套，我先去洗一下。王东站起来，不着急。邹莹说，怎么了？要不，王东说，先说会话。邹莹没说话，拿着包走进卫生间。一会，传来水声。王东打开包，拿出安全套，放在床边，又觉得意图过于明显，他有些拿不定主意，便放在枕头下面。他躺在床上，打开电视，随意换着频道。雨还在下，远处的天空有一块乌云飘过来。邹莹走出来，身上穿着衣服，头发扎起来。她走到窗边说，我讨厌下雨。王东说，我也去洗下。卫生间里的热气尚未散去，王东用手擦了下镜子，昨晚刚刮的胡须已经长出来。刮胡刀在包里，他走出来。邹莹坐在床边在看从他包里翻出来的一本证件。

尴尬持续了几秒钟，之后的情形是，邹莹要走，王东不同意，两个人发生肢体冲突。邹莹那件贴身的黑色上衣在撕扯中偏移了，本就若隐若现的乳沟更加显眼。逃脱无望后，邹莹坐在椅子上，边哭边说，咱们说好要坦诚相见的。王东手里的证件大小和团员证一致，封面为红色，上方为国徽图案，下方一行字写着：急性短暂性精神障碍症。内页贴着王东的一寸照片，身份证号码及公章一应俱全。邹莹抬起头看着王东，求你了，让我走吧。王东说，别哭，好吗？听我说。

2

你误会了，我精神没问题，虽然有时候会失眠，感觉活着没什么意思，但这不是也说明我是个对生活有追求的人嘛，我倒是也希望能活得没心没肺一点，不要太在意自身，可效果并不是太好。我要感谢你，是你的出现，在我这苍白的生活投上了一束乐观的明媚之光。先别哭了，我不会把你怎么样的。没见面之前，你也担心过会被分尸之类的，我只能说你真的想多了，并不是每个人都这么幸运，在短暂的一生中会认识个变态。你在夜跑时遇到的摸你屁股的男青年以及与你搭讪的老头，只是面对美好的异性缺乏自控力，尽管带给了你心理上的创伤，但胆小懦弱的性格让他们在猥亵的道路上浅尝辄止，不会有更加出格的举动，本质上我和以上两位没有任何的区别，说垂涎你的美色会不会让你更加容易接受呢？作为一个三十多岁的单身男青年，长时间接触不到女性的身体，让我的心理不免有些扭曲，渴望和痛恨并存却不相悖。放心，我不是为自己接下来的出格行为找借口，实际上，我没有半点伤害你的意思，我怎么忍心伤害你呢。虽然我绑住你，不让你走，也只是想和你进行心与心的交流而已，你也知道能找个说点肺腑之言的人不容易，再过几年你会有更深的体会。没有人会理解你的痛苦，感同身受是不存在的。就像现在，虽然你哭得这么伤心，求我放了你，但在我看来，这很可笑，你有什么好害怕的呢，我能对你怎么样呢？脱光你的衣服，对你行苟且之事，而这难道不是我们约在这里见面的原因吗？就因为这本证件，你就违背了我们原本的约定，你觉得这样合适吗，是不是有点过分了，莹啊，你怎么能这样？难道你忘记了几个月以来我们友好贴心的交谈了吗？虽然我对你有许多隐瞒，可你不是也在粉饰自己的生活吗？那些贴在社交平台上的有关饮食和旅游的照片，只是你生活光鲜的一面，并不是生活的真相。我并没有责怪你的意思，你许多俏皮的自拍，向我展示美好的同时，也让我有了不切实际的幻想，不过人难道不是靠莫须有的幻想来丰富生命吗？你不自私，甚至称得上博爱，我说得没错吧，既然如此，那你就不应该违背自己，让我们抛弃成见吧。难道一个精神病患者，就不需要来自同类的关爱了吗，实际上他更需要你的爱心，你同意吗？那好，你冷静了吧，我给你解开。或许你应该从另一个方面来想一下，如果我真的是神经病，你这么大的反应万一刺激了我，怎么办呢，不好收场吧。神经病做出任何事都不用负责任，你应该尽量讨好顺从我才对，你想下一下，是不是这个道理？好了，莹，别哭了，我和你开玩笑的。答应我，别哭别闹，我和你分享下这本证书的故事。

3

八个月前的一天晚上，王东在徐成的家里吃饭，吃到一半，李燕下班回来，和往常因工作疲惫而显得冷漠不同，这次她看到王东报以了欢迎的微笑，对徐成喝酒这事，也没进行言语上的嘲讽，她放下包，略显兴奋地说，等会我告诉你们一件事。言毕，她小跑进了卫生间。徐成猜测李燕不是涨工资就是在回来的路上捡到了钱包，不会有第三种可能性。身为阳光宝贝亲子园的一名资深幼教，李燕工作虽谈不上操劳，但被淘气的孩子纠缠了一整天后，心烦气躁是难免的。刚开始工作的那几年，薪水还说得过去，这几年随着老板将生活的重心放在心灵禅修，对俱乐部不再加大投入，而县城中亲子俱乐部又新开了几家，生源的流失，让李燕的工资停滞了，物价却又攀升不止。刚满三十岁的李燕脾气越来越暴躁，除去对自己事业的心灰意冷，徐成把对生活的不满完全寄托在酒精上没拼搏奋斗出点成果也是她的一块心病。两人下班后的拌嘴成了固定节目，伴随着李燕的冷嘲热讽，徐成的酒量在半年的时间内取得了可喜的进步。他轻易不再呕吐，员工聚餐上敞亮的酒风引得大家拍手称赞，成为乏闷生活中为数不多的高光时刻。趁着李燕去卫生间，徐成端起酒杯闷了一口，算是对妻子友好态度的一种回应。

李燕盘坐在沙发上，并不急于拿着筷子吃饭，她对王东说，这个事你应该写进小说里。王东和徐成已经等不及了，催促她快点讲。是这样的，上个月我们园里不是有两个小男孩打架吗，其中一个小男孩的脸被抓了一道，其实也不是很严重的，再说了小孩打架难免的。可是被抓伤的小男孩的爸爸不依不饶，来园里闹，对方家长都赔礼道歉了，还不行，要赔偿，你们知道开口要多少钱吗？五万块，就脸上一道抓痕，真是一点理都不讲。对方家长肯定不同意了。被打小男孩的爸爸不是个善茬，坐过几年牢，就威胁他们，要是不给钱，就弄死打人小男孩的爸爸。打人小男孩的爸爸样子挺文弱的，大概是个文化人吧，确实吓坏了。过了几天，说能不能钱少赔点，五千块也不低啊，但那个流氓不同意，死咬住五万块不松口。出了这事，那家人就没再让孩子上学了，担心这个流氓真弄出人命。说到这里，王东能切身感受到打人男孩的一家人这段时间过得是多么煎熬。李燕并不打算立即道出真相，让王东和徐成猜测。他俩说了几个可能性，比如流氓同意了五千块调节费，或者文弱的家长凑够了五万块。除此之外，他俩实在想不到有其他的可能了。等一下，徐成说，是不是老实人给逼急了，先下手把那个流氓弄死了？李燕一副菩萨的架势，轻摇了下脑袋，都不对。流氓死了，今天刚死的。怎么死的呢？李燕说，好端端就这么死在家里了。他儿子正在园里呢，被家长接回去了。结局是如此意外，却因真相如此又令人不得不接受这一切。王东和徐成失落极了，他俩看着桌子上已经冷却的菜肴，失去了再吃上两口的兴致。徐成端起酒杯，这时，李燕说，这个流氓中午在家里喝了点白酒，躺在沙发上睡着了，就这么死的，所以你他妈的也少喝点吧。徐成仰头喝了下去。你他妈的听见没有，我让你别喝了，李燕骂道，这么多外债还没还完，你不知道啊！

王东和徐成在楼下抽烟，相对无言。一个肉墩样的中年男子在居民楼之间闲逛，嘴巴里不时念叨着什么，间或骂一句，也不清楚究竟是在骂谁，可能是对自己说的吧。这个男的住在徐成的楼下，上个月离婚后，前妻把他赶了出来，一开始在过道里打地铺，到了晚上就鬼哭狼嚎。这几天前妻连过道都不让他睡了，徐成指着两座居民楼之间的一个闲置的长条沙发，晚上他睡在这上面。王东问，他这是干什么呢？徐成说，大概离婚受了刺激，他妈的我真担心哪天他控制不住自己，把整个楼的人都砍死了。这有什么呢，王东说，不就是离婚吗，恢复自由身，自己想干什么干什么，多好。可不是嘛，徐成说，真他妈的想不开。王东说，你有空开导下他。好了，徐成，别盯着他看了，被发现就坏了。王东和徐成又抽了一根烟，讨论了下家庭生活以及精神疾病之类的，他们得出一个结论，婚姻确实容易把人搞得不正常，而一个精神不正常的人在当今的社会也不完全是件坏事，甚至在一定程度上，让众人对你产生了敬畏。比如这个中年人，从外观看上去，是如此不起眼，现在有疾病傍身，不由令人胆寒。这个共识，让王东和徐成长叹短嘘起来，并思索是否也主动得点精神疾病，在势利的社会中博取点存在感。

当晚的这两件事，促使王东办了这张假的精神疾病证件，而它也的确给他的生活带来了便利。一向怯懦的王东走在大街上，可以尽情昂起头，目睹到不顺眼的行为，也上前评头论足。若对方不服，有动手的意思，王东会微笑着掏出证件，给对方看。而对方也识趣地不再和他一般见识。围绕着王东的社会风气顿时好了许多，他感慨道，精神病是治愈社会顽疾的一剂良药。刚踏入社会的大学生李祯，在租房子的过程中遭到中介的刁难，向王东求助。王东跟着李祯来到中介公司，两个文身的壮汉把他俩推到门外。李祯吓得躲在王东的身后。要在以前，王东碰到这号不讲理的人，也会识趣走掉。壮汉们凶神恶煞的样子让王东感到好笑，被掐住脖子后，他从口袋里掏出证件。壮汉们如同被拔了气门的充气娃娃，顿时瘪了。一次王东开车，前面车停下，他打左转向灯转弯，后面的车摁喇叭示威，认为王东存心别车。后面的车超过王东后，把他逼停了。王东有些生气但也只是摁了几下喇叭抗议，找机会超车后继续正常行驶。前方红灯，王东停下车，后面的车里下来一个长发的小伙，拉拽车门发现上锁后，他拍打车窗，对王东说，下来，是不是不服？靠边停车。王东微笑着把证件放在车窗上。小伙子看了一眼，怒气立即消了，端详王东片刻，捋着自己那过肩的长发，回到了车里。如果王东早几年拥有这本证件，那么他的人生之路无疑会更加平坦，但这也不晚，现在他随身携带证件，切实感受到了拥有尊严是怎么回事。他不再是以往那个不被人放在眼中的失败者了。

4

自发现大学时交往的男友背着自己另有新欢至今已两年，这期间不论是亲友介绍还是慕名的，总之邹莹的身边不乏追求者，但她没给对方展示魅力的机会。长此以往，邹莹落下了个眼光太高的名声。不要误会，尽管男友的背叛让她对男人有了更理智的看法，可也不至于到了终身不嫁的地步。用她自己的话，如果我这样的女人都没有男人，岂不是暴殄天物？二十八岁的邹莹尽管认为自己尚且年轻，但不时参加朋友的婚宴以及逢年过节亲友们知道她还是单身后的异样目光，还是让她在无形的压力中产生怀疑。小学每周升国旗，当伴奏进行到"中华民族到了最危险的时候"，邹莹心底泛出了一股酸楚的味道，是啊，自己确实也站在危险的边缘了。同批入职的老师们都接连有了配偶，尤其是那位相貌奇异的女同事，男朋友家里经营工厂，婚期未定便给她买了辆车。相貌上占优的邹莹悲凉地意识到，女同事应该是遇到了真爱，不会有对方贪恋她美色的可能。感情上颗粒无收的邹莹，把精力放在健身和阅读上，所谓的内外兼修，直白一点，就是在岁月面前负隅顽抗。不可否认，邹莹性格也有些倔强，在感情上宁缺毋滥。那种上个星期还和自己表白、下个星期就搂着别的女人接吻的货色，确实也没什么值得可惜的。在这样的背景下，邹莹认识了远在千里之外的王东。交谈甚欢不至于，不过对方好歹是个异性，每天互道晚安也挺温馨的不是？然后，他们以友谊的名义约定见面。如果这让王东产生了其他的遐想，只能说明男人确实下流。

你真的没病？邹莹还有些怀疑。当然了，王东说，你看我像是有病的吗？邹莹打量着王东，用肉眼又看不出来。王东说，那怎么样你才相信呢？你别急好不好，邹莹说，你这样我怎么相信你。好，我不急，我心平气和，王东放下手端坐在床上，这样可以了吗？邹莹说，控制住自己的情绪，做事情要有理智，这样我就会相信你的。难道我现在不理智吗，王东说，我们共处一室半个小时了，我没对你做过什么，这还不够吗？邹莹问，你还想对我做什么呢？王东说，一起洗澡吧。邹莹说，你自己好好洗吧。

她起身，穿上外套，拿起包，向门口走去。王东追上去，从后面抱住邹莹。邹莹说，不放手，我喊了。王东松开手，看着邹莹。邹莹说，我对待生活很认真的，喝酸奶都要挤干净。

交谈

张顺认识到，人生的终点对自己来讲，并不遥远。三十岁的张顺，膝下有一女，尚未上托儿所，正处在每天喝六百毫升奶的阶段。女儿由张顺的母亲照顾，至于妻子王娜，半个月前的一次家庭暴力后，没再露面。

在母亲的极力劝说下，张顺提着三斤羊肉一箱白酒，去岳母家认错。但王娜并不在家，得知女儿不知去向后，有高血压的岳母晕倒在地。苏醒后，岳母倚在床头抹泪之余给了张顺一记耳光。说实话，不疼，有损尊严而已。但这已经比张顺来之前预想的要好多了，王娜离家出走后并未返回故乡。岳父态度稳健，毕竟存世六十余载，什么家庭矛盾没见过，岳母失聪的左耳，便是他耳光所赐。他陷在沙发里，手中摩擦着茶杯，盯着一脸焦躁的张顺，似乎在等待着什么。张顺略微抬起脑袋，目光与墙上年画中的财神爷相遇，固有的笑容，一时让他有些不知所措，膝盖一软，就这么跪倒在地。这举动，让张顺有些吃惊，紧接着是羞愧，没想到自己的骨头挺软的。岳母停止抽泣，看着下跪的姑爷，一时有些难堪。还好，岳父发话了，吵架没一个人的错，小娜是倔脾气，但是人走了半个月，你不打算找找？张顺点头。岳父又说，男人没老婆照样活，可孩子呢，不想妈吗？

说到这里，张顺心里想笑，王娜刚走那几天，女儿确实认真哭过那么几场，每次都以死相逼的架势，但很快就忘记世界上还有母亲这号人。半个月来,在奶奶的精心呵护下,女儿胖了不少。而张顺也切实体会到王娜离开的好处,没人再对其使来唤去,稍有怠慢便摆出一副便秘的苦相。失去了被监控的恐惧感,身心轻松的同时张顺多长了几斤肉。倒是母亲撑不住了,白天照看孙女,晚上要醒来数次换尿垫和冲奶粉,晚饭后去广场和同龄人斗舞这唯一娱乐也被无情剥夺了,看着儿子每天愉悦的状态,她多次提及死去的丈夫,让张顺意识到自己这儿子当得不够格。

张顺和王娜的问题,并不是家暴这么简单。他们都在等待一个合适的契机,从繁琐的婚后生活中逃离,变成闲云野鹤。如果让张顺那记打在王娜脑袋上拳头来承担家庭破裂的全部责任,这有失公允,也不是所谓的生活真相。正是王娜用尖角皮鞋钉住了张顺的睾丸,他才没及时追出家门。等张顺从疼痛中回过神来,王娜已经消失在茫茫的夜色中。接下来的日子中,张顺一直等待王娜率先承认错误,主动回归家庭。这一幕迟迟没有出现,倒让张顺有些坐不住了,为了表明自己是受迫害的一方,他把红肿的裆部和尿血的画面拍摄下来,发给了王娜。仍无音讯后,张顺又想,是否王娜意识到自己犯下严重的错误,羞愧难当没脸回来了呢?张顺又坐不住了,他解释说自己已不再尿血,下体虽疼痛数日,但经医生诊治并无大碍。张顺隐晦表达出不会影响性能力的意思。但信息编辑完成后,没有成功发送。王娜停机了。

这番纠结后,张顺倒是坦然了。他站在王娜的立场想了下,自从女儿出生后的这七百多个日夜,她没有睡过一个安稳觉,失眠让她脸面枯黄头发日渐稀少,佝偻的背部和发福的身体也都是不争的事实,她没有精力打理自身,如果说被女儿吮吸成瘪塌状的乳房是伟大母性的象征,那么如今选择逃避的王娜,又有什么可以过多进行指责的呢?想到这里,张顺不禁掉了几滴眼泪,他从未如此真切体会到王娜的感受,并为之前忽略她的感受而自责。初为父母,有太多需要去适应,王娜从一个妙龄姑娘沦落到妇女,他张顺难道牺牲更多吗?张顺不再对王娜持有偏见,内心中他希望在外的王娜能尽情享受生活,像自己一样快乐无忧。

不幸的是,从王娜家回来后,张顺身心再也愉悦不起来了。即使睡不着,他也赖在床上,不愿多走那么两步。起初母亲以为张顺是思妻心切,后来才发现问题比这要乐观,他只是单纯地生病了。

躺在医院的病床上输液时,张顺愈发认为王娜再也不会回来了。五年婚姻生活,没留下多少家产,外债倒是还有一些。对于两人之间的感情,张顺有所质疑。认识没多久,他俩开始同居生活,热恋的感觉像是性生活,瞬间即逝。当你适应了对方的生活节奏,就不太想去改变。张顺和王娜都是这样的懒散之人,所以他们顺理成章领了证件,受到了法律的保护。领证当天,他俩来到附近的公园,炎热的天气,两人脸上布满倦怠,他们审视彼此,作着最后的权衡,难道就没有比面前这种货色更好的选择了吗?

九点左右输液完毕,张顺驱车回家的路上经过良乡社区,他买上一个手抓饼一瓶矿泉水,来到旁边的公园,坐在一棵松树底,边吃边观察着周围的居民。他尽量细嚼慢咽,目光所至一派祥和安静,东边一群老年人在结伴晨练,西边几个妇女聚集在一起聊天。据说心情豁达有利于病情的恢复。尽管每日的费用清单积压在张顺的心里,成为不可避免的负担,但他还是对体内的病毒,摆出一副悠然自得的样子。

一周以来,每天如此。在公园入口摆水果摊的臃肿妇女会对张顺点头示意。终于这天,张顺被这份礼貌打动了,掏钱买了几个桃子。吃完饭,张顺又吃了个桃子。也正因此,他比平时多坐了几分钟。桃子多汁且甜,让张顺有了尿意。公园的厕所是老式的旱厕,扑面而来的秽味,让张顺差点呕吐。他只好屏住呼吸,尽快排泄,然后迅速转身,恰好有个老头拄着拐杖走进来。张顺及时回避,和老头擦肩而过。他出来后,身后传来一记沉闷声。

警察找上门的时候,张顺正站在房顶上手持水管往热水器里注水。两个警察远远地从胡同口走过来,一胖一瘦,胖的个矮姓牛,瘦的个高姓胡。牛警官步伐沉重,这让是下属的小胡在步调上有些克制,确保领导能一路处于领先的位置。张顺还观察到小胡的脸上有些不悦,对斜前方的老牛投出鄙夷的眼神。一定是哪里出事了。好事者张顺不免有些期待,也正因此他没注意到水溢出来,顺着屋檐流下去,如同下雨。老牛和小胡吓了一跳,抬头看到手忙脚乱的张顺。老牛说,张顺,下来。

照片中的老者头栽倒在水槽式样的小便池内,让张顺联想到屋后刚栽种没几日便被风刮倒的鲜葱。水从老者的头上流过,让其头发黑且顺滑,显得年轻了数岁。死者叫陈公里,享年七十二岁。

老牛问,你认识他吗?张顺摇头。老牛问,三天前上午九点半到十点,你在干什么?张顺说,在良乡社区的公园。老牛问,在公园做什么了?张顺说,没干什么,就是坐了会。老牛问,有没有去厕所?张顺说,去过。老牛说,陈公里就死在里面,你不觉得太巧合了吗?张顺说,可是这和我有什么关系呢。老牛和小胡对视一番,从张顺家的马扎上抬起屁股,往门口走去。张顺感到奇怪,但也不便多问,起身跟在后面去送一送。出于礼节,也是一种惯性。送至门口,牛警官突然回身,给了张顺脑袋一下。比拍打要轻,但又称不上爱抚。总之挺难界定的。牛警官说,这事还没完。

四天后，老牛和小胡再次登门时，张顺正躺在沙发上睡午觉。老牛将张顺拍醒，紧握他的双手，情绪激动地说，事情查清楚了，人的确是你杀的。张顺一脸茫然，还没明白怎么一回事，便被推进警车。一路上，张顺想说点什么，可能是性格上的羞怯或者是没睡醒，总之他头歪在车窗又小憩片刻。

派出所的门口，陈公里的家人已等候多时，他们群情激愤。张顺下车时，老牛和小胡识趣地躲开，让他们有机会捶打杀人凶手。算是对死者的一种告慰。头破血流不在话下，简单清理包扎后，张顺坐在审讯室，听老牛讲事情的来龙去脉。

十年前，陈公里从药厂退休，开始梦寐以求的领退休金的老年生活。老伴死去多年，儿女也都成家立业。如果说生活中还有称得上烦恼的事，那就是每月两千的退休金该如何花掉呢。他不抽烟不喝酒也没有摆弄花草古玩之类的闲情雅致。深夜，陈公里赤条条躺在床上时常感叹，用了六十年的时间生生把自己活成了制造粪便的机器，按照目前的身体条件，再活十几年不在话下。这么一想，陈公里仿佛站在悬崖边上，风那么一吹，下体有了反应。从第二天开始，陈公里成了小区门口温州洗脚房的常客。为了避嫌，陈公里提着挎包戴着礼帽又实地考察县城大大小小三百多家洗脚房。这一壮举用掉了他三个月的时间，在服务和价格的双重考量下，圈定了其中的十余家，以每月轮换一次的节奏进行宠幸。灰蒙的生活顿时有了光亮，陈公里开始注意个人卫生和衣着搭配，他甚至专门为此购买了古龙香水，虽然廉价但比衣服上固有的洗衣粉的味道要上档次些。退休金不够花，他又不好意思向儿女开口，老当益壮的陈公里应聘成为顺峰化工的看门人，和一名叫老张的大爷交替工作十二个小时。

上班不到一周，发生了一件事。车间工人张明智下了夜班骑着摩托车从厂里出来，被陈公里拦下。按照规定厂内不准骑车，要推着行走。上了一天夜班的张明智头昏眼花，被较真的陈公里搞得烦躁，便一脚将他踹倒了。事情虽小，但因为陈公里的小腿骨折，变得棘手起来。双方家庭进行了旷日持久的争执，最终达成医药费平摊的协议。对陈公里来讲，他有职工保险，报销后不仅没花钱还赚了几千块。对农民身份的张明智来讲，赔付的几千块是他正在读大学的儿子半年多的生活费。我想有人已经猜到了，张明智正是张顺去世多年的父亲。老牛说，君子报仇十年不晚，说的就是张顺你啊。

感谢退休后的陈公里有了写日记的习惯，他床下满满一木箱的日记本，老牛和小胡用了三天时间通读完毕。粗略统计，十年间被陈公里记录在案服务过他的有艺名可查的女性多达一千三百五十四人。

听完上述。张顺仰起头，试图想象当陈公里第一次踏入小区门口的温州洗脚房时会是何种场景。陈公里是怕被熟人看到而行为鬼祟呢，还是联想到年轻异性的肉体自己也像个冒失的小伙子一样两腮绯红呢？毕竟，从陈公里踏入的那一刻起，张顺的人生开始倒计时。不负众望，张顺想起那天在公厕邂逅陈公里，身后的响声是怎么回事了。那记闷屁，是两人之间的深入交谈。

他们都会托马斯全旋

对赵西来说，在大学住集体宿舍是一件相当苦恼的事情。而这种苦恼从高中住校开始，如果他在初中就是寄宿生的话，苦恼更提前了。可想而知，苦恼一直伴随着他。尽管他竭力隐藏，他的舍友们还是很快发现了他不同寻常的地方。他从不赤膊示人，上身总是穿着一件淡绿色的背心。新生入学，正值九月，暑热尚未散去，即便是女性也会脱下胸罩纳凉。而我们的赵西总是将上身包裹严密，等洗漱间一个人都没有了，他才拿着脸盆去冲凉。即使冲凉，赵西也穿着背心，谨防有人突然出现。如果你因此认为赵西是个不善交际羞怯的人的话，那就大错特错了。恰恰相反，他性格开朗总是找机会和每个人开并不好笑的玩笑，导致大家对他避之不及。而这多少挫伤了赵西的积极性，他会识趣并寡欢几日，然后再恢复正常。久而久之，大家熟悉了赵西的套路，对他并不客气，也就在他的身上找到了表达真实自我的途径。

我相信人类繁衍至今还没在战争中毁灭，并不是因为所谓的智慧和虚幻的爱，至于见诸报端的包容以及胸怀，更是空泛的自我谬赞。都是因为赵西们，他们均匀地分布在人群中，以并不被人重视的低姿态充当着人际交往中的润滑剂，将各类争端扼杀在萌芽中。有了他们，世界才在有序地运转，倘若哪天赵西们选择罢工，世界就会处在危险的边缘。替赵西感到惋惜的是，他出身贫寒，学识和外观条件也欠佳，只能屈身于中国北方的一所三流师范类的院校中，润滑这些与其条件相仿的青年学子们。请务必相信我，本质上赵西和你在电视中看到的上至美国国务卿下至街道办里的那些热心大妈们一样，他们用外放的性格和恰到好处的个人魅力，确保人类顺利繁衍。大妈们总能敏锐嗅到某位已到适婚年龄的男青年身上所散发出的戾气，紧接着她们会将另一位大龄女青年拽到你的面前，用先知们的语气通知你，你们是被挑剩下的劣质品，正是天造地设的一对。感谢大妈，没有她，你能保证这位男青年在性苦闷中不会干出猥亵妇女的事情吗？赵西也总会察觉到我们的阴暗情绪，来到我们的面前，在被我们冷脸训斥后悻悻而去。如果你单纯地认为赵西只是我们的出气筒，我不认同，这有些过于贬低他。而要我们重视起赵西来，对他态度友好一些。这既有些强人所难，又忽视了赵西作为润滑剂的价值。

不可否认的一点，我们都太过自私，只考虑自身的感受，没有分出哪怕一点的心思放在赵西的身上。当赵西终于在重压之下销声匿迹，也将我们的生活拖入到灾难中。这将在后文提及。这时，我们才恍然大悟，意识到赵西的重要性。我们要做的就是竭尽全力，找到他，安抚他，将拖欠的温暖拱手相送，祈求他的接纳，快点回到我们的生活中，继续以不被重视的低姿态运转下去，维护世界的和平。

如果你知晓赵西为何羞于在众人面前展示自己的身体，在炎热的天气中将自己搞成一副湿毛巾的样子，我相信你会对他仍以积极乐观的态度面对世人叹赞不已，但同时也会在内心深处为自己拥有如此幸运的人生沾沾自喜。毕竟共处一室，时间久了，我们还是通过赵西裸露在外的皮肤找到了蛛丝马迹。起初我们以为赵西从脖子延伸至下巴的大块褶皱皮肤是青春痘所致，后来发现他大腿内侧也是如此。当赵西脱掉背心，被我目睹到整个胸部的皮肤如同砂纸且没有乳头，已是一年后。在这一年中，我们从未主动问过赵西，即便他还在小心翼翼躲避我们的目光，但已经没有先前那般紧张。而我们也失去了探究的兴致，不会在赵西宽衣的瞬间急忙瞥上两眼满足好奇心。我们和赵西之间达成了一种默契，那就是冷眼旁观，而他何尝不希望我们把他当成一个正常人，而非怪物。某个周末的深夜，打完扑克后，我们情绪高涨，躺在床上，在漆黑中，赵西向我们娓娓道来。

简而言之，五岁的小赵西穿着棉裤棉袄在街上玩耍，一辆车驶过，有人从车里扔出一个燃烧的汽油瓶，恰好落在小赵西的身上。此后几年，爸妈带着小赵西辗转全国各地治疗，病痛的折磨以及艰辛的康复训练在此不赘。幸运的是大面积的烧伤并未带走小赵西的性命，也没有让他运动功能受限。除了外观的不雅和排汗受阻外，小赵西和同龄孩子一样快乐成长。只是多年的治疗，让本不富裕的家庭雪上加霜，赵西的两个姐姐因此过早辍学打工。这里我并不想对赵西的相貌进行过多描述，如果非要做个总体上的交代，那就是即便没有烧伤，异性对待赵西的态度也不会有丝毫的变化。

入学仅半年，班上半数的女生已被赵西追求过。有几个略有姿色的女生，被赵西的穷追不舍吓坏了，纷纷投入到师哥们的怀抱中。她们躲之不及的行径让赵西不齿，言语间无不是骚货之类的不雅词汇。赵西转而将目光锁定在几个其貌不扬的女同学，但结果仍旧是如此。逐渐地，赵西沦为了大家的笑柄。为了弥补，赵西和追求过的女同学们以兄妹相称。你不能说赵西这个人有问题，他健谈且心细对女性称得上关爱。但你又不得不承认，赵西不被女性所接纳，就是因为他这个人本身。有时赵西不无感叹道，自己的女性缘被少年赵西过早地透支了。

在有限的童年记忆，赵西在全国各地女护士的怀抱中哀嚎和嬉笑，抛去那些可贵的职业操守外，她们更多的是心疼。有句话说，没有难看的树也没有丑陋的孩童。年幼的小赵西虽称不上俊美，但与可爱还是沾边的。但凡人性未泯，面对突遭厄运的小赵西，怎能不为之动容？在性欲勃发的青年时光中，不知在多少个寂寞的深夜中，赵西努力打捞着残存的童年记忆，回味着那些来自全国各地年轻护士们柔软的胸部，它们隔着单薄的衣物摩擦着赵西稚嫩的脸庞。回味至此，他伸手抠搜着褶皱皮肤里的污垢，在指尖揉搓成小团弹出去。睡在他下铺的舍友，对赵西的恶习忍耐已久，咒骂了他几句。赵西并不回嘴，赶忙又揉搓几下，朝下铺扔过去。

对同班女性追求受阻后，有段时间赵西变得严肃起来，不再和我们勾肩搭背，也不再悄无声息坐在一个女生的身旁嘘寒问暖，他板着脸对周遭视而不见。我们意识到了不对，把各自的烦恼抛诸脑后关注起赵西来。那些对赵西的骚扰习以为常的女同学们也察觉到了不对劲，原本稳定的生活缺失了一块，有它的时候你不觉得，没有了它却感觉到处都不对劲。赵西展现出了对世界的影响力。幸好，我们的担心有些多虑。几天之后，赵西恢复原貌，而我们也可以放心无视他了。

求偶失败后，赵西转变了思路，他意识到了权力是男性魅力的一部分，那些獐头鼠目身拥数十几个情妇的领导们便是明证。但学校这个舞台毕竟是太小了，所面对的女性也大多无知，看重外貌居多。而这恰好是赵西的软肋。经过多番努力，赵西还是在本系社团里谋得了一官半职，只等升到大二独揽大权。赵西变得忙碌起来，他购置了一身并不合身的西服，拎着一个公文包，往返于系里，为社团活动操劳。有那么一两次，我们甚至在赵西的身上发现了为数不多的魅力。不是有那么一句话，工作的男人最有魅力嘛。他在谈话中开始使用官腔，努力使自己成熟稳重。在宿舍越来越难觅赵西的身影，总是在快要熄灯的那会，他才匆忙进来，匆忙洗漱，匆忙睡觉，再匆忙消失。

缺乏赵西的润滑，我们的生活变得枯燥和锈迹斑斑。但大家都有了共识，熟悉的那个赵西迟早会回来的，不用着急。没有赵西的日子里，我们也开始四处求欢，并逐一取得了可喜的成果，连宿舍里沉默寡言皮肤黝黑的二哥也和班里同样肤色质地的女生确立了恋爱关系。这让忙于公务的赵西疑惑不已。而我更率先和高年级的女生进行了鱼水之欢。他们围着我，让我分享两性奥秘，我无情地拒绝了。大二，赵西以社团社长的身份，对大一学妹们关爱备至，审时度势对其中几个颇有姿色的进行了追求。最终，还是以失败告终。虽是意料之中的事情，但对赵西的打击不小，他变得散漫起来，把社团交给学弟学妹，自己躲在宿舍不去上课，那件穿旧的西装浸泡在洗脸盆里长达半月。

一天晚上，消沉多日的赵西突然向我们宣布，他恋爱了，并且将对方的照片拿给我们看。照片中的姑娘，挺普通的。赵西开窍了，他意识到自己在现实生活中毫无优势可言，把触角伸到了虚幻的互联网上，很快便有所收获。赵西的积极，让我们的生活再次恢复了生机。这个叫李诱的姑娘，已经决定来见赵西。赵西慌张了，他将西服从脸盆里打捞出来。他开始向我们打听学校周围的农户私营的小旅馆，并从我这里讨要了避孕套。恋爱是需要花费的，一向拮据的赵西向同样拮据的我们求助。在赵西如此重要的人生时刻，我们怎能无动于衷？拿着我们捐献的几百块钱，赵西笑了，连他身上的褶皱似乎也舒展开了。

见面的那天终于到来了，清晨一早，当我们还在熟睡，赵西就起床洗漱，那副幸福的样子着实让我们有些看不过去，这怎么能属于赵西呢？我们看着赵西迈着欢快地步伐走了出去。这一天对我们来说是难熬的，我们在猜测赵西和那位李诱姑娘会发生些什么呢，大家的意见出奇的一致，并不看好。如果不出意外的话，赵西在黑天之前就挂着一副被阉割的表情出现，再沉默寡言几日。我们已经认定看赵西的笑话，但直到宿舍关门，他也没出现。我们躺在床上，难以入睡，无不在脑海中构思赵西和李诱同床的细节。赵西会在李诱面前脱掉他那件淡绿色的背心吗，李诱看到赵西大面积烧伤的皮肤会被吓得花容失色吗，还是用她那双温柔的手进行爱的抚摸，赵西的第一次性经历会不出意外得以失败而结束吗？

第二天中午，我们回到宿舍，在吃饭的间隙不忘戏谑几句未归的赵西。如同十年寒窗苦读的学子，终于金榜题名。不出意外，今天下午赵西便会被幸福裹挟着来到我们的面前。而我们所考虑的是，他会不会及时还钱？就在这时，有人发现赵西的床铺上似乎躺着一个人，裹着被子，一动不动。有人试探性地问了句，赵西，你什么时候回来的？过了好一会，赵西用低沉地嗓音说，狗日的，别指望我还钱。我们安静下来，在彼此的表情中，寻觅到了一种叫做绝望的情绪。我们和赵西最大的问题，就是盲目乐观，总认为事在人为。这么多年过去了，我们中间有那么几个人从赵西的身上领悟到了顺势而为的重要性，逐渐在社会上站稳了脚跟，从事着见不得光的职业，成为令人侧目的体面人。剩下的那些，包括我在内，还在负隅顽抗，以为会在不久的将来迎来所谓的幸福生活。这是多么的不应该，我们辜负了赵西。

回到十年前的那个冬天，回来后的赵西像个绝症病人，躺在床上，不去上课，也不进食，更不痛哭流涕。我们只听到他发出平稳的呼吸,哦,赵西睡着了,他太疲惫了。我在想,为什么就没个女人接纳赵西呢,他果真让人难以接受吗?我只好将自己幻想成一个姿色平庸的女人,有赵西这号摆在我的眼前,哦,不,我顿时理解了广大的女性同胞。后来,大家给赵西准备好饭菜,再三请求他拨冗下床吃上那么几口。赵西一脸忧愁地下来,我们憋住不笑。面对粗茶淡饭,他吃得有滋有味。我们围在四周,焦急地等待着他能告诉我们那晚的只言片语。吃饱后,赵西二话不说回到床上蒙上被子。我们拽掉被子,以还钱要挟。在确保我们不问他要钱后,赵西盘坐在床上,一副得道高僧正在打坐的架势。

实际上,是我主动放弃了和李诱睡觉。你们也知道,第一次总是有些把持不住,所以在李诱去洗漱的间隙,我躺在床上为了留下一次完美的体验就自渎起来。完毕,情理之中我陷入了巨大的虚无中,难道我要用性来破坏和李诱之间美好的爱情?请你们保持安静,别笑好不好。这的确是我当时的念头,然后我下床,悄悄离开了。我在网吧待了一晚上,等性欲恢复后,我又去旅馆找她。但不管我怎么敲门,她一点回应也没有,大概是没和她睡觉,生气了。情侣间闹别扭是正常的,不瞒你们说,到现在她都还没回复我的短信。让你们失望了,我没有失恋,只是在闹情绪。我还可以告诉你们,李诱不仅长相可以,身体还特别柔软。在旅馆的床上,她突然做了一套托马斯全旋的动作,把我吓了一跳。她老家是河北吴桥,有名的杂技之乡。在他们那边,每个人都会托马斯全旋。

仅上面这点资料，我们有些后悔不让赵西还钱。赵西还想说点什么，可我们提不起半点兴趣。一个仍旧是处男的家伙，是不被重视的。我们各自散去，扔下赵西一个人，因长时间的盘坐，他的双脚发麻，发出轻声的哀嚎。这时班长急匆匆地闯进来，告诉我们，一个女的在学校旁边的小旅馆煤气中毒死掉了，全校各系正在排查是否是本校的学生。话毕，我们将目光纷纷投向赵西，他表情惊愕。从赵西眼神空洞中，我们看到了矮化变形麻木的自己。至今，赵西又活了十年。这是为数不多的，命运对他的一次礼遇。

和许多共青团员一样

1

和许多有过在外地住旅馆经历的人一样，到了深夜张顺睡不着，他躺在床上看了会电视，确实没什么可看的。但房间里需要点动静，电视就这么开着。他抽了一根烟，又喝了点水。张顺的牙齿有点痛，大概是喝凉水的缘故，但疼痛在他可以忍耐的范围之内，所以他并没有烧点热水喝的打算。张顺拿着烟走到窗户边，拉开窗帘，看到玻璃上自己的影子，和房间里的灯光。他想打开窗户透口气，但是窗户的设计有点特别，推不动。张顺将窗帘拉上，回头看了下整个房间，有两张床，一张床上摆放着他的衣服和包，另一张床上是白色的被子。张顺突然明白了自己为何如此的焦虑不安，缺少一个人。理应有个人和他共用这个房间，想到这里，张顺的情绪不可避免变得糟糕。

张顺已经六个小时没有吃东西了，他有点后悔没在买烟的时候买点吃的。但是那时候他的确没感到饿，也没想到自己到了下半夜还没睡着。张顺翻下了房间的柜子，只在一个储物柜里找到几瓶水和可乐，连一包方便面也没有。他打开旅馆的服务册，送外卖的时间已经过了，但即使能送外卖，他也不会叫，服务册上有食物的价格，一个简单的炒虾仁都要一百块钱，还要加收服务费。张顺喝了一口水，两只手摸着肚皮感受饥饿的程度，然后迅速穿衣服，将房卡取出来，关上门。走出旅馆，张顺先去附近他买过香烟的超市看了下，店已经关门。他顺着这条路往前走，走了几十米后，一辆大型卡车从小路驶出，车兜里是满满的泥土。张顺站在一边，等卡车过去后，他转身往回走。自从来到这个城市，他便分不清东西南北。他回到旅馆的门口，向左边的大路走去，这条路他之前没走过，走了几百米后，他灰心了，往回走。张顺看到马路对面大楼上有个亮着的招牌，网吧。但是过马路比较麻烦，只能走地下通道，但是地下通道在哪里呢？实际上，张顺还想到，既然已经走出来，目的就不是一包方便面，要有其他吃的，比如说火腿。张顺现在十分想吃点肉，平时他不喜欢吃火腿，肉质死板，不新鲜。张顺记得往前走，路边有小吃的店铺，等他好不容易走到的时候，店铺都关门了。没有办法，他只好继续走，希望前面会有开门的店铺。为什么这条街上没有二十四小时营业的超市呢？不时有出租车驶过，他想过打车，但好像没必要，还要和司机费口舌。张顺心里面认为自己会找到超市，他转到另一条路上，走了几步，看到有个超市的招牌亮着，他快步走过去，门已经关了。他看看前面，有个连锁酒店的招牌很亮很大，去那里面买点吃的怎么样，可是如果这样，自己何必要走这么远的路呢？张顺完全可以在住的旅馆买点吃的。他站在街上，左右看了看，继续走下去也未必找得到。他点上一根烟，路中间正在施工，一个工人拿着机器在路上打了一个大洞，周围是些土。工人戴着安全帽，身材瘦弱，他有没有吃的呢？张顺只是这么一想，并没有过去问。他不想和任何人说话。他往回走，走着走着，发现自己经过了很多辆公交车，它们停在路边，他往里面看，车里的座位都是空的，当然是空的。张顺边走边想，刚才来

和许多共青团员一样　201

的时候怎么没发现有这么多公交车呢？前面走过来一个男的，低着头。张顺看着路对面的网吧招牌，还是不过去了。他这么安慰自己，回到旅馆。张顺脱掉衣服，喝了几口水，躺在床上，关掉灯，开始睡觉。

张顺没有立刻睡着，除了饥饿之外，他的整个感觉都不对。比如说自己为什么要来到这个地方，住进这个该死的旅馆，为什么这么晚还不睡觉，想吃点东西呢？所做的一切有什么意思呢？张顺不禁把自己的一生和刚才的失败外出联系在一起，在他看来，这当然不是一个巧合就能解答的。难道这不是早就安排好的吗？张顺觉得自己还是更适合待在他那个小地方，减少出门，只是这也不是解决的办法。张顺躺在床上，想到之前没有打开的窗户，他感觉到自己从床上站起来，走到床边，拉开窗帘，再次用力推窗口，这次他发现了问题的所在，在窗户的滑道上有个凸起的铁块被螺丝固定住，现在他要做的就是把这个铁块卸掉，那样窗户就能顺利推开，他便能一跃而下，摔在下面。张顺想了下拆卸螺丝的步骤，首先要找个螺丝刀，没有，那么一把小刀也可以，或者是一枚硬币。这些东西张顺都没有，一时半会也不容易找到。如果现在发生火灾，电力中断，房间的门无法打开，该如何逃生呢？张顺住在八楼，强行将门打开似乎不太可能。剩下的只有把窗户打开，可是这样的高度，跳下去和寻死有何区别呢？如此想来，张顺切实感到死亡在向自己逼近，他有点透不过气。浓烟从缝隙中渗进来，外面是嘈杂和救命声。没有办法，张顺从床上起来，看到外面本来漆黑一片的大楼全部亮起了灯，每个窗口都有人头趴着。张顺看楼下，大火从下面的楼层往上蔓延，浓烟滚滚呛得他满眼都是泪水。张顺走到卫生间，打开水龙头，将被子弄湿，披在自己的身上，然后趴在地板上，呼吸着。

2

一周后。张顺在酒桌上向徐成谈起这起火灾。徐成睁大眼睛不敢相信，这才几天不见，朋友身上居然发生了这么大的事情。他指着张顺，你是说你差点死了吗？张顺点点头。徐成调整了下坐姿，发话，究竟是怎么发生的，你要和我说清楚。张顺笑起来，我刚才不是说了吗，旅馆发生火灾我差点死掉。徐成摇头，你不能这样，这怎么可以，你说详细点，比如说大火怎么发生的，你在大火中做了些什么，脑子里是什么想的，还有就是你是怎么逃出来的？对于这些问题，张顺觉得有回答的必要，这是对朋友关怀的一种反馈。他说，大火是有电线短路引起的，当我知道火灾发生时特别紧张，我曾想过要跳楼，可是我住在八楼，我跳下去肯定会死的，没有办法我只好根据掌握的知识，将被子弄湿披在身上，然后趴在地上等待救援。徐成打断张顺的话，你等会，你没喊救命吗？张顺摇头，没喊，而且当时有很多人在喊，大家都听到了，即便我喊也没有任何用途。徐成点头，示意张顺继续说。张顺说，我就这样趴在地上，然后过了几分钟，门被打开，我获救。徐成听完后，流露出了失望，就这样吗？张顺点头，是这样的，结果是我被救了出来。而且这个火灾短时间内就被扑灭了，没有伤亡。张顺注意到徐成的表情黯淡下来，是的，他也为自己平淡的火灾经历羞愧。过了会，徐成抬头看了张顺，我前几天参与了一起绑架，不过当时我喝多了，事后我很害怕。张顺将身体往前凑了下，究竟怎么回事？徐成说，这几天我都没敢出门，应该没什么事，其实本来也不关我的事。张顺指着徐成，到底发生了什么，你要和我说清楚。徐成站起来，你等会，我去下厕所。

3

那天郑保国给我打电话，说他人手不够让我帮他调油漆。我其实不愿意去，但是闲着也没什么事，而且我也想找人喝酒。但是郑保国这个人，我早就不想和他说话了，没什么好说的。和我调油漆的还有另外一个人，叫大建。大建是郑保国的邻居，这家伙挺逗的，一边干活一边和我说郑保国的坏话。其实也算不上坏话，大建说得都挺对的。郑保国本来就是这么个人，完全不考虑其他人的感受。大建就对我说，郑保国这个人不行，他妈的第一次见面喝酒感觉挺讲义气的，时间长了就看出来了，这个人太差劲了，心里只有自己，一点都不考虑其他人的感受，妈的就像现在，喊我们两个来帮忙，自己不知道跑到哪里去玩的了，你说这算怎么回事，真把我们当下人使唤了吗？给钱也行啊！

郑保国和他爸一个样，前几天我店里线路坏了，让郑保国他爸帮我修修，瞧他这一身的毛病，就这么点破事你帮我修修怎么了，一直就在那里说自己一天劳工费几百块钱，想怎么样，让我给你工钱吗，你这不是也整天在家闲着没事干吗？除了这些还跟我吹牛，说认识这个老板那个领导的，好像没有你不认识的，你既然这么厉害怎么没钱给你儿子买房子呢，对不对！郑保国和他爸就是一路的货色，我早就看明白了。大建说完后和我商量一起做点小生意，说实话我觉得不太靠谱，我和他认识才几个小时，他就劝我拿出几万块钱和他一起赚大钱。其他先不说，问题是我根本拿不出这么多钱。我的确有点动心了，但是大建这个人，看起来也不是特别可靠，而且我对他基本上一无所知。可是这几天我脑子里还一直想这件事，你说万一真的可行呢，这也是条发财的路，我实在是太缺钱了，你有什么发财的办法吗，有的话我们可以一起搞。你睁开眼看看，我们以前的朋友都过得人模狗样的，只剩下我们两个还老样子，你难道就不着急吗，我实在是急得要命，我都不知道要怎么办了，我简直是太难受了，我们怎么一步步走到这个地步了呢？你有没有想过，我是想过，那就是机遇简直是太重要了，当然自身的能力也是一部分，但和机遇比起来就不是那么重要了。你说我说得对不对，就只剩下我们两个还那么穷，你就没想过改变吗？是啊，怎么改变呢？好像也没办法。

中午，油漆调配好了，郑保国回来了，然后我们三个一起喝酒。应该是我和大建在喝，他没有喝。就在我和大建喝到兴头的时候，郑保国把事情说了出来。他一开始还有点不好意思，是这么说的，你俩下午没什么事吧，我有点事要你们帮忙。我没回应，去他妈的我早就不想搭理他了。大建在旁边也没有说话。过了会郑保国又问，你俩听见我说话了没有，聋了吗？大建急了，郑总有事吩咐就行了，我们没时间也要挤出时间来，对不对。郑保国站起来，你们这种态度不对啊，都是兄弟们，让你们帮忙怎么了，不愿意吗？我听不下去了，还他妈的兄弟呢，以前上学那会说是兄弟我不反对，可现在还是吗，当然不是，你见过总是坑兄弟的吗，别的不说，就拿郑保国下午要我们去帮忙的事，绑架和勒索，这要被抓住算怎么回事？大建一听是这种事立刻就急了，好事不找我们，这种破事你喊我们去，这不是坑人吗？郑保国也急了，指着我和大建说，你们还他妈的是不是兄弟，这种事情不找你们找别人我放心吗？是不是不想去，我也不逼你们，可是你们自己想想，这点事都不干，以后我们不用见面了。郑保国总是这么虚张声势，让我们不得不去以体现所谓的义气。为了壮胆或者是麻木自己，我和大建又喝了点白酒，效果还是很明显的。

在去的路上，我和大建坐在出后面，听着郑保国说话，他的话实在是太多了，一直在说，都没怎么停。我躺在车座上，看着郑保国的背影，想的是这才几年的时间，他怎么就变成这个样子了。自私自利等个人的品质问题暂且不提，也许他一直都是这样，只是在学校里没有表现的空间，从对女人的品位来说，作为一个不满三十岁的青年，何必要和一个四十多岁的老女人搞在一起，图什么呢？当时我还没见到这个妇女，心里想可能这个女的姿色比较出众或者是他们俩的确是有真感情的，不然呢？我想不出还有其他的可能。要不说郑保国逐渐成为成功人士，要善于运用自己的肉体以及欺骗自身的感情，他做到了，而且正在做得越来越好。

这个女的四十多岁，儿子上初中了，是一个建材市场的经理，郑保国生产的大量伪造油漆都是她帮忙销售的。而郑保国也只是她众多情人当中的一个，如果说有何特别之处，那就是他没有借她的钱，只是通过她的关系销售自己的产品。我们过会要绑架的那个男的，是她众多情人之中的一个，骗了她几万块钱后不知去向了。现在她终于联系上了他，并且把他骗了过来。现在我们要去这个男的居住的旅馆，给他点颜色看看。具体要怎么做，郑保国已经替我们想好了，冲进房间后，我们先把他的衣服扒光，然后用绳子把他绑起来，逼他把钱交出来。至于他会不会把钱交出来，以及接下来怎么办，我们都不知道，郑保国也还没想到。他只是这么想的，情况会随时变化。郑保国告诫我们，我们的目标就是把钱尽量要回来，不是要人命，你们知道吗？我他妈的当然知道了，这件事本来就和我没什么关系，我打算撑会台面就走。

妇女在旅馆的门口等我们，果不其然是个艳俗的老女人，看着就让人厌恶。在这个女人的带领下，我们来到房间的门口，门打开我们冲进去，关上门。这个过程中我一直在最后面，那个男的个头很矮而且瘦，很明显被我们的阵势吓到了，他把两只手放在胸口的位置示意我们有事好商量不要动手。郑保国骂了他几句，然后开始动手扒他的衣服，他有点反抗，被踹了几脚之后就老实了。受骗的那个老女人在旁边叉着腰，偶尔抽那男的一嘴巴子，他妈的，我对你这么好，让你上我还请你吃饭你还骗我的钱，打电话也不接，你当我是什么啦，啊？你说。她又打了他一嘴巴。我推开他们，上前踹了那男的一脚，并问道，你有老婆吗？他点点头。我又问，你老婆好看，还是她？中年妇女对我的发问感到吃惊，她盯着那男的。那男的看着我又看看这女的，问我，实话实说吗？我笑起来，对啊。那男的说，我老婆比较漂亮。中年妇女生气了，踹了男的一脚，你满嘴就没句实话，以前睡觉的时候你怎么说的，你再说一次，我好看还是你老婆好看？郑保国有点看不下去了，把妇女拉到后面。郑保国搜出了钱包银行卡身份证，问出密码后，让妇女去附近的银行取钱。在妇女出去的这段时间里，这个男的问我们和妇女是什么关系，并提议给我们几千块钱让我们放他走。我是觉得挺合算的，但被郑保国拒绝了，他抽了那男的一耳光，你以为任何人都和你一样眼里只有钱吗，我们是重感情的人。我在一旁说，你俩都是那女的情人，算起来身体也间接亲密接触过。郑保国回头看了我一眼，徐成，我让你来干什么的，你说这些干什么？那男的也看着我，我有点生气，就踹了那男的一脚，有老婆还出来乱搞，还搞个又老又丑的，丢不丢人！郑保国拉开我，你这话什么意思，你是不是在说我。当时大建站在一旁笑得都不行了，我确实觉得挺没意思的。郑保国看着我，徐成，你现在怎么这样了，话说得这么难听，我怎么你了，你看我不顺眼是不是，你以为我愿意和她搞一起吗，我不是也为了生活嘛。那男的抱着被子蹲在那里，看着我们俩。过了会，妇女回来了，她把卡摔在那男的脸上，你身份证是假的，对不对？把真的拿出来。那男的说，真的我没带。妇女说，给你老婆打电话，让她给你打钱。

我觉得没意思，打断他们，你们先忙着，我先走了。郑保国看着我，眼神很是厌恶，你快走吧，你早就应该走了。大建笑起来，你俩先忙，我送送他。然后我和大建一起从房间出来，我们点上一根烟，一起走到旅馆门口。临走的时候，大建叮嘱我，有空想想一起发财的事。

4

回到张顺在旅馆的那天夜里，他深刻感觉到自己的多余，整个感觉完全不对。他躺在床上想到的都是不好的事情，悲伤以及无可救药。现在徐成坐在他的面前，终于讲完了他的故事。他本来想和徐成讲讲那晚自己的情绪，但是没有说，他肯定也时常这么认为。这是一定的，不然两个人没有坐在一起交谈的必要。张顺看着徐成，他的情绪也准确传达给了自己。天气尚早，酒也喝到恰到好处，此刻阳光照进房间里，暖洋洋的。他们决定出去走一走，附近有个池塘，就去那里看看吧。十几分钟后，他们走到池塘边，水还挺多的，但是很脏。他们围着池塘边走，然后看到几个人光着膀子正在水里找什么东西。他们走过去，恰好一个人上岸歇息。那男的身上沾满了淤泥和树叶。张顺过去问，你们在干什么呢？他抬头看了眼他们，又忙着抠身上的淤泥。徐成盯着池塘，两个人站在里面，小心翼翼挪动着，并且将手伸进水里探寻着什么。太安静了，简直是有点吓人。就在张顺和徐成准备走开的时候，岸上的那个男的说，你们有事吗？张顺说，没事。男的说，那你能帮帮我吗？张顺问，帮什么？那男的说，我女儿掉进池塘里了，找不到了，你们能帮我找找吗？和许多共青团员一样，张顺和徐成加入进去，脱掉裤子穿着一条内裤进入到池塘中，水很凉且臭。他们几个人什么话都不说，只是在水中摸索着，如果感到累了就上岸歇息一会，片刻之后再下水继续捞。很快天黑了下来，不知道谁说了句，人可能死了。然后空气中传来一名父亲若有若无的哭泣声。张顺和徐成上岸，穿上衣服，趁着夜色走出池塘。

到现在，张顺脑子里时常想起一幅画面，一名少女被他们合力从池塘的淤泥中拉拽出来拖至岸边。父亲抱着女儿的尸体号啕大哭，其余人站在一旁所能做的也只是袖手旁观。这些当然没有发生。张顺脱掉裤子下水后走了没几步，感觉脚踩到一个东西，有点硬和凸起，像是一个人的头或者是鼻子，但当时他没办法将其说出口。难道要说，我好像踩到你女儿的头了。天黑后，张顺也记不清那位置了。徐成听后说，照你这么说，我好像也踩到了她的头。可能大家都踩到了，只是没有人说出来而已。

和许多共青团员一样　209

将世界纪录缩短十五秒

1

王东和赵西已经快一年没见面了,今天是他们共同的朋友王娜的忌日,出于缅怀故人以及将彼此间友情进行礼节性弥补的需要,他们将在今天碰面。昨天赵西给王东打电话时已经十点多了,第一次打没有人接。王东是在故意躲他,不仅是这次在这一年多的时间里,他总是不接赵西的电话。有次赵西路过王东住的地方想见他一面,打电话没人接,第二天王东回电话问赵西有什么事的时候,赵西积蓄已久的怒火终于爆发,你他妈的是不是故意躲着我,我又不是向你借钱,你至于这样吗?王东在电话中显得十分无辜,你给我打电话了吗,我不知道,你找我有事吗?赵西说,你不知道我给你打电话,你现在给我打电话干什么。王东在电话那头沉默了一会。赵西问,你想什么呢?王东说,你手头还有钱吗?赵西问,你要钱干什么?王东说,我用不多,一千块钱就可以了。赵西说,那我过会给你送过去。王东说,你给我打卡里吧。王东用借来的一千块钱,另外租了个房子,搬了进去。

王东昨天看到赵西的来电以为他是催债,没有接。他拿着手机在房间里走来走去,犹豫要不要回电话,目前的情况他根本无力偿还一千块钱的债务，但是不回的话赵西会认为自己在赖账。王东虽然没钱，但不想成为他人眼中的小人。他感到没钱给生活带来的不便，长期以来的贫苦生活让他养成了节俭的生活习惯，吃穿住行一切从简，只要有口饭吃有张床睡觉就可以了。王东眼中的不便，更多是在于受制于人。以金钱所建立起来的人际关系，是这样令人无奈。拿赵西来讲，若是之前王东完全可以将其无视，可是现在就会有种种的顾虑。总而言之，王东在繁复的生活中居然没丧失做人的底线。王东回了赵西的电话，在得知明天将是王娜的忌日后，他决定赴约。

地点是上次他们见面时的饭馆。赵西点菜和上次一模一样，铁锅鱼和拍黄瓜。这让王东感到造作和厌恶，何必这么刻意呢，王娜已经死了一年，即便是土葬的话，肉体也腐烂差不多。现在两个活人聚在一起，无非就是对深埋在地下的一坨骨灰进行无意义的思念。如果赵西真这么想念王娜，何不想方设法把她的骨灰挖出来摆在餐桌上，我们一口一口将其吃进肚子里，与我们的脏器进行亲密接触。赵西为王娜要了一副餐具，并将鱼刺剔除，把肉放在盘子里，又将啤酒倒进她的杯子里。赵西的这番举动让在场的王东感到难堪，不仅是因为王娜已经死掉，还有就是在王娜的生前和王东来往更加频繁，他们是多年的朋友，王东喜欢王娜追求未果，在她死前也没有得到哪怕她一个吻，但拥抱的情况还是存在的。看着眼前王娜无法品尝的食物，王东感到眼泪在身体中积蓄，越来越多，终于把持不住崩出体外。王娜你他妈的宁愿去死也不给我个机会得到你的身体，现在好了你的身体烧成灰埋在土里，这样你满意了吗？赵西拍着王东的肩膀，别这么说。

在这一年时间里，王东时常想起王娜，每当脑海中出现她的形象，他都会强迫自己不要继续深入下去。但是有天晚上，王东决定和王娜来个一刀两断。尽管王娜已死，但对活人的影响远没有结束。别的不说，单说王东。这一年来，王东和女友小芳性生活的次数屈指可数，即便有也草草收场。小芳断定王东不爱自己了，质问他是不是看上别的女人了，王东什么话没说，难道要他说出自己对一坨骨灰念念不舍吗？王东反思过为何自己对王娜念念不忘，得出的结论是，穷其一生他也无法得到王娜的身体，这就是根源。这个问题无法解决，但有没有权宜之计呢，还真让聪明的王东想到了。阅片丰富之人见到王娜，都会第一时间想到早川濑里奈，这也是为何快递员赵西去王娜住所送货，一脸便认出此女就是王东梦寐以求之人。

这天晚上，女友小芳恰好外出，王东打开电脑中早川濑里奈的影片，一边观看一边幻想王娜复活来到他的身边，期间王东的眼泪掉下来，这是第一次也将是最后一次，之后王娜将在王东的脑袋中永远消失。就在这时，小芳突然回来，看到自渎中的王东。小芳哭红眼睛，你宁愿看毛片也不和我性生活。王东想过去安慰小芳，小芳呵斥住，你他妈的别碰我，我和你不熟，你去日本找你的女人去。在两人的争吵中，王东根本没听到自己的手机响。王东和小芳吵到半夜，两个人感到身心俱疲，决定分手。第二天身无分文的王东向赵西打电话借钱，随即搬出来。

王东不想见赵西，是看到他的脸便感到厌恶，不自觉联想赵西和王娜同床的场面。他根本无法遏制住自己的想象。当然说王东是在嫉妒赵西也可以，他始终想不开为什么自己苦苦追求王娜多年一无所获，而赵西这头猪没见王娜两次就搞在一起。对于赵西解释说，当时王娜刚被人包了二奶因此空虚便放荡的说法，王东不是不接受，可是即使接受了这个说法，事实已经这样，难以改变。

王东说，我现在没钱还给你。赵西说，没关系，别放在心上。王东问，你现在还快递送货吗？赵西说，对，前几天我又去聚贤苑小区王娜以前住的房子送货，你猜怎么着。王东问，怎么了？赵西说，包养王娜的那老头又他妈的包养了一个女的，还挺漂亮的，接近一米八的高个，看起来像是大学生。王东问，有钱他使劲包养，早晚都得死。赵西说，你不觉得王娜的死和这个老头有直接关系吗，如果不是这老头想要孩子，王娜会难产死掉吗？王东愣住，他之前从没想到这个问题，人已经死了想这么多干什么呢，何况被包养也是王娜同意的。赵西说，这次去我见到那个老头了，又丑又矮，还一口的港台腔。王东摇头，算了，别说这些了，都过去了。赵西向王娜的杯子里倒满酒，端起自己的酒杯与其碰杯，一饮而尽。王东看着赵西，你何必这么在意王娜呢？赵西说，我也是人，我也有感情，怎么说我和王娜也是上过床的。王东说，那你怎么不去替她报仇呢？赵西说，我这次喊你出来就是商量这件事。王东说，你和王娜的感情深，和我没关系。说完，王东喝完杯子里的酒，起身要走。赵西站起来，同不同意，你自己和王娜说。王东回头，看到赵西指着旁边留给王娜的空座。而此时一只苍蝇正停在上面，两只前腿在相互清除不知从何处携带至此的粪便。

2

前几年经过徐成苦苦追求，李燕终于松口成为自己的女友。

徐成时而在心中感叹，时间过得太快了，快到两人现在不得不谈婚论嫁，当然这不是李燕的意思，更不是徐成的。他们都认为自己并没有老到或者是成熟到可以结婚的地步，但是双方的父母日渐衰老，说不定什么时间就入土为安。徐成的父母还好说，每当催促他结婚时，他总是撂下一句话，想让我娶老婆，你们有钱吗？提到钱，徐成的父母只能乖乖闭嘴。这是一个非常现实的问题，不关乎爱情也不关乎所谓的亲情。有时徐成也想，为什么健在的父母不学习一下同村李强的父母，在乌黑的深夜结伴到村头那条破烂不堪的水泥路上被拉石子的卡车撞死呢，一方面养老的问题顺利解决，另一方面肇事司机给的补偿款也让自己顺利娶到老婆。你们不是一直想有个孙子给家里传宗接代吗，我一定会努力生个儿子出来了却你们的心愿。这是不是太没有人性了？徐成觉得未必，他只是在权衡利弊而已。徐成觉得父母活得并不幸福，从他记事起两个人就从事繁重的体力劳动，数十年如一日，但换来的是什么呢，还不是慢慢走向死亡，这都是迟早的事情，既然横竖都是死，用死来换钱贴补家用，这不正是他们这么多年一直在做的吗。所以晚饭之后，徐成总是建议父母结伴去外面散步，一是有助于消化，二是放松心情。父母不想去，干了一天活，都快累死了，散哪门子的步呢。然后徐成点上一根烟，出门散步。当然这样的机会不多，徐成很少回家，他和李燕在城里租了间房子住。这天晚上是徐成半年来第一次回家，晚饭后他点上一根烟决定去村口的桥上散口气，路过李强家，门口的野草长得老高。自从前几年李强的父母车祸死掉后，门前极少有人走动，野草长势喜人是情理之中，铁门也锈迹斑斑。这是很奇怪的事情，平常房屋没人收拾也不见衰败，人一走立刻就被侵蚀。

刚走到桥上，徐成接到李燕打来的电话，让他赶紧回城。徐成问,什么事?李燕说,我父母来了。徐成慌忙问,来哪里?李燕说,就在我们住的地方。徐成问,他们来干什么?李燕说,要带我回家,不让我和你在一起。徐成说,你等我,我马上回去。挂掉电话,徐成往家跑,开着他那二手的面包车往城里赶。半个小时后,徐成满头大汗回到住处。进门,李燕的父母端坐在徐成和他们女儿睡觉的床上。这是张并不宽大的钢丝床,幸好徐成和李燕都身体消瘦,睡在上面也并不特别拥挤。徐成进来后叫了声叔叔阿姨,没有得到任何的反馈。徐成之后站在房间的一角,和李燕交换眼神。李燕向他使了个眼色,意思是让徐成多和父母交流。徐成看着眼睛发红的阿姨,欲言又止。李燕的父亲掏出一根烟,徐成迅速掏出打火机伸出过,帮其点上。气氛沉重,徐成不禁想到,他是在等自己的死亡判决书。李燕的母亲开口,这就是你们住的地方,还是租的对吧,你们打算就在这个地方混下去吗?徐成抬头看了眼李燕。李燕低下头。李燕的母亲说,今天晚上我把李燕领回家,徐成你要是想和我女儿在一起,先买套房子,我不能让我女儿一直住别人的房子。说完她站起来拉着李燕要走。李燕喊了声,妈,我不走。话音刚落,李燕被母亲甩了一个耳光。徐成上前要分开这对母女,突然李燕的父亲站起来呵斥道,给我滚回家。李燕捂着脸被母亲带出门外。李燕的父亲对徐成说,回去和你父母商量下,先买房子,其余的话我就不说了。徐成说,叔叔,可是我没钱。李燕的父亲说,既然没钱就不要结婚了。说完,他走出门。

徐成躺在床上,回忆起这几年和李燕的生活。在和李燕交往之前,徐成已经在社会上混迹多年,说是一无所获是不恰当的,他三天两头换工作,先是在饭店当服务员,后来发现对于他这个没有学历和技术的人来讲,服务性行业的工资待遇都偏低,便把目光放到离市区较远的周边工厂，工资待遇有所提高，但是车间的工作繁重不讲，没有双休日和朋友们聚会喝酒的机会也少。作为一个二十出头的年轻人这是难以忍受的，所以徐成总是上一两个月的班后便辞职赋闲几个月到半年。如此反复，开始的一两年徐成不仅没有存款，还欠了一部分的外债。这不重要，徐成对未来充满了信心，毕竟自己尚属年轻，广阔天地大有作为。如果说李燕带给徐成什么，除去固定的性生活以及大大消减孤独寂寞之外，通过这几年的同居生活，徐成深刻认识到自己在社会中所处位置是低下的，所谓的出头之日根本就是遥遥无期。曾经的心高气傲是如此的幼稚，令徐成不堪回首，他总是在后悔如果能在工厂踏实干几年，如今也有几万块钱的存款了，可是钱都去了哪里呢，简直是一点也想不明白。但是把锐气的消磨全部归结到李燕身上也是不恰当的，浸淫在生活当中，这也是自我的成长。两人之间的折磨是相对的，李燕何尝不是从一个天真开朗的少女变成了如今油烟味十足的妇女。

刚确定恋爱那会儿，徐成和李燕盘下一个门头卖服装，父辈们贫苦的生活在他们的身上必须得到改观，创业是唯一的出路。但半年不到，服装店便关门歇业，留给他们的是无人问津的成堆服装和上万的欠款。经过相互鼓励，他们分别去工厂上班，勤俭节约半年，他们把债还完。现在想起来，两个人在工厂上班，加起来一个月有五六千的收入，但这么一年过去存款还只有那么几千块钱。难道就这样过下去吗？徐成决定再次创业。夏天他们在街上摆烧烤摊，为此徐成花了五千块钱买了一辆二手的面包车，起早贪黑干了一个夏天，存下了几万块钱。这也是徐成长这么大第一次存这么多钱，用钱来生钱这个道理他是懂得，经朋友介绍他把所有的积蓄拿出来代理了某品牌的插座，开着面包车到处送货。这种品牌的插座不出名,市场要靠自己开拓,徐成开着面包车在大街小巷推销,一个月过去了收效甚微。徐成发现自己陷入了两难的境地,退出去的话钱打水漂,继续干下去好像也没多大的意思。看不见有什么实际的办法,多年来徐成恢复到了刚辍学进入社会时的作息习惯,晚上通宵上网玩游戏,白天蒙头大睡,一开始有人打电话需要插座,他就开车去送,后来即便有人打电话正在睡觉的徐成也选择不接。

以上就是徐成这几年的生活。也许应该讲一讲和李燕的感情,同居多年他们之间的感情已经顺利过渡到亲情,徐成毫不怀疑自己会和李燕这样生活下去,直至其中一个死掉,另外一个紧随其后。但现在由于李燕父母的介入,眼看她就要离徐成而去,而这也让徐成认识到李燕的重要性。这段时间他们的感情出现了一次危机。徐成的自暴自弃让李燕失望,前几天他们还大吵一顿,冷战了数日。上次出现这个情况,还是去年李燕怀孕,徐成认为现在不适合把孩子生下来。在他的强烈要求下,李燕将孩子打掉,回自己家住了一段时间。现在徐成有点后悔没有保住孩子,既然是早晚的事情,提前有什么不好呢,主要是有了孩子,李燕的父母还会反对他们在一起吗?更具体一点,有了孩子,李燕的父母就不会强迫他买了房子再娶他们的女儿。房子,这是迫切需要解决的。但是从哪里弄这么多钱呢。徐成首先想到了李强,他所认识的同龄人中,也只是李强有存款。徐成给李强打电话,他需要找个人倾诉一下,并且顺便能借钱给他。李强问,有什么事?徐成说,想请你喝酒。李强说,我刚吃完饭。徐成说,出来吧,我想找人说说话。李强说,那你来我这里。徐成说,我们还是去外面喝酒吧。李强说,改日吧。徐成挂掉电话。

现在徐成一个人在饭馆里喝酒,犹豫再三后他再次打通李强的电话,出来吧,我在饭馆等你。李强说,那好吧,你等我半小时。在等待的过程中,徐成自己喝着酒,他在想李强是否会将钱借给他,毕竟那是他父母用死换来的。徐成看着饭馆中唯一的电视机,里面正在播放一场马拉松的比赛,一群黑人跑在前面,汗水顺着他们的皮肤流下来。我和他们当真是处于同一个世界里吗?徐成想到,为什么他们这么能跑,而我却一直爬行。

3

我坐在饭馆里等郑保国,刚才他说还需要半个小时。我太饿了,先点了几个菜。我意识到一个不大不小的问题,如果郑保国不来了怎么办,我身上只有十几块钱。我又给郑保国打了个电话,告诉他我先吃,你尽快过来。郑保国在电话里讲,送货的还没到,他还在等,让我先吃。我顾不了这么多了,埋着头吃起来,一连吃了两个馒头,我已经很久没吃这么多了,也很久没像今天这样从事体力劳动。我的两只手又麻又疼,胳膊已经很难抬起来,但不得不承认,通过今天的劳动我排泄出了大量的汗水,这使我感到身体放松,今晚必定会睡个安稳觉。像我这种没有工作的人,在住的地方除去上网就是睡觉,如果今天郑保国没喊我出来帮他搬运货物的话,我怎么有幸坐在这个饭馆里吃肉喝汤,这是我应得的。我帮郑保国干活,可不是为了贪念这顿丰盛的晚饭,我虽然挺长时间没吃肉,但也没有规定我必须吃肉补给营养。如今的清贫生活是我自己的选择,没有人能管得了。之前管教我的父母前几年接连死掉,我也过上了所谓的自由生活。前段时间我去坟地看望他们,所带去的食物也无一例外的都是素菜,白酒也是散装的，但是黄纸我买了不少，焚烧了接近十分钟才完事。我的意思很明显，你们想吃什么就自己去买。

当郑保国喊我出来帮他干活时，我非常抵触和不高兴，我可以马上推脱掉，但确实找不到理由。我只好硬着头皮答应下来，然后我开始自责，为什么不找个理由推脱掉。晚上我躺在床上，还试图给郑保国打个电话，说我不能去了，可终究没说。

郑保国是我的初中同学，初中毕业后在工厂上班，我大学二年级时他结婚，然后帮岳父管理一个仓储中心，手底下有十几个工人。等我大学毕业找不到工作时，郑保国的儿子出生，名下已有三套房产和两辆汽车。他是个大忙人，虽然体重暴增到接近两百斤，也阻止不了他继续扩展事业。他曾多次建议我到他这里上班，可是我能干什么呢，搬运货物我都无法胜任。整个下午我坐在仓储中心西边的阴影中，那些步伐矫健搬运货物的中年汉子们使我联想到了蚂蚁。而我简直就是个废物，郑保国难道真缺少我这个人吗，没有我今天的任务就完不成吗？当然不是，他让我过来，根本只是为了让我清醒认识下自己，像我这种对社会无益也无害的人，是多么多余。我坐在阴影中，看着周围的一切，幻想自己变成一个身高百米的巨人，一脚将这个仓储中心踩烂。

吃饱后，我点了两瓶啤酒，一边喝着酒一边等郑保国来。我想和他说清楚，希望他以后不要再喊我帮忙，他不缺我这个人，而我也实在不缺这顿饭吃。他可能会塞给我一百块钱当作今天的酬劳，我会选择拒绝，仿佛一百块钱能瞬间改变我的生活一样。对不起，我没有郑保国这么好的命，娶到一个家境殷实的老婆，有个膝下无儿的岳父。而我呢，有时我也想过现如今的处境，以及未来。但真的有用吗？这个世界压根不是为我所准备的，而我所做的一切就是为了和它保持距离。

我抬头看下饭馆，除我之外还有两桌客人，其中一桌是两个年轻人，他们留下一个空座，但等待的人迟迟没有来。其中一个男子不知为何痛哭起来，过了一会，他站起来要走。同伴起身喊住他。两个人发生肢体冲突，哭泣的男子挣脱开，在此过程中将旁边一个消瘦男子的酒瓶碰掉在地。啤酒流出来，冒出白沫。消瘦男子站起来，对哭泣的男子说道，你他妈的瞎吗？哭泣男子的同伴赶过来分开两人，他对消瘦男子说，对不起，我哥们的女友死了。消瘦男子愣了会，把地上的酒瓶捡起来。哭泣的男子什么话也没说，走出饭馆。他的同伴跟了出去。我坐在一旁看着消瘦的男子，他发现我在看他，对我说，你看什么呢？我说，他们喝多了。他朝我走过来，坐在原本是郑保国的位置上。我们举起酒杯，喝了一口。我问，你自己一个人吗？他说，等人。我说，我也在等人。他说，我朋友大概不来了。

接下来我们一边喝酒，一边抬头看电视，漫长的马拉松比赛行将结束，我们睁大眼睛等待运动员冲到终点。这个黑人在没撞线之前便张开了双臂，他的优势的确是太明显了，他很享受这个时刻，即便是到了终点还意犹未尽奔跑了数十米。主持人激动地喊道，来自肯尼亚的选手威尔逊·基普桑以两小时三分二十三秒夺冠，并将世界纪录缩短了十五秒，太不可思议了，居然缩短了整整十五秒钟，观众朋友们，让我们一起来祝贺他。

说完，没有任何人鼓掌。我们回过神继续喝酒。我感叹道，黑人就是跑得快。他点点头，没有发出任何的惊叹。酒喝得有点多，我去饭馆后面的院子上厕所，之前这里没有厕所，如今这个是新建的，地面水泥还没有完全干，上面铺着几块木板。我踩在上面走进去。在我撒尿的过程中，手机响了，是郑保国打来的，他说今晚过不来了。我说，过不来就算了。他又问我，你明天有事吗？我说，有事，难道我看起来像个闲人吗？我挂掉电话，用力将尿液从体内排出，可能是过于用力，小腹有点痛，还好一会就没事了。我走出厕所，看到院子南边墙根堆放着没用过的砖头，我爬上去，跳下墙，顺着小路往南走，然后不由自主奔跑起来，并打算跑回住的地方。

牛慧旅社

1

在走进302房间之前,王东先在牛慧旅社的前台接受了老板娘牛慧的盘问。对话简单直接,诸如什么人来干什么此类的问话牛慧每天要问上百遍都不止。当然这是以前。由于靠近远近闻名的劳务市场,牛慧这个低端旅社生意火爆了七八年,全是大通铺,一个床铺一晚十块钱,每晚都被劳力们挤满。即便不是市里新建医疗中心旅社在迁拆范围内,牛慧也早有关门歇业的打算。自从四月中旬劳务市场搬走,旅社的生意凋敝已有半年。

旅社所在的三层小楼早些年是自来水厂的办公楼,闲置多年后水厂的员工李瑞强买下改造成旅社,名为瑞强旅社。李瑞强的第一任妻子黄小英,在旅社营业的第一年死于胃癌。黄小英原本身材丰腴胃口极佳,玉米面的粥能喝三大瓷碗,也从未有过胃疼的毛病。如果非要在黄小英的身上找出点毛病,那就是她的脖子上有道明显凸起的疤痕,尤其是在夏天,随着外界温度的提升,疤痕愈加鲜红,如同熟透的西红柿皮。

在生命的尾声,黄小英体重锐减至三十公斤,躺在竹席上,脑袋显得格外的大,目光被深陷的眼窝囚禁。李瑞强按时给黄小英擦拭身体,由于她是疤痕体质,稍用力便皮开肉绽,伤口愈合后伤疤持续生长凸起。观感上，全身布满疤痕的黄小英，膨胀了些许。疤痕生长带来的刺痒，使得李瑞强不得不用竹刷给黄小英止痒。这样的后果是，黄小英的身上总是流血不断。

为了照顾妻子，李瑞强请假在家，旅社也暂时歇业。李瑞强总觉得这样的日子没多久了，黄小英虚弱的身体有目共睹，医生最乐观的估计也不认为她能活过这个夏天。所以黄小英刚病倒的那阵子，李瑞强呵护备至任劳任怨，夜深人静的时候还偷偷抹过眼泪。但久而久之，黄小英迟迟不死，李瑞强感到疲惫，难熬的日子似乎没有尽头。疾病中的黄小英喜怒无常，时而破口大骂，时而又痛哭流涕对李瑞强表示歉意。有天傍晚，李瑞强给黄小英喂食西瓜汁，刚喝了一小口，黄小英便呕吐不止。黄小英边咒骂边穿衣服要离家出走。李瑞强站在一旁，目睹着黄小英操作着骨骼毕现的身体，勉强坐在床边，毛毯堆积在私处，她手臂支撑着试图站起来，但没有成功。几番努力之后，她埋头嘤嘤哭了起来。李瑞强多么希望黄小英有足够的力气走出这个家门，消失在夜色中。

黄小英是在深秋死的，用李瑞强的话讲，可算是熬过来了。但时间一长，患病期间的煎熬日子逐渐淡忘，脑子里想到的都是老婆身体康健时的点滴。比如，黄小英厨艺不错。李瑞强每天下班后，只需动筷子。而现在呢，李瑞强极少在家做饭，在外面随便吃点。从前李瑞强滴酒不沾，自从老婆死后，他有了酗酒的毛病。这也是没办法的事，不喝酒睡不着。一开始李瑞强以为是床的问题，黄小英就是死在这张床上，他躺在上面，身体发软，却难以入睡。后来他把床劈烂一把火给烧了，但情况照旧，感谢酒精，李瑞强得以入睡。婚后多年，黄小英没给李瑞强留下个一儿半女。黄小英患病之前，李瑞强对此颇有微词，等她死后，他有

牛慧旅社　223

些庆幸，让孩子过早品尝失去母亲的痛苦多少有些残忍。李瑞强时常自责，没有好好照顾黄小英，现在回想起来，大半年的时间而已，怎么就那么缺乏耐心呢。

瑞强旅社开门营业的第三年，经人介绍牛慧和李瑞强结为夫妻。由于李瑞强是二婚，婚礼一切从简，没有大摆宴席。牛慧虽是头婚，但在三十五的年纪嫁为人妇也没计较太多。爱情暂且不提，两个人在一起无非是居家过日子。接触几次后，李瑞强觉得牛慧人不错，心善少话。只是身为会计的牛慧，言行举止过于缓慢，这和黄小英恰好相反，大概是职业所致，会计讲究的就是心细谨慎。除了酗酒这一点，牛慧对李瑞强也算满意。刚交往的时候，李瑞强信誓旦旦地说要戒酒，但至死他的酒也没戒掉，说他死在酒上面也合适。

婚后的生活，平淡无奇，牛慧话不多，李瑞强因为酗酒回到家倒床就睡。牛慧从单位辞职经营旅社，基本上，两个人一直处于半分居的状态。至于性生活，李瑞强没想到牛慧在三十五岁的高龄仍是处女。一方面是牛慧思想传统；二是，牛慧是性冷淡。牛慧虽然皮肤黝黑，但身材高挑。长久的性压抑，让李瑞强对牛慧颇有兴致，但几次下来，发现牛慧对房事毫不热衷。每次牛慧都是在忍受，既然如此，后来李瑞强也不再勉强。每个月初和月中，牛慧都主动找李瑞强，尽下妻子的责任。而李瑞强这边，因酗酒，性这块也衰退了。

谈到李瑞强的死。牛慧记得那天是五月初，按照惯例当天晚上两人行房。早上李瑞强上班途经旅社，在旅社大厅的沙发上坐了一会。旅社洗澡间的喷头坏了两个，李瑞强说下班回来换上。市南边的工业园铺设自来水管道，李瑞强去指挥施工，他站在四米深的沟边指挥着下面的工人，突然脑袋栽下去撞在管道上，颅骨凹陷性骨折。李瑞强因公殉职，单位赔偿二十万，这笔钱放在世纪初可不是小数目。

再说牛慧，那年当真是诸事不顺，先是丈夫死掉。虽说有二十万的赔偿金，对于一个生性节俭的女人来讲，生活足够无忧。半个月后，一对外地父母携七岁女儿来旅游，入住瑞强旅社。需要说明的是，旅社改造成大通铺是后来的事，当时还是以标准间为主。第二天早上外地夫妇找到牛慧，说女儿失踪了。那年头，监控探头尚未普及。三人分头在旅社寻找，最终在锅炉房后面煤堆旁的一处塌陷的大坑里发现了女孩。不幸的是，女孩已溺毙多时。这个坑以前是自来水厂的蓄水池，废弃后在坑上面铺设了木板又涂抹上水泥。时间一长木板被腐蚀，在煤堆的重压之下，坍塌了。牛慧给了小女孩父母二十万，对方不同意，将旅社堵了十几天。无奈之下，牛慧又拿出五万块。

原本牛慧打算把旅社转出去，但出了这事，没人愿意接手，她只好硬着头皮干下去。瑞强旅社更名为牛慧旅社，借着劳务市场，牛慧审时度势将旅社改造成大通铺，生意火爆不在话下，只是相比过去辛苦很多。这几年，牛慧虽说雇了两个人帮忙，但自己仍免不了起早贪黑，皱纹增多皮肤松弛也是对岁月尊重的体现。略有闲暇时，牛慧不免扪心自问，这样活着究竟为了什么？当然这种终极问题，是没有明确答案的，或者说答案俯拾皆是。现在的牛慧，四十多岁，依旧单身，或者说是寡妇更为贴切。

若说男性，在牛慧的周围并不缺乏，亲朋好友热情介绍暂且不提，单说在旅社居住的那六七十号浑身散发着雄性特征的壮劳力，其中不乏对老板娘垂涎已久的。尤其是在夏天，这些只穿着一件松垮内裤的古铜色汉子，将牛慧包裹其中，时不时送上几句色情玩笑。普通的劳力多少有自知之明，对牛慧也只是过嘴瘾，不会有实际行动。再者说从经济角度考量，对牛慧献殷勤远不如去两条街之外找个暗娼来得痛快。前些年有个河北工头倒是看上了牛慧，他个头不高但身体敦实，平日没事帮忙打扫卫生，一天夜里借着酒劲还摸过牛慧的屁股，但突然有天这人就走了，据跟着他一起来的老乡说是家里有急事回去了。此后，这人再也没出现。

在旅社离别是最常见的，每天都会有陌生的面孔出现，也有老面孔突然消失。这个鱼龙混杂的地方，小偷小摸的事时而发生，安装监控后有所收敛。自从牛慧响应政策入住必须身份证登记后，每年辖区民警都来抓几个嫌疑人回去，罪名强奸抢劫不一而足。住客之间打架斗殴更是家常便饭，理由诸如打牌耍赖借钱不还等。自从更名为牛慧旅社后，每年都不怎么消停，但起码没有像之前那样死过人。但在去年，发生了一起命案，一同出来打工的两个同乡，其中一个用水果刀把另外一个人捅死了。那几天恰好牛慧因为胆囊炎住院，听服务员小玲讲，血喷得到处都是。杀人的那家伙当时吓懵了，瘫坐在地上，警察把他带走时，他也一句话也没说。出事的那个房间，后来成了储物间。

现如今，经营旅社的日子快走到尽头。牛慧心里多少有些高兴，单说拆迁款，按照政府下发的文件，是个不小的数目，无儿无女的牛慧起码不用担心养老的问题了。但她怎么也没料到，自己被人给绑架了。下手的居然是住客郑功宇。想到这里，牛慧叹了口气，平复下心情，端坐在椅子上。

陈述完这些年的经历，牛慧有些口渴，她向王东提出喝水的要求，并马上得到满足。郑功宇听得有点累了，他说，你说这么多有什么用啊，钱在哪呢？牛慧说，我没钱啊，拆迁款又没下来，你听谁说我有钱了？王东盯着郑功宇，看他作何回答。

2

郑功宇给王东打手机的时候，王东没听出他的声音，他没存郑功宇的手机号，也早有此生不复相见的念头。当时王东正站在立交桥上抽烟，四周嘈杂，得知对方是郑功宇后，他立刻挂掉手机。随后，郑功宇给王东发了条信息，内容为，我在清田路与创业大道交叉口的牛慧旅社，302房间，有急事。王东决定前往，是因为当时他打算在抽完烟后从立交桥上跳下去。两年没联系的郑功宇在此时出现，除了巧合之外难道不更是天意吗，给王东一次活下去的机会。而郑功宇口中的急事，也吸引着王东去一探究竟。怀着这种复杂的心情，王东出现在牛慧旅社的302房间。

两年不见，双方不管外貌和境遇都无多大的变化。郑功宇见到王东表现得十分热情，急忙从床上跳下来，拉拽他坐下。王东屁股刚贴到床边立刻甩开郑功宇，站起来，问他有什么急事。郑功宇递出烟，王东没接。郑功宇说，都两年了，你还生气吗，你过得怎么样？王东顿时暴怒，这和你有什么关系呢。郑功宇说，关心一下你啊，不然你让我说什么，都两年没见面了。王东不耐烦，你赶紧说你有什么事，六点半是最后一辆末班车。

昨天快递员王东刚被辞退，起因是丢了个包裹，并没有证据表明是他监守自盗。但鉴于王东有入室盗窃的案底，被辞退也是情理之中。半年前当王东前来应聘快递员时，因其特殊背景未被录用。这本是王东几个月来数十次应聘失败中再普通不过的一次，但内心积蓄已久的委屈此刻爆发，一向不善言辞的他面对经理徐大姐声泪俱下。比较体面的说法是，正处孕期的徐大姐母爱泛滥了。王东得到了这份工作，并兢兢业业干了半年。王东甚至猜想，若不是徐大姐正在休产假，她会相信自己的清白。而事实，王东的确没拿包裹。但这已不重要。

两年前，寿光某塑编厂的职工王东正在谈一场地位悬殊的恋爱，对方的身份是曹村村支书的女儿。王东在车间工作，工作繁重不说，薪水少得可怜。反观质检员曹蓉，坐办公室，冬天有暖气夏天有空调，每天只需上午和下午去车间视察两次。能有这份清闲的工作，多亏了曹蓉有个村支书的父亲。塑编厂建在曹村的地界，村支书在贪腐之余给女儿找份工作是举手之劳。需要声明一点，是曹蓉主动追求的王东。而王东一开始对这个衣食无忧的胖姑娘没非分之想，但架不住对方长时间地追求。何况每天都吃曹蓉亲手做的营养早饭，也怪不好意思的。

由于外出务工，王东住工厂宿舍，身边有个姑娘的陪伴，也不坏。曹蓉虽然外表并不出众，但不缺乏追求者，而她只喜欢王东一个人，全都因为王东有张英俊的脸。曹蓉的父亲反对女儿恋爱，更准确一点，是反对和外来务工人员王东交往。对于女儿的婚事，父亲早有打算，镇派出所长的小侄子是政治联姻的首选。而王东这边呢，之前他对曹蓉的家庭有所耳闻，但再怎么厉害也不过是个村支书而已，他不禁联想到自己那偏远山村的村支书，和普通村民没什么区别。错误的估计使得当王东出现在曹村标志性建筑物的三层楼的大庄园内，竟下意识想要跪倒在地。没见过世面的王东端坐在富丽堂皇的客厅，连口水都不敢吞咽。曹蓉的父亲正眼都没瞧他，便坐上奔驰车出门赴宴。王东看着拴在铁笼子里对其犬吠不止的藏獒，终于胆怯地认清一个事实，这条狗吃的比自己要好。

之后，曹蓉还邀请过王东，都被他回绝了。一是双方的家庭背景悬殊过大，再者说王东不想再看到曹蓉父亲的脸。曹蓉的父亲私底下派人找王东谈过话，要他离自己的女儿远一点。令人遗憾的是，并没有出现用钱收买这一幕，这倒让王东有些许的失落。几天之后带着受伤的自尊和对曹蓉丝毫的不愧疚，王东来到临淄寻求发财的机会，并在一次同乡的聚会中认识了郑功宇。此时的郑功宇因化工厂的一次安全事故肝部受损，但公司拒绝继续承担治疗费用，而后又在赔偿上存有分歧。郑功宇连杀人的心都有了。两人初识时，郑功宇总是叫嚣着要报复社会。王东本想去化工厂上班，但被郑功宇劝阻。处在人生的低谷的他们，决心一起干点发财的事。思来想去，只有偷盗这条路。

作案地点定为老城区的教师家属楼是基于以下几点：1. 监控探头少。2. 退休教师有退休金和儿女不同住且因为年龄大身体耳朵不好使。3. 四层的楼房便于攀爬，就算失足落下也不致命。尽管如此，在偷完东西撤退的时候，王东失足从三楼掉下，小腿骨折。郑功宇见状夺过他手里偷来的财物跑了。凌晨三点，王东拖着受伤的腿步行了十多米，在路灯下面，他看到一块白森的腿骨穿破皮肤暴露在外。他不敢再挪动半步，而120总是占线，他打给郑功宇，对方已关机。王东感到自己像个被丢弃的垃圾。

用动物来形容郑功宇这个人，老鼠最为贴切。郑功宇脑袋向前探出，眼神飘忽不定对四处充满警惕。他健谈且语速极快，令旁人捉摸不透哪句是真的。如同现在，在郑功宇的质问下，王东感到胸口发闷。

王东，这两年来有个问题我一直没搞清楚，你当时怎么想到要打110求助呢，你不知道自己是在犯法吗？你把我供出来我不怪你，警察的手段我们都清楚，换做是我被逮住，我也会把你供出来的，可明明是你出卖了我，怎么你还对我这么大的恨呢，出来之后都不联系我，我可是一直把你当成兄弟的。你自己说说，我以前对你怎么样，再说了我们都是接受改造的人了，不说整个人脱胎换骨灵魂受到洗礼了吧，起码对人生有更透彻的理解，你看我，虽然你对不起我，我还是把你当朋友，主动找你来叙旧，我为什么要这样呢，因为我真的把你当朋友。

面对郑功宇表现出来的真诚，王东压抑住内心的怒火，他用因过于激动而颤抖的双手点上一根烟，说道，我打给110是因为120打不通，而你他妈的拿着东西自己跑了。我腿都断了，我宁肯坐牢也不想变成残疾人。你拿我当朋友，亏你还有脸说，撇下我自己跑了，我告诉你，我现在还站在你面前和你说话，没拿刀砍死你，是因为我为你这种人渣再去坐牢不值得。

郑功宇一脸诧异看着王东，你腿摔断了？我不知道啊，我还以为你跑得太急摔倒了，我当时帮你拿东西，是为了让你快点赶上来。你给我打手机我没接是因为我的手机没电了。原来你一直以为我撇下你自己跑了，误会啊，我是什么人你还不清楚吗，我怎么可能做这种对不起朋友的事，我可是那种自己摔断腿也不会拖累朋友的人。再者说了，你被抓了，对我有什么好处吗，一点好处也没有啊，而且我不是没过几天也被逮进去了。王东你知道吗，那天晚上我找不到你，还以为你是偷到值钱的东西自己私吞了。

王东说，以前的事不谈了，你这次找我什么事？郑功宇笑起来，拍着王东的肩，兄弟，我们就要发财了。王东说，我不会偷东西了。郑功宇说，不是偷东西，是绑架。王东转身走向门口，郑功宇拽住他，等我把话说完好不好。王东问，我就不明白了，你找我干什么呢，我长得不像好人吗？郑功宇忙说，你还不明白吗，我这是帮你，本来这事我单干绰绰有余，喊你一起完全是因为我把你当兄弟。王东说，你要真把我当兄弟，事成之后你给我一笔钱，这不更好？郑功宇指着王东，你变了，变得总想着不劳而获，这样不好。王东甩开郑功宇的手，你就不怕我揭发你？郑功宇说，谁会和钱过不去呢。

郑功宇进行了周密的安排，听完后，王东发现自己的角色完全是多余的，他感到疑惑，或许正如郑功宇所言，他只是在帮自己一把。既然王东同意加入，郑功宇决定分派给他一些事。比如让王东将牛慧制服。目前旅社只有郑功宇这一个住客，而因生意不景气牛慧已将之前的服务员辞掉。一切迹象表明，这是非常简单的任务。王东心情有些激动，他忙问，什么时候行动。郑功宇说，晚一会，万一有人来住店呢？王东说，把旅社门关上，这样就没人来了。郑功宇说，你怎么突然这么着急呢？王东反问，我着急吗？没有啊。这时，钟告从北边的一张床铺底下钻出来，他一只手脱下裤子，一只手端着脸盆，朝脸盆里撒尿。这突如其来的一幕把王东吓坏了，他赶忙抓起板凳扔过去。钟告被飞来的板凳吓得跳起来，尿撒了一地。郑功宇拦住王东，误会了，自己人。钟告手持脸盆，表情羞怯地说，我实在憋不住了。

3

今年夏天，钟告从报社辞职。作为一个对文学怀有敬意的青年，他实在没办法说服自己继续干下去。趋炎附势的主编暂且不提，钟告所负责的晚报副刊上的文章早已被与各级领导交好的女性所瓜分，文笔幼稚内容矫情，报纸每天准时送到钟告的办公桌前，他将其视为粪便唯恐避之不及。在煎熬了三个月后，钟告向主编递交了辞职申请，附有一封轻度抑郁症的病例。主编对钟告进行了挽留，并建议他换家医院看看，在他看来钟告的精神很正常，怎么会轻度抑郁呢？现在的年轻人未免太小题大做了。主编摆出促膝长谈的架势，并许诺申请给钟告提高工资，说编辑室这么多人最器重他，如果他能耐住性子在报社再干上七八年熬到自己退休的话，升职为副主编简直水到渠成。

有一点钟告可以肯定，主编这番话对编辑室的每个人都讲过，这是职场中常见的驭人之术，就拿上个星期刚入职的女大学生小蒋，便在私底下对钟告复述了主编说的这席话。出于友善，钟告没有揭穿。时间久了，小蒋自然会明白。但主编对小蒋的态度还是让钟告颇感意外，之前的同事要不就是男的或者是年老色衰的异性，主编的好色没有机会展示，小蒋的出现打破了这种局面。钟告对小蒋印象不好，或许是刚大学毕业不经世事的缘故，她做事有些天真，但同时在权势面前又表现出了极大的屈服。刚开始有几个男同事对小蒋有过非分之想，没几天他们纷纷意识到自己必将在和主编的竞争下一败涂地。从主编办公室出来，钟告恰好碰到小蒋，她穿着粉色的短裙，双手捧着的书本因重量过大挤得乳沟过于明显。点头示意后，钟告突然觉得小蒋和主编很合适。

凭借工作这几年的积蓄，钟告并不着急再找份工作。一向性格温和生活按部就班的钟告，意识到自己这三十年过得太乏味，考虑其他的因素太多，并没真正为自己而活。缺少女人当然是其中一个方面，这两年他明显感觉到对性的渴望在逐年走低，以前不经意间和女性发生肢体上的接触，都能立刻想入非非，现如今他总是刻意回避。钟告在被生活缓慢阉割，随之而来的是心理上的焦虑，他时常在想自己的人生定位，毕竟到了三十岁的年纪，名利这种东西已不作太多考虑，他本身也不是主动争取机会的人。

在家庭方面，父母都在老家，钟告在这上的大学，毕业后找到工作留在这里。前些年父母还催促他结婚生子，去年他的弟弟有了孩子，父母忙着照看孙子，对他已经不抱希望。钟告决定放平心态专注于一件事，是否有成果暂且不提，主要是消耗余生。作为曾经的文学青年，钟告决定提笔写东西。在报社的这些年，他笔耕不辍，但基本都是工作所需的假大空之文，价值无几。或许是多年的工作习惯所致，辞职后的钟告完全找不到书写的感觉，硬写出来的都令人汗颜。创作所带来的挫败感使得钟告在很长一段时间内精神恍惚，对自我的否定让他一度厌世。不过还好，他终于找到了一条适合自己的道路。多年的报社工作经历将钟告锻炼成了一个很好的倾听者和记录者，他把创作瞄准底层民众的纪实文学。

钟告和他的第一个纪录对象郑功宇是在劳务市场认识的。之所以选择郑功宇，一是两人年纪相仿，二是郑功宇这个人性格外向乐于表达。第一次见面，郑功宇夸夸其谈的样子让钟告印象深刻，换作平时他讨厌这号人，但现在情况不一样。当钟告亮出已经作废的记者证，并支付一千块的劳务费后，郑功宇欣然同意。酒足饭饱后，郑功宇将打算绑架牛慧的事和盘托出。

按照事先约定，钟告应当一直躲在床底下。对郑功宇来讲，局面有些棘手。钟告记者的身份并不能让王东放下戒备，他决定退出这次绑架。钟告说，你们就当我不存在，我不会打扰你们，更不会报警。边说他边弯下腰，要重新钻到床底下。郑功宇拽住他。王东转身要走，郑功宇用另一只手拽着王东。郑功宇指着钟告,他是作家,他在为我写自传,我得癌症了,活不了多久了。钟告吃惊地说,真的吗,怎么没听你说过呢,什么癌?郑功宇说,这事以后再说。王东笑起来,你继续编,你不当作家太可惜。郑功宇蹲下,两只手捂住脸,整个人抽搐起来。钟告拍着他的肩膀,你别哭了,快九点了,我们还是先绑架吧。郑功宇站起来,擦了下眼泪,看着王东,兄弟,如果你不想干,我不会勉强你的,其实我也不想干,我只是想给父母留下点养老钱。沉默片刻,王东说,我去把牛慧带过来。

郑功宇走到牛慧的面前,解开她手上的绳子,牛大姐,我住在你这边也有一个多月了,上周你包的水饺,还给我送来了一盘,说实话我挺感谢你的,绑架你呢,我也不是针对你,主要是我真的缺钱,你看我冒了这么大的风险,你怎么着也要拿出点来吧,这不光我一个人,还有我兄弟呢,我这兄弟可没我这么好的脾气,你别看他长得挺秀气的,他身上还背着一条人命呢。王东说,别听他的,绑架你是他的主意。郑功宇回头看着王东,你能不能闭嘴?王东说,你这是绑架,说这么多没用的干什么呢。郑功宇说,对癌症患者能不能有点耐心,我这不是在要钱吗?牛慧说,小郑,你急用钱的话,大姐可以借给你,但你不能干这事啊。郑功宇忙说,你能借给我多少?王东说,不是绑架吗,怎么改成借钱了啊。郑功宇说,你别说话了行不行。他随即看着牛慧,能给多少?牛慧说,多了没有,几千块钱我还是拿得出来的。郑功宇说,我们两个人分,有点少,你借给我,我可不打算还。牛慧说,我也没指望你还。郑功宇说,那行。王东走过来,用绳子将牛慧重新绑上。他说,不行,几千块钱留给你父母有什么用呢。郑功宇说,得癌症是我骗你的,几千块还不用还,我觉得值,而且我相信牛大姐的人品,她是不会报警的。牛慧点头,对，我不报警，都认识这么长时间了，为了几千块犯不着。王东看着牛慧，你这人也太软弱了吧，你这样的话，等你拿到拆迁款他还会回来的，就他这满嘴没句实话的人，你能相信他吗？郑功宇一把推开王东，你给我滚开，你到底和谁一伙的！这时，钟告在床底下哈哈大笑。钟告出来，蹲在地上捂住肚子，继续笑。王东拿出手机对郑功宇说，你等着，我这就给110打电话。说着他走出房间。郑功宇冲出去，你给我回来。牛慧端坐在椅子上，看着大笑不止的钟告。她感到后背奇痒难耐。

旅馆纪实文学

1

高考结束的那年暑假,张顺给家里留下一张字条,独自坐火车去了东营。当时还没有动车,火车站正在翻新改造。早上出门,买好票,要等到下午。对张顺来说,等待是这次短途旅行的主题。漫长的等待消磨着张顺心中对爱情的幻想。这个刚成年的年轻人,第一次坐火车,激动且新鲜的情绪全部隐藏在心中。

张顺的对面坐着两个比他成熟一些的女的,看样子像是放假回家的大学生。两位女性暴露在外的皮肤让张顺有些尴尬,他把头歪向窗外,那些疾驰而过葱绿的树木确实带来一股清新,但却无法抵抗炎热的车厢和袭来的困意。张顺俯下头酣睡了一阵。醒来时,他发现地板上有块水渍,这才意识到自己流口水了。他隐蔽着用手背擦拭了嘴角,这才缓慢且心虚地抬起头。那两个女的仰躺在椅背上嘴巴微张睡着了,张顺不禁想到是自己占据了桌面,才使得她俩只能以如此姿势休息。也正因此张顺终于可以大胆仔细观察她们,右边的比左边的皮肤白皙,相貌也好一点。若说身材,左边又略胜一筹。当然这里说的身材特指乳房,至于全身,张顺没看过她俩站起来的样子,无从判断。张顺靠在椅背上,两只胳膊交叉在胸前,看着对面两位姑娘,脑子里想着牛慧。

牛慧是张顺的女朋友，肌肤接触上两个人只停留在接吻。有次张顺抱着牛慧，趁机想摸她的胸部，被及时制止了。今天是牛慧的生日，她不知道张顺要来。牛慧是美术特长生，高考分数虽然低，还没到没学可以上的地步。但牛慧不想上学了，应聘去一家超市当售货员，实习期间来东营的总店培训一个月。不可否认，张顺想趁牛慧生日的机会，让两个人的关系有更进一步的发展。年轻人在热恋时，总想着在肉体上有更多的接触，不能以庸俗一概而论。尽管张顺的动机如此，可也属于爱情的范畴。火车慢了下来，想到牛慧看到自己大吃一惊的样子，张顺不由沾沾自喜起来。他为自己今天的举动得意，在有关爱情的电影中，不经常有类似的情节么。

虽是下午，暑气没有丝毫减退。下了火车，张顺被人流裹挟着，他不知要走向何处，却又不能站在原地像是愚蠢的外地人。那些平时听到的外地人被欺辱的事件，让此刻的张顺有些慌张。他提醒自己表现得自然一点，不要露怯。他努力观察着周围，想在危险来临之前以最快的速度作出反应。张顺用街边小超市的公用电话，给牛慧的宿舍打电话询问地址。接电话的是和牛慧一起来培训的女同学，她说牛慧正在上班。张顺记下地址，去坐公交车。到了约定的地点，中午没吃饭的张顺又累又渴。他买了两瓶冰镇饮料，自己喝一瓶，另外一瓶留给牛慧。

张顺焦躁地看着四周，她不知道牛慧会在哪个方向出现。他希望第一眼能看到她，然后报以微笑。张顺，这个在爱情漩涡中的年轻人，被搞得晕头转向。终于，牛慧出现了，远远地露出微笑，并不热烈。张顺快跑几步走过去。一身工作服的牛慧低着头走着，质问张顺为什么突然来了，连招呼都不打？张顺没作回应只是在笑。张顺跟着牛慧来到她住的宿舍，两个人坐在床边，对视了一阵。牛慧表现出的冷漠，让张顺的心情直落谷底，在得知牛慧高烧不退身体欠佳时，他的心情也没有明显的回转。这确实可以解释为什么牛慧的冷漠。牛慧说她一会还要回超市上班晚上八点多才下班，那么张顺你怎么办呢，去哪里呢？是立刻回家吗，但不一定能买到火车票，长途汽车也应该没有了，张顺啊，你晚上住在哪里呢？这些鲜活的问题，让牛慧头疼加剧。此刻的张顺是个让人不能回避的麻烦，他也意识到了这一点，起身告别。

和牛慧挥手告别后，张顺走出十几米后，返身跟在牛慧的后面。走了几条街，牛慧走进超市。张顺站在外面隔着玻璃，看着牛慧在收银台忙碌着。天色渐暗，是否等牛慧下班，张顺有些犹豫，倒不是因为他等不起两个小时，既然他坐火车来到这里，说明他并不缺乏耐心。只是牛慧并没明确告诉他，让他等。心情低落是另一个方面。总之，张顺没有等，漫无目的在街上走。他训斥自己并记恨牛慧。张顺买了火腿肠和面包，放在挎包里。他身上有不到两百块钱，扣去路费，找个便宜的旅馆住没有问题。想到这里，张顺随意走进一家旅馆，一天的路途劳顿，他又累又困，支撑自己的那点爱情心气也被牛慧消耗殆尽。

房费，三十块。房间里有两张床，张顺选择了靠里的那张。第一次住旅馆，张顺显得小心翼翼，把钱包随身携带，把包放在枕头下面。电视机只能收到当地的几个频道，一切都那么陌生。用热水泡完脚躺在床上看着电视，张顺有了点心情，但远没到提起兴致去见牛慧一面。他只等天亮起床，马上离开。半夜，房间住进来一个中年男子。打开灯和电视，吵得张顺无法入睡。张顺蒙着被子侧过身从缝隙中看到男的全身穿着一条内裤躺在床上，那副丑恶的嘴脸，让他有了杀人的念头。五点多，张顺起床退房。走出旅馆，张顺将中年男子的鞋扔进垃圾桶。

东营的清晨有些冷。张顺打上出租车，来到长途车站。接下来他如何坐上长途车又如何回到家，一点记忆也没有了。后来张顺又坐过许多长途车，去过许多地方。记忆增加的同时，也丢掉了往事。在张顺的设想中，当晚与其共居一室的本应该是牛慧。那位中年男子皮鞋散发出的气味，早已取代与牛慧之间的感情。张顺有些遗憾。

2

没踏进大学校门前，张顺就给自己定下目标，尽快找个女朋友。或许心态过于急迫，过了一年多，张顺才凤愿达成。在这期间，张顺追求过一两个姑娘，也被一两个姑娘追求过。可以用坎坷来形容张顺的大学时光，与当初的设想差距不小。虽不说精彩万分玩弄女性，可也不至于如此性苦闷。自己可以支配的时间确实多，但我们的张顺同学又不学习，除了四处求偶似乎没有更好打发时间的办法。从自己那涣散的神情中，张顺明白不需要再抱任何希望了。一天傍晚，张顺在校园里看到王艺娜。他整个人呆掉了，一股不明来历的勇气，支配着他走过去搭讪。你可以将其行为解释为孤注一掷，但张顺本人更倾向于，是爱情。活生生的王艺娜出现在他的面前，每一处都和他想象中的女朋友一致。张顺说，我想认识一下你。王艺娜吓了一跳，问他什么意思？张顺说，能给我你的电话吗？后来，张顺总是在想，王艺娜为什么会答应做自己的女朋友呢，是因为自己条件出众吗？当然不是。

关于张顺，文中唯一的男主角，我想应该简单介绍下他的情况。当然这并不能帮助你们走进张顺的内心世界,我相信你们也不在乎这一点。你们可能更关心,张顺接下来会经历些什么,最好不要太顺利。张顺搭讪王艺娜时,刚过完十九岁的生日,稚气未消,好听一点叫血气方刚,一米七的身高,置身人群中并不显眼;相貌呢,可以用规整来形容,不丑,也不英俊;喜欢看书,可以称之为文学青年;接触时间长了,你会发现这个叫张顺的人,也挺风趣,但也有人觉得无趣。

反观王艺娜,比张顺大三岁,不论身材还是长相,都应该有更好的选择,且身边不乏追求者。张顺也知道这一点,所以要到王艺娜的电话后,他只在当天晚上打过一次电话。这不重要。被爱情冲昏了的头脑恢复正常后,张顺不无绝望地意识到,追求王艺娜是徒劳的,只会让自己的生活更加难堪。不可否认的一点,即便是王艺娜莫名其妙成了张顺的女友,他也认为,王艺娜被人包养会更好一点。王艺娜的人品暂且不论,张顺只是从她实际的身体条件来考量。在王艺娜的面前,张顺是有点自卑的。奇怪的是,王艺娜也自卑。张顺听后乐了,他指着王艺娜,你都长成这样了,有什么资格自卑呢?王艺娜说她是这一两年才变成这样,以前的自己并不好看。王艺娜把以前的照片给张顺看,确实在装扮上没现在有套路。但张顺对照片中的王艺娜多了一份微妙的感情,怜惜。张顺痛心疾首,为什么没早点认识王艺娜呢。略带质朴和羞涩的王艺娜,无疑比现在成熟大方的她,更适合自己。

交往中,争吵在所难免。最严重的一次,王艺娜提出了分手。这也给了彼此深入了解对方的机会,王艺娜哭得像个小女孩,责怪张顺不够关心自己,哭诉自己虽然比张顺年长几岁,但也是需要呵护的。一番哭诉后,张顺将王艺娜拥在怀里,两个人热烈地接吻。张顺将手伸进了王艺娜的衣服里,下了晚自习的学生们鱼贯而出。他们旁若无人靠在墙角,还真找到了点言情剧里男女主人公的感觉。

到了夏天,王艺娜毕业了。毕业前的一天晚上,王艺娜同学聚会时喝多了酒。两个人坐在操场上,王艺娜靠在张顺的怀里,问他两个人以后怎么办?张顺抚摸着她的头发,避而不谈。王艺娜生气了,质问他,难道你对未来一点计划也没有吗?计划还是有的,想到自己的女朋友即将踏入社会,那么多居心不良的男人对她虎视眈眈,张顺怎能不提心吊胆呢?在这几个月的交往中,大方的王艺娜允许张顺抚摸其身体,但对隐秘的部位还是严防死守。张顺计划在毕业之前,引导王艺娜再慷慨一点,把身体交出来。只是这样的计划,张顺说不出口。男女性事,讲究的是默契,摆在台面上,就有点丢味了。几天后,王艺娜毕业了,张顺魂不守舍。又过了几天,王艺娜因找工作的问题回学校处理点事情,张顺的机会来了。

早上,张顺去学校旁边的旅馆定了房间。说是旅馆其实是将民房略微收拾了下,添置了床以及简单的电器,简陋是难免的。大一下学期,学校搬迁到这荒郊野外的新址。午饭他们在校外的大排档吃的,席间张顺还点了几瓶啤酒。饭毕,两个人有些微醺。张顺骑着自行车带着王艺娜去了附近的小河边。河边是一片小树林,春天的时候,两个人经常来,无非是躺在床单上交流感情。张顺说自己定好了旅馆,王艺娜表情暧昧,质问他是何用意?张顺说,当然是为了让你更好的休息。王艺娜笑起来,你想什么,我还不知道吗?

房间在二楼,平房,隔热效果不好。当他们走进房间时,感觉比站在太阳下面好不了多少。电风扇吹出来的也是热风,两个人汗涟涟坐在床上无奈对视着。张顺用脸盆打来井水,让王艺娜

旅馆纪实文学

擦拭。降温效果不错。他们在床上亲热了一阵,衣服还没脱掉,张顺滑精了。王艺娜看着他疲软下来的样子,捂着嘴笑起来。到了晚上,王艺娜和张顺一阵肉搏,可就是不让他进去。最后王艺娜终于松口,可前提必须是戴套。但张顺也被折腾得身心俱疲,没有出门买套的打算了。张顺转过身,半梦半醒间,王艺娜的身体贴过来,柔滑有些发凉,像是一个完整的刚从冰箱取出的西瓜。张顺打了个激灵,很快又睡过去了。

3

早上,他们决定退房。然后,张顺送王艺娜去长途车站,她该回家了。在旅馆不分昼夜的三天厮守,已使他们厌倦了彼此的身体。不仅是身体上的,更多的是情绪。再下去能怎么样,无非是继续在房间里吃饭看电视和睡觉。三天的时间里,他们只短暂出来过两次。一次是当天晚上,两个人做爱后,出来逛街。走了没多远,王艺娜肚子痛。他们就回去了。第二次是昨天晚上,他们在旅馆的下面吃烧烤。还有张顺的钱包里已经没多少钱了。收拾好行李,他们下楼。张顺脚下有点发飘,所谓的身体快被掏空了。张顺在前台等,王艺娜在外面等。她从下楼到出去一直低着头,像是干了件不光彩的事。开房的那天,她也是一个人在外面等。张顺定好房间后,叫她进来。这几天王艺娜总是把窗帘拉上,担心有人看到。旅馆在车站旁边,从外观看起来还不错。房间内设有点老旧,但相比上次在学校旁边的民房,不知道高到哪里去了。

张顺没想到,王艺娜会在他生日这天,长途跋涉过来,以庆生之名，将自己的身体毫无保留奉献出来。除了感动，张顺还能说些什么呢？作为回应，张顺也贡献出自己的身体。到了车站，张顺去给王艺娜买票。大厅里的人很多，屏幕上滚动着车次让人眼花缭乱。排队很痛苦，张顺有些烦躁，把王艺娜送走成为一件迫不及待的事情。当王艺娜终于坐上车，张顺才感到一丝的轻松。车还没走，张顺坐在王艺娜的身边陪她。两个人无话可说。一会，司机说车要开了。张顺急忙下去。太阳出来了，又是炎热的一天，四周挤满了人。车开始缓慢移动，王艺娜朝张顺挥手。张顺多次设想过送心爱的人离去的场景，无不是对方在车上拼命挥手，哭得一塌糊涂，而自己也跟着车奔跑一段距离，撕心裂肺地喊叫，企图挽留住对方。不管是火车还是汽车，它们的速度都很快，要让他们在最短的时间里见不到对方。离别最关键的是，车不要总是不走，弄得两个人挥舞了半天手，仍旧待在原地四目相对沉默不语。此时，张顺和王艺娜面临的就是这样的尴尬。原有的一点伤感，也被这拖沓的车折腾光了。张顺心里默念着，快点走吧。

车走了。张顺慌忙找公厕。经过候车大厅时，他看到一面墙上贴着治疗腹泻的广告。他冲到看厕所的老大爷面前，买了一卷卫生纸夹在腋下冲进去。坑位满了，张顺不得再忍耐一会。排泄完，世界顿时恢复成彩色的。张顺抽着烟，开始欣赏隔板上的涂鸦。其中一幅是三人性交，虽然是简单的几笔，但被勾勒得十分生动。张顺不免有些佩服此画的作者，推测他是什么身份，是一名年轻的美术生，还是郁郁不得志的阳痿老人？这时，王艺娜发来短信，内容是，亲爱的，我走了，我会想你。回复了短信，张顺提起裤子。他走出大厅，站在熙熙攘攘的人群中，点上一根烟。这时，有人往他的怀里塞了一本杂志。在返程的车上，张顺翻看杂志，里面有一篇文章，题目是"不戴避孕套，如何安全避孕"。为什么不早让我看到呢？说完，张顺把杂志扔到地上。

4

王艺娜顺利考上事业编制，成为一名小学老师。刚参加工作的王艺娜心情大好，她告诉张顺，周末要过来看他。电话里，王艺娜问，我要不要穿高跟鞋呢，穿上显得你太矬了，我还是小鸟依人比较好。所以在车站，出现在张顺面前的王艺娜穿着平底鞋，在牛仔裤的包裹下，屁股很翘。她化了淡妆描了眼线，全身散发出熟女的味道。迅即，张顺的下体硬了。张顺本以为和王艺娜在旅馆度过三天三夜后，会对她兴趣骤减。你能指望什么，当你把对方身体研习透彻，还会带着无限的憧憬让青壮的身体再勃起一下吗？但完全不是那么回事，见面伊始，张顺就想拉着王艺娜去开房。所谓年华易老，在床上虚度不正是最好的方式吗？

他们先去小饭馆吃了点东西。这两年的大学生活让张顺没有了吃早饭的习惯，王艺娜赶早班车过来也没吃早饭。饭后，他俩携手去小商品街。阴天的缘故，街上的人不多。秋风恼人，到处尘土飞扬。他们来到西边的仿古建筑群，坐在绿荫小道边的长椅上。不断有树叶从头顶落下来，街上停着一辆敞篷的观光马车，马有些无聊，不停地摆动着蹄子。刚入秋，天有些凉。王艺娜谈及工作，说现在的小孩子很讨厌，但有时也可爱，总的来说不让人省心，体罚学生是不允许的，要软硬兼施才行。王艺娜显得胸有成竹，张顺伸出手抓了下她的胸部。王艺娜说了声讨厌，把自己歪向另一边。王艺娜分配的小学有些远，在两省搭界处，治安也不太好。她和另外一个分配至此的同事，住在学校宿舍里。张顺只是在听，并不放在心上，而王艺娜说这些，也只是说说而已，并不指望自己的男友能做些什么。但张顺觉得应该做点什么，他吻住王艺娜。王艺娜挣扎，捶了张顺几下。一会，张顺悄声说，开房去吧。王艺娜羞涩地笑起来。

路过一家照相馆，张顺提议进去拍张照。照相馆里面光线有些暗，说明来意后老板说要等一会他出去拿工具。狭小的照相馆只剩下张顺和王艺娜，他们站在橱窗前，看着外面的行人。张顺从身后抱住王艺娜，亲吻她。两个人拥吻了一阵。照片出来了，他们的姿势和表情有些僵硬。背景风格也很土气，在上世纪九十年代北方小乡镇的照相馆随处可见，既虚假又严肃。两张照片都放进了王艺娜的包里。第二天上午他们在旅馆醒来已是十点多，王艺娜下午还要备课，他们匆匆告别。照片留给了王艺娜。

在这个县城，你会发现找家称心如意的旅馆是件很苦难的事。当然前提还有价廉。事情总是这样，当你特意去寻找某个事物的时候，却总是难觅踪迹。即便张顺和王艺娜已经上过床，可王艺娜还总是躲闪，怕旁人一眼看穿他们之间的关系。张顺去找旅馆，王艺娜远远跟在后面，要等定好房间后，再跟着进去。这天下午，张顺走进一家又一家的旅馆，有的环境不好有的价格高有的隔音效果不好。眼看天色渐渐暗下来，张顺有点着急。他问王艺娜有什么想法，她什么也没说。张顺决定不再找下去，去第一家旅馆，也就是环境最差的那家。是汽车旅馆，院子里停着许多卡车。北面一排两层的楼房，像是以前中学的教学楼，走廊外露着。旅馆的老板娘看到张顺又回来了，热情地迎上来。她看到王艺娜尾随在后面，笑着说，你们住这里就对了，我在派出所有人，保证安全。

他们走上二楼的一个房间，门打开有个女人从床上慌忙起身。老板娘说，来客人了，换个房间去。女的关上电视整理了一下超短裙出了门。怎么样，这个房间还可以不？张顺看了眼王艺娜，她的表情有点不悦。张顺问多少钱，老板娘说四十块钱。张顺认为这样的环境四十块钱都离谱，不过他不想再计较这些，实在是累了。

老板娘出去后王艺娜盯着刚才那个女人躺着的床单说，真脏。张顺指着房间里的另外两张床说，还有其他的。王艺娜过去看了看说，那两张床更脏。王艺娜打开包换上宽松的衣服盘坐在床上看电视，张顺凑到她的身边动手动脚。王艺娜不高兴地说，万一有人进来怎么办。张顺说，应该不会。王艺娜指着破木门说，一脚就能踹开。

他们坐在床上看电影，然后电闪雷鸣下起了雨，院子里的几棵梧桐树的树冠在狂风中东倒西歪，落叶飘洒得满处都是。他们趴在窗户边看着，真是好看极了。屋后是一排排的平房，雨水顺着屋脊哗哗地淌。张顺扭头对王艺娜说，我们做爱吧。王艺娜说，不做。张顺又说，下着大雨做爱感觉多好。

在做爱的过程中张顺发现这张床中间的部位已经塌陷，显而易见不计其数的男女曾在此云雨。他们挪到另外的一张床上躺了会，还是不太舒服，就又到了第三张床，还是别扭。雨小了，王艺娜不想出去吃饭，张顺出去买了吃的。吃完饭王艺娜想去厕所，可她不敢一个人出去。张顺陪着王艺娜到走廊尽头的厕所，厕所门坏了，里面黑乎乎的没有灯。张顺拿出手机借着屏幕的微光，王艺娜脱掉裤子蹲下让他在门外面等。半夜有人敲门。王艺娜把张顺弄醒。张顺抄起凳子问是谁？对方踹了几脚门说在这个房间住。王艺娜感到害怕，蜷缩在被窝里好久都没睡。第二天醒来后，太阳照在身上，张顺和王艺娜从对方的脸上读出了憔悴和对生活的厌倦。

5

王艺娜计划放寒假前来看张顺，届时小学也放假，她时间自由。突然有天，王艺娜刚好要到市里办点事，问要不要见一面？早晨张顺坐上去市里的公交车，半路上天空飘起了雪花。张顺心情不错，想象着和王艺娜牵手走在雪中，不乏浪漫气息。可惜雪花落地即化很快就停了，天气阴冷潮湿，地上泥泞，世界像一块穿了几个世纪从未洗过的鞋垫。走出车站，张顺在路边等王艺娜。长时间的等待，让他焦躁不安。张顺心情沮丧，冻得瑟瑟发抖。我想你也有过等人的经历，真是想死的心都有了。当王艺娜微笑着从远处走来，一切都不再是问题，让张顺等再久都心甘情愿。他们看着对方，一句话都说不出来，只是在笑。他们牵着手走在路上，像是一块除臭剂。

张顺提议去开房。王艺娜没说去，也没说不去，只说逛会街。这样的鬼天气，有什么好逛的呢？但是总要表现出对女性的耐心，这是起码的礼貌。他们走进一家面馆，点了两碗热腾腾的面。吃完后，王艺娜提议看电影。这总比在大街上挨冻强，况且他们还没一起看过电影。十年前，电影院还没现在这么普及，说是录像带放映厅更为贴切。里面弥漫着一股说不清的臭味，他们找了个偏僻的角落坐下。在另外几个偏僻的角落还有几对男女。电影开场没多久，张顺按捺不住去抚摸王艺娜。他们接吻，然后试着将各自重点部位的衣物褪掉。衣服卡住肉的感觉不好，可也顾不了这么多了。一个男的走过来，张顺急忙把王艺娜拽起来，用衣服遮住。

　　王艺娜还想看电影，但张顺一点兴致也没有了。男的事后总是情绪低落，万念俱灰。他想立刻就走，但这样显得太功利。又看了会电影，他问王艺娜末班车是几点的，要不要提前走？王艺娜感觉到张顺在赶她走，生气了。她气嘟嘟跑出去，在站牌等公交车，一句话都不和张顺说。任凭他怎么哄劝，王艺娜板着一张脸像是不认识他。此时的她让张顺想到追求她时的情形，她吸引张顺的正是这种冷艳。王艺娜对张顺笑颜相迎他不把她当回事，这都是他自作自受。还好，在张顺苦苦哀求下，王艺娜终于开口说话了，你不就是要赶我走吗，我现在就走，可以了吧？王艺娜甩开张顺的手，让他滚开。公交车来了，张顺跟着她上车。坐在她的后面。那感觉太痛苦了。张顺要怎么对她说呢，说他刚才赶她走是因为性欲得到满足，现在他元气恢复了，这其实和女的生理期是一个道理。相互理解难道就如此困难吗？你们月事来的那几天，喜怒无常，我们不也是忍而不发吗？张顺不是狡辩，确实是他有错在先。到了车站，想到王艺娜即将离他而去，张顺痛不欲生。他紧紧抱住王艺娜，她可算是笑了。张顺心里松了一口气，可他还是喜欢冷艳的她。

　　这天晚上，他们都没有回去，在车站旁边找了一家旅馆。太冷了，开空调也无济于事。他们穿着秋衣盖了两床被子抱着取暖，王艺娜正在生理期畏寒。张顺把她的双脚抱在怀里。他们谈了下彼此的生活，都只是一带而过，似乎没有深谈的必要。一些事情在悄然改变，他们早已有所察觉，但都不打算做出改变。他们都在旁观，甚至期盼它能快点结束。张顺抱着王艺娜哭了起来，不是号啕大哭，只是流着凄凉的泪水。不是因为爱情，更多是对自身生活的一种释放。王艺娜在想什么呢，她是否认为这是他们关系结束的暗示？这样认为也没什么不妥。张顺清楚地记得，对王艺娜提出做爱，这很自私，也便没有强求。虚无笼罩着他们，二人进入各自的睡眠中。

6

四月份，毕业生需要回老家实习。几百公里的路程，张顺临时决定骑自行车回去。早上收拾行李，张顺临时决定带上被褥。把衣物塞进编织袋，捆绑在自行车的后座上。阳光明媚，张顺心情开阔。路两旁的树长出了树叶，风吹着飒飒作响，一切都是春天的味道。下午一点多，张顺骑到泰安和曲阜的界碑。他在路边的包子铺匆忙吃了几个包子。

张顺的身体充满力量，他很兴奋，但疲劳很快就来了。午后的阳光少了些尖锐，弯曲的油柏路，在车轮下没有尽头。路上的车不多，偶尔有大货车呼啸而过。张顺刻意把路程伪装得充满乐趣，经过一个水坝，他下车走到水坝边，看到宽阔的水面，路边停着几辆汽车，悠闲的中年人正在钓鱼，他们游刃有余的生活姿态让张顺很不舒服。张顺告诫自己这不是轻松的旅行，他要在三天之内回家，不然身上的钱就花光了。风越来越大，太阳离地面越来越近，张顺感觉到了凉意。潮湿的衣服贴在皮肤上，风吹得张顺有点头疼。

在一座大桥上，几辆拉砖的拖拉机从张顺后面赶上来。最后一辆拖拉机开过去的时候，张顺赶上去抓住后车板。风吹着砖头的碎屑打在脸上，但他没有松手的念头。后来张顺看地图，拖拉机带着他在地图上走了三四厘米。下午五点,张顺进入泰安市区。天空乌云密布,大风骤起,空气中混淆着大雨之前的水汽。张顺蹲在一所大学门口对面休息,三五成群的学生从他面前走过。孤独是条动作迅猛的蛇,瞬间将张顺缠绕。

张顺感觉自己有点发烧,他走进路边的小诊所。医生给他开了药。夕阳被乌云遮住,雨随时都会从天而降。张顺在一个喧嚣的市场买了水煮花生和两个馒头,又买了几斤橘子。他在沿河的路上慢慢骑着,河沿上栽着的柳树在风中挥洒着茂盛的枝条,像少女的长发。张顺把车子推上河沿,蹲在上面,看着路上表情麻木赶着回家的人们。晚上八点多,张顺经过灯火透明的开发区来到人烟稀少的郊区。

这天晚上,张顺是在路边没建好的民房里睡的。铺好毯子,枕着发霉的衣服,张顺在被窝里啃馒头。他饿坏了,狼吞虎咽,连喝水的时间都没有。雨在下,旁边的公路上货车一辆接一辆地驶过。嘈杂中,张顺裹紧被子,晕沉地睡着了。半小时后张顺醒了,一条短信,王艺娜问他到什么地方了?瞬间整个世界充斥着张顺对她的思念。张顺像是块骨头,等着狗来叼走。

早上,雨停了,张顺呼吸着新鲜的空气上路了。在拖拉机的帮助下,张顺很快到了范镇。九点多,张顺蹲在路边的土沟里吃了昨晚剩下的馒头。在地图上张顺测量出范镇至莱芜市区的距离,决定走小路,范镇——寨里——口镇——博山。在范镇——寨里这段路,张顺给王艺娜打了个电话,喋喋不休对她说路上的事情。她不停地迎合着张顺亢奋的语调大笑。她让张顺注意安全,及时汇报行踪。张顺感觉他们又和好如初了。在一个村庄的集市上,张顺买了几个苹果,并在修车摊上补车胎。阳光灿烂蓝天白云的野外,张顺悠然地推着自行车。在寨里——口镇的路段，张顺迷路了。中午，张顺和一个老汉结伴骑了几里路，他说自己的老伴在住院，儿子又出了车祸，要去亲戚家借钱。他愁眉苦脸满头的白发在阳光下格外刺眼，抽着烟似乎有一肚子话要讲。在一条河边，张顺给王艺娜发了条信息，描绘自己站在河边所见所想。一条公路延伸进远处的山中，路两边是大片枯草丛生的原野。天空很低，西半天蔚蓝中的白云静止，东半天阴沉中的乌云翻滚而来。张顺努力在风中保持平衡，顺着公路，在山谷间是蜿蜒曲折的盘山路。路越来越窄，张顺在小桥上拦住一辆三轮车，车主是个三十多岁体型瘦小的男人。半小时后，他把张顺放下，说前面就是莱芜与博山的界限。在口镇——博山这段路，张顺如同迷宫转盘里的彩球，沿着山腰上的公路，滑到山下。天黑之前，张顺决定到淄川。这段路上，乏善可陈。张顺连说话的力气都没有了。到了淄川，天尚未黑透。

人的记忆在时间面前是站不住脚的，张顺想不起是怎么到达淄川的，只感觉空气越来越糟糕，地势越来越低，树木上的灰尘越来越明显。总之，到处都是尘土，这让他精神更加灰暗。张顺的心情糟透了，天黑的时候，他又冷又饿眼神空洞地望着路边，终于在昆仑镇发现了一家旅馆。

一个稚嫩的姑娘在大厅看电视，张顺说住店。一个浓妆艳抹的妇人边整理头发边从楼上下来。张顺交上身份证，跟着女人上了四楼，进入一个狭窄的小屋。这是最便宜的房间，一张单人床，一个电视机，除此之外什么都没有。张顺扔下行李，随她下楼拿暖瓶。张顺又接了点凉水，简单擦了擦身子，躺在床上看电视。在旅馆暗淡的灯光下，张顺抽着烟，想起以前不孤独的生活片段。

旅馆纪实文学　251

7

王艺娜告诉张顺她五一订婚,这时张顺正在老家镇上的初中实习。半夜醒来后,张顺再也睡不着了。第二天中午张顺到了滕州,脱下外套在路边抽烟。他按王艺娜的指示坐上去沛县的车。下了车,张顺双手攥着冷饮蹲在路边,东张西望,他不确定她会从哪边来。

王艺娜从路边的小区走出来,张顺看到她跑过去,把冷饮递给她。她说了声谢谢。张顺跟在她后面,她说我要去帮同事买晚饭。王艺娜买食物的时候,张顺站在后面倚着墙,身上一点力量都没有,他呼吸急促,心想怎么会是这样的情景?买了东西王艺娜回到车子边,说我要回去了你自己逛吧。张顺拦住她说,你不能这样,我们应该好好谈谈。她说,你赶紧说,她们还等我吃饭呢。张顺一把抓住她的肩膀要把她往怀里送。王艺娜说,你别这样,人多你注意点。张顺沮丧极了没有力气,王艺娜轻易挣脱了。

王艺娜说什么都要走。张顺说,你怎么能这样对我?他问,你们到了什么程度了?张顺观察到王艺娜脖子上的红斑。她说,已经到了要订婚的程度。张顺在想红斑是怎么来的?王艺娜的宿舍住着三个人,一个已经回家待产,另一个经常去附近男友家住,所以平时住的也只有王艺娜一个人。在某一个晚上,那男的没有回去和王艺娜在宿舍里待了一夜,也可能是在男方的家里。过几天他们就要订婚了,在这样的前提下他们早就熟悉了彼此的家庭。在张顺为红斑的事愤愤不平时,王艺娜骑上车子要走。张顺在后面喊着王艺娜,他跑上去拦住她,你等等我们需要好好谈谈。她说，你放开手，面已经见了你可以走了。张顺说，我们应该好好谈谈，王艺娜说，没什么好谈的了，我们不可能了。张顺说，你不能这样对我。她说，你这样像是要冷静下来和我谈吗？张顺说，你别走，我就能冷静下来。她说，那好吧，我们换个地方，这里人太多，我在前面走，你跟着我。

张顺仔细梳理了一下自己的行为，作为一个快要毕业的大学生，为了爱情坐了七个多小时的车来到两省的交界处见到了前女友，她就要在几天后成为别人的未婚妻。在这个人地生疏的小镇上，他被人当作瘟疫来躲避，这对这个快要失去爱情的年轻人多少残酷了些。这还不是关键，关键是王艺娜在前面越骑越快，还用余光向后看看他有没有追上来。看到这些，张顺心酸得很。她骑出了小区，来到更加广袤的天地里。阳光依旧灿烂，她骑车的样子投在街边的土地上。张顺看着四周的风景，天边的夕阳红得像是个灯笼。张顺失去了王艺娜，他已经失去她了。

张顺向东步行了几个小时，来到一座桥上。他站在桥边，望着水面，有了轻生的念头。不远处的河面上停着一艘船，甲板上有人在晒衣服。张顺抽着烟，想如果跳下去会怎么样？他不会游泳，淹死是必然的。桥有十几米高，不太可能有人会救他。张顺始终没勇气跳下去，他想到死后会发生的事。尸体被打捞上来，通过他身上的身份证，警察联系上家人。一对伤心欲绝的中年夫妇从外地赶来，看到儿子的尸体哭天喊地。他们多年来的辛勤培育付诸东流，他们将老无所依，生活失去意义。

晚上八点多，张顺走进一家小镇旅馆。一个三十多岁的妇人听到他的喊声后，从后院出来。这是个两层小楼的简陋旅馆，粉刷的墙壁已经脱皮严重。妇人走在前面领张顺上二楼，楼梯比较隐蔽，在后门靠西边的地方。由于楼梯比较陡峭，在上楼梯的过程中，她的屁股挡在张顺的脸前。看好房间后，张顺说，能别再往这里住人了吗？她说，你再加十块钱。张顺递给她十块钱。电视正直播鲁能亚冠的比赛，张顺躺在床上看。具体和哪支球队踢，张顺记不起来了。李金羽进了个球。下半时临近收官的时候，鲁能的门前风声鹤唳，张顺看得心惊肉跳，还好最后赢了。张顺睡不着，躺在床上抽烟。王艺娜发来短信，问他在哪里？十多年以后，张顺偶尔还会想起这天发生的事，每次他都及时转移注意力。所谓不堪回首，大致如此。倒不是他还嫉恨王艺娜，而是对自己面对男女感情时曾有过卑微行为的一种条件反射式回避。

8

在废弃电影院的楼梯上，张顺头枕着塑料躺在地上感觉既硬又平。塑料袋里装着毕业证、户口本、档案。张顺坐起来，拿出烟数了数。深夜，张顺蹲在区医院对面的马路上，借着微光看天空。他去商店买了饼干花去三块钱剩下三块钱，够明早回家的车费。樱下书城旁边的洗头房亮着红灯，从窗户可以看到里面女人的背影，张顺站在树后观察了一会。他决定在植物园的草地上睡一夜。七月中旬，手放在草地上感觉冰凉。一躺下张顺就打消了再起来的念头，潮湿就潮湿吧，他还年轻，骨骼健壮。醒来时手臂上被蚊子咬了个包。张顺戴上眼镜，上面蒙上一层雾。西边有人说话，两个男的坐在石凳上。不到十二点，张顺大概睡了一个小时。起身拿好东西向东走，一辆自行车停在路边，四周没什么人，张顺冒出骑它而去的念头。走到稷下书城，路边停了几辆出租车，张顺依着树干，抽着烟饶有兴趣地看着发出红光的低矮小瓦房。一根烟的工夫，张顺又回到植物园。可他怎么也睡不着了，头枕双臂自足地看着头顶的树枝。后来张顺还是不自主地困了，把双臂收缩进短袖里环抱在胸口。蚊子在耳边嗡嗡不休，草地的湿气和蚊虫让他不得不换个地方。凌晨两点多，张顺横躺在植物园的小路上。

时间尚早，张顺伸展身子，小腿有些疼。他听到女人的声音，侧过脸，一对男女交谈着从东边走来。女的看到张顺问男的这人在做什么，男的说不清楚不用管。植物园有很多路灯，矮如木桩，两米的木桩，透明的桩体，桩顶安着圆形的灯泡。桩体和灯泡一起变着颜色，张顺躺在小路上，看着西北方的路上排着的四根路灯，其中一根坏了，全身只发绿光。路北的几棵小树后面是被修理呈椭圆形的植物。从东边来了个男人，他坐在不远处的水池边，拿着手机给自己照相。那男的问张顺怎么在这躺着，很不安全。他说刚才我从西边过来的时候看到有人抢劫。张顺忙起身向他求证，真的吗？他以为张顺害怕了，张顺只是好奇。

男的说自己是附近的石化医院的医生，刚下了火车没地去。他问张顺为什么不去医院走廊的长椅上睡觉？张顺心想你既然知道有这个好去处自己为何不去？后来他说自己在马店街道那片租的房子。凌晨四点多，他说一起回去帮张顺检查一下身体。这时，他们谈话的深度已经有些亲密无间好朋友的样子。在得知张顺是刚从师范院校毕业的待业大学生时，他说自己认识教育局的领导可以帮他寻条出路。医生看着张顺的脸说你脸色很难看，张顺说一直都这样。他说你的脸色发黑。张顺问这是怎么回事？他说你自己把脉是不是脉搏跳得没有力气很虚？张顺试了试，仿佛

旅馆纪实文学　　255

如他所说。张顺问，这是什么出了问题？医生说你肝可能有问题，你的右边小腹处平常是不是疼。张顺摸着小腹说偶尔也疼。医生向张顺粗略介绍了一下肝和肾的主要功能。他说，凭你说话的声音和脸色来推断你的肝已经肿大了。张顺问，我声音怎么了？他说，声音很虚一点气力都没有。肝肿大往往牵扯着肾脏，我现在怕你肾脏的功能会受影响。张顺问，会有什么症状？他说，阳痿早泄勃起无力，严重的可能会终生不勃起。他提议一起走走找个地方坐。

他们来到树下的石凳。医生让张顺站在他面前。张顺站起来。他的双手放在张顺小腹上又按又捏又敲打，足有一分钟。他说好了，张顺坐下。张顺问，怎么样？他说，不好说，最好是找个躺着的地方让我认真检查一下。他和张顺探讨起同性恋。话题是这样开始的：他说有一天坐诊，一个男大学生问他对心理疾病有没有研究。他说，在上医科大学时有过皮毛的接触，你有什么问题尽管对我说我尽力帮你。大学生说他和同寝室的同学有过性行为。

医生问张顺对同性恋持什么态度？他说他对同性恋这一现象作过调查，他去了菏泽聊城济南等的几所高校，调查的结果是惊人的，只我们这边的理工大就有几百名学生有过同性恋行为。张顺对这个数目相当吃惊。他又说这个调查是无记名的随机抽样可信度还是比较高的。他说，我们换个安全的地方吧。他起身走在前面，张顺走在后面注意到他走路时大腿往里蹭屁股扭来扭去。张顺说，我们学校也有同性恋，男的娘里娘气的跟人妖一样。他说，你的观点不对是不是同性恋靠外观是不准确的。向西走穿过树林，他指着北边坐着依偎在一起的一对男的说，看见了吗，这就是一对同性恋。

他们在路边坐了一会,张顺又困又饿一点精神也没有。医生说,你要有空的话一起回我租的房子里去吧,我给你检查一下。走到亚洲旅社,天已经放亮。一个上了年纪的女人在街上收垃圾,整条街一股腐朽味。在破败的亚洲旅社前,医生递给张顺一根烟。张顺没要。他说,可能要等一会。说完他去了另一条胡同。张顺累极了蹲在地上。

一个老头开门。进了门是一个小院,放着杂物显得空间狭窄。老头说,客人都没起呢。医生说,先给我们另开一间房。老头打开东边一楼的屋子。进了屋,医生把窗帘拉上,拉了几次都有缝隙。屋里阴暗,分布着四张床,张顺坐在靠门的床上。医生蹑手蹑脚走到张顺身边轻声说,躺到里边的床上。张顺说,你要做什么?他说,不是说好了给你检查身体的吗?张顺脱鞋上床双手枕在头下平躺着。医生坐在一侧说,你把腰带解了。张顺解下腰带把裤子退到膝盖露出内裤。他把张顺上衣卷起,手放在他的小腹上按了按,又将一只手掌放小腹上另一只手在手面上敲打着。张顺看着在他身上发生的一切。晨光从西边门帘的缝隙中透进来,医生低着头,张顺看不到他的脸。

他用手指在张顺小腹上变化着动作,又按又打,用指头卡着肾脏的大体部位。他让张顺翻身正面朝下,手在张顺后背上按摩。他又让张顺正面朝上,双手掌心相互摩擦然后再放在他小腹的两边,张顺感觉到冰凉的皮肤上安放着两块火,温热舒服。在亚洲旅社的小屋里,张顺躺在床上,医生用循序渐进的手法逐渐向他的下体靠近。他没有突然把手伸到下面而是一步步向下探。过程中他抬起张顺的脚在脚掌上按来按去,张顺很舒服同时也感到可笑。在这漫长的检查过程中,医生神情专注。他叹气似乎对张顺的健康状况很忧虑。张顺有了感觉但不强烈,他让医生住

旅馆纪实文学　257

手。医生说，你闭上眼不要说话。张顺提上裤子穿上鞋出了屋子，在此过程中他都没看躲在暗处的医生。出门，旅社老头坐在凳子上看了张顺一眼。

9

张顺大学毕业已经两年。这两年中他只在刚毕业的时候，在某家公司工作过几个月。春天的时候他辞职，揣着一千多块钱，坐火车去了武汉。在武汉市区行走一天，疲惫不堪的他打消了徒步走回家乡的念头。他购买了第二天的火车票，在火车站旁边的小旅馆住了一夜。张顺在拥挤的火车上蹲了十几个小时，因身无分文，一路上没有进食，等下车后饥饿使他连说话的力气都没有了。这件事之后，张顺打消了走南闯北的想法，决定在家乡的这一亩三分地上终老。这两年张顺的确没有离开家乡，也很少回农村的老家，在县城租了个房子，不工作也不知道干什么。他非常节俭但却总是缺钱，这都是因为不工作，除去向家里借钱之外，就是借同学的。当然借的数目都不多，多也就几百块，朋友了解他的情况，也没催着他还钱。由于节俭，两年他也挺过来了。如果他愿意，可以继续这样过下去。现在他不想这样下去了，这另当别论。

辞职后，张顺并不是立刻去武汉，他先去两个信得过的大学同学那里待了一个星期，住在同学的宿舍里。大学中他们三人关系最好，另外两个在同一所中学任教，境遇也并不好，但也是没办法的事。这年头刚毕业的大学生称心如意的工作不好找。对于张顺的辞职，两个同学很不理解。毕业后，由于和这两位同窗好友相隔很远，逐渐不再联系。每个人都有各自的生活，大家都失去了相互倾诉的念头，主要是也说不明白，选择沉默是再好不过的。而且促成张顺这次远行的是因为女人，并非日渐萎缩的同窗情谊。自从和王艺娜分手后，张顺的生活重心就放在找个女人上，社会不同于学校，你可以说社会是个更大的舞台各色的女人你都可以接触到，这当然不假，只不过对于像张顺这样一无所有的青年人，略微有些姿色的女人不会对你正眼相看。可能你们对张顺还不熟悉，他出身贫寒，也没有令女人为之心动的长相，说他一无是处也不为过。进入社会的张顺，是一条发情的狗，四处寻觅着合适的母狗，迅速与其交媾。没有那么顺利，这些女人不是心有所属就是差强人意，张顺着急了，开始饥不择食，即使在他看来配不上自己的女人，也同样觉得他配不上自己。也不是没有机会，张顺和公司的一个女同事，曾独处一室，两个人相谈甚欢。如果张顺主动一点的话，两个人可以搂抱在一起，床就在旁边，被褥整洁，仿佛就是为他们准备的。张顺坐在女同事的身边，嗅到一股沐浴之后的体香。令人懊悔的是，张顺没有做出任何的实际行动，事后他思考过这个问题，可能是对方的个头并不令人满意，或许是她有些婴儿肥。又过了大半年，辞职后的张顺想起这个难得的夜晚，懊悔不已。若再给他一次机会，也不一定会做出禽兽的行为。很明显，张顺不善于把握机会，有贼心没贼胆，不然他也不会走到现今这一步。

说回来，张顺辞职有一部分原因是赵娟。两个人网上认识，经过几个月的热聊之后决定见面。至于见面后发生了什么，张顺绝口不提。最坏的情况，只能是张顺被骗了。我们可以进行合理的推测，张顺后来去见老同学，吃住都是他人负责，也就是说一千块钱已经花完了。赵娟把他的钱骗走了。而且他还没有把这个女的搞上床。

张顺说起他在武汉留宿一夜的细节。买好火车票后,张顺在车站附近找了一家旅馆,住进去,由于南北口音的差别,交流上大费周折。对方看着身着脏乱的张顺,服务态度并不好,一向脾气火暴的张顺忍受了下来,不然能怎么样,作为普通话不标准的外地人受点屈辱也是应该的。房间很小,只容得下一张床,张顺躺在床上抽了一根烟,起身从窗户往外看去,是个大杂院,乱糟糟的。这是武汉,在这里他没有一个认识的,这个事实让张顺很是心酸。天色将晚后,张顺鼓足勇气开门去洗手间打水。张顺端着脸盆,在走廊中走来走去,房间林立,犹如迷宫,途中他没有碰到任何人,也没有机会询问洗手间在什么地方,他越走越焦急,担心走不回自己的房间,也担心会有人偷溜进他的房间,把他那些不值钱的行李拿走。越是担心,张顺越显急躁,他走来走去,越走越快,心跳加速,这一切如同是精心为他设计的,目的就是让他在这个该死的旅馆里绕死,客死异乡是他的最终的宿命。张顺害怕了,大气都不敢喘一下,在走廊上站住,等到有人冒出来,为他指明方向。张顺等来一个女的,从某个房间走出来。张顺快步迎上去,问女的洗手间在什么地方?女的没听懂张顺在说什么,他只好调整声调用普通话重复一遍。女的还是没听懂,她失去耐心,转身走了。张顺站在原地,看着女的背影,深切感受到世界如同是眼前这个女的,从来不给自己解释的机会,一言不合就拂袖而去。

张顺没找到洗手间,他回到房间,将小便尿在空的矿泉水瓶里,然后把尿倒在窗外,窗户下面是一株绿色植物,水落在上面哗啦啦地响。下面住着人,问是谁往下泼水?对方说的是武汉方言,张顺没听懂,但大概是这个意思。对方很凶,张顺把窗户关上，没有搭话。对方骂了几句，没有了消息。张顺躲在房间里，害怕对方上楼质问。他迅速躺在床上，盖好被子，为了使自己像是睡觉，他在考虑要不要把衣服脱掉。若是不脱，不像是睡觉，但是脱了衣服对方冲进来后，不便打斗。最终张顺选择和衣而睡，他躺在床上等待敲门声，就这样睡了过去。

其他房间的住客都没在

1

交付租金后，我从步行街找了辆出租车，徐大成和我一起将电脑、被子、衣服和杂物放进车里。我对新的住处很满意，房间和徐大成之前的描述出入不大，朝阳且有阳台有电视有沙发有张床，还有网线。小杨说如果我想上网的话每个月要额外交纳三十块钱，我犹豫了一下还是没交。我的电脑实在是太破了，是我几年前花一千块钱买的二手电脑，正常状态下开机需要五分钟，如果启动失败的话需要把电源拔下来重新开机，有几次拔掉电脑重新开机也没成功，我用手掌拍打了几下机箱和显示屏又好了。总之我就是这样磕磕绊绊地用这台电脑写东西，在未来的某一个时刻，这台电脑会再也启动不了，这是肯定的。所以每次写完东西后我都要先把东西储存到优盘里，以防万一。但是我的优盘是三十几块钱的便宜货，买来之后没几天没等电脑坏掉它先坏掉了。现如今，我对这台电脑爱护有加。我不想扯网线还有一个原因是，我要克制住自己，不能把时间浪费在网络上。

2

徐大成所说的两个貌美的单身姑娘,我只见到了小杨,另外一个迟迟没有现身。说一下小杨,单身不单身另说,从外观来讲她谈不上貌美只是皮肤还算不错。五官?怎么说呢有点像我印象中的东南亚人,大额头,小细眼,塌鼻梁,宽嘴唇。小杨说这个房子她和同学马丽合租的,剩下的单间出租给我,她们是二房东。小杨还对我说她们从中加了点钱但不是很多。在见面的伊始小杨就这样对我说了,意思是明人不做暗事让我不要闹情绪。我笑了笑觉得没什么,甚至对小杨倍增好感,她是一个坦诚的人。房间月租一百五还是可以接受的。当场我就交了三个月的房租。小杨对我说,下次房租要提前一个月交。在签订合同的时候小杨又对我说了一下注意事项,希望我能遵守。这些事项包括:

> 每次用洗手间的时候要敲门确认一下里面有没有人。
> 在客厅等公共场所不要穿着过于暴露。
> 保持好公共场所的卫生。
> 最好不要在公共场所吸烟。
> 最好不要回来得太晚。
> 最好不要带朋友留宿。
> 最好不要用他人的物品,用的时候要事先征求对方的同意。

我问小杨,哪些是公共场所?

小杨说，客厅，卫生间。

我想以后上厕所的时候不能抽烟了。

签完合同，小杨交给我两把钥匙，大的是大门的，小的是我的房间的。小杨看着我说，放心，我没有你房间的备用钥匙。我本想问一下小杨做什么工作之类的，没等我开口她的手机响了，她赶紧跑回了房间。在小杨转身回去的时候，我发现她的臀部挺翘的，看得我的唾液有点多。

3

住进来的第一个星期，我没见过传说中的马丽，倒是听过几次她的声音。星期天中午我刚泡上方便面，客厅传来开门的声音然后是高跟鞋的声音然后是呼喊小杨的声音。我把耳朵贴在门上。其实，出于礼貌我可以衣冠整齐地走出去敲响她的门然后作一番自我介绍，她会友好地请我进来说话，我走进一个女人的房间会闻到淡淡的香味。她倒给我一杯水，我双手接过说了声谢谢。至于如何开口聊天我还没想好，也许马丽可以胜任这个任务。我等着她先开口，可是如果她也迟迟不开口呢，难不成我们含情脉脉地注视着然后相互微笑起身走近接吻。如果真是这般，我会在她的嘴唇触碰到我嘴唇之际果断地一把推开她，低着头说，我不是随便的男人。马丽说，你误会了，我只是想吻你一下。我说时间来不及了我的小说还没有写完我们还是抓紧时间吧，我脱掉马丽的裤子把她摁倒在床上。

具体是星期几我忘记了，晚上我突然肚子痛，跑出房间直奔卫生间，卫生间的门紧闭着，我敲了敲，一个女的在里面说，有人。我说，对不起啊。我回头往房间走然后又停了下来。我仔细想了想从卫生间传出来的声音不是小杨，不过有没有可能小杨在努力拉屎的时候声音发生了些许的变化，这是有可能的，不过我还是决定试一试。我又敲了下卫生间的门。有人，里面有人。里面的人有点烦躁。我说，不好意思啊，你是不是马丽？马丽说，对啊，我是马丽，你是谁？我说，我是王东，刚搬进来不久。马丽说，哦，你好。我说，我听小杨说起过你，但是总是没机会见到你。马丽说，你还有事情吗？我说，我没什么事情，就是刚才肚子有点痛，现在好多了。马丽说，如果你没什么事情的话你先回房间，我的事情还没完，等我忙完了我会告诉你的。我说，不用客气，你不用着急，我憋得住。马丽说，旁边有人和我说话，我拉不出来。

我在客厅里站了一会，想等马丽从卫生间出来和她点头打个招呼，不过这时候我的手机响了，就回了房间。等我接完电话，我的肚子又痛了起来，比刚才更厉害，我捂着肚子敲了敲卫生间的门，里面没有人说话，我推开门蹲在马桶上，一股臭烘烘的味。

4

根据马丽的声音，当然她的声音很好听。不过从男性的角度出发，异性的声音基本上都很好听，除非是公鸭嗓子，还好这并不多见。我认识到的有公鸭嗓子的女人也就一两个，首当其冲的当然是张柏芝，她的声音实在是太难听了，还好她长得好看，这多少会让人忽略她那嗓子。我的一个高中女同学也是公鸭嗓子，可她还是个话痨。

但是人的幻想总是倾向美好。马丽是美丽的，这在我看来是肯定的。通过几次接触到马丽的声音，我的脑壳里已经勾勒出她的具体形象。我甚至动笔把马丽写进我的小说中。

5

在小说里马丽唤作张迪，和名叫杨文菌的男的合租一套房子。他们的房间紧挨着，熟络了之后两人发生了性关系。但是杨文菌只是逢场作戏并不打算和张迪长期交往下去，张迪一怒之下偷了杨文菌的身份证索要两百块钱作为分手费。杨文菌恼羞成怒用锤头打死了张迪，他翻遍了她的房间也没找到自己的身份证，然后就逃跑了。几天之后，张迪的尸体发臭被人发现。警察经过调查了解到杨文菌和张迪交往过甚，并在张迪的内裤里发现了杨文菌的身份证。与此同时杨文菌已经失踪不见，警方锁定他有重大作案嫌疑。至此，故事要如何发展下去，我还没有想好。警察到底抓没抓到杨文菌呢？我也没想好。我想故事不应该这么简单，也许张迪并不是杨文菌杀死的。杨文菌是用锤子敲了张迪的头，不过张迪并没有死，只是晕了过去。杀死张迪的应该另有其人。具体是谁杀死了张迪，我准备在看到马丽的真实面容后再向大家作个交代。

6

夜里十一点多，房间里只有电脑屏幕发出的淡光。我坐在电脑前写到张迪被人用锤头打死。我按下回车键另起一行，鼠标所指位置的横杠在一闪一闪，然后我的眼泪掉了下来，我强忍着，一部分泪水流入鼻腔又进入口腔，我咽下去，咸咸的味道。流出来的泪水顺着我的脸颊掉下来，然后我把头埋在手掌里，漆黑一片。我确定我不是突然才感觉孤独的，只是孤独和张迪相遇，让我再也无法欺骗自己。也就在此时此刻，我非常想向一个人表露心迹，谈一谈我的生活以及我的孤独。

我从手机通讯记录的已接电话里看到没储存的号码，时间是在晚上十点四十五分。这并不是一次愉快的聊天过程，当时我正在写小说，电话响后我接起来没开口，过了几秒钟对方也没开口，我问是谁？你可能不知道很少有人给我打电话，大多数时候手机对我来讲只有看时间的功能，偶尔手机响我会感到惊慌失措。我接起手机放在耳边沉默等待着对方先说话，对方说，是我。我说，你是谁？对方说，你把我的手机号删了吗？我说，你是谁啊？我有点不耐烦。对方说，你没听出来我是谁吗？我说，没有。对方说，你最近还好吗？交流几乎没办法顺利进行下去，当对方不说名字而你却判断不出对方是谁的时候，双方就会很尴尬。我还要说的是金文文给我打电话的时机的确不太对，我当时的感觉刚好，写得还很顺畅，这很难得。挂掉电话后，我抽了一根烟在电脑前枯坐十几分钟也没找到之前的感觉。

金文文问我在干什么？我说我在写小说。金文文问，你没找工作吗？我告诉你我已经烦透了别人问我工作不工作的事情，所以金文文此话一开，我就没打算再配合她说点别的什么话。尔后，金文文又问我找女朋友了吗？我说已经找了。她在电话里停顿了一会，显然她不知道接下来要说什么了。我问你找男朋友了吗？金文文说还没有。我说你应该找一个男朋友照顾你的，一个人多不好啊。金文文说我会照顾好自己的。我说那也可以。金文文想了想又说，这么晚你还不睡觉吗？我说，你不是也没有睡觉嘛。金文文说我要睡觉了。我说你给我打电话还有其他的事情吗？她想了想说了句，希望你幸福。我能听出来她在说这句话的时候几乎是哽咽的，没等我再说一句话她就挂掉了电话。

现在我找出了金文文的电话，想打给她，可是上次的聊天让我不知要对她说些什么。现在已经接近十二点，她应该睡觉了。有一次也是挺晚了我给金文文打电话，她接了电话后说出一个绵长的，喂。我说，你睡觉了吗？金文文说，嗯。我说，那你好好睡觉吧。金文文说，嗯。我说，有个事要告诉你。金文文说，嗯。我说，先不说了。即便我找出很多的理由不给金文文打电话，但是我的内心还是想给她打电话的，所以我最终还是打了电话，只是对方已经关机。

7

如果我找到一个完美的倾听者，我要倾诉的是我需要一个女人，甚至不止是一个。在住进来之前我想我会和小杨和马丽友好地相处。而现在我和她们两个只能算是相敬如宾，而马丽我还没见过。也就在刚才，马丽作为张迪在我的小说中让人给杀了，连我都不知道是谁杀的，今天晚上我就要把杀手给揪出来，不能让马丽就这样白白死掉。你不知道，马丽死得实在是太惨了，脑袋上被敲了个洞，估计是用洋镐干的，一个不是多大的洞，碎掉的头盖骨插在了大脑皮层里。我想想，景观就像你用洋镐敲在椰子壳上。

大热天的，当张迪被人发现的时候已经臭了，腐肉味很重。按理说张迪的尸体应该早被发现的，只是她租住的房子在二楼，楼下是附近小吃街倾倒食品垃圾的地方。即便是你关闭着门窗，腐败的味道还是飘了进来。张迪死后第二天开始发出臭味，合租的住户闻到腐肉的味，以为是楼下面的垃圾也就没太在意。又过了一天味道越来越大，他们才开始怀疑。开门后，他们看到张迪趴在地上，一只脚靠在墙上，嘴巴边上有摊呕吐物。

写到这里，我的眼泪流下来。我真希望我能生活在小说中，这样一来我就会出现在张迪的身边，阻止她遭遇不测。

如果再给张迪一次机会的话，我想她会选择换个小区租房子，这样就不会遇到杨文菌。不和杨文菌住在一起，就不会和他发生性关系，不发生性关系的话就谈不上分手，不分手的话张迪也就不会拿了杨文菌的身份证然后索要二百块钱的分手费。张迪并不是一个不讲道理的姑娘，她虽然身材不错模样俊俏但并没有像大多数从农村进城的姑娘一样去洗浴中心或者KTV之类的场所谋份差事，相反她一直洁身自好勤俭节约勤劳致富。只是，张迪碰到了杨文菌这个畜生。一开始张迪是真的有点喜欢杨文菌，在她的面前他表现得很有礼貌而且很会关心人。可是上了几次床后，杨文菌和之前判若两人，他明确地告诉张迪，想和她长期建立炮友的关系。

张迪和杨文菌所住的小区被一条商业街分为东西两部分，在东西两部分上分别有数条混乱的小商业街，商业街上分布着多家网吧歌厅以及饭馆。这个小区在本市是出了名的乱，由于地处市中心且房租便宜，外地的青年男女大都居住在此。我经常在本地电视台警方在线的栏目中看到这个小区发生命案以及抢劫斗殴等刑事案件。张迪被杀的原型故事也是我在电视上看到的，不同的是，警方认定为杨文菌为杀人凶手，而我并不苟同。事情，没那么简单的。

8

第二天我还在睡觉，听见有人敲门，我问是谁？对方说，你好，我是马丽。我立刻起身一边穿着衣服一边问，有什么事吗？马丽说，我用一下阳台。我说，哦，你等会。我打开门，看到马丽抱着被子站在我的面前，她笑容灿烂，比房间里的阳光都灿烂。她的牙齿很白，她的皮肤很白，只是她的眼神有点躲闪，害羞。她说，对不起啊，打扰你睡觉了。我说，没事。我知道我的头发很乱，估计她能看到我眼角的眼屎，这是肯定的，我每天都能从我的眼角上抠出很大的一块眼屎。我就这样和马丽会面了，一点都不理想，我的房间里很乱，还有股宿睡后的味道，烟味和臭脚丫的味道混合着。

马丽抱着被子说，我用下阳台晒一晒被子。我说。好，随便用。马丽抱着被子走向阳台，我从后面看到她穿着松垮垮的睡衣。我认为穿睡衣的女人最性感，比穿丁字裤的女人性感多了。丁字裤只给人诱惑，可是穿睡衣的女人就不同了，她带给你的是舒服的生活气息，睡衣里面不穿胸罩，这样的一个女人依偎在你的身上，你可以轻松地摸到柔软的乳房。我盯着马丽的身体还有淡白碎花睡衣，我看到她把被子搭在阳台的晒衣绳上。阳光照在她的身上，在她抬手的瞬间，她的细腰露出来。我的心好舒服。放好被子后，马丽冲我笑了笑走出房间。我关上门，走到阳台，趴在她的被子上闻了闻，一点都不臭，还有点香味。我用手摸了摸，又把整个脸放了进去。

9

马丽从我的房间走后不久，我就开始收拾房间和打扫卫生。我端着盆子去卫生间洗了个凉水澡，我憋着气一盆一盆把水浇在身上，过了一会体温占了上风，镜子上蒙着雾气，我用手指擦了擦，我看到镜子里的自己两眼深陷，闪闪发光，没有一点眼屎。回到房间，焕然一新的我坐在电脑前，打字。

因为两百块钱，杨文菌和张迪发生了激烈的争吵。杨文菌冲到已经废弃的厨房里，从柜子里找到一个锤子或者洋镐。他看到张迪跟着他走了出来，就把她拉到房间里，关上门，没等张迪来得及反应，锤子已经落到了头上，疼痛来得太突然了，张迪立刻就尿了。杨文菌扔下昏过去的张迪跑了。张迪死前见到的最后一个人并不是杨文菌，不知道过了几个小时等她感觉有人在她身上乱摸的时候眼睛勉强睁开一条缝，看到一个男的蹲在她的眼前，她想大声呵斥，说出来的话如同不成功的屁。男的很镇定，扒拉着张迪的脑袋，瞄准杨文菌之前在张迪头上留下的洞，又砸了下去，只是弯钩锤子或者洋镐勾住了张迪的头盖骨，即便男的用脚踩着张迪的脑袋用力拔，也没拔出来。

10

揭晓谜底，张迪是李奎杀的。

现在我面临的选择是，要不要让警察查明真凶，要不要让杨文菌被抓，要不要让李奎被抓？这三者之间的关系很微妙。假设我让警察查明真凶，便会还杨文菌的清白，他就不用隐姓埋名下去，但是按照小说中我给杨文菌设定的性格，他肯定不会去自首，这样一来只能让杨文菌被警察抓住。

抓住后，警察问杨文菌是用什么把张迪打死的？

杨文菌说，用锤子。

警察问，打的哪里？

杨文菌说，头。

警察又问，打了几下？

杨文菌说，一下。

警察说，还不老实，你明明是敲了两下。

警察把张迪死亡现场的照片扔到杨文菌的面前，你自己看看。杨文菌看着照片哭了起来，哭得很伤心，一边哭一边说，我没想过要杀她的，我没想要杀她的，我真的没想要杀她的，真的我真的没想要杀她。等杨文菌冷静下来后，他又说，我真敲了一下，而且我记得锤子也没在头上，我不记得锤子还在张迪的脑袋上。

11

我还是不打算让杨文菌被抓。依照我给杨文菌设定的性格，只要让他三天不合眼不睡觉，他就会崩溃会立刻求饶。保证不了睡眠，是多么痛苦的一件事情。为了能睡个安稳觉，杨文菌什么都能答应。

如果让杨文菌的第一锤子凭空消失掉，只剩下第二锤子，这样杀死张迪的凶手就是另外一个人，李奎。要知道，在我要写的小说中杨文菌和"我"的关系不错，是我最好的哥们。请大家忽略掉杨文菌，他根本不认识张迪，也没和张迪发生性关系，更没有因为和张迪分手的事情一锤子把张迪砸晕。是的，和张迪有瓜葛的是李奎。

忽略掉杨文菌后，我的心情好了很多。我离开电脑走出房间，看到小杨正坐在沙发上吃着苹果看着电视，她看到我走出来笑了笑，我也笑了笑。她伸出手中咬了一半的苹果问我要不要吃？我说不吃。小杨说吃一个吧，我这里还有很多。正说着，小杨从沙发上起身穿上拖鞋回了房间。我从卫生间出来后，小杨双手抱着四五个苹果要给我。我说真不要真不要。你快点拿着吧，我这样很累的。我接过苹果然后坐在沙发上，想和小杨聊会天。

我问，这演的什么呢？小杨说，我也不知道，刚看。我问，好看吗？还行吧，小杨吃着苹果说，你整天躲在屋里干什么呢？我说，没干什么。小杨说，不说算了。我说，写小说。小杨张开嘴看着我，咬碎的苹果还在她的嘴巴里。我说，怎么了？小杨说，作家啊你。我说，不是，不是。小杨，你整天就在屋里写小说啊？我说，反正也没其他的事情做。小杨说，那你写完了给我看看。我说，其实我还会唱歌。小杨说，那你唱首歌给我听吧。我起身，其实我做的菜挺好吃的。小杨说，你还会做什么？我说，我觉得我很会照顾人。小杨问，你会按摩吗，我颈椎经常疼，要不你现在给我按按。我说，不行。小杨看了我一眼什么话也没说回到自己的房间。

我回到房间，坐在电脑前吃着苹果，我好久没吃水果了，这几个苹果我一口气就吃完了，我的肚子饱饱的，身体也舒服了很多。我觉得我身体里缺少维生素,这几天又有长口疮的迹象。我点上一根烟在床上躺了会。我闭上眼睛,想了想杨文菌。如果杨文菌和张迪没有瓜葛的话,接下来他应该怎么样呢?关于他接下来的戏份我不知道怎么写,让他突然死掉也不太好,不死的话留着也没什么用。最好,最好杨文菌还是给了张迪一锤子,然后他就逃亡了,杳无音讯。

12

经过反复的思考后,我还是决定让警察查不到真凶。原因很简单,查真凶实在是太麻烦了,不仅劳民伤财而且还会让整个事情变得更加复杂。我只是简单想了一下警察抓到嫌疑人后事情的发展就觉得麻烦得不行。只是警察审讯嫌疑人这一件事,就让我很头疼。而且还会让我这篇通俗有趣的长篇小说显得太沉重了,而且对侦探类的小说我还没能力把握好。千头万绪啊真是。我想让这篇小说的读者觉得轻松,本来,我是要这本小说轻松地出版,带给我点钱花,搞得太隐晦了不好。不了了之,也挺好。

警察抓不到真凶,永远也抓不到。也许等到二十年后这个案件过了诉讼期后,四十多岁的杨文菌可以投案自首,让自己心安理得一些。到那时候我也四十多岁,我想那时的我就有能力把握住侦探类的小说,我可以把杨文菌二十年的逃亡搞成一本小说,应该还挺不错的。

我接到杨文菌的电话。我说,这几天跑到哪里去了打你的手机你也关机你知不知道我们多么担心你啊,我给你家里打电话你妈说你也没回家,你现在在哪呢?你妈让你回家一趟。杨文菌说，我回不去了，我现在在外面呢。我说，你在哪呢，这号码不是本地的，你跑到外地去干什么？杨文菌说，我在逃亡。我说，这玩什么呢，逃什么亡呢，你是不是去流浪了，也不喊上我，我跟你一起啊。杨文菌说，不是流浪，是逃亡。我说，你为什么一个人逃亡，连个招呼都不打。杨文菌说，你别这么啰嗦了好不好，我有事跟你说。我说，什么事？

杨文菌说，你还有钱吗？我说，你要干什么？杨文菌说，我没钱花了。我说，我哪里有钱，我的情况你又不是不知道，我这几天给你打电话还想向你借钱呢，我都没钱交房租了。杨文菌说，我哪里有钱借给你，我的情况你又不是不知道。我说，那你跑到外地干什么？杨文菌说，不是和你说了吗，我在逃亡。我说，逃什么亡啊，赶紧回来吧你，我们一起找个工厂下车间，现在的普工月薪都三千啦。杨文菌说，没办法回去，我杀人了。我说，什么？杨文菌说，我杀人了。我说，我×真的假的啊？杨文菌说，真的。我说，抢了多少钱？

杨文菌说，你傻吗，我要是抢着钱的话还跟你要什么钱我早就给你钱了。我说，我傻还是你傻，没抢到钱你杀人干什么？杨文菌说，别问了好不好，你真烦人。我说，那你现在打算怎么办？杨文菌说，我能怎么办？杨文菌哭了起来，我这几天都在吃垃圾睡大街，你想办法给我点钱吧。我说，既然这样你还逃亡干什么，快点回来自首吧。杨文菌哭诉着，我一回去就会死的。我说，不会的，我刚在网上看到了一个消息，今年在十一月十一号之前自首的罪犯会宽大处理的，你赶紧回来吧。杨文菌说，真的假的？我说，真的，网上和报纸上都登了。杨文菌说，那我也不能回去啊，我这是杀了人的。我说，那你逃亡要逃到什么时候啊？杨文菌说，不知道，看警察的能力啦。我说，你说你在什么地方，我过去看你。杨文菌说，不用了。我说，你等我筹集路费过去看你。杨文菌说，我过几天就去别的地方了。

我的眼泪掉了下来，兄弟，那你在外面多保重，照顾好自己。杨文菌说，嗯，我会的。我说，那我们来生再见，来生我们再做兄弟。好的，杨文菌又哭了起来。杨文菌说，帮我照顾好我的父母。我说，放心吧，我会的。杨文菌说，你真的没钱吗？多少你也给我点应急啊。我说，真没有，长途电话费也挺贵的，你留着买个馒头吃吧，没事你也别给我打电话了，小心被警察抓到。

挂断电话，杨文菌问坐在柜台后面的老头，多少钱？老头缓慢起身看了一眼显示屏，五块钱，杨文菌说，这么贵。长途当然贵，老头说，五块一毛八，我只收你五块。杨文菌从口袋里拿出十块钱放在柜台上，然后盯着玻璃柜里面的香烟，有很多他从未见过，很美观，还有精装的雪茄。老头把五块钱放在玻璃上。杨文菌指着其中一盒烟问多少钱？二十。他又指着另一盒，这个呢？三十五。这个雪茄呢？十五。里面多少根？三根。老头说，你究竟要哪种？杨文菌说，我看看。老头说，不买就走开，看什么看。看看都不行吗？不行，老头坐在椅子上抬头直视着杨文菌。他缺乏年轻人好勇斗狠时的怒火，但自有威而不严的庄重感令对方皮肤发凉。当杨文菌想转移视线时老头眨巴了一下眼，仅仅是这可以忽略的眨眼，事态发生改变，说是急转直下也不为过。杨文菌意识到在他面前的不过是年过花甲的势利老头，作为一个壮年小伙没有理由心生胆怯。他顺手拿起柜台上的五块钱朝老头扔过去，给我拿盒烟。面对迎面而来的纸币，老头又眨了下眼，担心飞过来的是块砖头。但见纸币在空中飘了一会落在柜台后面的地上。老头仍旧端坐在椅子上，没有弯腰捡纸币的打算。

老头说，没有五块钱的烟。杨文菌看着对方，那你有多少钱的？最低六块。杨文菌说，那我不买了。老头没答话，把目光转向别处。杨文菌两条胳膊放在玻璃柜台上，头前倾靠近老头的耳朵，我说我不买了。杨文菌又重复一次，我不买了，把钱给我。老头仍旧没有反应。杨文菌敲了下玻璃，你妈×的我让你把钱还给我。老头甩手打了他的头。没想到这个老家伙的手劲还挺大，杨文菌感觉脑袋发懵。出于本能或者是害怕老头有后续的危险动作，杨文菌挥舞着拳头打过去，但是什么也没有打到。老头依旧坐在椅子上，和先前唯一的不同时他的脸开始红涨喘着粗气，你吃屎了吗？杨文菌问，你说谁吃屎，我打不死你。老头说，你动我一下试试。杨文菌说，我动你怎么了，把你儿子和儿媳叫过来，我当你儿子的面×你儿媳。老头抓起旁边的电话。杨文菌说，你给谁打电话？老头没回答，杨文菌夺过电话，我问你给谁打电话？老头说，我报警。杨文菌死抓着电话，你报警干什么？老头两只手攥住话筒，你是不是杀人了？你刚才打电话我都听见了。杨文菌说，放屁。老头说，我看你就不是什么好东西，杀人犯。杨文菌说，杀人犯你也敢打信不信我弄死你。老头放弃电话大声喊道，杀人啦。

没等老头喊第二声，杨文菌扑过去，两人一同跌倒在柜台后面的小过道上。他用手摁住老头的头往地上撞，直到他任何声音都发不出。杨文菌捡起地上的五块钱，跑出去，没跑几步他感觉不对折返回来。老头还躺在地上不省人事，他拽起胳膊将其拖到里屋。杨文菌四处找工具，砖头也行，最好是有把刀子，绳子也可以，都没有那只能用手掐了。他两只手放在老头的脖子上，开始用力。

外面有人在喊，有人吗，有人在吗？杨文菌住手，走出去，一个人站在柜台外面。杨文菌说，买什么？对方说，换人了，老大爷呢？回家了。杨文菌随口说。对方问，你是他儿子吗？孙子，杨文菌说，我是他孙子。对方指着柜台下面的烟，这个多少钱？杨文菌说，你说多少钱？对方没说话。十块钱。杨文菌把钱放进口袋里，目送那人走远后他从柜台里拿出雪茄，不好抽，有股臭味。杨文菌又从冷藏柜里拿出一瓶饮料，喝了几口才勉强将先前的烟味冲走。

杨文菌坐在椅子上看着周围的一切，心生倦意。里屋还躺着一个人等他去杀，如果他想的话，最好是快点行动，可是杨文菌想再坐一会。可以肯定的是还会有人来买东西，他还可以收到点钱。不知道老头醒来后能不能原谅自己的过激行为，如果允许的话他可以给他下跪并且叫声爷爷。在这个地方卖东西也不错。杨文菌抽完雪茄后站起来向里屋走去。

13

出于私情，我把杨文菌放生了。但是李奎不行，他实在是罪大恶极，毫无理由杀死了张迪，连作案的动机都没有。警察发现张迪尸体的当天，勘查现场，令人失望的是在房间的地面上没有任何人的脚印，连张迪的脚印都没有，甚至连灰尘都没有，到了一尘不染的地步。插在张迪脑袋上的锤子，把柄上也没有任何人的指纹。毫无疑问，地面已经被人用拖把抹过，锤子把柄也是如此。警方的压力很大，他们这次面对的是一个有反侦察能力的犯罪高手。据报案人即隔壁的住客李奎交代在案发当天也就是法医推断的前天的中午时分，他在房间里睡觉但是没有听到打斗和争吵声。其他房间的住客都没在。

以下是警察问询李奎的谈话记录。

警察：你白天在房间里睡觉？

李奎：我晚上在网吧通宵，白天睡觉睡得很沉，我从小睡觉就很死，打雷都吵不醒我。

警察从网吧调出当晚的监控录像，李奎的确在网吧上网。

警察：你见过杨文菌吗？

李奎：见过几次，不是很熟。

警察：你们住在一个房子里，平时不交往吗？

李奎：不怎么见面，也就是最近见过几次。

警察：为什么最近才见过几次？

李奎：我刚丢了工作，经常去网吧通宵，杨文菌好像也没有工作也经常通宵，这几天我们经常一起买了早饭回来吃。

警察：你对他印象怎么样？

李奎：不是太好。

警察：为什么？

李奎：他挺凶的，有次我还见他打过死者。

警察：你还了解杨文菌什么情况？

李奎：一无所知。

警察：你好好想想。

李奎：他不太讲卫生搞得客厅很乱。

警察：赶紧找个地方上班吧，别在外面瞎混。

李奎：我过几天就去上班。

警察：有什么细节想起来了，再告诉我。

李奎：好的。

14

毫无疑问,李奎是个性变态,还有恋尸癖的倾向,可他又不敢去杀人。当他进入张迪的房间看到张迪倒在血泊中,不由得激动和兴奋。他脸上露出甜蜜的笑容,真想大喊一声。他关上门,手放在张迪的胸前,刚要解开衣服,张迪的手动了动,眼皮睁开,看到的脸,她的手软弱无力地摆了一下。李奎惊慌了,他没想到人还活着,顺手拿起锤子敲了下去。杀死张迪后,李奎跑回了自己的房间,等心情平复后,他拿着拖把和抹布又走进房间。处理好现场后,李奎回到自己的房间,但是一直惦记着隔壁张迪的尸体。张迪确定无疑是个死人了,一具死尸正在隔壁的房间。作为一个恋尸癖,李奎应该走过去和张迪友好地相处,但是杀人后他感到恐惧和害怕。一天之后,恐惧感逐渐消退,当他鼓足勇气打开张迪房间的门,闻到了恶心的尸臭。又过了一天,李奎报警。

至此,小说中杨文菌这条主线已经结束。我穿上衣服去超市买了些方便面和火腿肠,在水果区我发现猕猴桃挺新鲜的,买了几个。

15

昨天晚上十点多我上床睡觉,关上灯,我钻进被窝里,被子有点凉。这个被子我已经用了三年,在家的时候我就盖它,后来我搬到外面住也一直带着它。夏天我把它收起来,秋天一来我就把它拿出来，盖在身上真的很舒服。现在它舒服依旧，只是被罩有点脏，不过我也不想洗。我试过要洗被罩，我把被罩取下来盖了盖被子，觉得没有之前有被罩的时候舒服，我就又把被罩套上了。秋天来了，我在被子里，感觉凉凉的，这是个双人被，一个人盖有点大，我应该起身开灯把被子整理成只能容纳一个人的空间，可是我已经躺下来，我实在不愿意再起身，我想再过几分钟我的体温就会温暖了被子然后被子带着我的温度再温暖我。我蜷缩在被子里，想要尽快地入睡。现在让我留恋的事情也就剩下睡觉这么一件了，一想到能睡觉，我就觉得还是挺美好的。我感觉脸上有点痒，我抓了抓脸，又动了动身子，还是有点痒，我抓了抓被子，没有用，还是有点痒。我从床头拿着手机借着屏幕的光看到被子上有根头发，我拿着头发扔到床下面。我又掉头发了，不是一点一点地掉，而是到了脱发的地步。这几天每天早上我都在枕头上发现很多的头发，先不说这个了，对于掉头发这件事我没有任何的办法。昨晚我十点多就上了床，可是我没立刻睡着，我的被子很凉，过了几分钟，我的被子还是很凉。我平躺着，眼睛睁开看着黑夜，房间真黑，一开始和我闭着眼睛一个样子，后来我能模糊地看到一些东西。

16

有天晚上，我从外面回来站在门口拿出钥匙，光线不足没找准。门突然打开，一个穿着警服的人站在我面前。我把手放在眉骨的位置想看清对方的脸，由于逆着灯光没能如愿。我抬头看了眼门牌号，我没有走错。我站在原地看着对方，一只手提了提裤子。对方问我是不是住在这里？我点头。他说，这里有人被杀了。我张开嘴巴等他接下来的话。死人了你要不要进来看看？你应该认识她，还在屋里的地上躺着，你还没见过死人吧，机会难得。我往前走了两步，他立刻拦住我，你认为是谁死了？我说，我怎么知道？他说，你可以猜一下，你肯定有个自己的判断，里面的两个姑娘你都见过。我说，是小杨吗？对方摇头。我说，那就是马丽。马丽走出来推开警察，让我进去。穿警服的家伙拍了下我的肩膀，跟你开玩笑，别介意。我擦了擦头上的汗，走进屋，看到客厅的桌子上有很多好吃的菜。小杨让出沙发的一角，示意我坐下。我说我在外面吃过了，让他们继续吃。小杨拽住我的胳膊，没有办法我只好坐下，拿起筷子吃了几口。小杨说她给我打过电话，但是停机了。我说不知道，拿出手机看了一眼。

对于古永，我应该多说点什么。他是警察，还是马丽的男友。除此之外我并不想多讲，起码此刻是这样的。古永的手机响了，然后就走了。我的腿还没站直，他又把我按到沙发上。古永站在门口说，不用送。我点上烟，然后马丽说她吃饱了走回自己的房间。我刚才真以为马丽死了，小杨笑起来说我刚才的脸色泛白。这应该不至于，我走到卫生间照了下镜子，的确是有点白，但是看起来挺好看的。或许是夜晚光线的原因，不管怎样我的心情好转，有了喝酒的兴致。我询问马丽的情况，她的情绪不太对。小杨说你可能是生理期来了。我去厕所查看过，马桶旁边的垃圾桶里没有用过的卫生巾。入住至今，我没看到过用过的卫生巾，你们作何解释？我曾在很多场合看到过它们，它们的主人必定是漂亮的，可是苦于无法将其对号入列。你和小杨的卫生巾去了哪里？我不是变态对于这样的质问你们不必惊慌失措，姑且认为我在搞一项特殊调查。我希望你们能养成随意乱丢卫生巾的习惯，最好是能亲手送给我。在下感激不尽。

把盘子和筷子拿到厨房后我抽着烟站在小杨旁边看着她洗刷竟然莫名其妙笑了起来，不瞒你说我当时盯着她又粉又嫩的耳朵，真想一把抓住。小杨问我有没有女朋友？没等我回答她又说，我觉得你没有。她说她有男朋友，而且还不止一个。我走上前从她的后背上拿起一根头发，往天上一吹，到最后也没看清它跑去了哪里。就这么消失了，我又观察了下她的后背，找不到第二根头发。

我回到自己的房间打开电脑，小杨穿着睡衣走进来坐在我的床上。我回过头，她冲着我笑，有点莫名其妙。小杨说她的房间里有个东西。具体也说不清，只要小杨关掉灯躺在床上，就有东西在房间里到处跑，为此她已经好几天没有睡好。我来到小杨的房间，她躲在我的身后屏住呼吸。过了一会没有任何动静，我说是她想太多了有可能只是幻听。小杨把灯关掉，房间里漆黑一片，过了十几秒钟小杨问我还在吗？我说还在，她把手放在我的后背上。我抓住她的手，然后来到床上。我们抱在一起。果然有东西在房间里跑，我用手拍了拍床板。小杨说，你听见了吗我没骗你。我又连续拍打床板，一次比一次用力，等我再把手放在小杨的身上时，感觉一切都是这么多余。

第二天早上小杨敲门时我还在睡觉，开门后她递给我刷子。她让我去刷马桶，理由是在我搬过来后马桶有了异味，肯定是我平时不冲马桶。我到厕所里闻了闻，的确有股有点熟悉的异味，我趴在马桶上仔细闻，不是由它发出的。我关上门窗站在马桶前，想象自己是条出色的公狗，为了更入戏，我闭上眼睛探出前爪短促地吸着气，从这里闻到那里，任何一块地方都不能放过。

其他房间的住客都没在

终于我把头伸进了垃圾桶，找到了久违的沾有血迹的卫生巾。我将其展开放在地板上，血迹暗红，尚未完全凝固。小杨站在门外问我清洗干净了没有？我说就快要好了。小杨说，那你快点出来，我快憋不住了。我说你再等一会。说这句话的时候，我手指夹起卫生巾的一角放回垃圾桶，并恢复成原来的样子。为了尽善尽美，我用脚踩了一下，不要过于张扬。

17

允许我仔细回忆一下昨天发生的事情。下午我从超市出来之后去找徐大成，一个女人告诉我说他不在，然后我就提着塑料袋下了楼，天有点黑，风有点凉，商业街上很脏，我走进了网吧。此时我也没想过要给徐大成打电话，这只能说我找徐大成的愿望不是特别强烈，我也没什么事情和他说。两个对生活失望透顶的人在一起只能滋生更大的悲伤情绪，甚至有可能干出破坏社会稳定的事情。上次徐大成喝了点酒后对我说想成立一个组织，要干杀人放火的事情，杀掉该杀的人，他问我要不要参加？我很想参加，这个提议非常不错，杀掉一些该死的人。徐大成一直在鼓动我，什么都不要想了，我们说干就干，行不行？

我回到住的地方，小杨说她给我打电话结果我的手机停机了。这样的话就算我当时给徐大成打电话也没什么用，根本就打不通。小杨看到我回来很高兴，在吃饭的时候也时常看看我，这让觉得有些不自在。我坐在沙发上，身体一点都不自在。我的对面坐着古永，他让我更加不自在。我看到古永的衬衫领子很白，简直太白了，他的脖子也很白。我有意识地将外套的拉链往上拉。他们为什么要等我？为什么要让我和他们坐在一起吃饭？为什么我会坐在沙发上吃他们做的饭？我手里拿着筷子坐在沙发上，我一点都不想吃，但是不吃点东西就这么枯坐着也不是明智的举动。

古永站在门前看着我，他面无表情就这么看着我，眼神有点高傲，我站在门外提着塑料袋，我看着他又看了看他身上的警服，我的心跳加速，我看到他穿着黑色的皮鞋，亮亮的。我走进来，像是从未来过，陌生，陌生到我不知道下一步迈向何处。我想不清楚这究竟是怎么一回事，我感觉很糟糕，我现在的感觉就是心灰意冷和绝望透顶。我在房间里走来走去，不知道该怎么办，也不知道要做些什么。古永没接到任何人的电话也没有立刻就走，他坐在我的对面，大口喝着酒大口吃着菜，他的感觉很好，比我好太多了。他和两个女人说说笑笑，总有些人很容易就逗得女人发笑，讨女人的欢心，莫名其妙的词语总是很有办法。小杨一直让我多喝点酒，多喝点。

我跟你不熟，我跟你们一点都不熟，你们和我没什么关系，我和你们坐在一起喝什么酒，有什么好笑的。生活究竟有什么值得你们把酒言欢，对吧，什么都没有，一点意思都没有，我告诉你们，别再这样对我。就让我自己一个人坐着，安静抽一根烟，数着时间一点一点地过去，宇宙无限，我躺在宇宙中唯一的一张床上，抽着人类最后的一根香烟，等待，等待一切都结束。如果让我选择，那么我是独立的，和什么都没有关系，我就是我，一个计算时间的闲人，我想做的就是这，这就是我的终极理想，我不需要吃东西，不需要喝东西，不需要有任何的欲望，我就是单纯躺在沙发上抽着烟感觉时间和宇宙在前行。没有其他的杂念。可是现在我和三个可以说和我没有什么交情的人坐在一起，吃着菜，说着话，偶尔还要挤出点笑容来应对所谓的人际交往的礼仪。你有枪吗？你不是警察吗？那么别再像个体面的人那样坐在我的对面了，笑什么呀你严肃点吧，拿出你的枪对准我，向我开枪，朝着我的脑袋，什么都不要想，让我们有点勇气面对生活，你可以的，是的，别再留恋些什么。

还有你小杨，你对我笑什么，我很可笑吗？你为什么对我笑，你以为你笑起来很可爱吗？你错了，你一点都不可爱，你看你的头发你应该把头发都剃光让我们见识一下你那古怪的头，你的身材是不错，但是这样你就可以自信了吗，你对我笑够了没有？还有你，马丽。我对你没什么可说的，你根本没正眼看过我，对我躲闪什么呢，我不过是闻了你的尿骚味，还有在你大便的时候和你进行了礼节性的对话，这样就让你感觉到了不好意思吗？你有个当警察的男朋友，他就坐在我的对面，怎么了，对我示威吗？你是个贱货，我早就看出来了，你还有什么好说的，不用再解释了，你看不起我，对吧。古永坐在我的面前，他的行为举止更加自然，他点上烟和我说话，试图和我确立一定的关系，好像我们是同道中人。他表现得比我热情，甚至伸出友好的手要接触一下我，这会增进我们之间的感情吗？没有用的，我和他这种人能有什么好交流的。我真的想和他说，老兄，别这样，我们根本就不认识，即使现在我们有幸坐在一起并且喝了点酒，但是这样说明什么呢？

古永对我的生活好像很有兴趣，怎么了，我只是写点东西，你能拿出手枪对准我的脑袋让我不要再继续写下去吗？我们不要再这样相互应付了，你就不感觉到累吗？我看到你滔滔不绝的嘴就想到时间可以再快一点，我们匆匆老去，记忆力减退，中风，半身不遂，老年痴呆。古永啊，今天我又想起了你，说实话，昨天你说的关于抢劫的事情还是有点意思的,除此之外,你只会让我感觉人类完全可以活得像个动物一样。古永,你继续说吧,在这里,我给你这个权利,滔滔不绝地说下去吧,一气呵成,不要停顿。

前天下午我们接到群众的报警电话,说在长发大厦上有个人要跳楼,我们赶了过去。一个男的没穿衣服站在十二楼的栏杆上,真的一点衣服都没穿,光光的,下面围满了人,队长让我跑上去问问怎么回事。四点多了,我爬上去,那男的看见我让我不要过去,我问他怎么回事,他就是不让我过去,握着栏杆走来走去,我一瞧他那尿样就知道他肯定不会跳下去的,他都哭了。我让他站好了别做傻事,可是他还什么都不听,有本事他倒是跳啊,要死就赶紧死,不死还在这里站着,丢什么人啊。十二楼啊,风挺大的,我刚上去没几分钟就感到冷,我问他冷不冷?他没理我。我问他他的衣服上哪了?他让我不用管。我跟他说你是不是真的往下跳?他也没说又哭了起来。我说有什么事好好说,别死啊,是吧,有什么事说什么事,我问他是不是失恋了?他摇摇头。我说你是不是没钱啦?他还是摇摇头。我脱下外套递给他,他穿上了,然后就朝我走过来了,我上去拉住他。回到所里,你猜怎么着,你猜这家伙为什么跳楼?我还头一回听说这种事,这男的上个月被单位开除了,一直没找到工作,身上的钱花没了,两天没吃饭了,然后在大街上把一个女的包给抢了。抢就抢呗,可他越想越觉得对不起人家,想来想去就想到去寻死了,爬到楼上把衣服全脱了要玩自杀。自杀就自杀,结果在十二楼站着觉得害怕了,又不敢自杀了,可是他的衣服都扔到楼下面去了,又不好意思光着屁股下楼,就在这等着我们来救呢。

这天晚上古永没走,在马丽的房间里过的夜。我躺在床上睡不着,出来上厕所,客厅的灯还亮着,小杨坐在沙发上在看电视。我只穿着内裤,小杨看了我一眼并没有表现出多么在意。我回去穿上秋裤走出来,问她怎么还不睡觉?小杨说,陪我坐下来看会电视吧。我先上个厕所。等我走出来的时候,客厅的灯已经关了,沙发上没有人。我敲了敲小杨的门,小杨打开门穿着睡衣看着我说,你要不要进来和我一起睡觉?我说你刚才不是说想看电视吗?我现在不想看电视了,你要不要进来和我一起睡觉。我想了想说,这样不太好吧。小杨什么话都没说,关上门。我经过马丽房间的时候,听到里面传来了呻吟声。我回到房间,又一次感觉到了世界漆黑一片,我在房间里走来走去,在想要不要再去敲小杨的门,我可以发出邀请,要不要来我的房间睡觉?这样合适吗?应该没什么问题的。要不还是算了吧,不太好,太随便了。和小杨,这,我再想想。

现实生活

1

去年秋天我在一个二十人规模的小公司上班,这和我现在的状态挺像,老长时间身边都没个女人。进公司没多久,我盯上了客服部的吕平。一天下班后,吕平推着自行车走到桥上,我拦住她说要请她吃饭。我进公司没多久,之前从没和她说过话,只有几次擦肩而过相视而笑。吕平站着没动,我抢过她的自行车招呼说,上来吧。

我们来到步行街,我有点后悔,真的,我自己能感觉到,我这是在欺骗自己。我对后面这个叫吕平的女人根本没一点兴趣。我为什么注意上她?很简单,在公司里远远看她,还是挺好看的,其实无非就是五官不走样排兵布阵在章法内。她的身体丰腴,这一点很重要,丰腴的身姿像树根一样攀住我那勃发的内心。可就一两分钟的时间,我就清楚认识到,吕平根本和我没有任何关系,过不了多久她就将在我的脑子里消失掉。剩下的时间我在思考应该找个合适的借口分道扬镳。有言在先,我要请她吃饭,现在我根本没有和她吃饭的心情。

让我描述一下吕平。她穿着瘦腿裤,外表像是秋裤,黑色的,应该好长时间都没洗了,你拽起一小块然后松手,这么一弹，尘土就出来了。我和她走在步行街上，看到她走路的姿势就感觉十分别扭，缺少点什么，不自然。就是这个，这个女人在向我伪装，她竭力想把自己表现得更美好些。吕平想吸引我的注意力，其实我根本不确定她是否对我有感觉，应该是出于女人天生想吸引异性的初衷。

我们坐在路边的小摊上，点了十几块钱的炸串，锅里的油肯定有一年多没换了，或者压根就是地沟油，只有饿极了的狗的胃才能承受得住。我吃了几口放下筷子点上烟看着吕平吃。她一边吃一边问我为什么不吃了，她还说她要减肥，她现在太胖了，不应该吃这么油腻的东西，尤其是在晚上。

我说，你根本不胖啊，你的身材真的还挺不错的。吕平说，我男朋友说我胖了，他昨天晚上还说我身上的肥肉太多。

天黑了。我买了一小袋砂糖橘，装在薄薄的劣质塑料袋里。我和吕平坐在大润发超市外面的椅子上吃橘子，挺甜的。我一边剥一边吃，我劝吕平多吃点，她只是象征性地吃了几个，她好像不太喜欢吃，不过我买的时候也没想过她喜不喜欢吃，反正我还挺想吃的。吕平是这么对我说，我不吃，我真的不吃，我吃不下去了，我要减肥啊，不能吃这么多，再吃这么多的话男朋友就不要我了。我说，你根本不用担心，要是有天你男朋友不要你了，你就通知我一下。通知你干什么啊？吕平眼神温柔看着我。我说，我再给你介绍个男朋友。吕平笑了起来，边笑边看着我，眼睛就那么斜斜地看着我。真不舒服。吃完橘子，我拿着空塑料袋，用手指一点一点地抠，抠出很多个洞，然后又撕成了很多的细白条，一边走一边扔到地上，就这么扔了一路。

没过多久，我就离开了公司。我现在想起吕平这个人完全是因为小杨，她可比吕平好多了。舒服，不矫揉造作，不虚张声势。能让我觉得舒服的词汇就这么几个。只是在激发情欲这一点上，小杨还有点不足，比如小杨的腿不是很长，但是足够细。再仔细说，小杨的眼神给人感觉有点凶。小杨在床上就用这种眼神看着我，是不是应该柔情似水一点，让我在你的眼神中看到太平洋的整个水都在荡漾。即使不如此的话，就像冬天里的一把火，点燃我那冰冷的心也好。算了，算了，为什么要求这么高呢，我什么时候变得这么挑剔了？

2

从下午雨就开始下。我站在阳台上，天空的云越积越多，雾气腾腾，远处的高楼逐渐消失在雨雾中。树叶在雨中落了很多，数都数不过来，让我想到了一颗颗的人头落地。潮湿，阴冷，我的骨头里都是湿气。虽然下雨，房间里非但不清新，还浮上来一股发霉的味道。我在床上躺了会，被子也是潮湿的，有点冷。我打开床底下的行李箱，翻来翻去没找到一件合适的衣服，只有几件夏天穿的短袖。我闻了闻，石灰味，夏天穿过就没洗。我在秋衣的外面套上短袖，在房间里走来走去，做了几个俯卧撑，倒上一杯热水，喝了几口。我想我还应该再做点什么。外面下着雨，我一个人在房间里，应该找点事情做，活动一下筋骨。我从电脑里找了几首欢快的歌，插上两个企鹅状的小音箱，放到最大。我闭着眼睛听着音乐在房间里晃动着身体，有那么一会感觉真的很不错，让我又体会到年轻的含义。你知道这对我来说太重要了，我又找了几首重一点的摇滚放到播放列表里。音乐响起，我闭上眼睛晃动身体。我用的力量更大了一些，脑袋上下左右来回晃，有点站不稳,差点倒在地上。我扶着墙壁,翘起屁股继续晃,我的目标是出汗,能出多少就出多少。

我跑到阳台上,喘息着,空气沁入脾肺。我真想大声喊叫一声。天比刚才的更暗了,有种地狱的景象。不过这让我感觉舒服。我的状态就是这样好。

小杨来敲我的门。小杨看着我说,你在里面干什么呢,这么吵。我说,没干什么啊,听音乐。小杨说,还有呢?我说,没有了。小杨说,你怎么满头大汗?我说,刚才在锻炼身体。小杨说,外面下雨了你知道吗?我说,知道啊。小杨说,今天好冷啊。我说,是啊,好冷,阴冷。

小杨上身穿着羽绒服,下身穿着一条宽松的黑色运动裤坐到我床上。她双手插在羽绒服的口袋里抱紧身体。她坐在我的床上,这让我一时不知道要坐在什么地方,我在房间里走了走,趁小杨不注意看了看她的头发。她低着头,长发有很多都在羽绒服的领子里。突然我感觉到心脏在向我表达伤心的情绪,还有怜惜,还有拥抱女人的冲动,太强烈了。我甚至被我的心出卖了,就差那么一下,我就会冲上去抱住小杨。刚好这时,小杨抬头看我,她的头发一扬。我愣住了。

小杨说,你去洗澡吧。我说,什么?小杨,你一身汗,去洗洗。我说,这时候洗澡,多冷啊。小杨说,天冷,我们做爱吧。我说,什么?小杨说,你没听到就算了。我说,真的?不是吧?小杨用手摸了摸头发,你不信就算了。她站起来抱着我吻了吻,然后看着我,你几天没刷牙了。

我咬着牙冲了个凉水澡,往身上泼了几盆凉水,然后涂上香皂,再用凉水冲了冲。让凉水这么一刺激,下面缩成了个黄瓜把,还没有毛长。我用手揉搓了几下。我小跑进小杨的房间,她已经钻进了被窝。小杨靠在我的肩膀上说,你多久没和女人做爱了。我说,很久了。

3

和小杨第一次做的过程挺自然的,远没有之前想象的那样复杂和尴尬。你是知道的,在我没搬进来之前我就想过要和小杨或马丽其中的一个发生关系,当然最好是马丽。现在我和小杨发生了性关系,还好,一点都不坏,气氛也不错,和一个身体完全陌生的女人在下雨天里做爱,简单,直接。唯一的缺点是小杨的床不是很大,两个成年人躺在上面有点挤。

小杨说,你休息好了我们再来一次。我说,那得再等等。

我不知道是不是以前性经历的原因还是个人的习惯,后来回到自己的房间躺在床上思考和小杨的性爱,有一点让我思考了很久。在我和小杨进行的整个过程中,她都没有抱着我的脖子,比如,一开始我们用简单的传教士的姿势,我把头埋在她的胸前,按理说她应该双手抱着我的头或者脖子,这样会让我体会到她的情绪。小杨都没怎么抱我。这个结论让我觉得丢脸。

我们俩平躺在床上等待着再做一次,我说不需要等多久,大概在半个小时和一个小时之间。一开始我们安静地等着,一句话都不说,只是躺着,睁着眼,呼气吸气。雨还没有停,稀稀拉拉的。不知道雨什么时候停,如果天空憋着很多的雨水,为何不倾盆而下,还要这样像是挤了多次的湿毛巾。我其实一点都不喜欢秋天的下雨天,这让我想到生老病死,我陷入悲伤之中,挺苦闷的。

过了一会，小杨说，我要去上厕所。说着，她从床上爬起来，光着屁股下床。我的肚子有点饿，小杨桌子上有袋饼干。我下床拿起饼干躺在床上吃，奶油味的，还不错。过了几分钟，小杨也没回来，我喊了几声，好啦吗，好啦吗？没有人回答我。我在想要不要去厕所看一下她，万一她晕倒在厕所怎么办，正这么想着小杨回来了，她双手交叉抱着胳膊，身体哆嗦着跳上床，外面还真冷。

在被子里，我侧身抱着小杨。我觉得火候到了，一只手抚摸着她的乳房。小杨闭着眼睛，一条腿搭在我的肚子上。小杨问我，你明天是不是没事啊？我说，什么？小杨说，明天你陪我去趟医院吧。我说，哪个医院？小杨说，东二路的友谊医院。我说，去那里干什么？小杨说，我预约了无痛人流。

我这个人你们不是特别的了解，有时候我挺内向的，也挺在乎一些东西，远不是表面看起来的这么目空一切。你要是用敏感这个词来形容我的话，我也不介意，只是有点言重。这么说吧，当我准备履行诺言和小杨进行第二次的时候，小杨冒出来的一句话让我颓掉了。

我回到自己的房间，在想是不是找个借口推脱掉。小杨，我真不想陪你去医院，你应该自己去，你的肚子又不是我搞大的，你觉得这样合适吗？是不是对我特别不公平，残忍啊。是不是可以这样，小杨你应该留住孩子，这样我就不用陪你去人流了。我应该劝小杨不要人流，人流又痛又伤身体。我在想一个更好的借口。

我忘了和你说了，明天我朋友结婚我必须要回去。小杨说，你可以陪我人流完了再去啊。我说，他离这挺远的，晚了赶不过去。小杨说，那就别去了。我说，这样不好，我这朋友挺好的。

小杨说，这样吧，你把他的电话给我，我和他解释一下。我说，解释什么？小杨说，说你要陪女朋友去做人流。我说，这样不好吧。小杨说，你快把电话告诉我。我说，我明天真不能陪你去医院了，我家里有点事情，我要回去一趟。小杨说，什么事？我说，我要回去拿点钱，这不是快交房租了吗，我手里也没钱了。小杨说，这个月的房租我给你免了。我说，这样不好吧。小杨说，下个月补上。我说，我没生活费了。小杨拿出五百块钱递给我。

4

我匆忙从床上起来，整个身体都紧绷着，在地上找到一张报纸，在床头找到烟，抽出一根用火机赶紧点上，披上外套冲向厕所。我伸展开手里的报纸，半个月前的报纸了，一半的篇幅是房地产广告。我翻到反面，有条新闻，一个公务员把妻子杀了，分尸，六十多块。一点印象都没有，这张报纸我没看过。现在几点了，一点概念都没有，我已经很久没这么早起来，窗外黑漆漆的一片，卫生间里没有任何能提供给我时间的东西。我继续蹲着，还是一点动静也没有。我把报纸撕成两半，将一半用手搓了搓，尽量柔软点。

要不再等等吧，我又努力了会。外面有动静，有人说话，是古永。女人的声音是小杨，两个人在争吵。现在几点了？我从床上爬起来是因为我做了个梦，应该是半夜或者是凌晨，总不能还不到十二点吧。两个人还在外面吵架，我竖起耳朵听。

天亮后我还要陪小杨去做人流。现在，我还是不愿意陪小杨

现实生活　295

去人流。真冷，风从缝隙里吹进来，到处都是缝隙，到处也都是风。小杨和古永还在吵。小杨肚子里的孩子是古永的，古永说，这孩子不能留，你留着他干什么呢，这孩子还有我的一半，是，这孩子现在是在你的肚子里，没有我的话怎么会有这个孩子，要不要留住他我怎么就不能表态了，不能留，让他现在出生干什么啊，你养啊还是我养啊，我可不养，你别生下来不就行了。

我等着小杨说点什么，反驳一下古永这个狗日的畜生。但不对啊，小杨不是已经准备把孩子流掉了吗？我裹紧外套推开门。小杨坐在沙发上低着头闷不吭声，古永站着，在我开门的瞬间头扭着看见了我。他有点吃惊，没等我开口说话，便冲我说，谁让你出来的，滚回去。我退回去关上门。

古永说，咱俩别相互折磨了成吗？我没想不对你负责，我不是那种人，但是孩子还是别生下来，我们还年轻呢……你说话呀你，你别老是这样，我跟你说话呢，咱总要找出个办法来解决问题，你总是这个样，你别这样了，你能不能说句话啊，你到底想让我怎么样？我跟你说你这样没用，就是不能把孩子生下来，你要是真敢生下来我也不承认，你他妈的自己养。

我推开门，悄声对古永说，我陪小杨去做人流。古永说，谁让你出来的，滚回去。我说，有话好好说。古永说，这有你什么事？我说，我陪小杨去人流。古永说，用得着你吗？我说，那你去吧。

5

我回到自己的房间，拿出手机看了看，凌晨四点。我回到被窝里，还有点余温，我拿出一根烟，点上。客厅的灯还亮着，安静，没有人说半句话。人可以活着像条狗一样，一条快乐的狗，一条生机勃勃的狗，还有可能是夹着尾巴的狗。

小杨会不会和古永说我和她的事，应该不会吧？古永不是马丽的男朋友吗，怎么还让小杨怀上了？我也和小杨上了床，我本来是想和马丽上床的。马丽知不知道小杨和古永之间的关系呢？

冬天就要来了，这几天的最低气温一直在四五度，过不了几天就会是零下几度，不管节气之类的，气温到了零下就是冬天。我睁开眼睛，手机上的时间是十一点多一点，被窝里全是暖流，我把头埋进里面，叹了口气后我想还是再睡一会吧，尽量再睡一会。小杨应该是不会喊我去人流了。我本来计划是要回趟家的，已经有半个多月没回去了，回去干什么呢，拿点钱继续维持生命。现在不用了，兜里还有几百块钱，这就不用再回去了。我点上烟给徐成打了电话，没人接。烟抽了没几口，有点厌恶和干呕，出了点眼泪，我用手搓眼角。

夏天的时候我有辆自行车，是朋友帮忙从小偷手里买的，一百块钱，红色的，骑起来十分舒服。有次我去补胎，修车的师傅问我这车子多少钱买的？我说是二手货。我问修车的师傅这车子市场价大概多少钱？他说了个数字吓了我一跳，妈的，一千多块钱。修车的师傅问我卖不卖，就是现在也能值个五六百块钱。我嘻嘻地笑，也没卖，后来我十分后悔和懊恼。这车子被我忘在了一个地方，事后怎么想也想不起来我到底把它忘在了什么地方。我从来没出现过这样的情况，这根本就是失忆。刚开始我还想可能过几天就会突然想起来，到现在都快半年了，我也没想起来车子究竟放在什么地方，而且那几天我也没遇到什么意外情况，或许遇到过而我也忘记了。夏天我没什

现实生活　297

么很重要的事情，早晨出门就在市区里瞎转。要说我有没有业余的休闲生活，还是有的，就是去大润发超市二楼的小马驹书店看书，主要是报纸和杂志，随便看，我也想看小说来着，可是这年头小说都被塑封住了。我喜欢站着看杂志，多好的杂志，半个小时就看完了，也不用买。像我这样的人挺多的，有站着的也有蹲着的。很久没去看杂志了，今天去看看吧，反正这几天我也写不出什么东西。

出了门，我在小区门口买了个煎饼果子，没有葱花和香菜，放了些韭菜，我咬了几口就扔进了垃圾桶里。站牌前有很多人在等车，年轻人居多，穿得都挺光鲜的，几个女的下面穿着打底裤，显得腿非常性感，脖子上套着厚厚的围巾，楚楚动人。我出神望着美好的女人们一步一步走过去。在过马路的当口，车忽然多了起来，一辆接着一辆，还都他妈紧紧贴着，一点穿针引线的地方都没有。

越来越接近超市的入口，我有点紧张，我的眼神总是飘忽不定，其他人不会注意到。我在怕什么我在担心什么，什么都没有，只是控制不住的紧张。现在的超市是越来越华丽也越来越脱离我的生活，快走几步踏上电梯，顺着上升，还是有点慢，我快走了几步。

6

三点多，眼睛有点疼。我给徐成打了个电话，这次他接了。我问他在什么地方呢？他说在住的地方。我说，我中午的时候给你打电话你没有接。徐成说，我没有听见，我在睡觉。我说，你现在在干什么呢？徐成说，还没有起床。我说，这都三点多了你怎么还没起？徐成说，我过一会就起床。我说，你昨晚是不是又在网吧？徐成笑着问，你在什么地方？我说，我在大润发，一会去找你。

徐成躺在床上，头发上一层油，脸上也一层油，眼睛里还有些眼屎。房间里的味道有点大，天冷了也没办法开窗户，桌子上有些生菜和干馒头。徐成把纯净水瓶子割成两半用来装烟头，里面插了很多烟头，水都成黑的了。徐成问我这几天怎么样？我本来想说说关于小杨的事，但是一想这事挺麻烦的一句两句也说不太清楚就没说，几个字总结，还是老样子。徐成问我小说写怎么样了？我说这几天没怎么写，写不出来了，这挺痛苦的。我问徐成这两天都忙什么了？他看了看我，笑了笑，也没说什么。我们坐着抽完烟，也不知道该做些什么。天还没有黑，就是有点阴沉沉的，一点生机都没有。我们也没有生机，苟且偷生活着吧，能怎么样？

后来我们谈起高中的同学，一个女的，挺漂亮的。徐成说挺漂亮的，可是我没怎么有印象，我和她好像也没什么来往。徐成说她疯了。我问怎么疯的？徐成说他男朋友骑摩托车载着她，出了车祸，死掉了。我问谁死掉了？徐成说，男的死掉了。我说，这男的我们认识吗？徐成说不认识。徐成又说摩托车跟一辆货车撞了，货车直接从男的身上碾了过去，碾成两截了。徐成用手摸了摸肚脐眼的位置，差不多就从这地方，成两截了。人还没死，上身还能动。女的一点事都没有，当时就在旁边，看着两截身子。我说，吓傻了吧？徐成说，疯了。

别人悲惨的故事，如果是你相识的人那样效果会更好，听完之后你会感觉轻松，心情也会不错，反正我是这样，徐成也这

现实生活 299

样，我认识的人都会这样。如果你不是这样的人，我觉得你根本就不是人，我也不会和你这样的人说话。我们抽着烟笑了一会，突然四周静下来，空虚正在吞噬着我们，毫不留情。

徐成说，现在我们一点机会都没有，干什么都没机会。我说，你想干什么？徐成说，发财和犯罪。我说，两者结合吗？徐成说，以前还好可是现在满大街都是监控，满大街都是汽车，你去抢个银行百十万还不够你买套房子，而且你还不一定能跑出去，现在交通这么拥堵。我说，你说得很对。徐成说，我们根本没有机会，一点机会都没有。

7

晚上我们坐在步行街一家店里吃麻辣烫，我喝了点啤酒，徐成照例要了瓶二锅头。吃到最后，徐成看着墙上的字问我，菜和肉是不是一样的钱？我说，是啊。徐成后悔说，早知道多拿点肉吃。吃完饭，身上热乎乎的，十分舒服。我们点上烟在街上走了走，人挺多的，男男女女。我对徐成说，你还记得你大学没毕业的时候，我们在这条街上走你说过的话吗？徐成看了我一眼说，我说什么了？我笑着说，你指着整条街对我说，这个世界是属于我们的。徐成张开嘴但很明显笑得不是那么自然，抽了口烟低下头。我也不知道要说什么，抬头看着天，已经黑了，可跟我有什么关系。我们顺着步行街走到前面的华光路，前面就是大润发，我对徐成说，我们去逛超市吧。

徐成说，有什么好逛的。我说，随便看看。徐成说，有什么好看的。我说，没什么好看的就是随便看看。徐成说，看什么呀。我说，去看书吧。徐成说，你想去看呀。我说，反正也没什么事，去看看吧。

徐成双手插在口袋里，在书架前走了一圈，在旁边的座位上坐下来，东看看西看看。我在杂志架前拿着一本书看了十几分钟，扭头看到徐成已经在座位上昏昏欲睡。我走过去叫起徐成，走吧。我们走出超市又来到步行街上。在网吧的门口，徐成对我说，上网吧。

选了两台挨着的机器，徐成拿了两瓶可乐，递给我一个。我喝了口，好凉，把我的肠子凉了一下，狠狠的一下。开机后，我找了个音乐网站选了首歌听。没有人给我留言，没有人说想我，我也没说想念过谁。我打开网页看了看金文文的照片，除了之前的几张照片，又多了几张新的。她剪短了头发，对着镜头笑，笑得挺开心的，让我也感觉很开心。我拿出手机在想要不要给金文文打个电话，我摘下耳机点上根烟，对旁边的徐成说，你过来看看。

我指着金文文的照片对徐成说，怎么样？徐成说，挺好看的，这是谁啊。我说，在网上认识的。徐成说，见过面吗。我说，还没有。徐成说，怎么不见？我说，没理由见。徐成说，找个理由。我说，什么理由呢？徐成想了想说，就说你想×她。

8

我掏出手机，找到金文文的电话。我没急于拨通她的电话，我在电脑上又看了看照片，一张一张循环着看，我还把照片另存在桌面上，打开相片放大放大，大到整个屏幕都是金文文的脸。

她的眼睛她的鼻子她笑起来的表情，我仔细地看，直到我有了愉悦的心情。

在听到金文文的声音后，我起身下楼梯朝门走，一边走一边说，是我，我在网上看到你的照片了。我的整个声调都是压抑的激扬，我想她能听出我内心的欢乐。我说，你现在在哪呢？金文文说，我在出租车上呢。金文文突然问了我一句，你是不是告诉我你要结婚了？什么，怎么会突然问我这个？我不知道要说些什么。沉默了会，我说，你怎么突然说这个呢？金文文说，我刚参加完婚礼，正在回去的路上。

我告诉自己要赶紧把话说出来。我说，我想你了，刚才我很想你，特别地想。金文文说，你为什么想我？我说，没有为什么，我就是特别想你。金文文说，怎么突然想我？我说，我们还没见过面呢。金文文说，是没见过。我说，你说一男一女就像我们这样的情况，从来就没见过，需要什么样的理由才能见面，就是单纯地见一次面，从我这里到你那里起码要坐一个小时的长途车，总该有什么理由让我们去达成见面这个目标，总不能无缘无故地见面吧，是不是这样子的，你说我想你了这算不算一个正当的理由？金文文说，你在说什么呢？

我顺着步行街一直走，走得很快，快到耳朵都有风，身体要动起来，莫名其妙动起来和我要说的话保持一致。感觉不错，如果整个身体飘在半空中你再对一个姑娘说你想她，就更加有味道。我说，我是说我想你，在你看来这算是我们见面的一个正当理由吗？金文文说，你是不想我，还是想×我。我说，是真的想你，我现在的确想你。金文文说，那你就来见我吧。我说，你是说我们能见面吗？金文文说，不就是见面么。我笑着说，你那边冷吗，现在你穿着什么衣服呢？金文文说，你打算什么时候来？

我说，我还不知道。

9

等把小说写完，我就去找金文文。可我最近写不出东西，勉强写出的东西也不满意，简直是太烂了。我坐在电脑前，打开文档，一个字都写不出来，没有任何的头绪。我打开电脑里收藏的电子书，东看看西看看，结果还是令人失望。我已经抽了好几根烟，口腔发干，上颚黏膜发皱。今天我还没有洗脸，天冷了就不想洗脸，也懒得烧热水，还是再抽根烟，或许会有点效果。我开始反省自己，也许我根本就不是写东西的料，脑子里没有那么多的奇思妙想，这实在是太难受了。缺乏温暖，可以慰藉的事越来越少，每张脸表现出的都是无可奈何。我感到不快乐，除了写小说对其他的事物也没什么兴趣，我怎么就沦落到今天这种境地。

天快黑了，很快就黑成一片，北方的冬天没有黄昏。我吃了包方便面，喝了几口凉水。反正也写不出什么东西，关上电脑，我躺在床上，盖着被子，拿出手机翻看通讯录，有些名字已经一年多或者两年没有联系了，存的手机号也没什么意义，我开始逐个地删手机号。我很久没和朋友联系了，主要是没必要联系，没什么可说的，说我写不出东西来，他们提供不了任何的帮助。人还是需要朋友的，不然感觉太孤单和无助，我现在就是这样的情况，冬天一个人缩在被子里。

我决定给他们发个信息，内容是，说说你正在干什么？我一口气发给了十多个。发完信息后，我拿着手机看，急切盼望着有人给我回信息，等了几分钟后，也没有动静。我从床头拿起一本书，不好看，多数的地方都不好看，我仔细找几个好看的段落读。有人给我回信息，是高中的女同学，她问我什么意思？我回复说，就是问你现在在干什么？她又说，没干什么。我说，没干什么总该干了点什么，你在什么地方呢？我在回家的路上。有个人给我回电话，问我是谁为什么给她的老婆发信息，问我究竟要干什么？我说我只是随便发着玩没想干什么，对方破口大骂。我把手机放在枕头底下不再管它。又有个人给我回复，是大学同学，一个简单的问号。我不想跟他聊，这人挺无趣的，脑子跟正常的人不一样，真后悔还给他发了信息。徐成也给我回了信息，问要不要晚上一块出来吃饭？我回复说，你在哪呢？在床上躺着。我说，我也在床上躺着。

10

说说金文文吧。我已经有段时间没和她联系了，我失去了这个兴趣，就我现在的状态，女人对我来说已经是没必要了。所以当有天晚上我趴在地上捡烟头抽的时候，金文文给我打电话我都没敢接，等到第三次的时候我咬了咬牙接了起来。

金文文问我怎么样？我说还是原来的样子。她又问我是不是交女朋友了？我说怎么可能呢。她又问我为什么这么长时间不和她联系？我很长时间没说话，不知道说什么才好。我问她最近怎么样？她说她前段时间因为贫血在医院住了一段时间，现在还吃着药。我说，你为什么不早告诉我？然后金文文就在电话里哭了起来，很长一段时间都没停下来。哭完之后她问我能不能去找她，她想见我。

我在金文文那里住了一个多星期。金文文说她比以前胖了，她还说她以后可能会更胖，因为她吃的药里含激素，胖就胖吧，只是她现在还不是很胖，和她一起睡觉感觉挺好。这么多年了，和金文文同居的这几天是我过得最舒服的冬天，有暖气有女人有吃的，我挺满足的。刚开始的几天，我和金文文每天都做爱，她一下班回家我就抱起她来到床上先干上一次，然后再吃饭，吃完饭之后我们躺在床上看会儿电视，然后再干一次。

这样的生活过了没几天，金文文开始计划我们的未来，她不想我离她而去，她说我应该留下来在这个城市找份工作，然后我们住在一起过日子，这样多好。我也觉得这样挺好的，可是找份什么工作好呢？金文文下班后会给我带几份找工作的报纸。翻阅报纸代替了做爱。我找来找去也没看到有份需要我的工作，这怎么才好呢？金文文对我说，不要太在意工资，要从底层做起，慢慢就会好起来的。是的，会好起来的，这么多年以来我总是用这句话来安慰自己，可是又好到了什么地方去了呢？

我给金文文留了张字条，又从她的抽屉里拿了几百块钱就去了车站。我说我会把钱还给你的，而且我会让你幸福的。我是这样对她说的。晚上金文文回去后发现我不在，给我打电话我也没接。几天后，金文文打通了我的电话，哭着对我说我是个混蛋，我也没说其他的。后来金文文给我打电话说要过来看我，我说那你就来吧。我去车站接的她，然后就去了旅馆，躺在床上我们看着正在降落的太阳。我说你看我现在都还没有工作。

现如今，我越发觉得和金文文见面后会发生的事情，逃不出上面所描述的。不然能怎么样，我什么都没有，也不太想作出改变。我和徐成的确挺缺钱的，但也没想过去抢劫，有什么用呢，现状不会因此发生改变，该怎样还是怎样。金文文大概也知道我

现实生活　305

是怎么想的了，本来就是，我也不是什么稀缺资源，没必要惦记着我。

11

我以前也出现过写不出东西的情况，严重的也就持续几天，从来没超过一个星期，更多的时候是我不想写东西，而现在不是我不想写，我特别想写、十分想写，渴望到对女人失去了兴致。可是，我就是写不出来。我躺在床上，一个人面对这个问题，现在没有任何活人能帮助我。

我继续拿着笔捧着本子，写吧，写吧，我叮嘱自己，一定要写出点东西来，这都到冬天了，适合写点东西出来。在冬天写本小说，春天开花结果。这几天我在想写个能畅销的小说，应该问题不是很大，我都想好写什么类型的了，犯罪，逃亡，加点推理。连范本都找到了，就是《邮差总敲两次门》，语言真的不错，读起来也挺爽的，十万字出头，这么一想就觉得有搞头。那就搞吧，我这不是还没搞出来嘛。我躺在床上想了一会，抽掉了几根烟。

我已经意识到今天是写不出东西来了，不良的情绪在我的脑子里转来转去，空虚和难受，还有厌恶。我说我现在情绪很糟糕，什么话都不说。小杨笑起来，我煮了麦片粥，你要不要喝？我点点头，喝了一碗。

我对小杨说，我写不出东西来。我问她，能不能给我讲点有趣的事情？小杨问，什么是有趣的？我说，有没有女人和你说过她怀孕了。她突然来了兴致，一连给我讲了三个故事。如下。

第一个故事：人物分别是男1男2女1女2，男1和女1是好哥们，男2和女2是情侣。男2对女2十分不好，经常吵架和闹别扭，有时候还动手。女2想和男2分手，由于种种原因总是分不了，就这么维持着纠结的关系。男1有点喜欢女2，后来他们也上床了，女2也下定决心要和男2分手。与此同时，女1和男2发生了暧昧关系，后来女1还怀孕了。其实女2也怀了男2的孩子。男1总算是看明白了，这三个人完全就是傻×，太傻×了。

小杨是这么说的，她说这三个人全是傻×。女1是我的一个朋友。我问小杨，现在还和这三个人有来往吗？她说现在没有来往了。

第二个故事：讲的是一个痴情男和一个放荡女。痴情男是小杨的好哥们，当时女的在云南上大学，两个人经常吵架，各种吵，每天打电话都骂骂咧咧的。男的很苦×，各种苦×，凑钱去云南找这个女的，没钱就借钱，经常在火车站露宿，还有各种苦×的事情。结局是两个人最终分手了。女的背着男的和各种男的发生关系。

第三个故事：一对情侣，也是小杨的朋友，女的有先天性心脏病。两个人经常吵架和打架，女的经常晕倒在地。一开始是女的追求男的，两个人好上后经常吵架，在课堂上公然出手，谁都拦不住。一吵架就喊小杨过去劝架，都是些他妈的鸡毛蒜皮的事。然后小杨就请他们吃饭，事情就不了了之。现在他们已经结婚，小孩快出生了。

现实生活　307

上面这三个故事对我没什么帮助，我还是不知道要写什么。小杨坐在旁边，看着我，可能过几天就能写出来了，这个是讲灵感的对不对？我伸出手，抓住小杨的手，看着她说，你没感觉活着是种痛苦吗？小杨叹了口气，不然能怎么样？我笑起来，我们一起死吧。小杨挣脱开我的手，从床上站起来，要死，我也不会和你一起。我说，你刚才还给我熬粥喝。小杨看着我，那是我剩下的。我说，你要补偿我。小杨笑起来，你说怎么补偿？我看了下小杨，突然觉得没什么意思，把眼睛闭上，躺到床上。

12

我经常问别人，给我讲个有趣的故事吧。一般情况下，对方冥思苦想了一会，用抱歉的语气对我说真的没什么有趣的。还有就是对方拍了下大腿说，有个事挺逗的我跟你讲。他拉开一副要促膝长谈的架势，可是过了没多久我就失去了耐心，急于想要知道故事的结尾。当然，他说的有趣的故事，在我看来远远达不到我的标准。可能人和人之间对有趣的理解不同，我认为有趣的事情在你们看来也许会很乏味。

举个例子。这天晚上我拿着打印出来的小说稿件走进小杨的房间，她正在电脑上看电视剧。我把稿件递给他，她问我是什么东西？我说，这是我写的小说，你不是一直想看嘛。小杨从桌子上拿给我一包薯片，我吃了几块，是西红柿味的。我本来想吃几块的，可是实在很好吃，一连吃了半袋子。我坐着陪小杨看了会电视，小杨说这刚好是大结局，再过几分钟就演完了。我坐在小杨的床上，刚好有份报纸，我拿起来看了看，先看了体育版和娱乐版，没什么特别大的新闻。我又翻了翻，一个关于小偷的新闻。前几天刚发生的，一个小偷白天到一个人家去偷东西，结果发现这户人家太穷没什么值钱的东西，小偷找出纸和笔给主人写了封信，你怎么这么穷啊，你要努力工作呀，不努力工作和赚钱你怎么养活自己，你也太穷了吧，真的需要努力工作了。就在写这封信的时候，房子的主人回来了。被抓后小偷说，如果不是我看他太穷起了恻隐之心，我是不会被抓住的。

我问小杨，这个新闻看了没看？小杨说，哪个新闻？我说，小偷被抓的这个。小杨说，看了。我对小杨，你做了人流吗？小杨说，做了。我说，咱俩的事你没和古永说吧。小杨，咱俩能有什么事。我说，你给了我五百块钱。小杨说，这是我的钱又不是他的。我说，我现在还没钱还你。小杨说，我知道，不用着急。

我说，你觉得生活有意思吗？小杨说，没意思，挺没劲的。我说，是挺没劲的，我都想自杀了。小杨说，那你为什么不死？我说，我这不是还欠你五百块钱嘛。小杨说，你不用还了，赶紧去死吧。我说，你能再借我点钱吗？小杨，你真的要去死？我说，我可能要出去几天。小杨说，还回来吗？我说，回来。小杨说，你一个男的跟我这女的借钱，你好意思吗？我说，等我小说出版了，还你钱。小杨说，什么时候出版？我说，快了。小杨问我，有烟吗？

我们点上烟，小杨抽着烟指着我说，你去哪？我说，济南。小杨说，干什么去？我说，找个朋友。小杨说，去几天？我说，说不准，你和古永怎么回事？小杨说，就那么回事。

小杨说，我这里有个围巾，黑色的，我给你找找，你用吧。

现实生活　309

我说，不用了。小杨说，反正我也不用。我说，你对我这么好，我都不好意思跟你借钱了。小杨在衣柜里翻了翻，找出了围巾，黑色的，毛线的。小杨把围巾围在我脖子上，站在镜子前，我看了看，还挺好看的。我转过身，在小杨的脸上吻了一下。

13

小杨还在床上睡觉。我打开她的电脑，戴上耳机上网。然后看到一段监控录像，有个女的在街上被人杀了，就发生在离这不远的地方。看完后，我回头看了眼床上的小杨，她还在睡觉，脸上的表情很安详。期盼已久的时刻终于来到了，我感觉自己可以写点什么了。围绕着刚才看到的视频，写点什么，这太过真实了。我又重复看了下视频，没有画外音，杀人的事情就这么在光天化日之下发生了，而且就发生在身边。男的动手杀人的时候，旁边还有围观的人，我觉得自己就是那些围观的其中一员。还有徐成，是我们两个。如果有可能拍个电影的话，我需要的效果就是如此，伪纪录片的性质。那么就去写吧，我这么告诉自己。水到渠成的事情，让我碰到了。杀人的家伙，究竟是怎么想的，为何要杀人？为了进一步了解此事，我在网上搜索了这个事情，出乎意料有了新的发现。事情没有我们表面上看起来的那么简单。生活总是充满了无限的可能性，我只需做个记录者。既然生活已经如此的丰富多彩，虚构还有什么意义呢？

时间留给我的已经不多。

写完之后，小杨还没有醒。我关上电脑，回到自己的房间。我感觉到累，天还没亮，我需要睡一会。躺在床上，我想到了金文文，不知道她现在在干什么，可能还在睡觉。中午我醒来后给金文文打了个电话，告诉她，一个男的早上九点多去量贩式KTV找小姐，是量贩式的，就是去找小姐，是早上九点不是晚上九点，你别打断我听我说，结果没有小姐，他就走到外面，刚好一个女的经过，这个男的想拉着这个女的去KTV里发生性关系，结果这个女的反抗，他就掏出匕首把这个女的捅了二十多刀，是二十多刀，没错，你可以去网上搜一下，有视频的。女的死了。

金文文问我什么时候去找她？我说，我准备一会去火车站买票。金文文说，快点来，不然我杀了你。挂掉电话，我后悔了。我现在的状况，就算见到金文文，又能怎么样？我想明白了，金文文只是我虚构出来的一个人物，她根本是不存在的。我只是在需要有女人陪伴时，把金文文从脑子里找出来，对自己进行心理安慰。金文文是不存在的，这一切都是我幻想出来的。我不能忍受金文文变成现实，这太可怕了。现在我需要做的是，让金文文放弃和我见面。我要她抹去对我的记忆。金文文没有让我失望，她发来短信，告诉我不要过去了。

我松了口气。我打开电脑，把最近这段时间写的东西粗略看了下，感觉到头疼。可能写不完了，我在心里对自己说。是时候放弃这一切了，没有任何的希望可言。我在床上躺了会，感觉身体逐渐往下沉。我没有睡着，脑子里一直在想写的东西，想到自己在做的事情毫无意义。我应该找点有趣的事情做，但提不起兴致。我怎么会到了这种地步呢？想来想去也没想明白。然后，我睡了过去。我相信，醒来之后，也没有任何好转的迹象。

现实生活　311

14

不会再有任何的机会。

在电脑前,我抽了四根烟,喝了一杯水。我抽完第二根烟把它放进杯子里,没能摁灭,我拿起水杯往里面倒水,不小心洒在了地上。我双手捧着水杯,水还很热,玻璃杯基本上不隔热,手有点烫,我双手抓住杯口。过了会我又喝了几口水,杯子里的水快要喝光了。我点上一根烟,头埋在双腿间,地上的水迹还在,跟之前一样没有任何的变化。生活真的很糟糕,我在想还有什么值得快乐的。

天气越来越凉,今天我起床的时候接近一点,是下午一点。其实我早就醒了,想想也没什么事可以做,就继续睡了会。迷迷糊糊中我听到有人喊我,睁开眼睛是小杨,她站在我的床头看着我笑了笑。她飞快地脱掉衣服钻进我的被子里,我们面对面抱了会儿,她觉得不舒服就转过身去,我在后面抱着她,很快就睡着了。我醒来的时候小杨已经不见了,只有我自己在被子里。

可能是位置不对,我把电脑的主机挪到床头,把电脑屏幕搬到床上,我脱掉鞋子,上床把键盘放在双手能触及到的位置。这样就舒服多了。我开始写,紧接着上一次的写,上次是四天前写的。我对自己的东西开始厌倦,不仅是自己的,对所有的文字都厌倦。这感觉糟糕得很,我的情绪很糟,让我再一次怀疑存在的意义。我想去大街上随便逮住一个人,问他活着是为了什么,是什么支撑着你度过乏味的每一天?一天一天地过去,生活周而复始你难道不感到厌倦?你真的还想继续这么过下去吗?怎么就没人问我这个问题，可能他们没有想过这个问题，在生活的指引下向前走。其实我也挺想这样的，让生活推着我向前走，走到什么地方算什么地方，一直运动下去。

问题还是没有解决，什么都没有得到改善。

在情绪不好的时候我不会想到任何朋友，也不会主动和他们联系。回顾我这二十多年，许多人出现在我的生活中，然后又走了，此后不会再有任何交集。此时此刻他（她）在干什么，和我没有任何关系，有一天我们都会死去，也没人告诉我这个消息。

我的手机在响。我越来越害怕手机，尤其是在它响的时候，简直就是一个炸弹。电话是我母亲打来的，我真的是硬着头皮接的，在接起来的那一刻，我准备好要发出的声调，尽量显得朝气蓬勃一点，不要像是刚从死尸堆里爬出来。我还是活鲜鲜的，拥有着年轻人的血液。这会让我母亲好受一点。可是我知道，情况一点都不会好，还是相互折磨。

母亲说，你整天在外面干什么，半个多月了也不回趟家，跟你说找个地方上班你也不去，你不上班整天在外面干些什么，现在的钱多好挣，在咱家附近的工厂里一个娘们一个月都三四千，你说你大学毕业好几年了拿多少钱回家，真是白养了你，×你娘你死在外边别回来了，让你气死了。

我说，你还有话说吗？母亲说，你说你还活着干啥，还不如个娘们，还不如去死。我说，我知道了。几分钟后，母亲再次打来电话。母亲说，你在干什么？我说，没干什么。母亲说，你跟我说说你在什么地方住，整天都做些什么？我闭口不谈。母亲说，你是不是真的会去死？我说，你是不是想我去死？母亲说，赶紧去死吧，让人清静点，×你娘我怎么就生出你这样的东西

现实生活　313

来。十几分钟后,母亲再次打来电话。母亲说,你还没打算死吗?我说,没有。母亲说,你真应该去死的,不死你能干什么,二十多岁的人一分钱也挣不到,你自己说说你是不是应该去死?我说,是。母亲说,那你还愣着干啥,你还不去死!

记王东临终前的讲话

回顾王东的一生,并非难事,我有所担心他略显孱弱的生平能否支撑起这篇文章,作为应对之策,我只好夸张一下。我征求过他的意见,心灰意冷的他表示没有问题,只是别太离谱。

现年二十三岁的王东,大学毕业已经两年。这两年中他只在刚毕业那会,工作过几个月。春天辞职,带着一千多块钱,坐火车去了武汉。在武汉市区行走了一天后,他打消了徒步走回家乡的念头。自此,王东打消了走南闯北的想法,决定在家乡这一亩三分地上终老。这两年,王东的确没有离开家乡,也很少回农村的老家,他在县城租了个房子,不工作也不知道干什么。他非常节俭但却总是缺钱,除去向家里要钱,就是借同学的。当然借的数目都不多,多则几百块少则几十块,快两年的时间他也挺过来了。

自从和大学的女友分手后,王东的生活重心就放在找女人上,社会不同于学校,你可以说社会是个更大的舞台各色的女人你都可以接触到,这当然不假,只不过对于像王东这样一无所有的青年,略微有些姿色的女人根本不会对他正眼相看。他出身贫寒,也没有令女人为之心动的长相。

也不是没有机会,王东和公司的一个女同事曾独处一室,两个人相谈甚欢。如果王东主动一点的话,两个人可以搂抱在一起,床就在旁边,被褥整洁,仿佛就是为他们准备的。王东坐在女同事的身边，嗅到一股沐浴之后的体香。王东没有做出任何的实际行动。事后他思考过这个问题，可能是对方的个头并不令人满意，或许是她有些婴儿肥。又过了大半年，王东想起这个难得的夜晚，懊悔不已。

也没什么大不了的事。王东没杀过人，也没被人追债，他二十多岁尚属年轻，只是过早认清生活的本质，对一切产生了厌倦。有可能这只是暂时的，我也曾有心灰意冷的时候，会有新的事物冒出来，引起你的兴趣，现在没有女人不代表以后没有，总会有的。王东打断我的话，问我是不是要劝他？让我不要继续说下去。我不再说话。他看看我，向我进行临终交代。

谈论到自杀的方式。我对王东说，药物自杀你就别想了，成功率太低，而且安眠药是处方药，你也很难买。王东急忙说，我没考虑过吃药，我他妈的连饭都吃不上了，还吃药？王东想了会，问我，你觉得我应该怎么死？上吊。简单，无痛苦，成功率极高，广受男女老少的喜爱，简直就是自杀之王。先说成功率，只要绳子不断，套在绳子上的树枝什么的不折断，上吊后十几分钟之内不被发现，你必死无疑。这可不是我胡说的，是有事实依据的，我对王东说，有个家伙服毒后还剖了腹但没死，等火车又没等到，没办法只好跳崖，还他妈的没死，最后还是找棵树吊死了。

王东点点头。只要准备一根绳子就可以，或者其他的比如电线皮带什么的，往脖子上一缠，就行了。不过最好不要用铁丝什么的，会不小心把头割断。王东说，我可不想体验被人掐死的滋味。勒颈和吊颈的死因是不同的，前者是气管被堵塞，后者是输往脑部的血液被阻断造成的脑内缺氧而死。根据法医学者的研究，一上吊知觉就开始丧失，手脚想动也动弹不了，在这个过程中是完全没有痛苦的。类似于脑袋嗡地一下，什么都不知道，知觉也没有，甚至连无法呼吸的痛苦和疼痛都感觉不到。我微笑着对王东说，甚至有可能会有快感的，这完全是一种享受，当然多少会有点喘不上气的感觉，但是你逐渐失去意识，也就不用管那么多。王东说，为什么你这么兴奋呢？我解释说，替你感到开心，你就上吊死吧。如果他愿意的话，我会陪他找个僻静的地方。王东摇头。我感到意外，上吊不好吗？王东说，好是好，可是我不喜欢上吊，为什么要这么好呢，对不对，什么都要选择最好的吗？

王东说，那些轻生的农村妇女不是喝农药就是上吊，就没有其他寻死的方式了吗？我是不会喝农药的，一小瓶的东西灌进肚子里，疼痛使你哀号半天，然后大家闻讯而来把你送入医院，抢救无效宣布死亡。这个情景多么像重病在身的人，仿佛不是你不想活，而是迫不得已。我还年轻，身强力壮，我只是厌倦了这一切。好了，王东你不要继续说下去，割腕怎么样？简单而且能体验自杀的气氛，你可以用眼睛慢慢观察，了解疼痛和死去的全部过程。只不过，它的成功率很低，说割腕绝对死不了也不为过。对于意志不坚强的人而言，血还没流多少，你就会急忙止血去看医生。我对王东挑明，你要是不打算把手腕割下来，那就别用这个方式了。王东生气了，他说，我不会这样干的。用把小刀在手腕上一划，血慢慢渗出来，过了没一会，血液凝固了，只好再次拿起小刀，划一下。可能还死不了。

让车撞死怎么样？选一排轮胎的大货车，只要你不是太倒霉的话，会死的，也感觉不到疼痛。不过万一没死成的话，也够你受罪的，缺个胳膊少条腿，备受歧视。最缺德的是，这会连累无辜的人。司机好端端开着车，你跑出来往车上一贴，搞不好还赔你一大笔钱。话说回来，反正你是条死人，也不用这么在乎别人，你本来就不是什么好东西。你不是想死后恶心大家么，大货车从你身上碾压过去，内脏喷得到处都是。王东，这些都想到了吗？王东说，你继续说，别停下，我还有其他的选择吗？

煤气自杀？当然你要先找个有煤气的房子，你现在租住的地方可不行。你别看我这个房子，我也是租的，不会借给你。实在不行你可以回家，用煤气罐。当然这个也是有风险，我可以给你举个例子。离咱这儿不远，潍坊的一个家伙，在家里用煤气自杀未遂，导致了大爆炸，一栋楼十几户受害，把别人家的房子给烧了。结果他也没死，治疗了一个多月就出院了，想死也来不及了，一屁股债等着他还。

触电自杀？这个不错，和上吊自杀难分伯仲。刹那间呼吸停止，心脏停止，痛苦真的只是瞬间的事，连医生都承认触电自杀是舒服的死亡方式。你找个高压电塔，赤手空拳往上面爬就可以了，总会被电死的。只不过死相不太好，全身上下烧焦了，皮肤也脱落了，黑乎乎的像块木炭。当然这种危害不到他人，不会遭人憎恨。投河自杀我就不向你推荐了，我知道你会游泳，而且还怕水。淹死的感觉不好受。我说完了，你到底怎么想的，决定好怎么死了吗？王东说，现在流行的死法是什么？和社会一拍两散，有力度的。自焚。你确定要搞得这么难看吗？

自焚致死的可能性极高，也是最痛苦的。皮肤被烧伤后，送到医院，在急救台上折腾半天才断气。不死的话造成的后遗症，比其他的自杀方式都悲惨。在这里奉劝广大普通寻死的人，不要自焚。我让王东考虑清楚，自焚可不是闹着玩的，浇上汽油，点火，皮肤表层的一部分先碳化，头发全部烧光。皮肤脱离，露出赤红色的肉。人体基本上是由水形成的，皮肤碳化，肉却很难烧。肌肉收缩，尚未坏死的皮肤出现水泡，颜色变成黑色。最可怕的是，人没死，烧伤的痕迹也会继续生长。有个女的自焚没死成，在床上躺了三年，全身都是疤瘤。话说回来，王东生前默默无闻，死的时候轰轰烈烈一下，也可以理解。

在我介绍了这么多的自杀方式后，王东终于作出了选择。

外面天色已暗，我和王东走在街上，希望他能快点死掉，吃完饭就去行动，从他租住的房间的窗户上跳下来，很可能摔不死。我对身边的王东说，跳楼的姿势很关键，尽量头着地，不然就很麻烦了。王东一边走着一边做出头往下的姿态，是这样吗？我用手摁住他的头，跳水的动作，保持头朝下就可以了，你没有进行过专业的训练，可能会失败，摔断条腿什么的，那你只能趁没人注意，爬楼，再跳一次，第二次起跳时你有了经验，应该就没问题了。王东又做了几次头朝下的动作，感叹道，妈的这还挺难的，我是不是应该选个高楼跳，二十层以上。王东抬头看了下天，没有月亮，黑乎乎的，他此刻感到自己走在天上，脚下什么都没踩，就这么飘动的。

长久的饥饿和营养不良使王东的脸色有点苍白，我们行走在路上，没走多久，他的体力有点不支，落在我的身后。王东对我说，你能不能走慢点，别走这么快。我放缓了速度。王东赶上来，两只手叉着腰，喘了几口气之后，问我还有烟没？我把烟递给他，很不情愿将其点燃。王东抽了一口，冷不丁笑起来，这有点意外。我问他又想起什么了？身体是越来越不行了，走两步路就累了。王东说得在理，健步如飞的日子已离我们远去，现在我比他能走快那么一点，终究我会像他一样，像条狗一样喘息着，寄希望于有人会等我。王东继续感叹，没有在身体好的时候，碰见个美丽的姑娘，真的是一辈子的憾事。他的这份感慨，引起了

记王东临终前的讲话　　319

我的强烈共鸣。王东话锋一转,我身体好的时候也不是没追求过姑娘,她们总是认为会有更优秀的男的在前面等着自己。

衰老的身体,使王东想起两年前他追求过的一个平胸姑娘。事到如今,王东还是对她念念不忘,两个人没有说过几句话,甚至已记不清对方长什么样。对于姑娘而言,王东更是模糊。在王东的口中,这个姑娘姿色平平,不仅是身材长相什么的,庸俗的观点还包括她所从事的工作,是一个导购员。同样是底层人民,当你以顾客的身份进入一家商店,面对青春勃发的小姑娘,优越感出来了,你认为自己可以随意观看她们,对于你的任何要求她们没有资格拒绝。王东是这样想的,他走过去对姑娘说,我能认识你一下吗?把你的手机号给我吧。姑娘微笑,拒绝,离开。王东愣住了,跟在后面,姑娘回头看了他一眼。王东识趣走开。到这里,还没有结束。只是我不想说了,王东这个人,那段时间不走运,频频向姑娘发出邀请,都被拒绝了。

我的情况比王东好不了哪里去,我想明白了,等手头的钱花光后,就去找一份工作,没有任何多余的要求,去工厂下车间也没什么关系。这几年我的身体也日渐呈现衰老的架势,需要干点体力活,把自己的肌肉重新搞出来。每每想到能参加体力活动,我就有点莫名的兴奋,体验汗流浃背的感觉,把身体的毒素排泄出来,疲惫就躺在床上睡觉。我对王东说,人类最大的问题就是会思考,我们就是有大把的空闲时间用来思考,想太多了没什么用,只要你把时间都浪费掉,一切问题都消失不见。王东点点头。我问,你多长时间没进行体力劳动了?王东想了想,和女人做爱算吗?我笑着说,算。王东反问,你呢?算了,我摆了摆手,不说这个了。王东不依不饶,非要从我这里听出点什么,对于女人的态度什么的。我可以说,根本不用把女人看得太重要,当然女人看男人也理应如此，所有的人类都不值得可怜，科技过分发达将人类的寿命延长，剥夺了自生自灭的权利，但是我一点都不悲观，大规模的死亡总会降临，就像是之前的大流感一样。

我很久没接触过女性了，这个问题让我感到头疼，我也没有王东那么好的运气，和两个年轻姑娘租住在一起。我控制了下自己的情绪，对王东说，谈谈你身边的女人吧，她们叫什么来着，马丽和小杨？

马丽这个女的挺神秘的，我现在也没搞清楚她是干什么的，也不是多缺钱，为什么我们总是这么缺钱？小杨其实还不错，起码性格比马丽要好，和人比较亲近，没有距离感。我和她接触得比较多，但是也只能这样，我什么也不能给她，当然她也没要求我给她什么。她把我当成朋友，我是这么认为的，可能她对每个人都这样，是我多情了。有次我回去后，她还给了我几个水果吃，多好的一个姑娘，可惜我不能害人家对不对？实话告诉你，我和她上过床，挺简单的，和她在一起没有压力。她怀孕了，孩子不是我的，我要是知道她怀孕了，就不会和她上床了。那天的情况有点复杂，如果我不这样的话，也有点对不起她，所以我就忍耐了下，而且做的时间也不是很长，好久没碰女人，多少有点紧张，可能身体的确是不行了。我打断王东，你的事我不关心，你有小杨的手机号吗？快点给我。王东说，小杨可是个好姑娘。我点头，对，我知道，所以我才要和保护她。王东又说，你俩不合适。我问，怎么不合适，和你就合适了吗？王东说，和我也不合适。他认为我配不上小杨。

小杨这个女的不普通，和多个男的有纠葛。弱肉强食，我和王东意识到了这一点，我的心情有点不好，我们没有什么资格去要求太多的东西。小杨和一个警察有染，看到了没，这就是现实，女人是个猎物，被人瓜分掉了，剩下的那些残羹冷炙，我都没可能吃上一口。我问王东，小杨和警察有一腿，你怎么还敢和她上床？王东苦笑，我他妈的怎么知道，我也是后来才知道，不然你以为我会吗？我又问，那警察是干什么的？王东说，好像是马丽的男朋友。

我们顺利到达小餐馆，坐下，点菜上酒。点菜前我告诉了王东，身上的钱不是太多，最好是在上菜之前先吃几个馒头填饱肚子。吃了馒头再喝酒，胃里的馒头经过浸泡会膨胀，会有吃饱的感觉。喝酒，进入状态。王东一扫平时喝酒的矜持，一杯接着一杯，我只好让他控制一点，别太着急，他的酒量我很清楚。

王东烂醉如泥，我背着他，感到老友的身体很沉，如同死了一般。我的体力有限，中途歇息了几次，回到他住的地方，已经很晚了。我敲门，过了十几分钟门才打开。开门的是小杨，我把王东扔到客厅的沙发上。小杨问我，怎么了？我说，他太高兴了，喝多了。小杨穿着睡衣站在客厅，有点尴尬，我也感觉到了。我去卫生间，在撒尿的过程中，我深舒了一口气，清醒了许多。等我出来的时候，小杨坐在王东的旁边，用手戳了他几下，昏睡中的王东动了动，没有醒过来。我自我介绍，是王东的朋友。小杨往我这边看了下，我叫马丽。

她是马丽，不是小杨？为什么我看她的第一眼，会认为她是小杨呢？后来我仔细想了想，王东说马丽很漂亮，这多少有点夸大其词。也有可能是我在心里给马丽制定的标准有点高，当然最主要的原因是，马丽卸妆了。我看着王东，他躺在沙发上，睡得很香。我也有点困了，我对马丽说，天很晚了，我能在这里住下吗？马丽说，可以，如果你想住的话。我又问，小杨在吗？马丽问，你和她认识吗？我说，不认识，我也是听王东说的。马丽说，她有事，这几天都没在。我答应了一下，再次认真看了看马丽，她脸上有色斑，如果不仔细看的话，很容易被忽略掉。马丽注意到我在看她，表情有些不自然，她从沙发上站起来，看了眼熟睡的王东，对我说，你给他盖上点东西。我说，不用管他，他早晚要死。马丽走进卫生间。我把王东架起来，放在他房间的床上。

我坐在沙发上，等马丽出来，因为紧张，我点上了一根烟。我相信，马丽很快就会出来。然后她装作故意看不到我，回到自己的房间，把门关好，躺在床上，想着客厅还有我这号人存在，一晚上都没睡好，第二天出现黑眼睛，在出门前会涂点化妆品遮盖一下。而我呢？深思熟虑之后，我回到王东的房间，和他躺在一张床上，再次想到是和一个死人睡在一起，这个想法令我久久不能入睡，没有办法，我想到了马丽，一个美貌的女子，就在我几步之遥的床上，她均匀呼吸着，年轻的身体正在一步步地衰老，这是多么残酷的一件事。我无法容忍，起身，下床，走到马丽房间的门口，把耳朵贴在上面，希望能听到点什么。如你所愿，我一脚将门踹开，扑到马丽的床上，在她做出反应之前，控制住她，我抱住她的身体，用力抱，将被子蒙在她的头上，让她难以呼吸。挣扎过后，恢复死寂。

实际的情况是，在等待马丽出来的过程中，我睡着了。醒来之后，我去卫生间撒尿，中途打了个冷战，完全恢复了清醒，便离开了。说到底，我还是怀念我的那张破床，小归小，但床上的东西都是属于我的。目前为止，属于我的东西也就那么点了，路上我想到这一点，多少有点伤感。或许，会有个姑娘在床上等着我，她脱光了衣服，让房间里充满了久违的暖意。根本没有什么他妈的姑娘在等我回去。我打开门，躺在床上，很久都没有使身体暖和起来。冷风把我给吹穿了,全身上下全是窟窿。我自己抱着自己,怎么也睡不着,我在床底下找到几个烟头,一个接一个抽起来,房间里烟雾弥漫。

明天醒来我该做点什么呢?我不想见到王东了,就算他给我打电话也没用。王东趴在我的背上,他彻底昏睡之前对我说过的话,再次进入我的脑袋。他用惯常的语调,对我说,你啊,最大的问题就是人太好,你不能这样下去了,不然人人都当你是条狗。我将他正在下滑的身体往上托了托,憋住力气快速走了两步,然后速度放缓,喘着粗气。我何曾不想让王东振作起来,别活得像条狗,可是这也只是美好的愿景,就像他对我的百般期望,到头来都破灭掉了。我们两个人,竟然没有一个人出人头地。

跳楼男

1

王东站在阳台上,这个时间小区里没有行人,只有灰色的楼和树。如果你有兴致多看两眼四周的环境只会越发感觉空荡,没有任何东西能在瞬间填满你的空虚。楼下停着一辆红色的汽车,王东想从现在的位置跳下去。

还有五根烟,等烟全抽完了就行动。王东看着眼前的景色,有棵树,长得挺高,有四层楼高,顶端的一些枝杈和王东的视线平行。如果王东起跑用尽全身的力气跳出去,就像武打片里演的那样,能不能跳到树上?就算跳到树上有什么意义,他还要从树上下来然后再爬楼站在阳台上。王东又点上一根烟。静下心来,他要认真想一想,时间留给王东的已经不是很多。要不要写封遗书,告诉大家自己是自杀不是被人从阳台上推下去的。

王东回到房间找了张报纸,用这样的纸写遗书好像有点不太严肃,想一想也没什么,反正要死了。房间里已经有些阴冷,王东脱掉鞋子团坐在床上,拽过被子盖住自己。他把头靠在墙上,后脑勺碰了几下墙,脑袋有颤动感,不疼,略有麻木。王东闭上眼睛,用头碰墙,一下,两下,三下,很多很多下,他都不想停下来了。睁开眼,王东拿出烟,想抽一根,随即打消这个念头,等会把遗书写完了再说。他摆好坐姿,将报纸放在手掌上,不知道如何下笔,要不要写上给谁的?还是不写给谁的了,直接进入正题。很久没动笔写字,有点生疏,王东将笔放进自己的口腔,用牙齿咬来咬去。

该做点正事了,王东心里告诫着自己,别耽误时间了。他连叹口气,环顾房间,除了自己什么都是静止的,它们待在那里一动不动,也从来没人关心过它们,我也是。王东闭上眼靠在墙上,憋住呼吸,这是死的状态,喘气呼吸,这是活着的状态。睁开眼,王东看着眼前,没有任何的改变。天似乎越来越暗了,王东低头看着手里的报纸,用笔尖在上面戳,出现了许多的小孔,他把报纸贴在自己的脸上,一口气把报纸吹走。报纸落在不远的地方,王东趴下身子去拿,气流把报纸吹到床底下。他趴在床上,头伸到床下,看到一层尘土,在床的遮掩下,静静存在。保持着头朝下的姿势,全身的血液涌上脑门,王东用手指在尘土上划了划,本打算写几个字,可实在不知道写什么。

2

当你们看到这张纸的时候,我想我已经死了。我是被我自己杀的,我只是不想活了,你们不觉得活着挺没意思的吗?反正我是对这个世界厌倦了,也许有很多有趣的地方我还没有去过,有很多有趣的人我还没有遇到。确实有点可惜。有可能我要去的地方会更加有意思,而且一点都不急迫,应该没有人会在背后指使我要干这干那,我可以从容地干点我喜欢的事。我现在最想干的事就是睡觉,一直睡觉,一直睡觉,一直睡觉,一直睡觉,一直睡觉,永远也不要醒的那种。我从来没有和你们说过,这么多年以来我觉得最有趣的一件事就是睡觉,特别地舒服和从容,还可以做很多有意思的梦,随便从中挑出一个梦我就愿意在其中再也不要出来。可是每当从梦中醒来重新面对这个世界,我就感到失望。还有什么要说的呢?对了,你们对我的选择不要太难受,其实没什么可以难受的。即使现在对你们说告别,尚早。我们终究还会见面的,我提前过去等着你们,先熟悉熟悉那个地方,等你们来的时候我还可以带着你们到处走走。我想再次见面我们会有很多的话可以说,想来,还挺美好的。你们在我的心里都是很美好的,再说下去我都有点依依不舍了。老娘,你别太难过。到现在我没有成为你想要我成为的那种人,等下次吧。对于这个世界的坏,我就不多说了,毕竟你们还要在此生活好多年。我只是欠缺勇气,欠缺拥抱生活笑看一切的洒脱气质,现在我找到了解决之道,我选择放弃和退出。背负在我身上的责任就在你们的责备声中一点一点减轻。爱恨情仇,我和这些一一化解。我想起上小学的时候,早晨下着瓢泼大雨,我趴在父亲的背上,父亲穿上雨衣,我闭着眼和睁着眼看到的都是黑暗,但是我一点都不害怕。父亲背着我行走在路上,那种舒适的感觉至今再也没出现过,我希望去往学校的路永远也走不完。现在我又要进入黑暗之中。祝愿你们前程似锦,星光一片灿烂。后会有期。

3

王东重新读了一遍，想想还有什么漏掉的。在他死后不会有什么遗产，债务纠纷倒是不少。其实他也不是没有遗产，台式电脑里面保存着多年来的小说底稿，没人看过，还有日积月累搜集的日本爱情动作片。除此之外，其他都是次要的。王东从家里带来的被子和几件脏衣服，可以用来包裹他的遗体。剩下的都是小零件，比如打火机水杯牙刷。点上一根烟在床上躺了会，王东心里一阵阵窃喜。他找到了解决的办法，这时真应该喝点酒庆祝一下。前所未有的轻松遍布王东的身体。未来，还谈什么未来？王东认为会这样一直舒服下去，闭上眼睛放松身体，一切都会过去，烟消云散。此刻，烟在燃烧。他平躺在床上，看着烟雾往房顶上飘。不知不觉，王东闭上眼睛，他有点累了。他蜷缩在被子里，光线越来越暗，黑暗慢慢吞噬一切。

4

醒来的时候已经天黑。手机在响。王东张开眼睛怔了一会，尚在人间，他摸着衣服找手机，找到了，拿出来看了一眼屏幕，刺得眼睛痛了一下，是徐大成。王东接起电话，没有说话，停住了几秒钟。徐大成试探性地问，在吗，在哪里？王东说，在住的地方。妈的，你怎么不说话，我这边有点事，你过来一趟。徐大成说完，补充了一句，你在听吗？我在听，王东说，你怎么了？徐大成说，你先过来，来了你就知道怎么回事了，快点，我等你。王东回答,好吧。挂掉电话,王东侧过身子准备再躺一会,被人从睡眠中吵醒的感觉不好受,需要点时间清醒一下。王东闭着眼回想了下刚才的对话,感觉不太对。他拿过手机,将电话打过去,对徐大成说,我过不去了,我这边有点事。徐大成在那边问,你声音大点,我听不见,你是不是在睡觉?王东提高了音调,我醒了。徐大成紧接着说,你快点过来啊。王东说,我过不去。徐大成说,你怎么了?王东说,我没怎么了。徐大成说,你没怎么了,就过来吧,别睡了。王东说,我有事,过不去。徐大成有点不高兴,妈的,你能有什么事,我这才有事。王东不想听他说下去,索性说,我待会要自杀。徐大成问,什么,你要干什么?自杀。徐大成在电话那头笑起来,自杀,今天吗?王东说,对,要不是你给我打电话,我已经死了。徐大成说,那你先别死,来我这里,我有事找你。王东有点不高兴,我刚才把遗书都写好了。徐大成紧接着说,别啰嗦了,你不是还没死嘛,过来,快点。王东没有回答。徐大成说,你在听吗,非要今天死吗,明天不可以吗?王东说,我今天特别有感觉,真的。徐大成不相信。王东只好再次重申,我不是开玩笑的。徐大成说,你今天先别死,行吗?

你让我很为难,你究竟有什么事,你是不是故意不让我死?兄弟啊,我是真心去死的,你就成全我吧。你这样做是没用的,我死意已决。徐大成打断王东的话,你想多了,我没想不让你死,既然你想死肯定是有你的原因,我尊重你的决定,只是他妈的我真的有事需要你帮忙,你要是不帮我也会死的,难道你忍心看着我去死吗?你肯定不忍心,那你就快点过来吧。王东说,要不你来我这里,我们一起死吧,反正没有我,你也会死。徐大成愣了会,我没想死,是你要死,你怎么让我跟你一起死?我是要你来帮我。王东想了想，觉得不对。兄弟，你别骗我了，你肯定是不忍心看我去死，你肯定是要阻止我自杀，我过去了你会给我做思想工作劝我不要死，你别这样，没用的我都决定了，你就成全我吧。我真是太想去死了。

你妈的，我要你帮忙的时候需要你他妈的赶着去死，你还是我兄弟吗？你早不死晚不死非要赶在今天去死。算了你别过来了，你这种人就不配活在世上，快去死吧。没等王东反驳，徐大成又说，你自己好好想想，我认识你十年了，你他妈的要自杀，死就去死，你过来帮帮我你再去死这样多好，你过不过来？你现在不过来的话你死后我可不去给你烧纸。王东不知道说什么好，没有说话。徐大成说，你是不是真要自杀？王东说，是。既然这样你为什么不过来帮帮我，你是不是找借口不过来帮我？王东说，不是我不帮你，谁知道你是真有事还是骗我过去，我要是过去你没事让我帮忙你再不让我自杀，怎么办？你有什么事能比我自杀还重要，你能不能为我自杀创造一个温馨的环境？徐大成发誓说，我保证不阻止你去死，你都是要死的人了怎么还这么想不开。王东说，我怎么就和你说不明白呢，我不是不帮你忙，可是我要自杀，你说你的事重要还是我自杀重要？

那你为什么要自杀？王东说，现在的问题不是我为什么要自杀，是为什么我在自杀的时候你还要我过去见你一面。徐大成说，你等等，让我想一想。刚才我给你打电话，我不知道你要自杀，我有事求你帮忙你说你不能过来你要自杀，那你过来帮我个忙然后你再自杀，这样不就可以了。你跟我在这里废什么话，说来说去你还有完没完，你今天死也是死你明天死也是死，你为什么非要今天自杀？

5

烟盒里还有一根烟。王东走到阳台往下看了看,之前的那辆红色汽车已经消失不见。一只猫在树上蹲着,两只眼睛在夜色中发着蓝光。王东被这只猫吓了一跳,他从房间里捡起一块东西朝猫扔过去。猫迅速消失在夜色中。回到房间,王东打开灯,床上乱糟糟的。他不想动,什么地方也不想去,只是死在这张床上。就在这么想的时候,王东的手机又响了。王东接起电话,别催了,我这就出门。

他去厕所小便,回来后在房间里站了一会,王东现在对这个地方充满了留恋。他不愿意出门,但事情总不能如人所愿,即使你准备自杀的时候也会有突然的事件。总之,只要你还在这个世界上逗留一秒也会有麻烦找上门来。

6

王东走下楼来到小区里,路灯照亮地上一块块的圆圈,他躲避着光亮走在黑暗中。如果这时候能捡到一袋钱,他就迅速跑回家放在母亲的面前,然后生活会变得美好起来。可是路边除了垃圾还是垃圾,到处都是垃圾。王东又想到当自己死掉后会怎么样?这有什么价值除了消磨为数不多的时间。他最应该想的是人死后会去什么地方,可是这也不是自己能做主的事情。现在他能做主的就是结束自己的生命,杀掉一个人在王东软蛋的一生中多少有点光辉。在王东死后多数人会认为他的自杀是无缘无故的,但是也会有人从王东的生前找到各种各样的蛛丝马迹。需要提及的是，王东接到了一个讨债的电话。对方得知他将要自杀，让王东把欠的钱还了。但王东实在没有想起对方是谁，声音也听不出来，但是貌似对方认识自己。他是怎么知道我要死的呢？王东赶紧把电话挂掉，然后将手机调至静音。他感觉糟透了，为什么会如此麻烦，让人死也死不痛快。王东看着街上的人，是什么支撑着他们活下去，有什么意义呢，免不了都是去死的。他真希望自己有能力劝大家去死，没有什么美好的事情发生在你们的身上，活着只有痛苦。刚才给自己打电话的那家伙，说自己刚生了孩子非常需要钱。只能说句对不起，帮不上你任何的事情。事情总是要自己承担的，没有人会挺身而出。王东对他说，自己身患绝症，只求一死。对方让王东赶紧去死，一刻也不要耽搁。是的，我也想这样，可是没有办法，我要赶到徐大成那里去。

走着走着，王东看到从另外一条路上冒出个姑娘走到他的前面。姑娘穿着黑色的丝袜和黑色的高跟鞋，轻巧地走在路上就像是一只欢快的小麻雀。王东的神经突然紧绷起来。他跟在姑娘的后面看着一对让人肝肠寸断的性感细长腿，简直是太完美了。王东看了几眼后觉得十分的厌恶，眼神也变得憎恶起来。他想摧毁她，王东在后面紧跟着，他的下体膨胀起来，他用手拽了拽裤子留出更多的空间让其得以伸张。走出小区门口，姑娘打开汽车门钻了进去。

7

王东走进来，没等徐大成开口，便问，你是不是把我自杀的事告诉了别人？徐大成笑着问，你怎么知道的，只是群发短信而已。妈的，刚才有人打电话向我催债，我早把那人的手机号给删了，也不知道是谁这么缺德，我都是要死的人了，还问我要钱。徐大成说，不用理他，我也欠那傻×的钱。反正我也要死了。徐大成问，你为什么要自杀？王东说，不自杀还能干什么，你说呢？徐大成看着王东，自杀的确是解决问题的好办法。王东，你有什么事需要我帮忙？我失恋了。王东说，你不是没女朋友嘛，怎么会失恋。刚恋爱没几天还没准备告诉你，现在失恋了我很难受，你能理解我吗？徐大成坐回自己的床上，房间里一股难闻的味道。王东坐在徐大成的旁边，看着他难受的样子，对他说，这种事我什么也帮不上，你把我喊过来做什么呢？徐大成说，我想和她谈一谈，或许还有挽回的余地，可她现在都不肯见我，我真的喜欢她，我觉得这次我真的坠入了情网不能自拔。王东笑着说，你们之间的事，我能怎么办？徐大成说，你帮我把她带过来，我和她谈一谈，或许能挽回。王东站起来指着徐大成说，就因为一个女人，你给我打电话，就因为她？徐大成说，你还不明白吗，我真的很喜欢她。王东说，我又不认识她，怎么把她带过来？徐大成笑着说，你认识的。

王东不想纠缠在徐大成和女人的事情里，但看他的样子的确十分难受。徐大成对王东说，如果她不同意的话，可以绑她过来。当然这是下策。王东也没理由拒绝，本身他都是要死的人，死之前为朋友做点力所能及的事情，也不为过。出乎王东意外的是，这个女人居然是马丽。他怎么也没想到，自己的朋友会和马丽搞在一起，而且似乎两个人已经上了床。这让王东难以接受，在他看来美貌的马丽怎么会让一无是处的徐大成得手？对不起，这话会伤害到徐大成，但这是事实。王东看着眼前的徐大成，相貌平平就不谈了，他是个好人，但是和自己一样没有钱没有前途，性能力怎么样暂且不表。想到一身肥肉的徐大成把马丽压在身下，王东就有点恶心。但是出于兄弟情谊，王东什么也不能说，没有办法，他要在死之前为朋友做点什么。

徐大成碰了下王东，你怎么了？王东说，没什么，你们俩怎么认识的？徐大成笑着说，先别说这些了，等你把马丽带过来，我就告诉你。王东实话实说，我可不能保证马丽能过来，而且我肯定她是不会过来了，她不跟我过来怎么办？徐大成说，那你告诉她，她要不来我就为她去死。王东笑起来，要这么样的话，她更不会过来。王东真是烦透了，在电话中徐大成就应该把这事告诉自己，那样他就会去敲马丽的门。现在倒好，王东还要再走回去。在离开之前，王东再次问徐大成，你和马丽到底怎么认识的？徐大成把王东推到门外，你可以去问马丽，当然她不一定会告诉你，等你回来我会和你说的。徐大成把门关上，接下来他要做的是，洗头发和收拾下房间，等待马丽的到来。

8

王东回到住的地方，发现自己房间的门开着，他记得出去的时候门是关着的，王东进去后发现马丽正坐在自己的床上看他写在报纸上的遗书。王东过去把纸从马丽的手中夺了过来。马丽抬头看着王东，你要自杀吗？王东有些紧张，低着头问，你怎么在我的房间？马丽说，我的打火机找不到了，想跟你借个火。王东说，那你怎么随便看人家的东西。马丽说，我以为是一张废纸，不过你写得挺感人，你什么时候自杀？王东说，按计划我现在已经死了，所以按计划你看到的应该是我的尸体。马丽说，晚上不要说这么瘆人的话，你现在活着还是死了？王东说，你认为呢？马丽说，你怎么没死？

全都是因为你，王东看着马丽。马丽说，因为我？难道在你死之前想和我见一面。不是我有话对你说，是徐大成有话对你说。马丽脸色突然变了，我和他没什么好说的。看来她和徐大成果然认识。这个发现令王东有些难过，他说，可是他有话对你说，而且还是很重要的话，你只要听完他对你说的话，我就可以去死了。马丽问王东为什么要自杀？王东说，这是我的事情，徐大成在住的地方等你，你跟我一起去见见他吧。马丽表示不想去见徐大成，和他真没什么好说的，还是先说说你的事情，你为什么要自杀？王东说你刚才都看见了，我写得很清楚。马丽问，你打算怎么自杀，用什么方式，告诉我吧。王东说，我和你说了之后你能跟我去见见徐大成吗？他现在挺痛苦的，看来他真的是爱上你了。马丽说，可是我又不爱他。王东问，你为什么不爱他了呢？马丽说，我从来没爱过他。

这样说下去没有任何意义。王东说，我不清楚你们到底怎么了。马丽说，我们的事情他没和你说吗？没有。挺没劲的，马丽说，不说他了还是说你吧，想要怎么去死？王东解释说，我和徐大成的关系不错，看他难过我也挺难受的，再者说你不过去找他我就没办法自杀，在我临死之前你就帮我达成这个愿望吧，你是不是担心他对你图谋不轨，放心，有我在。马丽看着王东，张大了嘴巴，你，一个决定要自杀的人，可是什么事情都干得出来。王东看着马丽吃惊的样子，心跳有些加速，没有办法他低下头，但这并没有阻止他脸红。马丽问，你怎么了？王东说，其实我还真希望在临死之前和你这样舒服的姑娘做爱，能这样的话，死而

跳楼男　335

无憾。马丽笑着说，你说得我都有点心动了，和一个男的做爱后他就去自杀，无牵无挂，轻松。对了，你究竟怎么去死？马丽的回应，让王东大感意外，没想到她会这样，但现在看来这一切都顺理成章。都是因为好奇心。王东说，告诉你也可以，那你能和我做爱吗？马丽说，是不是我知道你用什么方式去死，就一定要和你做爱。王东说，这主要看你。马丽说，好吧，等我再次问你的时候你告诉我，然后我们做爱，然后你去死。

稍等。好像有些地方不对。我和马丽根本不熟，虽然我们住在一起。但是她从来都不正眼看我，我也是一直偷瞄她。就在刚刚，我们谈到了做爱这件事。我慌神了，不知道下一步怎么办。我是要死的，现在看来不能马上去死了。马丽已经把话说得很清楚了，我长久以来的想法就要变成现实。我看着眼前的马丽，心里在想她不会是随便这么一说吧。马丽看着我，眼神有点发光，不是往常的那种冷漠。我要冷静一下，这时候最容易犯错误。我的心跳很快。

我可以答应你的要求，不过你要先和我去找徐大成。马丽的脸色立刻变了，我还是不想去，我不想看见他。去见一下吧，等你和徐大成的事情解决了然后我们做爱然后我就可以实施我的自杀计划，难道你不想亲眼看着我死掉吗？马丽说，我挺想看着你死去，我长这么大还没亲眼看着一个人自杀，但是我的确不想见徐大成，你让我想一想。

好吧，你为什么这么讨厌徐大成，他的确是挺讨厌的但是你可以去见一见他和他说几句让他死心的话，然后我们再回来做爱然后我就可以去死了，这样事情都解决了，我帮徐大成把你叫过去我也和你做爱了而你也能看着我死，重要的是还有我自杀的整个过程，你知道的我本来是想悄悄死掉的现在你成为我自杀的见证者，多好。

马丽看着王东，你不是在开玩笑吧，你现在的状态完全不是一个要自杀的人。王东说，那你觉得行将自杀的人应该怎样？对生活失去信心，情绪低落，总之不是你现在这样，你表现得对生活还是充满了兴趣。王东说，我刚才可不是这样，知道在死之前还能和你这样美好的姑娘做爱能不充满期待吗？马丽说，你这么说我觉得对不起你。没关系，只要能和你做爱就可以。王东抓住马丽的手，我现在要自杀了，没什么不可以说的，我们赶紧去找徐大成吧。

9

徐大成打开门，马丽表情冷淡地走进来坐在椅子上。徐大成让王东出去，我和马丽有话要说，你在外面等等。王东站在门外，屋内很安静，没有任何动静，天气有点冷。

马丽说，这你还不明白吗？徐大成说，我不明白，我不明白，你为什么要这样对我？马丽说，我和你之间根本没什么，你为什么一直纠缠着我，我之前和你都是我的工作需要，就你这样的人在大街上我连看都不会多看一眼，你还想和我在一起，你这不是在做梦是什么？你是不是脑子有问题，你能不能别把自己不当人！徐大成说，可是我已经深深地爱上了你。马丽说，今天我对你说几句话，你要记住，我们现在没有关系，我们以后也不会再有关系。徐大成说，你承认我们之前有过关系吗，为什么现在就没有关系了呢？马丽说，你怎么回事，那天晚上我喝多了，我们根本就不应该有关系，我已经和你说得很清楚了，你还想怎么

跳楼男　337

样？徐大成说，可是没有你我很痛苦，这种痛苦你是不会明白的。马丽说，既然你痛不欲生，为什么不去自杀？

马丽推门走出来。

王东看到徐大成坐在床上，一脸沮丧。

王东跟在马丽的后面走出了房间，在掩门的刹那他看了眼徐大成，这无意的一望让王东感到全身发痒，不仅如此王东的心里觉得很不舒服。我这里说的心里不属于王东的身体是指他内心深处那种虚无缥缈的情绪。王东感觉对不住徐大成，徐大成的心情肯定好不到什么地方去。但这是没有办法的。王东跟在马丽的后面下了楼，马丽走得很快，灯光从楼道的窗户射进来，她的身影在忽明忽暗的光线中像闪光灯照在王东的心上。毫无疑问这个名叫马丽的姑娘比钻石都重要。

10

徐大成枯坐在他那张卫生条件犹如饭店厨房一块抹布的床上，他的心脏跳得很嚣张，这不是激动而是大动肝火。他先是咒骂马丽是个婊子是个骚货是个臭娘们。按理说这些话之后应该能解气，但是徐大成认为还不够，一想到自己还在为这样的一个女人失魂落魄，他认为自己也下贱得严重。岂止是下贱，简直是瞎了自己的狗眼。徐大成枯坐在房间里，他感觉到不快乐，生活又彻底地失去了光彩，失去了让人怀念的部分。就目前徐大成的个人状况而言，他这几天神清气爽健谈开朗完全是因为马丽，爱情是美好的可以让人短暂从痛苦中走出来或者说让人在痛苦中感觉不到痛苦。可是现在看来马丽这个人根本就是烂货，不仅欺骗了徐大成的感情还玩弄了他的身体。就在刚才,马丽这个烂货还主动放弃了再次玩弄徐大成肉体的权利,真是罪大恶极。徐大成趴在床上一点力气都没有,松松垮垮,骨头全部都散掉,他想如果现在有人伸出手指拽他一下,会出来一串骨肉相连,在徐大成痛苦万分的时候,他的朋友王东扔下他一个人,这还算哪门子朋友?去死吧,都死光光。

11

马丽在闹市区的路边停下来,她回头看着王东,想不想去喝点酒?王东很清楚自己没有任何选项,何况喝点酒有助于后续的性爱,达到物我两忘的境界。这是自私的想法,当然你也可以说作为暂时的性交对象,在她心情不好的时候你出于礼节也应该共饮一杯,为其排忧解难。

坐在小饭馆里。马丽说,你请客。王东说,我怕钱不太够。马丽说,你都是要自杀的人了,留着钱有什么用?王东从口袋里掏出钱,就这么多。马丽看了一眼,就这么点,怪不得你要死。王东说,我自杀和钱没关系。马丽说,现在给你一百万你还会自杀吗?王东说,自杀总归是会的,不过要先把一百万花光了再死,就像我之所以还坐在这里和你说话没有去死,也是因为我还要和你做爱,等做爱后我就会死,你是知道的有些东西是钱搞不定的,比如说空虚,还有就是你这样美好的女人。

马丽低头叹了口气,情绪传染,我都不想活了。王东说,真的吗,不然我们一起死吧。马丽说,算了,我可不想别人以为我们是殉情。王东说,你可以写个字条声明我们不是殉情,我在上面印上手印。马丽瞪了眼王东,你别自杀了,还是我杀了你吧。

局面相当沉闷,还好王东和马丽的酒品不错,一言不发两人已经喝光了五六瓶啤酒。两个人看起来是如此,但要细究起来两个人都各怀鬼胎。马丽喝酒是因为多种原因,她刚和一个叫徐大成的男的说了很多废话,现在的她口干舌燥。她和眼前这个叫王东的瘦不拉叽的男的没有什么话可讲,对他的性能力也持不乐观的态度。不管怎么说马丽是个言而有信的人既然答应和人上床就不能背信弃义,喝酒是个好办法,能暂时忘掉一切。王东喝酒是想从马丽的口中得知她和徐大成究竟发生了什么事,这就像是驴面前的一块干粮牵引着王东马不停蹄地向前走。只是听完马丽的讲述后,王东也糊涂了。他后悔自己为什么好奇心这么重,马丽和徐大成发生了什么和他有什么关系呢?如果你的人生经验足够丰富,并且自认为暮色沉沉的话,你会同意我的说法,有些事还是不知道为好,这是幸福的诀窍。

12

你觉得一个女人能在这个社会上干些什么?你又觉得我又能干些什么?我不怕你看不起我,是吧,你都是要死的人了,一些事情也没必要对你隐瞒,何况这在我看来也不是什么重要的事,我是无所谓的。我,马丽,二十五岁。我知道你和徐大成的关系不错,但是他的确是个垃圾傻×。我根本没把他放在眼里,但我是个有职业道德的人。他去我们会馆玩,选陪酒的时候选了我,那我能怎么样,就算我根本看不上你们,你们这些臭男人在我的眼里就是一坨屎,你们没钱没权也没车也没有房子整天活着就是一个垃圾，你选择去死在我看来是正确的，你不要不相信你就是应该去死，你早就应该去死了，你现在还没死也是在丢人现眼。要是走在大街上我连正眼也不会看你，你今天能跟我在一起喝酒你知足吧，难道我还怕你？玩死你这个混蛋把你弄到精尽人亡你信不信？笑个屁啊你！我还没和你说我有性病呢，你怕了吧？你怕个屁啊，你都是要死的人了你得过性病吗？对，徐大成在会馆点了我，我陪他喝酒，刚开始喝酒对我动手动脚还串通他的同伴灌我，妈的，你说他是不是混蛋？好吧，我承认这种事我一个星期能碰到四五次这都怪我天生丽质你们这些臭男人就喜欢我这样漂亮性感的，看见我就想立刻脱掉裤子上我，如果不是有像我这样的美女干这一行你们这帮人一辈子也不会有机会和我这样的女人发生性关系。接下来徐大成的所作所为完全就是一个混蛋，他脱光我的衣服用手机拍了照片还以此威胁我跟他发生性关系，我当时都醉得不省人事了他还征求我的意见，我当时摇了摇头他就把照片群发了。用我的手机呀，我爸妈都看见了，你说他是不是个傻×。我都醉成那样都光屁股了他还征求我的意见？尊重个屁！他要是尊重我的话会这样对待我吗？综上所述他完全就是个混蛋。

13

王东没有想到在自杀之前还会和一个女人做爱，他更没想到这个女人是马丽，当然马丽来了月经，还好现在的情况还有一个选择。王东和陈佳大概有十年没见了，十年之前王东还是个处男，陈佳也还是处女。当时他们最亲密的情景也只停留在浅吻的层次。有一次王东想摸陈佳的乳房，甚至都到了近在咫尺的地步，但最终还是没有下手。那时陈佳的胸还是平平的，王东十年前认为他的第一个女人会是陈佳，但是后来他读大学又到了十年后的今天，一切都不是预想中的那样，没想到陈佳会给他打电话。

14

十年前的冬天，天特别冷。王东约陈佳出来。那天晚上他本来打算和陈佳上床，他们认识的时间并不是很长，也就是一个月，但是他感觉是时候和陈佳进一步发展。开始一切都很顺利，这么晚了王东约陈佳出来她没爽约，虽然她迟到了但是看得出来她很重视这次约会，为此做了精心的打扮。他们走进小电影院，里面的光线很暗，还有股臭脚的味道，几个中年男的裹着厚厚的军大衣坐在最前面的一排。王东和陈佳走到前面找了个空座，坐了一会王东觉得不是很合适拉着陈佳往后靠，后面的座位空了一大片，他们在靠墙角没有冷风的位置坐着。电影屏幕上正在放映香港八十年代的枪战片，里面有周润发和狄龙，不是《英雄本色》，后来王东又看过这个叫《老虎出更》的片子。影片里有个叫利智的女演员，现在是李连杰的老婆。片子虽然有点老，但是利智还真的是挺漂亮的。王东看到利智以为这是个三级片，但是直到电影结束也没看到露点的镜头。这让王东有点失望。午夜过后应该会放三级片，甚至还会有更刺激的。里面没有暖气，王东的脚已经失去了知觉，两只手也冰凉，他把陈佳的手放在怀里。后来，警察进来了。

15

她变胖了，我没想到她会这么胖。后背上的赘肉使她的头往前探着像是眼前有什么东西吸引着她，我站在她的面前，为我竟然如此让人着迷而感到含羞，只好用手抓了几下头发。过了一会她的脑袋还往前探，让我联想起上了年岁的乌龟。走在路上我放缓脚步，每走一步我都忍不住看一下她的大腿，你可能不太相信，她双腿之间密不透风，从膝盖往下的小腿间才有那么一点缝隙，一个倒立的"丫"字形。实际上当时我已经开始琢磨如何来形容她的体态，除了以上的描述我所想到的溢美之词还有以下几个：

1. 全身长满水泡的病人。
2. 笨重的河马。
3. 可移动的冷藏柜。

如果我知道她会是现在这个样子，根本就没有见面的必要，但是既然见了匆匆告别也不符合我们见面的初衷。我所能做的只是尽可能短的时间内接纳她，适应就免了。可是我还是很难将她和之前的她联系在一起。她挎着我的胳膊，身体往我这边靠，我闻到她身上的香味，但是我不喜欢，一点都不喜欢，甚至十分厌恶。以前她的味道是淡淡的那种，除了头发的香味，身体的味道只是洁净所致，而不是人造香料。我用手摸了一下她的肚子，肉块随着身体在浮动。她问我摸什么？我笑了笑说，随便一摸。

十年前我想和她做爱，但是没等到这一步我们就分手了，是她提出的。现在她得知我命不久矣提出在我死之前和我做一次，然后我们就见面了。走进旅馆，定了钟点房。她问我一个小时可以吗？我说可以。她说不会时间太短吗？我说不会，足够了。进入房间她坐在床上问我是不是有点失望？我说没有我很高兴见到你。她说不要再骗了，我能看出来你很失望。我没再说话，点上一根烟刚要说点什么被她抢先一步开口，你倒是没什么变化。我说变了，怎么会没变，这么多年没变化才怪。她说你过来。我走过去站在她的面前，她抱住我，由于她坐在床上所以头在我胸口的位置。我两只手放在她的后背上，大概过了十几秒钟她抬起头看着我，开始吧。我说我们说会话。她问，说什么？我说就说说你吧。她说我没什么可说的，我听你说。我说我也没什么可说的，遗书我都写好了，遗言就免了。她说那我看看你的遗书。我说我没带在身上，在住的地方。她说你看我们根本不知道说什么。

她开始脱我的衣服。我说我想先洗澡，你洗不洗？她说出门前洗了。我说那这样的话你等我洗一下，我住的地方洗澡不方便，我想洗干净再死，不然身上到处是灰，给我收尸的人不高兴对我的身体也不爱惜。她说那好吧，你去洗我等你。

水挺热的，我蹲在水龙头的下面，热水流在我的身体上，很舒服。没有力气去搓身上的泥，蹲了一会有点累我坐在地上看着房间里的水汽越来越多，雾气腾腾。心脏跳得有点快，我搓着脚，有很多泥，越搓越多，没完没了，还是不搓为好。她开大门问我在干什么？我说我在洗。她说你快一点，我还要赶着回家，我老公快下班了。我说你不是说他上夜班吗？她说刚才他给我打了两个电话感觉有所察觉。我说，我这就出去。

她躺在床上。我说要不要关灯？她说不用关，开着灯做。我说还是关掉。她说你怕看吗？我说那就开着。躺在床上。她问我，你什么时候和姑娘上床的？我说在大学里，你提分手一年后，差不多是这样，你呢？她说，和你分手之前。我问，是你现在的老公吗？不是，是另外的一个男的。我说我其实一直以为你会在婚后和男的上床。她问我为什么这么想？我说那时候你很清纯，我拉你的手你都不太愿意。她说那时候你让我感觉也不随便，挺保守的。我说我那时候的确挺保守，但是现在不一样了。

也不知道她老公是怎么找来的。进门看见我和他老婆躺在床上，他关上门开始四处找东西，冲我扔了一把椅子。我希望大家能冷静下来，没有什么事情不可以谈的，况且我压根没碰你的老婆。我承认我摸了你老婆的屁股，但这并不是我的意愿，是她先把我的手摁在她的乳房上，我是为了表示一下亲昵才摸她的屁股，而且你老婆也摸了我，这你不能偏心要勇敢面对。你不要不高兴，说实话她的手感不好，我和她刚认识的时候她的皮肤很紧凑和富有弹性可是现在呢，软塌塌的，摁下去要等半个小时才恢复原状。你是不是要对我负责，她可是生了孩子后才变成这样的。孩子是你的吧，我知道是剖腹产，她肚皮上的疤我看见了。你不要打我，我不是打不过你，做人要讲道理，打架是解决不了任何问题的。你可以问问你老婆上学的时候我也不是善茬，打过群架，几个人打一个，也被几个人打过。动刀子的情况也有，你看我后背的疤，就是被人砍的。我和砍我的那个家伙现在是很好的哥们，称得上我最铁的哥们，不打不相识。可是你不要误会，我不想和你认识，一看你的样子我就知道你上学的时候肯定没少受人欺辱，现在也是孬人一个，在大街上被人骂也不敢回骂的那种。你已经抽了我五个耳光，你看又是第六个，我帮你数着呢再这样下去我真不客气了。我他妈的又没碰你的老婆，她还在站在你的后面你要打也是打她，是她约我出来的想在我死前和我性交，你有完没完了。你妈×还打顺手了，我是要死的人了，你要是再动手我可要还手了，打死你你信不信反正我是准备去死的。我连自己的命都不要，你有老婆有孩子我什么都没有，你可要想明白，你是不是没听清楚我在说什么，我可以再和你说一遍，你先住手好不好。我向你认错好不好，我不该摸你老婆的屁股和乳房。

你真的要死吗？

真的，不信你问你老婆，我遗书都写好了，但是没带在身上，如果不是你老婆给我打电话约我出来我现在可能已经死了，好了，你别打她，动手打老婆算怎么回事？他可是你的老婆不是我的老婆，要打你往死里打，不用给我面子。

你什么时候死？

我回去就死。

你真的要死吗？

你怎么还不相信，难道我不像是要死的人吗？

你要死也可以，给我写个保证书。

为什么，我凭什么要写，我死是我的事情。

我让你写你就写，你死了警察找我怎么办，以为我杀了你。

好，我写，我这就写。

如果是你帮我收尸，你会在我的身上找到两张纸，一张是遗书，另一张就是下面这个保证书：

王东，男，二十五岁，我的死完全是自杀不是他杀是出于自愿，和陈佳以及她老公没有任何的关系，虽然在死之前我被肖亚楠捉奸在床（我和陈佳并没性交），但是我的死和这对伉俪没有任何关系。

16

天很冷。王东站在街上想找个温暖的地方待一会，他顺着柳泉路往南走，走到柳泉路和共青团路交叉口往东拐来到王府井广场。白天繁华的广场现在空无一人，黑漆漆的，像是村子里的坟场。王东走进日月星网吧，楼梯很陡，他来到二楼推开门一股热浪席卷过来，这正是他想要的。里面的人不少，灯光有点暗，王东感觉到空气中的烟雾已经结成块，他走到前台拿出身份证登记了台机子。王东拿着卡走过来走过去犹豫不定要坐在什么位置上，最后他还是选择了一台周围都没有人的机器。在等待开机的过程中王东点上一根烟，这时他可以缓了口气靠在椅子背上放松着身体，他感觉手脚逐渐有了温度。王东对现在的处境非常满意，他想找个有趣的电影看看。一时半会王东还没好要看什么电影，他之前看过不少非常有趣的电影，但是现在他想找个没有看过的有趣的电影。王东感觉有点迷茫，对着屏幕不知道要做些什么。过了一会，他查看自己的好友名单，有个叫为森美的在线，还是个女的。王东不记得这个叫为森美的是谁，之前他从来没有注意过找个人。半夜只有她在线。

王东：你好。

为森美：你好。

王东：我们认识吗？

为森美：你忘了吗，我上次请你帮忙打听一个人。

王东：上次那人是你吗？

为森美：是我啊。

王东：上次你好像不叫这个名字。

为森美：我改名字了。

王东：上次你说的那个男的你打听清楚了吗？

为森美：差不多。

王东：你和他到底什么关系？上次我问你你也没告诉我。

为森美：现在我和他没有关系了。

王东：那之前呢？

为森美：之前的事情我不太想说。

王东：其实我还挺想知道你和那男的关系的。

为森美：很简单，他说他喜欢我想让我和他见面。

王东：那你们见面了吗？

为森美：没有而且他还有女朋友反正事情挺乱的。

王东：还好你们没见面。

为森美：我还挺喜欢他的，早知道应该见面。

王东：现在见面也可以。

为森美：他不是什么好人，想玩弄我的感情，如果我之前不知道他的人品被骗就骗了，现在我知道了再上赶着被骗那就太傻了。

王东：你的逻辑真奇怪。

为森美：我和你说了我的故事，你也和我说说你的事情吧。

王东：我过会要自杀。

为森美：开玩笑吧你。

王东：说了你也不相信，但是这是真的。我真的要自杀。

为森美：那你还上网？

王东：我想在网吧找个电影看，然后再自杀。

为森美：我还是不信。

王东：我知道你不信，今天发生的事情我自己都不敢相信。

为森美：发生什么了？

王东：说来话长。

为森美：说来听听吧。

王东：下午的时候我想自杀，然后一个哥们让我帮他绑架一个女的，这个女的知道我要自杀后决定和我做爱，我想也不错在死之前能和一个女的做爱，后来她来月经了不能和我做爱，这时候我高中的女朋友知道我要自杀后也想和我做爱，我们开好房间准备行动的时候她老公冒出来把我揍了一顿，然后我就来到网吧碰到了你。

为森美：你是在编故事吗？

王东：你看我就知道你不相信我。

为森美：那你为什么要自杀？

王东：活不下去了。

为森美：为什么活不下去了？

王东：你别问了，你推荐个电影吧，看完电影我就可以安心自杀啦。

为森美：你现在不想和女人做爱啦？

王东：不想了。还是看电影好，起码自己能做主。

为森美：那如果现在有个女的想和你做爱呢？

王东：那我也不想了。

为森美：真不想了吗？

王东：真的不想了。

为森美：看来你决心要死啊。

王东：当然了，我都和你说我是真心要死。

为森美：你准备怎么死？

王东：跳楼。

为森美：我能看着你跳楼吗？

王东：为什么。

为森美：我还没亲眼看过活人跳楼。

王东：可是我现在想看电影。

为森美：有个电影挺适合你现在看的。

王东：什么电影？

为森美：跳楼男。

王东：好像只有预告片吧。

为森美：那你看看简介和预告片就可以啦，也不是多好看的电影。

王东：好像还有床戏呢。

为森美：拍得也不是太露。

王东把地址告诉她，西辛小区，五号楼二单元，502，你过来找我吧。

为森美：我现在就出门。

王东：我等你。

17

王东回到住处，他敲了敲马丽的门，没有回音。王东感觉肚子有点饿,他在厨房台子上发现一个吃光的方便面袋子。王东打开壁橱,发现里面有鸡蛋,蛋壳有点发白,个头也比较小。王东开打煤气灶磕了五个鸡蛋放在碗里搅拌好,锅里倒上花生油,把鸡蛋倒进去,鼓起一层白白的蛋沫。吃完煎鸡蛋,王东喝了一碗自来水。王东感觉暖和了些,他看了看手机,已经是凌晨一点多。王东回到房间叠了叠被子,又用笤帚扫了扫地,就在这时候他听到敲门声。王东慌忙把脏东西扫到床底下跑过去开门,门外站着两个人,站在前面的是个年长的,后面站着一个年轻的。

年长的问,王东是住在这里吗?王东说,他不住在这,你找错了地方。他拿出手机拨打电话,王东的手机响了。他挂掉手机看着王东,你就是吧?王东说,你们找我有什么事?他说,为森美你认识吗?王东说,怎么了?年长的说,我是他爸爸。为森美的父亲走进房间说,你住在哪个房间?王东指了指开着门的房间。他走进来看了看,又走到阳台上看了看,他走回来问王东,你自己住在这里?王东说,是的。他拿起桌子上的一张废报纸看了看,看完后放到自己的口袋里。为森美的父亲走出房间来到客厅里,你和什么人住在一起?王东说,两个女的。他问,她们现在在里面吗?王东说,不太清楚,我们不怎么来往。他又问,知道这两个女的是干什么的吗?王东回答,不知道,我们平时不来往。他说,跟我走一趟。王东说,我为什么要跟你走,我不去。他说,你是不是和我女儿说你要自杀?王东说,对,我随便说说。他问,你是不是和我女儿说你要和她做爱后再自杀?王东解释说,我没说,我真的没这么说。王东连忙解释,我没说和她做爱,我只是想让她给我推荐个电影。为森美的父亲笑了笑,半夜三更和我女儿聊天就为了看电影,你当我傻吗?王东差点跪地求

跳楼男 351

饶，我真不知道那是你女儿，可是我真的没有想和她上床。为森美的父亲说，你的意思是我女儿主动找你，对吗？王东说，不是，你女儿想看我跳楼。他看着王东的表情，笑了起来，你刚才不是说你不自杀吗？王东连忙摆手，对不起，刚才我撒谎了，我是想自杀来着。年轻的那个抓住王东的胳膊，行了别说这些了，回去慢慢交代。

18

老张的女儿"为森美"给老张打电话的时候，他正和保卫科同事开着巡逻车在工厂附近巡逻。老张看到一个男的试图爬工厂的围墙，他把车开到男的前面，男的没有跑。老张和同事小胡下车走到男子的前面问男子这么晚了爬墙干什么？男子看着他们一句话都说不出来，老张从男子的身上搜出一把刀。老张先开车把男子押回保卫科然后又开车来到西辛小区。老张离异多年，女儿跟他住在一起。听女儿说一个男的在网上和女儿聊天要和女儿做爱时老张怒火攻心，他开车飞快地来到小区，心想最好那小子当真要自杀不然也要弄到他想自杀。后来当老张在王东的房间里看到报纸上的遗言后，他的心情平和了许多。

19

王东走下巡逻车，工厂里到处静悄悄的，只有办公大楼上亮着几盏灯。老张走在前面，小胡扯着王东的衣服跟在后面，王东的身子被拉拽得只能斜着走在路上，脚底下轻飘飘的。穿过大厅，后面的小院里有一整排平房。王东被扔到房间里，房间的中间吊着一盏节能灯，散着白白的光。一个穿黑衣服的男的蹲在角落里，房间里只有他们两个人，男子略微抬头看着王东，王东也看着男子。他们笑了笑。

王东在沈东武的旁边蹲下来，你怎么在这？沈东武说，我刚进来。王东问，你怎么了？沈东武小声说，不走运。王东说，你是不是又抢劫了？沈东武说，这次真不是，你呢？王东说，我想死。沈东武说，你找对地方了。

老张手里捧着一杯热茶走进来，他喝了一口茶水，指着沈东武说，过来，坐下。沈东武坐在椅子上。老张说，我现在问你话，你老实回答，听见了吗？沈东武点点头。老张说，你半夜在我们厂周围干什么？沈东武说，没干什么。老张说，身上带着刀干什么？沈东武说，防身，晚上不安全。老张问，不安全你晚上还出来，我们厂最近总是丢东西，你知道吗？沈东武说，不知道。老张问，偷过东西吗？沈东武说，没有，倒是在公交车上被偷过。老张问，丢了东西报案了吗？沈东武说，没有。老张问，为什么不报案？沈东武说，怕给警察找麻烦。老张说，不把事情说明白，天一亮我把你送进警察局，那里就没这里这么舒服了。

20

王东坐在椅子上没等老张问话便主动承认，我错了。老张问，你和我女儿是怎么认识的？王东说，是你女儿主动加的我。

老张问，是你说要和我女儿做爱的吗？王东急忙解释，没有，你可以去看我和你女儿的聊天记录，真的没有，你现在可以把你女儿叫过来求证，我真的一点这种想法都没有。老张从口袋里拿出报纸，仔细看了看，这是你写的？王东说，是。

老张抬头看着王东，你想自杀对吧。王东说，对。老张说，是真的要自杀，还是欺骗小姑娘的把戏？王东说，是真的。老张说，那你怎么还没死呢，报纸上的字是什么时候写的？王东说，下午写的，其实我应该早点死了，但是有点事耽搁了，我上网的时候就想看个电影后再死，但是没想到在网上碰见你的女儿，就和她聊了会，可是我保证没有勾引她的意思，而且怎么说呢我对学生妹也没有多大的兴趣，可能是我太孤独了就想和人说点话，感受下人与人之间的温情。老张打断王东，你着什么急，说这么多干什么呢。王东喘着气，我只是想说我真的是要死，没其他的意思。老张喝了口茶水。

王东回头看了眼蜷缩在墙角的沈东武，他把头埋在双腿间。老张清了下喉咙，你和我女儿见过面吗？王东说，没有，真的没有，我都不知道你女儿叫什么。老张拍了下桌子，你他妈的什么都不知道，就要和我女儿见面？王东解释，不是我，是她想亲眼看我跳楼的。老张说，你的意思是我女儿不对，是吗？王东摇头。老张说，她为什么想看你跳楼？王东说，这我怎么知道，你应该问她。老张说，她想看你跳楼你就同意呀！王东说，我也没仔细想，这也没什么不好的吧。老张说，你知道我女儿多大吗？王东摇头，不知道，她多大了？老张说，十二岁。王东有些吃惊，不是吧，我还以为她成年了。老张让王东说老实话，是真想死呢还是在骗小姑娘。王东说，是真想死，遗书你也看见了，是真的。老张说，我看你不像。王东说，真的，千真万确。

21

老张走后,房间里只剩王东和沈东武蹲在墙角。他们双手抱着腿弯曲成一团,嘴里频繁地呼着气。他们时而相互看看时而无奈地低着头。他们知道还有很长的一段时间才能天亮,寒冷让时间变得更加漫长。王东问沈东武怎么进来的?沈东武看了看四周对王东说,我说了你可千万别说出去。王东说,我会保密的。沈东武说,我想翻他们工厂的围墙然后就被带到了这里。王东说,这些我都知道,可是你为什么要翻他们工厂的围墙呢?偷东西?沈东武说,因为我杀了人,要逃跑。王东说,吹牛吧你,你什么时候变成杀手了?沈东武说,机缘巧合我成了杀手。王东说,看着不像啊!沈东武说,我猜你也不会相信我但是没关系的因为我的确是杀了个人而且还是一个女的。王东说,那你为什么要杀那个女的?沈东武说,因为我是个杀手。王东看着沈东武笑了起来,你是不是发烧啦?沈东武说,你看你又不相信我。王东说,你先把他们两个杀掉。沈东武说,杀手也没这么随便的。王东说,那你怎么才能向我证明你是杀手?沈东武说,我也没说要向你证明我是杀手,对了,你是不是要自杀?王东说,是的。沈东武说,你不要自杀了,你可以让我杀你。王东说,让你杀了我和我自杀是两码事。沈东武说,有什么区别吗?你最终都是要死。王东说,当然不一样了,自杀是自杀,他杀是他杀,我宁愿自杀也不愿意让别人杀我。沈东武说,神经病。过了会,王东对沈东武说,你杀过几个人?沈东武说,一个。王东说,这么少。沈东武说，慢慢就会多起来的，因为我有专门的经纪人，不怕没生意，你看你又不相信我。王东说，你跟警察说警察都不信。沈东武说，我真是杀手，我刚刚还杀了个女的。王东说，我相信你，你女朋友知道你是杀手吗？沈东武说，我们已经分手了。王东说，为什么？沈东武说，杀手不允许有女朋友。王东不再说话。沈东武说，我和你讲讲我杀的那个女的吧。王东说，下次吧我现在不想听。沈东武说，你不是要自杀吗？王东说，现在不想了。沈东武说，你这人怎么这样，我们杀手最看不起你这种人了。

王东问沈东武，你和你的经纪人怎么认识的？沈东武说，有天我准备跳楼自杀。王东打断沈东武的话，你为什么要跳楼自杀？沈东武说，我想想。沈东武想了一会说，我忘了我为什么要跳楼，我还爬上二十多层的高楼还脱光了所有的衣服。王东说，是不是因为失恋？沈东武想了想说，好像是吧。王东说，然后呢？沈东武说，然后我就被我的经纪人救了下来，他看我个人条件不错就让我当杀手。王东说，跳楼自杀的感觉怎么样？沈东武说，别问我我不知道你自己试试吧。王东说，你不告诉我我就告发你。沈东武说，你告发我什么？王东说，告发你是个杀手。沈东武看着王东，你要想清楚你现在是在威胁一个杀手。王东说，我本来就想死。沈东武说，可是我会让你生不如死的。王东说，你怎么杀的那女的？沈东武说，不告诉你。王东笑起来，我早知道你在胡说八道还杀手呢。沈东武说，对待杀手你的态度最好客气点。过了一会，沈东武说，好吧我告诉你跳楼自杀是什么感觉。王东说，快说。沈东武沉默不语。王东说，你在想什么呢？沈东武说，我在想要不要杀了你？王东说，为什么要杀我？沈东武说，因为你知道我是杀手，而且还是杀了人的杀手。王东说，这可是你主动告诉我的，怎么能怪我，要怪也要怪你自己口风不紧，你要杀也要自杀。沈东武说，我已经自杀过了，没成功。

22

清晨，王东像机器人一样从保卫科走出来，经过漫长的徒步旅行回到住的地方。王东敲了敲马丽的门，门没有开，他踹了一脚又踹了一脚又踹了一脚，门开了。王东看到马丽身体朝下趴在床上，地上有一摊血，床单上也有血。王东贴着墙走进房间看到马丽后背的衣服上破个洞，血是从洞里流出来的。王东碰了碰马丽的脸，冰凉冰凉的。王东又伸手拽了拽马丽的胳膊，已经发僵。王东退出房间去敲小杨的门，没有回音。王东给徐大成打电话，发现自己的手机已经停机。王东跑到徐大成的住所，他敲了敲门，没人给他开门。王东踹开一扇门，徐大成的头从被窝里探出来看着他。王东说，马丽死了，是不是你杀的？徐大成从床上起身，看着王东，怎么了？王东重复一遍，马丽死了，你知道吗？

23

我是个杀手，我是怎么成为杀手的呢？开始我不是杀手还有个女朋友，有天晚上我连续抢劫了两个人而且都成功了但是钱我都没要。现在我也觉得自己很傻，我当时肯定是喝多了。回去后我女朋友要跟我分手，原来她一直跟踪我，她说我是个傻×抢劫的钱都不要。你不知道我是多么爱她，不是她的话我也不会去抢劫，但是我抢劫了后她又跟我分手。总之我都搞不清楚生活怎么突然成了这个样子。我不死心，我又去找女朋友想和她好好谈一谈我完全可以再为她去抢劫，但是她就是不想和我在一起了。后来我想明白了，她就是不想和我在一起，所有的一切都是借口，她就是不要我了。我绝望和无奈，我感到真的是没办法活下去了，你们不要这么看不起我，你们也永远不明白我是多么爱我的女朋友，直到现在我都还深爱着她，我想她肯定跟别的男的在一起了，但是这都不能阻止我爱她。说说下面。我和女朋友谈判未果后，我走在大街上突然我不想活下去了活着没有用。冒出自杀念头的时候我刚好经过长发大厦，我抬头看着大厦，它真的好高，太高了，是我永远不能企及的那种高度。我爬上楼顶站在天台上，上面的风很大，我看着下面，一切都变得如此渺小，我脱光衣服把衣服扔掉，下面的人都抬头看我，看吧看吧，看一个青年死掉。我脱光衣服扶着铁架网上爬，越爬越高，我渴望飞翔。突然，突然，我后悔了。妈的，我真的是不想死，我都搞不清楚怎么回事，刚才我还想死现在风一吹我头脑冷静下来我不能就这样死掉，而且还有这么多的人围观看我的笑话，我不想死了，可是我脱得光光的，我往下一看真他妈的高真他妈的吓人，我觉得自己有恐高症，我怎么爬上来的，爬得这么高，我吓得一动都不敢动，我就这么待在上面，直到有人把我救下来。然后我就遇见了我的经纪人，我成为一个杀手。你要是说他为什么选我当杀手，我只能说可能想当杀手的人不是很多，恰好他问我想不想当杀手。杀手啊，听起来多么酷，我就答应了。我是杀手，是名副其实的，因为不久后我就成功杀了一个人，还是女人。

进入正题，我是怎么杀人的。经纪人把她的地址告诉了我。

我拿着刀去敲门，女的把门打开。门一开我把刀对准她。她问我是不是谁谁谁让我来的。我都没听过这个名字。我带她回到房间，关上门。我对她说不要说话我只是图财。她很听话没有大喊大叫，我用手巾把她的手反绑住然后用胶布粘住她的嘴。我对她说，其实我是个杀手，我是来杀你的。她吓到了，拼命地挣扎，嘴巴里发出呜呜的声音。可是有什么用都到这步田地了。第一次当杀手可想而知我还是很激动的，而且目标还是个妙龄女子，我脑子里在想能不能先奸后杀，可是我及时克制住自己，对，我是杀手，杀手只是杀人怎么能干强奸这样的龌龊勾当。我把她摁倒在床上，她还在挣扎，拼命挣扎。就在这时候有人敲门，我惊出了一身的冷汗，我赶忙用手捂住女的嘴巴，她还在挣扎我狠狠看着她。门响了一阵，没有了动静。事不宜迟，我对女的说，你不要恨我，我是杀手，是别人指派我来的。我骑在她的身上，两条腿夹着女的屁股。我双手握着刀把，刀尖对准她的后背，我没有用力插进去，这样会溅一身的血，要慢慢插进去磨破皮肉。这不是件轻松的事，我知道她挺痛苦的，她的眼泪都出来了，我帮她擦拭掉眼泪说，一会就会过去的。我对准之前的伤口把刀子插进去，血汩汩往外冒。这样反复十几次，整个刀身都插了进去。我看着女的，由于失血过多她有点要昏厥的意思，眼皮都睁不开了。我用手指捏住她的鼻翼，几分钟后，她没有了呼吸。

我现在对你们说这事，主要是说明我的确是杀手，虽然我目前为止只杀了一个人。更重要的是我的经纪人告诉我风头已经过去。今天我刚接了一个杀人任务，是个男的，这个男的我还见过他两次面。我想，这次会轻松一点。

24

有一天，王东在街上碰到了沈东武。沈东武看到王东后十分激动还主动邀请他喝酒。他们两个人去了一个饭馆，沈东武点了很多菜。王东狼吞虎咽吃了不少。他们喝了许多酒，两个人感觉十分舒服。酒足饭饱后沈东武问王东能不能去他住的地方待会？王东同意了。沈东武来到王东住的地方。王东递给沈东武一根烟，两个人坐着抽烟。沈东武问，你以前不是在这里住？王东笑着说，已经换了两个地方，我们第一次见面，是在个小阁楼，后来我搬来和两个女的合租，再后来我搬到了这里。沈东武问，和女的合租多好，怎么不住了？王东问，说出来怕你不相信。沈东武，你说说看。王东说，有个女的被人杀了，没有办法我就搬走了，不搬走不行。沈东武说，谁杀的？王东叹了口气，我也不知道，下手挺狠的。王东摆摆手，算了，不说这些了，说说你吧。

王东问，你现在还当杀手吗？沈东武说，没找到合适的工作，只能当杀手了。王东说，我也没找到合适的工作，能介绍我当杀手吗？沈东武说，你不是想自杀吗，怎么还没死？王东说，虽然没死，却跟死过一次一样。沈东武说，你要是想死的话我可以帮你。王东说，我和你说过多少次了，我是想自杀不是说被人杀，性质完全不一样。沈东武笑起来，这么长时间没见，你还是死脑筋，反正都是死。王东说，不一样的，我不想连累你。沈东武说，我不怕连累，我是杀手，你忘了吗？王东摆了摆手，什么杀手，别开玩笑了。沈东武说，我本来就是杀手。王东笑起来。沈东武说，而且我又刚接了个任务，杀个人。王东笑起来，你还在装，那么请你杀个人要多少钱？沈东武说，这个你要问我的经纪人。王东说，你杀过几个人？沈东武说，好几个了，不出意外的话会再多一个。王东笑起来，你这人开玩笑也不笑，那么我问你，这次你要杀的是男的还是女的？沈东武说，男的。王东说，找到他了吗？沈东武说，找到了。王东说，那你怎么还不动手？沈东武说，不急，抽完这根烟。

沈东武

1

我和沈东武认识的方式，有些非同寻常。那时我二十出头，正处在人生少见的艰难时刻。如今我是这么看待生活的，总有一段难熬的日子，让你自我怀疑。不过当你再经历多一点，会发现，那只是生活的常态。当时的我尚存文学理想，准备以此为生，便在市区租了间落脚的地方。迷茫以及孤独加上黑白颠倒的写作，让我变得焦躁，不愿意和外界接触。有天写到深夜，我出门找吃的，然后在一条漆黑的路上，遇到了沈东武。后来，我把和他认识的这个过程写进了小说里，将他描述成一个因交不起房租、被女朋友逼迫出来抢劫的愣头青。小说而已，没有离奇的情节，怎么吸引人看下去呢？这是当时我对小说的粗鄙认识。沈东武抢了我身上仅有的二十块钱和一块诺基亚手机，在他要逃跑的时候，我把他喊住，要他把手机还给我，没有手机我的正常生活会受到很大影响，并许诺我住的地方有一百块钱，可以进行交换。他同意了，然后跟着我回住的地方。

当晚的实际情况是，我逛完附近的超市，走累了，坐在路边休息。我手里提着超市塑料袋，里面装着几根火腿肠和面包。晚上写累了可以吃点，剩下的话当明天的早餐。这是我难得放松一下的机会，四周没人，我点上一根烟，暂时不用考虑写作以及金钱。我哼唱起来，尽量使自己心情愉悦，别说还挺管用的，唱歌的声音大了起来。在这兴头上，沈东武不知从哪冒出来，坐在我旁边。我吓了一跳，急忙起身，闪开几步。我看了他一眼，转身要走。沈东武喊住我，问我能不能给他一根烟抽？我犹豫了一下，走上前，将本就所剩不多的烟抽出一根，递给他。他掏出打火机，点上。点火的刹那，我看清了沈东武的脸，略显稚嫩，有不把一切放在眼里的神情。当时我有些生气，也在自我质问，为什么要乖乖给他烟抽呢？这当然不能用简单的助人为乐来说明，也不是单纯的害怕。我更倾向于是个人品格的惯性使然，总是不善于拒绝别人。直到现在，这个毛病也制约着我，让我生活中总是麻烦不断。我转身要走。沈东武问，你刚才坐在这里干什么呢？我问，你呢，躲在那里干什么？沈东武问我，你在附近住吗？我点头。他问我能不能去我住的地方？我又不认识他，当时就拒绝了。沈东武捂住自己的肚子，身体绷紧。看着他奇怪的样子，我担心他是拦路抢劫的愣头青。若不然呢，深夜躲在这条僻静小路的角落里。一会，沈东武深吸了一口气，摆出运气的架势，说，好了，压下去了。

沈东武说他出来散步，走着走着突然肚子有点痛，来到这个偏僻的小路上，刚要蹲下。然后我出现了。他当时十分着急，这样的处境，我相信诸位都碰到过，真是比死还要难受。他看到我坐在路边，一时没有要走的念头，还悠闲地哼起了歌，万念俱灰，除了想到哭，还想打我一顿。他想去我住的地方上厕所。我委婉地拒绝了，我现在离开，你可以在那边蹲下解决自己的问题。沈东武愣了下，万一再碰到像你这样的人呢？我说，那你可以问他能不能去他住的地方，看他怎么说。沈东武叹了口气，他肯定不同意的。我说，对，没人会同意的。我转身走，等我再回头时，看到漆黑的角落里，烟头在闪烁。沈东武蹲在角落里。

从卫生间出来后，沈东武像是换了个人，全然没有之前的低沉。他站在我那狭小的不到七平米由客厅隔开的房间里，有些无所适从。他问我，你就住在这个地方吗？我没搭理他，坐在床上。他又说，这是人住的地方吗？然后一屁股坐在我的床上，还有烟吗？我说，你还不走吗？沈东武从我口袋里掏出烟，点上，太早回去也睡不着，和你聊会天。我说，快十一点了。沈东武说，怎么，你明天上班吗？我说，不上班，我还要写东西。沈东武盯着我，嘴巴微张，有些吃惊。我说，你看什么呢？毫无疑问，至今我还没动手，完全是我有着不错的个人修养。但我也知道，自己的忍耐是有限度的。我已经察觉到，沈东武对我的轻视。他问我，你写小说吗？

上文提过，我打算以此为生，这是我的个人秘密，没有和任何人透露过。缺乏自信是一方面，我也深知，这在外人看来是不切实际的。我本可以随便搪塞过去，或许是长久以来的压抑，和本身是渴求和人交流的。我说出了自己正在写长篇小说。沈东武惊呼，表情的幅度比之前大，略显浮夸，但从其表情能看得出，这是发自内心的，我居然认识了一位作家。这让我有些羞怯，加上他说话的声音实在是太大了，在这个寂静的深夜，是多么不合时宜。在这个房子里，除我之外，还住着四个人，其中一对情侣，另外是独居的一男一女。他们都已经入睡，也许打算入睡，被沈东武的声音吵醒，正在忍耐中。沈东武完全不考虑这些，追问我在写什么类型的小说。我不知如何回答，从何说起呢。同时，我也不想将自己写作这件事让更多的人知道。我让沈东武尽可能小声点，大家都休息了。沈东武说，没事，他们休息了怎么会听到我说话呢。沈东武捂住自己的肚子。我说，怎么，又去厕所吗？沈东武说，我有点饿了。我递给他一根火腿肠，吃完走吧，要不你拿着在回去的路上吃。沈东武站起来，我请你喝酒吧。

我和沈东武推脱起来，他坚持要请我喝酒，把我推出房间，并替我将门锁上，钥匙装进自己的口袋里，让我放心，他肯定会给我的。这么多年过去了，沈东武当晚的热情仍旧令我记忆深刻，但你不觉得这也确实挺讨厌的嘛。走在街上，只要我们之间有两秒以上的沉默，他便立刻找话题，而他所说的话，在我看来都是可有可无的。一句话，沈东武见不得冷场。他总是试图与我交流，如同一个勤劳的农民卑躬屈膝四处寻觅农田里的野草。对于他层出不穷的问题，开始我还耐心回答一二，后来当我意识到他就是这样的性格后，他从我这里得到的回应都是模棱两可的语气词。在倾诉了自己的生活后，他渴望从我这里得到反馈。没记错的话，他当时十八九岁，正是心无旁骛透支自己的时候，对周遭的一切持有热情。而我在他的眼中，是陌生且新鲜的，一个比其虚长几岁且境遇不佳的作家。

当从沈东武的口中冒出作家这个称谓时，我羞怯地低下头，让他不要这样说。对于自己在乎的事情，我总是用轻视的态度进行伪装，对其漠不关心。说到底，还是性格所致。但同时又期盼着，事情能有所好转。不够坦荡，当然这和虚伪是两码事。沈东武不同，表现得精力过剩。喝了点酒后，沈东武更是语无伦次起来，对我称兄道弟，并希望我能以他为原型写点小说。很明显，我对他这个人一点深入了解的兴趣都没有。如果说对他还有些其他的感情的话，那就是厌恶了。在酒精的刺激下，他再三强调如果我把他的故事写成小说，必定十分精彩，而我也会混出名堂。

我看着他那张过于自信的脸，一度哑然失笑。这就是年轻人啊，不会察言观色，只在乎自己的所感所想，总认为自己历经人生百态，与其无关的事物都不值一提。我甚至有些羡慕沈东武，从他的身上你看不到腐朽，喜怒哀乐都写在脸上。反观我自己呢，一副闷闷不乐的样子，可一样什么都改变不了。

回到住处，已是凌晨两点。在微醺的状态下，我在电脑上写到清晨，效率低下，不尽如人意。在孤注一掷的同时，我对自己从事写作并没有太大的信心，躺在床上准备睡觉时，同住的几个开始起床洗漱准备上班。工作是另外的一种痛苦，想到写作没有起色便要考虑去找份工作时，失落的情绪充斥在我体内。

睡梦中我听到有人喊我的名字，睁开眼，听到激烈的敲门声。我咒骂着起床去开门，看到沈东武站在门口，冲着我笑。我头脑昏沉，对他的到来感到意外，以为再也不会见到他。进门后，沈东武二话不说抬着我的台式电脑就走。他说他想了一晚上，我这里条件太不好了，不利于写作，要我搬去他住的地方。等我回过神来，他已经下楼了。我跟着下楼，沈东武将台式电脑放进出租车里。莫名其妙，我和沈东武住到了一起。

后来沈东武说，认识我那会他正处于少有的幸福时期，玩了多年的一个网游装备卖了上万块。他租了个三室一厅的房子，身边还有一个女网友。而帮助我这个落魄的作家，是沈东武一时兴起。我对他这个人也有了改观。一个在自己得意时，会伸手帮助他人，其人格用伟大来形容并不过分。何况他那所谓的得意，是如此渺小，可以忽略不计。

坐在出租车上，沈东武信誓旦旦地告诉我，让我安心写作，什么都不用考虑。可我还是有些顾虑，对他我一概不知。可再一想，他对我也是同样陌生，既然他都不担心，我又担心什么呢？

再者说，我并没有利用价值。如果非要说沈东武有什么私心的话，那就是在我们短暂的同居日子里，他总是找各种机会向我讲述他这十几年的生活。看着他滔滔不绝的样子，我告诉他，与其让我写，不如自己写。沈东武说，我不知道怎么写。很简单，你怎么说，就怎么写。沈东武笑起来，怎么好意思自己写自己呢。一次酒后，我明确告诉沈东武，他的人生并无特别之处，不传奇也不平淡，只在你个人的眼中无比重要，对其他人包括我在内，只能当作谈资。沈东武看着我，他没有生气，活跃的眼神中闪过一丝木讷。而就是这木讷，在以后会成为他生活的主流。对周围世界的热情在减退，对自己遭受的不公待遇保持冷静，身上慢慢长出一层与外界绝缘的壳，新陈代谢放缓的同时，神经系统对外界的刺激不再那么敏感，做任何事情都先用金钱进行衡量，这就是成熟，只有如此你才是社会所能接纳的正常人，我将其称为理性人。

我的到来让苏艳有些不悦。这个留着蓬勃发型的杀马特姑娘，总是将自己的脸埋在头发里，自始至终我都没看清她到底长什么样。她皮肤挺白的，描着黑色的眼影，让眼睛显得大一点。苏艳在一个管理松散的技校上学，周末会按时回家，回来时，带着一大包的零食。沈东武不在的时候，苏艳把自己关在房间里看韩剧。在我的房间里能清楚听到那些令人发笑的韩语发音。我只好戴着耳机打字。崭新且舒适的环境，的确让我在一段时间内写得顺利，但紧接着就僵持住了，然后深陷自我怀疑中，没人能对我伸出援手。我焦躁不安，在房间里走来走去，原地跳跃，躺在床上。我听到哭声，走出房间，是苏艳，听起来她哭得十分伤心。不知道发生了什么事，犹豫再三，我敲她的房门。没回应。我坐在客厅的沙发上抽烟，一会苏艳红着眼走出来。我问她怎了？苏艳说没事，然后又回房间。她没有关门，然后我走进去。苏艳坐在电脑前面。我说，有什么不开心可以告诉我？苏艳说，刚才韩剧的女主角死了而已。听她这轻描淡写的口气，可为什么要哭呢？然后苏艳又找到一部韩剧，我们坐在一起看。很快，苏艳融入到剧情中笑起来。至今我还记得这部叫《阁楼男女》的韩剧，也是我看过的唯一一部韩剧。确实挺有趣的，大概有七八个小时吧，我们一口气看完的。几天之后，苏艳走后就再也没回来。我和苏艳仅有的接触，也止于此。现在想来，小姑娘性格挺酷的。少言寡语，冷漠。

后来我问过沈东武关于苏艳的事情。沈东武不想谈，对她有很明显的轻视。似乎苏艳是完全不存在的。沈东武告诉我，他邀请我来住，很大一部分的原因是因为苏艳。他厌倦了苏艳，却又找不到合适的理由让她走。然后把我牵扯进来。这样就很容易解释，为什么我住进来后，沈东武总是不在，等到晚上才回来睡觉。他希望我和苏艳之间能发生些什么，也认定苏艳是个放荡的姑娘。这让我很生气。苏艳和沈东武看上去是这么合适的一对情侣，年轻且独特。看到他们，我就禁不住怀念自己年轻的时候。我不是倚老卖老，可十八九岁和二十四五六，是不一样的人生。

沈东武说，他和苏艳的关系，如同苏艳上的那所技校，松散且忽视彼此。苏艳和宿舍的女生有矛盾，不想住宿舍。而沈东武恰好有住的地方。作为代价，苏艳和沈东武睡过几次觉。各取所需。沈东武当时有个女朋友，刚做完流产手术。两人的关系恶化到拳脚相加的地步。等有所缓和后，沈东武就想方设法让苏艳走。我没见过沈东武的女友，没什么兴趣。他倒是长篇累牍讲述和这个女友跌宕起伏的恋爱史，其中充斥着各种分手复合。两人也因在教室里做苟且之事被老师碰到而被开除。沈东武讲到动情的地方，还哭了一会，大概是想到他们那流进医院下水道粉身碎骨的孩子。丧子之痛，确实值得掉多点眼泪。平复心情后，沈东武让我一定要把他俩的爱情故事写进小说里，并保证其效果不亚于罗密欧与朱丽叶。不过，我倒是以苏艳为原型写了个角色。由于写作能力的欠缺，不提也罢。

一天深夜，我正在房间里打字。我记得那几天气温下降，缺衣少吃的我情理之中病倒了，高烧流鼻涕，轻摇脑袋便疼痛不止。拖着病躯，看着电脑里密密麻麻的文字，我提不起一丝的兴趣，甚至有了全部删除的念头。情绪消沉到了难以置信的地步，如果冒出一个人对我说些激励的话，毫无疑问我会抱着他痛哭。理性告诉我，还是要坚持住，已经到了这分上了，还有什么可担心的呢？我听到门打开，沈东武回来了。我走出去，看到地板上一摊血迹。沈东武在房间里收拾东西，不时用手捂住胸口，似乎是舞台剧演员在表达夸张的心痛。我问他怎么了？沈东武让我快点收拾东西，跟他立刻走。事情有些严重。我全部的家当就剩台式电脑和一个包，被子和书只能以后再来取。沈东武的身上还在不停地滴血，下楼的时候他差点晕倒。这把我吓坏了，我认定他随时都会死掉。他的身体摸起来也是凉的。沈东武说着些什么，他的脑子已经不太清楚了。我没什么其他的选择，扔下手里的东西，搀扶着他去了社区诊所。还算幸运，沈东武只是失血过多。他的胸口被人砍了一刀，除此之外其他无关紧要的地方还有几处刀伤。他整张脸都是僵的，只在大夫清洗伤口的时候倒吸几口凉气。在沈东武挂点滴的时候，我联系上了个朋友，把东西暂放在他那里。打车去的路上，出了车祸。等我回到诊所，已是凌晨。沈东武早已不知去向。后来我试图联系沈东武，并去他原来住的地方找他，无果。对我来讲，这倒符合我们的相识。

半个月后,长篇写完。然后四处投稿并意料中的石沉大海。我不再心存幻想,决定换个环境。恰好在这时候,我认识了王艺娜,她当时在青岛一家广告公司工作,喜欢文学,是个文艺青年。在她的极力邀请下,我决定去青岛碰运气。

我必须要承认,在接下来的四五年中,沈东武在我心中的形象趋于淡化,偶尔想起几次,也都迅速被其他琐事取代。可以预见,再过几年,沈东武便会在我的记忆里全部消失。这能有什么办法呢,沈东武,他压根不是一个值得你去铭记的人。时间流逝,他曾带给我的些许感动,也变得不值一提。我并不是那种见利忘义之徒。我将现在为沈东武著书立传归结为命运的捉弄,大概你们也猜到了,后来我又见到了沈东武,如此出乎意料,让你不得不相信确实有缘分这回事存在。这已经是四五年后了,不论是他还是我,生活悄无声息地在我们身上留下了明显的烙印。同时,我对小说也有了不同以往的认识。每个生命个体都值得记录,故事要让位于人。这也正是此文的创作初衷。

2

沈东武在农村长大,是家中独子,出生之前,母亲刘桂花还给他生过两个姐姐。因为计划生育和想要个男孩传宗接代,把尚在襁褓中的二姐送走了。隔年,沈东武的大姐因病夭折。沈东武的父亲沈胜利想把二女儿要回来。对方是沈胜利打零工时认识的一个外地技术员,已婚多年无儿无女。抱着仅有的几条线索,沈胜利多次去外地寻找,次次都无功而返。又过了两年,沈东武出生,找寻二女儿的念头不再那么强烈。多年之后,躺在病榻上奄奄一息的母亲诉说着对两位女儿的思念。沈东武也不争气地掉了些眼泪。如果两个姐姐健在，便会有人替他分担照料母亲的琐事。在沈东武的面前，刘桂花想方设法回避排泄，这对一个即将离世的病人，是多么没有必要。

沈东武出生的时候，刘桂花大出血，母子平安已实属不易。刘桂花不仅失去了生育能力，健康也一落千丈。余生中，她一直疾病缠身，只能操持有限的家务，养家糊口的重任全落在了沈胜利的身上。在对待沈东武的态度上，父母的态度截然相反。沈胜利认定家庭的一连串不幸都是沈东武带来的。而刘桂花对这个来之不易的儿子十分宠爱。在沈东武模糊的早年记忆里，母亲对他严加看管，如果离开她的视线超过十分钟，母亲就发出尖叫声，四处寻找。这种情况持续到刘桂花运动能力减退无法跟上健步如飞的沈东武为止。即使出生在并不宽裕的家庭中，刘桂花还是尽力给沈东武更好的成长条件。沈胜利早出晚归，拼命维持生计。沈东武记得，沈胜利总是对自己板着脸，一副不近人情的严父形象。

七岁那年的夏天，沈东武第一次目睹了死亡。邻居家有个哥哥，叫张超，十岁。这天中午，刘桂花正在睡午觉。张超和沈东武在庭院里玩水，一大瓮的水很快就用光了。张超提议去村西边的大坝里游泳。沈东武不想去，一是自己不会游泳，二是刘桂花早就警告过他，不能去大坝下水。张超说只在水浅的地方玩，不会淹到。他拍着自己的胸脯，我会游泳，就算出现意外，我也会救你的。沈东武犹豫不决，张超又说，想学游泳吗？我教你。需要说明的是，直到现在，张超也不会游泳，以后会不会呢？不好说。

在中国的北方，尤其是夏天，人们有午睡的习惯。沈东武和张超在通往大坝的路上，一个人都没见到。似乎整个村子只剩下他们，如果沈东武已经有了世界的概念，他会感到世界只剩下他俩。出了村子，经过一条据说是早年日军侵华修建的铁路，沈东武和张超冲着铁轨撒尿，顿时冒出了两缕蒸汽。继续走，经过一片果园，一只小狗从果园里爬出来冲他俩狂吠。沈东武吓得躲在张超的后面，死活要回家。张超不让他走，捡了一根木棍，把狗撵跑了。此后的很多年，沈东武总是梦到这条狗，有时温顺有时狂躁。倘若有神灵存在，那他就变成了这条狗，在张超找死前进行了阻拦。

由于前几天刚下了一场暴雨，大坝里水满满的。来到岸边，张超二话不说就扎进去了。沈东武蹲下，用手捧了几下水，将地面弄湿，然后一屁股坐下，两只脚扑腾着水花。一会工夫，张超已经游远，看不见了。沈东武喊了几声，没人回应。他围着岸边找，水面平静。不见张超出来，沈东武坐在岸边发呆。他以为张超在和自己开玩笑，引诱自己下水。过了很久，张超爬上岸，全身变成绿色，肚子鼓鼓的。他撒了泡尿，倒地后再也没起来。

年幼的沈东武并不知道死是怎么回事。对死去的张超，也无多少怀念之情。他早就忘掉张超的模样。小学五年，过得很快。沈东武一直是各方面都不起眼的学生，干什么事都跟在别的同学后面，学习成绩也一般，被老师打过几次，但绝不是因为顽劣成性。大多是因为他太过于老实和听话，把老师给闷坏了。沈东武上初中时，刘桂花只能靠轮椅代步。她的活动范围局限在以家为中心方圆三公里以内。阳光好的时候，习惯在家门口做家务，和路过的邻居闲聊。她做的饭菜味道越来越淡，沈东武不爱吃。

初二那年暑假，沈东武在同学家里观看了色情录像带，对异性的身体有了具象的认识。同时也唤醒了他一部分遗失的记忆，在他四五岁或者更小的时候,他和一个肥胖的女孩抚摸过彼此的下体,有时还有另外一个男孩参与。但这个男孩和女孩究竟是谁,沈东武一直没想起来,或许这压根不存在。沈东武喜欢上了班里的一个女孩,但她同时被其他的几个男生喜欢着。那几个男生好勇斗狠,沈东武惹不起。沈东武喜欢上踢足球,给自己定下目标刻苦训练,想以后当专业足球运动员。半年后,他暗恋的那个女孩子变胖脸上长满了青春痘,沈东武就不喜欢她了。学生中常见的斗殴事件,沈东武也遇到过,他被四五个人围在厕所里踹过几脚抽了几个耳光。回到家后,沈胜利看到儿子脸肿了,没过问。那几年沈胜利在化工厂上班,白班夜班轮流干。他不常见到醒着的沈胜利,白天沈胜利总是躺在床上补觉,担心吵醒他,沈东武和刘桂花说话的声音很低。

  那几年沈东武过得并不开心,家里的氛围很消极。沈东武有过一两个特别要好的朋友。但一份友谊的失去,对他以后的人生影响很大。牛阳比沈东武大一岁,也比他高。他俩家挨得不远,又是同班,一起结伴上学。牛阳早熟,当沈东武还没意识到靠衣着打扮吸引异性注意时,牛阳已经颇有主见为自己设计了一款发型,额前留着一缕长毛且染黄。从古惑仔之类的港台电影中,牛阳模仿走路的步伐和说话的语气。意料之中,学校里的小混混盯上了牛阳这只出头鸟。一天傍晚,值日完毕后,沈东武和牛阳推着自行车往校门口走。七八个人截住他俩,把牛阳带走了。沈东武愣在一旁,没阻拦更没跟牛阳一起。牛阳回来时,脸红肿,衣服上有许多脚印。在回家的路上,牛阳没告诉沈东武发生了什么。沈东武为了顾忌牛阳的尊严,也没主动问。他俩保持着默契,心照不宣。这天以后,牛阳躲着沈东武,不再一起结伴去学校。沈东武被贴上了不讲义气的标签。十多年过去了,沈东武一直自责，一起挨揍不正是友谊的最佳注脚吗？沈东武的右手中指和无名指第二关节的指肚上各有两道伤疤，一共缝了五针，轻轻抚摸会感到麻痒。在一堂化学实验课里，沈东武不小心将一根导管掰断，血顿时从指上冒出来，惊吓使他并没有感觉到多疼。他捂住伤口，跑出实验室，血不停地流。在校门口，他碰到牛阳。牛阳骑车载着他去了镇医院，缝完针，沈东武因失血过多感到头晕。他靠在椅子上，旁边坐着牛阳。这是一次难得敞开心扉修复友谊的机会，沈东武错过了，此后再也没找到。

沈东武没想过上高中，他觉得初中毕业就应该出去打工。这也是沈胜利的意思。你们可能会认为十四五岁的初中生能干些什么呢？这只能说明你们对底层的生活缺乏必要的认识，拿沈东武来说，四周有数目可观的工厂，没有使用童工违法这种观念。即便整日游手好闲，这本身也是节省家庭开支。九年义务教育已经结束。沈东武能上那所收容劣质学生的私立高中，多亏了母亲刘桂花。对于刘桂花的临终嘱托之一，沈胜利虽不情愿也只能照办。刚入夏，刘桂花的身体急转直下，她逐渐失去了进食的能力。剩下一副骨架的刘桂花躺在床上看着矮小瘦弱的沈东武心生怜悯，怎么能放心让自己的儿子这么早踏入社会呢，不奢望他能考上大学，但在高中三年里长出一副成人的体格也好啊。刘桂花死后，沈东武心里清楚，再也没人关心他了。

中年丧妻的沈胜利自此有了酗酒的毛病，和沈东武的父子关系继续走低，只是比陌生人要好一些。开学之前，沈东武去打工赚学费，不小心砸伤了脚，因此他没参加开学的军训。当军训结束，沈东武穿着军训的短袖去上课时，遭到了一个女生的嘲笑。至今，他还记得那个女生说的话，你穷得没衣服穿吗？作为一个甚少进城的农民的后代，沈东武面对诸多相互攀比的城市孩子，内心积压多年的愤怒有了发泄的渠道。

是丧母之痛还是廉价的自尊心，我们已经很难了解是什么原因让沈东武不再是那个初中时受人欺辱的懦弱小子。但不可否认的一点是，小团体给沈东武的温暖和力量是至关重要的。高中开学没过多久，沈东武和一帮同样来自农村的同学在以武力对待城市同学上达成了共识。沈东武和李烈的友谊自此开始。有次沈东武在公用洗漱间洗头，洗发膏用完了，他把水灌进去晃荡几下后，再将掺杂着些许洗发膏的水倒在头上。一个人高马大的同学走进来，见此情形后主动将自己的洗发膏递给沈东武，并说，穷得洗发膏都买不起了么，用我的吧。晚休前，沈东武叫上李烈等一行人，将这个男的带到一个废弃的宿舍里，拳打脚踢教训了一番。这个出生在城市的家伙家庭殷实，之后的每个月都会主动从可观的生活费中拿出一部分给沈东武和李烈当做是保护费。后来他俩相继被开除混迹社会，也会按时到校门口收保护费。在外人眼中，沈东武是跟着李烈混。这种说法并无不妥，相比于沈东武冲动的性格，李烈有城府和善交际。遇到事沈东武也愿意征求李烈的意见。打架的时候，沈东武总是冲在前面。

仅高中一年，沈东武的身体发育喜人，尽管还是那么瘦弱但个头高于同龄人。与之伴随的是，性欲越发强烈，下体总是频繁勃起，令其苦恼不已。不再受人欺辱，也说明沈东武在异性上有了更大的选择权。这和动物世界一致，强者总是有更多的交配权。沈东武喜欢上几个女同学，除了姚娆都拒绝了他。自然而然，沈东武和姚娆走到了一起。高一下半学期，时值春季天气转暖，单纯的牵手和接吻已经不能满足这对热恋中的情侣。这天下了晚自习，沈东武和姚娆没有回宿舍，在漆黑的教室里，让同学将门从外面锁上。可以预见的是，如果他俩果真在教室度过一夜，小便也要局限在此。这个不起眼的小细节我询问过沈东武。他说自己早已考虑到，并且准备了一个空塑料瓶，至于姚娆，教室里不是有垃圾桶么。班主任在查完男女宿舍后，发现沈东武和姚娆不见了。对于这个二十出头的教育界新人，她吓坏了，她询问学生希望能得到一点线索。平日里对待学生凶神恶煞注定此刻的她不会得到学生的帮助，几个知晓实情的人闭紧了嘴巴。她慌神了，并流下了惊慌的眼泪。多亏一个教学经验的老师提醒她，会不会在教室里呢？教室门打开的时候，沈东武正在努力脱掉姚娆的裤子。

老师要求家长来学校，沈胜利没去。沈东武被劝退回家写检讨。检讨倒是写了，通篇是希望老师能容纳他和姚娆之间纯洁的爱情。自然，检讨没通过。沈东武被开除了。姚娆呢，她也被开除了，但没过多久父母给她转学到一所技校。沈东武被开除前，李烈因打架早一步被开除。

很快，沈东武在市区的一家饭馆当起了服务员。不上学自然就没有生活费，想花钱就自己赚，这是沈胜利的原话。饭馆老板在厨房里给沈东武支了一张木板当床。沈东武虽然尚未成年，还有未成年人保护法傍身，但他已经深切感受到，学校和社会是完全不同的两种环境，在学校打架和敲诈，顶多让老师教育批评一下。可在社会上呢，只要你做点出格的事，没人有闲工夫口头教育你。沈东武和姚娆第一次上床是在厨房的那块木板上，当天是姚娆的生日。和许多人的初夜一样，过程有些坎坷，沈东武不得不用厨房里的花生油进行润滑。姚娆的喘息声把住在隔壁的厨师吵醒了。厨师冲进厨房看到光着身体的两个人，一顿大骂。沈东武气不过，拿着一把菜刀要砍他。菜刀被厨师夺了下来，他追着沈东武和姚娆跑了三条街。几天之后，沈东武叫上李烈和几个哥们，把厨师打了一顿。当时李烈在一个酒吧当服务生，把沈东武也介绍过去了。

我认识沈东武那会，他已经不在酒吧当服务生，并且和李烈的友谊出现了裂缝。李烈手下聚集了一帮兄弟，准备打出一片天地。沈东武陷入了和姚娆无休无止的感情纠葛中，多亏那笔意外之财让他的心情并不是太糟糕。身边的人包括李烈在内，对姚娆有看法，劝阻沈东武和她彻底断绝关系。可这对沈东武并不是容易的一件事，按照他的说法，真正的爱情不就是如此折磨人吗？在半年的时间内，姚娆做了三次人流，这可把沈东武伤心坏了，他第一次没做好安全措施，但后面都有注意到。不过沈东武当时还没想到后面两次的肇事者另有其人。他对姚娆说，如果再怀上就把孩子生下来。很快，姚娆又怀上了。在沈东武再三逼问下，姚娆承认孩子不是他的。这把沈东武气坏了，下手打了姚娆。为了报复对方，沈东武这才和苏艳住在了一起。这个时候，我出现在沈东武的生活中。

叙述至此，该讲那晚沈东武被砍的事。需要说明的是，四五年后我再次遇见沈东武时，谜底才揭晓。事情因姚娆而起。那晚，沈东武约姚娆和她正在交往的那男的出来谈话。在这之前的一个小时，李烈再次劝说沈东武和姚娆断绝来往，并再次被沈东武拒绝。没有办法，李烈说姚娆是个荡妇，并拿出了有力的证据，包括李烈在内，沈东武身边诸多的哥们，都收到过姚娆上床的邀请，只有沈东武还蒙在鼓里。当时沈东武就气炸了，质问李烈到底有没有和姚娆上床？李烈说他没有答应姚娆，还训斥了她，至于其他人有没有顾忌江湖道义把持住自己不得而知。沈东武备好匕首约姚娆出来，没想到的是姚娆的相好早有防备也揣着刀。两个人一顿乱砍。虽然沈东武胸前被砍了几刀，但他把刀插进了对方的肚子里。对方当场痛苦地倒地不起，这可把沈东武吓坏了，急忙逃回住的地方。

简单处理了伤口后，有命案在身的沈东武跑路了。凌晨两点，沈东武随便买了一张火车票。中午，来到山东济宁，在某所大学旁边的城中村租了间房子养伤。伤好差不多后，沈东武带着的钱花得所剩无几，因为怕被警察逮住，他断绝了和亲友的一切联系。就这样，沈东武以在逃杀人犯的身份提心吊胆潜逃了一年。这一年中，沈东武每天晚上都睡不踏实，担心醒来已经被法网扑住。死亡的气息笼罩在他的头顶，喘气都困难。这一年发生在沈东武身上的事情，后文会提及。关心沈东武个人命运的诸位，你们大可放心，他并没有判死刑，警察也没找上门，不出意外的话至今他还活着，在某个地方尽管生活不富足未见得多幸福，但他是自由的。一年后，身心俱惫的沈东武做好伏法的准备，他联系上李烈，这才得知被他捅的那人也像他一样人间蒸发了。双方都以为自己犯了命案，不约而同选择了跑路。

第二天，沈东武回到了故乡。一年的时间说长不长，但足够让沈东武感到物是人非。姚娆和那个家伙一起跑路，至今杳无音讯。李烈带着一帮手下，在疯狂的房地产大潮中承包了渣土运输的工程，二十岁的年纪买了车俨然一副有志青年的架势。沈东武回到家，敲了半天门，他透过门缝看到庭院里长满杂草貌似荒废多时。大概是半年前，具体时间没人知道，酗酒成性的沈胜利出门后再也没回来。起初附近的邻居也没当回事，沈胜利出门喝酒几天不回家是常有的事。过了半年，众人接受了沈胜利消失的这一既定事实。沈东武回来后，人们安慰他，他父亲也有可能外出打工了。一个成年人又不是小孩子，不会失踪的。不过沈东武在家里找到了沈胜利的身份证和一部分现金，他明白自己的父亲肯定是出了什么意外。他设想了许多种情况，比如醉倒在马路上被行驶的车辆碾压致死并抛尸荒野。沈东武没去派出所报案，他觉得没必要。能不能活着回来，他人无能为力，要看沈胜利自己的造化。

晚上，沈东武躺在床上，一夜没睡。曾经的三口之家，只剩下他自己，眼泪顺着脸颊流。他想不通自己怎么就成了个无依无靠的孤儿了呢？几天后，沈东武以每年三千块的价格把房子出租给了一对从外地来此务工的老夫妻。走之前，沈东武去墓地给刘桂花上坟。时值初秋，墓地长满了半人多高的野草，刘桂花的坟没有墓碑只是一个土包。沈东武在杂草中找了半天，每个坟头都似是而非的样子。他只好在一片空地上焚烧黄纸象征性地磕头。自此沈东武甚少回来，自生自灭地生活着，没人真正关心过他。

3

后来，那本书还是出版了，但要等到我来到青岛的第二年春末。在这大半年的时间里，有段时期我放弃了写作。幸好之前我参加了一个网站（现在已经不存在）的小说比赛，接近春节的时候，突然告诉我，我的短篇获得二等奖，一等奖空缺。点评我小说的那位老作家几年后得了诺贝尔文学奖，他的点评寥寥数语，无非是语句通顺之类的场面话，再具体的我已经忘记了。或许这些话是出自他人之口，他只是挂名而已。仅仅用兴奋是难以描述我当时的心情，这完全不在我的计划内，相比获奖用中奖来形容更为贴切。这是一种暗示，我时来运转了。那段日子，工作找得不顺利。有次对方几乎要录用我了，我内心慌了，又拒绝了对方。我感觉自己一无是处，完全失去了信心。这不仅是精神上的，包括身体，全方位的。先是后脑勺斑秃，与王艺娜的性生活也令人沮丧。王艺娜租住的房子眼看就要到期了，我们没钱找到新住处。尽管王艺娜不说，但她的眼神已经认定我是个废物。我出现在她的生活中，只是为了拉低她的生活水准。

奖金暂时解决了生活中的问题，还完债，我们用剩下的钱在王艺娜上班的附近租了间阁楼，条件有些简陋，分为卫生间和卧室两间，卧室几乎被一张双人床占满，低矮的房顶，让人无法站起来，只能低着头。除去上卫生间外，所有的活动都要在床上完成。即便如此，我们还有什么苛求的呢？写作事业的死灰复燃才是最主要的。王艺娜也对我恢复了信心，让我不要去找工作，认真写东西。搬进阁楼没几天，我就病倒了，是我有记忆以来最严重的一次，头疼欲裂吃不进饭身上一点力气也没有只是在昏睡。几天后，头没那么疼了，食欲也恢复了，但还是没力气。晚上我想吃点东西，和王艺娜去楼下的小饭馆点了一份汤圆，这里的冬天空气湿冷。汤圆我吃了半个，就不想吃了。在街上走了没几步，我就迈不开腿了。王艺娜搀扶着我爬八楼，一副耄耋老人的架势。那是我和王艺娜之间少有的和睦时刻，感觉会陪伴着彼此终老。说起来有些可笑，年轻人的感情是如此不稳定。如果没有这次获奖，我和王艺娜的关系也快要走到了尽头。毫不夸张地说，它拯救了我岌岌可危的爱情和文学事业。当时的我总是盲目乐观，感觉未来一片光明。长久以来的压抑情绪和不规律生活对身体的消耗在这次重感冒中发泄完毕，我感觉自己焕然一新。

整个春天，我窝在床上写作和阅读，起床时接近中午，也懒得弄吃的。晚上王艺娜买菜回来做饭，吃完饭后我们躺在床上看电影或者各自看书。生活平淡，没什么大事发生。时间久了，生活再次拮据。各种网络文学比赛层出不穷，但大多是网络小说。我试着参加了几个，没有反响。王艺娜对我说，我这样下去不是个办法，最好是找份工作。有些人在上班的时候能抽出时间写作，但这对我并不适用。上班是对人类的一种奴役，做自己不喜欢的事只是为了换来微薄的报酬。我也问过自己，是不是工资高到一定的程度，就会忍受呢？短时期内或许可以，时间长了还是一样。我期望的是做自己喜欢的事还能有报酬。只是目前来讲，有些不现实。王艺娜对我的态度越来越差，这不能怪她，她也没有义务让我吃饱穿暖却毫无怨言。我深知，除了写作我并不能做些什么。我像被砍头的苍蝇将长篇的电子稿四处投递，这有点碰运气的意思，也是给自己留点希望。人有时候不就靠些许的希望支撑着吗，但次次都希望落空和石沉大海也确实挺打击人的。虽然我有着丰富的退稿经验，却没练就出麻木的本能，失望还是一次次折磨着我。

这天早上，我送王艺娜去上班，然后来到附近的网吧，打开邮箱，北京的一个编辑回信问我一万块钱买断可不可以？我强忍住内心的喜悦，点上一根烟，并要了一瓶可乐。我靠在座椅上，手指颤抖着。我告诉自己要冷静。我颤颤巍巍在键盘上打字，容我考虑两天。紧接着我给王艺娜打电话，她认为我在开玩笑。我再三强调她相信了反问我还在考虑什么呢不怕对方反悔吗？一个星期后，对方把钱打到了我的卡里。书出来已是来年一月份，没有任何的意外，在浩如烟海的市场上，如看不见的细菌一般悄无声息。王艺娜对我的文学事业重拾信心，毕竟是要出书的作家了。我需要做的是马上写下一个长篇，在之后的三个月里，我几乎每天保持着两千字的速度完稿。我以为出第二本书会容易些，

沈东武　381

生活总是让你意想不到，这本青春文学著作两年后才得以在期刊上刊登，单行本至今遥遥无期。想必你也猜到了，到了冬天，找工作再次摆上日程。此后的几年，我一直处于这种跌宕中。有所不同的是，王艺娜离我而去，我独自面对。和平分手，我不应该以文学的名义影响她的生活。

在青岛的这一年如果还有值得说的事，就是八月份认识了与我同龄从北京来的诗人建辉。来年二月份，建辉从湖南老家的一座高架桥上跳下自杀身亡。这半年中，我们喝过几次酒，以朋友相处，简单真诚。中间有几个月他拿着印印的诗稿周游全国，以诗会友，希望得到大家的认可。初冬时建辉返回青岛租房子住下，写作兼画画，以桀骜不驯的性格把周围搞得鸡犬不宁，打架一次，酒醉次数众多。此前资助过他的几个朋友也心生厌烦，文学上的野心与现实的落差让他精神抑郁。我也是在建辉死后才推断出来的，当时他在我眼中没有任何问题，年轻人自负和有野心不过分吧。不过建辉在人多的场合与私下只有我俩时，表现出不同的性格。人多时他一副高傲熟视无睹的做派爱喝大酒，只有我俩时他温和低沉对酒避之不及。房子是我陪建辉去租的，老城区的一层，潮湿阴冷。建辉很满意，坐在沙发上他和我说自己接下来的计划，两年之内写完一部百万字巨著，闲时画油画。有人会买他的画，这些钱足够生活。我怎么会想到他当时的精神已经出现问题了呢，一个对未来持有信心且才华出众的年轻人。后来他说自己累了，要躺在沙发上睡会，我关门走了。这是我和他最后一次见面。他发病离开青岛，我来给他收拾过东西。房间里到处都是烟头，比流浪汉的窝还要脏，两幅油画还没完工。我简单打扫了卫生，把他那大多是朋友送的衣物当垃圾扔掉。在外地医院治疗了一段时间，建辉回到老家，春节后没几天自杀。死后一年多，诗集独立出版。从建辉的身上，多少看到了自己的一些影子。渴望认同，又受环境局限。各有精彩和无奈。

春天某个夜晚，在路上碰到一个喝多的找事，砖头拍他脑袋上，他毫无知觉，这把我吓坏，赶紧跑了。王艺娜的家里催促她结婚，我觉得应该离开了。五一假期前的一个晚上我正和王艺娜逛街，家里打来电话，让我赶紧回去一趟，具体什么事没细说。夜里十点多下了火车，我直接去了医院，父亲检查出来癌症晚期。趁这时机我和王艺娜分手，她把我的东西打包寄了回来。一个月后，父亲去世。之后的一两年，倒霉的事层出不穷，不是什么大事，诸如电线老化屋顶漏水，父亲在世时都是他来处理，现如今落在我的身上。坚持写作的结果是，小说时而发表，但维持生计有些吃力，其间我打过两份工，都坚持的时间不长，拮据的生活稍有喘息，就辞职在家写作。我很少出门，有机会认识几个新朋友，但主要还是和老同学来往。接触过几个异性，但都没深入交往的必要。经常想起父亲，但已无刚离世时的痛彻心扉。写作上，不再以发表作为首要目标，只写自己熟悉和感兴趣的人和事，这样一来反而创作旺盛。在朋友的资助下，出了本短篇集，几百册的印量，算是对一段时期写作的总结。

三十一岁那年的九月份，青岛学苑书店老板亚林喊我过去玩。自从和王艺娜分手后，我再没回青岛，和亚林也三年未见。他新接手了一家青年旅舍，筹备驻舍写作计划，让我先去试探下，免费住一个月写小说。岂有不去的理由。大概住了两个星期左右的一个午后，我在海边瞎转，遇到了沈东武。

4

二十几岁时的沈东武正在走霉运,他所做的每件事都以失败告终,有几次他感觉自己挺不住了,冒出过轻生的念头。幸好只是情绪波动,没有采取行动。没有亲人,找不到要做的事情,四处借债度日,朋友们疏远了他。总之,一个年轻人该有的困境,都能在沈东武的身上找到。这并不是短时间内的运气不佳,而是持续如此,让一个正处于人生最美好时光的小伙,毫无招架之力。沈东武不无绝望地想到,他的余生也会在这样的状况下度过,甚至还要糟糕。可是对照现实,还能糟糕到哪里去呢?过了一阵子,沈东武发现他的人生的确还有下降的空间。

沈东武穿着有些脏的衣服,坐在海边的石凳上抽烟,望着灰色的大海,眼神麻木,不知道在想些什么,或许脑子正空着。我从他眼前走过去,又站在他的身后。过了几分钟,我忍不住笑起来,他回头看了我一眼,有些不解,回头继续看海。一会,他起身,要走。我说,沈东武。他停下脚步,望着我。我说,还认识我吗?他摇头。我说,你不记得了吗?沈东武还是摇头。我递给他一根烟。他回绝,刚扔了。大概是认错了,我忙说对不起,然后坐在沈东武先前的位置。沈东武走出十几米,回头看着我,走回来。我问,想起来了?沈东武指着自己的脑袋,我们是不是认识?我笑起来,我认识你,你已经不认识我了。沈东武有些不好意思,去年出了车祸,脑子有点不好使了。我忙问,怎么回事?沈东武说,喝多了,面包车撞头上了。我说,你酒驾啊?沈东武说,不是,是我喝多了,走在路上,面包车开过来把我给撞了。我说,那面包车司机够倒霉的啊。沈东武笑起来,脑震荡,选择性失忆。我问,你来这旅游吗?沈东武说,没见过大海,来看看。我问,怎么样?沈东武看着海,没想象的好,跟个湖一样。我说,近海就这样,要看真正的大海,坐轮船出去。沈东武问,你坐轮船去过?我说,没坐过。此时,一艘白色的双层邮轮正在远处航行,鸣笛声沉闷悠扬。我们扫了一眼,及时将目光转到别处。堤坝下面有许多人在拣拾贝壳,不时有青年男女发出笑声。我提议去沙滩走一下,沈东武不置可否。路上,我买了两瓶水,递给他一瓶。他突然拍了下脑袋,疾呼,王东,对不对?那个作家。

我们来到青年旅舍附近的一家小酒馆,这个时间没有客人。我们把桌子摆在酒馆外面,老城区的街道是石头堆砌的,不时有外地游客和附近的老年人经过。建辉活着的时候,和他来这里喝过几次。沈东武坐在我的面前,有些拘谨。我也是,四五年不见,确实不知从何谈起。在外地碰到,这未免有些太巧。这几年中只要我们的任何事情出现丝毫偏差,便不能促成这次碰面。而我这天中午去海边也是临时起意,往常我应该在旅舍的床上躺着,或者在庭院里晒太阳。沈东武呢,他这次来青岛也实属偶然,半个月前他在网上认识了一个女的,两个人甜言蜜语十几天感叹相识太晚。我碰到沈东武之前,他俩刚在海边约会,闲谈没几句,对方推脱有事先走了。沈东武坐在海边,本想抽完一根烟后就坐火车回去。沈东武对那女的还有些耿耿于怀,问我这到底是怎么一回事,女人变脸怎么这么快呢?难道以前的海誓山盟都忘记了吗?这时,我倒相信他脑子确实出了问题。和之前我认识的那个沈东武大有不同,有那么一会,我觉得眼前的这个人只是和沈东武长得像而已。我有些失去兴致。沈东武木讷地看着手机,咨询我要不要给那女的打个电话问清楚?我说,你想打就打。对方已经关机。觥筹交错间,沈东武放松下来。我问,你胸口的刀疤还在吗？沈东武脱下上衣，一道十几厘米的刀疤从左胸延伸至小腹。

沈东武逃亡的那一年，提心吊胆的同时也不乏味。伤好得差不多后，首先摆在眼前的是生计问题，对于十八九岁的年轻人而言，不切实际的浪漫幻想必须抛诸脑后。在这完全陌生的环境中，先活下去是最重要的。最初他还考虑是否要继续跑下去，路途的艰辛让他望而却步。当然他也没想过去自首，死亡的恐惧只有身处其中的人能体会到。沈东武所采取的行动，与其性格契合，也成为其一生中的缩影，这便是坐以待毙。沈东武在大学附近的一个网吧找了份网管的工作，晚上将两张椅子一拼，躺在上面睡觉。一日三餐吃方便面，钱从工资里面扣。刚开始的几天最难熬，老板娘的脾气暴躁，对沈东武的再三询问不耐烦。熟悉环境后，沈东武驾轻就熟，只要不厌其烦，这甚至是一份快乐的工作。他和几个大学生成了游戏上的玩伴，空闲时帮他们代练游戏，这份收入足够吃饭。晚上来通宵的基本是大学生，大多是男的，也不乏带着女朋友出来的。下半夜，他们总是在非法网站下载黄色电影，整个网络要崩溃。后来沈东武学乖了，他事先下载好然后分享给他们。

大概三个月后，有天晚上网吧丢了三个电脑的主机硬盘，老板让沈东武赔偿了一部分，然后将其辞退。回顾这三个月，也有些记忆深刻的事发生。有天凌晨两点多，沈东武在网吧的厕所碰见一对情侣正在媾和。也见过几次因玩游戏一言不合而动手打架的。一次，沈东武去拉架，头上被打破，缝了三针。后来再碰到，他都躲得远远的。打完了，再让他们赔偿。有次一个人的钱包被人偷了，对方要求报警，这把沈东武吓坏了，他私自给了对方三百块。这对沈东武来说是个不小的数目，他觉得对方瞒报了丢失的金额，只是这也是没办法的事。相较之下，都没下面这事来得惊心动魄。初冬的一个午后，沈东武在柜台打瞌睡。一个戴着毛线帽子的中年男子叫醒他，说钱包丢了，要求他查看监控。沈东武说，监控坏了。实际上，监控是摆设，老板为了省钱，坏了一直没修。有了上次顾客丢钱包的教训，他认为眼前这个男的是故意的，无非是让沈东武赔钱。看看这个民工模样的男的，内心里沈东武有些不重视，加上刚要睡着被人吵醒情绪低落，他让这个人报警。说完这句，沈东武吓得立刻精神了，他内心忐忑看着对方，却硬撑着。男的点上一根烟，问他是否除了报警没其他的解决途径了？沈东武没说话，任何的回答都对自己不利。男的回到座位上拿起灰色的单肩挎包，经过柜台，他看着沈东武，没说话。那种眼神，无法形容，让沈东武在很长时间里都忘不掉。

被辞退后，沈东武身上还有不到一千块，精打细算过完这个冬天没问题，也就没再找工作。他在城中村租了个单间，月租一百块。一个月后，沈东武躺在床上边吃饭边看报，一则新闻让他目瞪口呆，枪杀过四五个人的暴徒在南方一个省落网了，照片就是那个民工模样的中年男子。新闻中说，他随时携带着手枪。回想到男的看他的眼神，如同自己死过了一回。沈东武病倒了，几天都起不来床。

无聊的时候，沈东武喜欢去大学里打球，或者只是随便走走。他去旁听过几次课，没什么意思。他更喜欢坐在路边，看大学女生们从眼前走过。沈东武喜欢教育系的一个女生，曾跟踪过她，也萌生过和她说话的念头。后来，他发现她有男朋友。沈东武不无悲凉地想到，假设自己努力学习的话，也能考上一所大学，遇到这样美好的姑娘，大方去追求。如今想来，这只能加深他的痛苦。沈东武在租住的房间墙壁上钻了个不显眼的小洞，在大学放寒假之前，他偷看到隔壁的房间里一对情侣在做爱。欲望丛生，让他感到难受，还有无尽的寂寞。

春节过后，沈东武在洗浴中心找到份服务生的工作。穿着制服的沈东武变得礼貌起来，逢人喊哥，低三下四。开始他也不习惯，年轻人心气高，习惯就好了。没人的时候，他向泳池里撒过尿吐过口水。有个湖南来的按摩技师叫龚红，比沈东武小一岁，身材娇小，说话温柔。两个人谈得来，交往了一段时间。沈东武想过把自己的事告诉龚红，最后还是忍住了。沈东武不习惯龚红用手抚摸他的脸，做爱时也一样。他总感觉龚红的手是臭的。一个多月后，政府整治不良场合，洗浴中心关门歇业。龚红对沈东武说，回趟湖南老家。此去，再无音讯。

手里有点钱后，沈东武就不再找工作。他心里安定不下来，赚那么多钱也没什么用，随时有可能被警察抓住。大学门口有个老头摆摊卖糕点，沈东武买过几次，有时人多老头忙不过来，他也帮忙。没事的时候，沈东武也坐在那里和老头聊天。老头以为他是大学生，邀请他到家吃过一次饭。老头有两个儿子，一个是高中老师，一个是饭店老板。他不缺钱，摆摊只是为了打发时间不给孩子添麻烦。这和沈东武预想当中一个无人照料的孤寡老人有偏差，自尊心或者其他不为人知的因素，让他此后躲避着老头。对此，我能理解。沈东武丧失了显示优越性的机会。

重归故里，李烈让沈东武在工地上帮忙。看到那些五十多岁的建筑工人，沈东武想到了沈胜利，他是否也从事着繁重的体力劳动？但他心知肚明，这已是最好的设想，就怕他已不在人世。沈东武亲眼目睹一个工人从脚手架摔下来昏迷不醒。作为打手，沈东武参与过一次强拆，三四十个人手持铁棍，和上百号村民对峙。打伤数十个村民，冲突中，他的左腿被打成骨裂，在医院住了十几天。如今天气不好时，腿还隐隐作痛。

沈东武看明白了，李烈只是把他当做一个打手。两个人的友谊出现裂缝，有几次在歌厅酒喝多后，沈东武当众人面辱骂李烈，搞得他下不来台。李烈觉得沈东武太情绪化，不是干大事的料。究竟什么是大事呢？无非是想尽办法发财。在沈东武看来，都是些不义之财。见李烈疏远了沈东武，平日周遭称兄道弟的那些人也都与其划清界限。手头发紧时，沈东武也在想自己为何要这般较劲呢？只要自己主动向李烈示好，虽不至于发财，但衣食无忧并不困难。至于被当做打手，也是个人价值体现方式之一，除此之外自己还能做些什么呢？又没经商的头脑。所谓的同流合污，难道自己就比李烈之流高明了吗？身边也有人如此劝说过他，无一例外都引得沈东武破口大骂。沈东武背负上无情无义的骂名，在他一无所有回来的时候，是谁对他伸出援助之手呢？是李烈。只是彼此不是一类人了。如果说沈东武究竟出了什么问题，那就是他做人尚有底线。你不觉得，这很可笑吗？

抱着出去闯荡一番的念头，沈东武去了南方，在宁波一家生产电子产品的工厂当流水线操作工。军事化的管理，让沈东武有种回到学生时代的错觉。没几天，同宿舍来自贵州的青年手指被机器切掉了一节。沈东武吓坏了，总感觉自己也迟早来那么一下。工作不累，但枯燥，熬时间。每天都有工友离开，也有新的加入。工作的三个月内，沈东武住的六个床铺的宿舍大约换了有七八十个人。沈东武在宿舍里丢过一次手机，不贵，他也没在意。不加班的时候，沈东武会和来自江西的左勇去外面的路边摊喝酒。左勇个头不高，话多，一刻都不停。他喜欢看知名企业家的传记，远到美国的摩根洛克菲勒近到李嘉诚马云之流，他们的生平逸事都能如数家珍。可这和你左勇有什么关系呢？沈东武总是揶揄他，说他委身在小工厂当真是屈才了。左勇对此表示赞同，并表示人的一生很长，都有低谷的时候，他的人生巅峰还没到来，可也并不是遥不可及。左勇又开始滔滔不绝。沈东武点头应和，不过凭左勇的口才，即便不能富甲一方，混入传销组织假以时日定会成为小头目，继而锒铛入狱。某日正在车间工作，来了两个警察把左勇带走了，沈东武再也没见过他。据说，左勇在老家强奸了一名妇女。在宁波工作的第三个月，工厂老板欠下银行巨额贷款，跑掉了。三个月里，沈东武只领到一个月工资。同事们让沈东武留下来一起去政府讨个说法，他没去。即便不是厂子倒闭，沈东武也早就不想干下去了。这三个月里，沈东武一直没习惯当地的饮食，水土不服，身上总是长脓包。

在返乡的火车上，和沈东武同一卧铺间的还有个女的。旅途劳顿空虚无聊，相信坐过长途列车的人都深有体会。而相对密闭的空间，以及夜幕降临时人类固有的孤独感，使这两个年轻的肉体缠绕在一起。条件有限，并无安全措施。女的中途下车。暗喜之余，沈东武想到那女的如此随便，难不成有隐疾？这个念头逐渐放大，让沈东武焦躁不已。几天之后，他果真感觉尿道灼烧，去医院检查，医生夸大其词，把他给吓坏了。短短几天，各种医疗费四五千块。沈东武应付不来，只好出院。他开始频繁喝水，几天之后，恢复正常。仅有的一点积蓄就这样花光了，沈东武去和那个医生理论。对方问他怎么能证明不是他的医术让其痊愈呢？沈东武哑口无言。至此，沈东武开始四处借债。李烈听说后，给了他一笔钱，足够沈东武生活半年。李烈开了个KTV让沈东武去帮忙，他婉拒了。

沈东武的心气被消磨殆尽，与其说他不务正业，不如说他不知道究竟要做些什么。虚无的情绪将其包围。一个春天雨夜，沈东武站在阳台抽烟，萌生自杀的念头。他用仅存的一点理智控制着身体蹲下，缓慢离开阳台。他把门锁上，不让自己靠近阳台。车祸使脑部受损加上长时间疏于交际，让沈东武木讷起来，他发现自己难于和人口头交流，文字上还好点。

大概两个月前，一个堂叔给沈东武打电话，说有人在邻近县城看到过沈胜利。沈东武和堂叔等一行人租车跑去寻找，拿着沈胜利的照片到处给人看。有个农村妇女指着照片说很像前段时间四处拾荒的流浪汉，但那个人的一条腿是瘸的，智力似乎也有些问题。沈东武让其他人先回去，自己住下来，找了一个多星期，无果而返。

这天下午，我们喝到晚上，都站不稳了。依稀记得我们说了很多话，沈东武的脸上也流露出了久违的笑容。想到多年前那个明锐的少年，我有些难过，对他说了些宽慰的正确话语，那般苍白无助。我又何尝深信不疑过呢？第二天，我醒来时已是中午，阳光照进房间，到处都是白茫茫的一片。而沈东武睡过的床铺，已是空的。

后记

小说集分为上、下两部分。

上部是从过去版权到期的小说集《小镇忧郁青年的十八种死法》《兄弟，我们就要发财了》《嘘，听你说》里筛选的，并进行了重新修订。

下部里的小说篇目，未结集出版过，从小说本身来说，我更为满意。

小说集中的小说写于2010年至2016年，是我个人写作生涯第一个阶段的全景概括，聚焦落魄青年的生存状态，也就是外界所描述的"小镇文学"。这些小说以"情绪"为本，放肆，生猛。如今回望，是我再也无法写出的文字。若论其意义，虽在小说技艺的层面上有许多的欠缺，甚至，过去了这些年，那些文字在当下的氛围也显得冒犯；可把这些小说，作为过去十余年，一代男性青年的精神写照，不算过分。只是，这话从我这个作者口里说出，多少有些自夸的成分。

魏思孝

2024年4月

图书在版编目（CIP）数据

时运 / 魏思孝著. -- 上海：上海文艺出版社，2024

ISBN 978-7-5321-8985-4

Ⅰ. ①时… Ⅱ. ①魏… Ⅲ. ①短篇小说－小说集－中国－当代 Ⅳ. ①I247.7

中国国家版本馆CIP数据核字(2024)第104105号

发 行 人：毕　胜
策划编辑：李伟长
责任编辑：李　霞
装帧设计：周志武

书　　名：时运
作　　者：魏思孝
出　　版：上海世纪出版集团　上海文艺出版社
地　　址：上海市闵行区号景路159弄A座2楼 201101
发　　行：上海文艺出版社发行中心
　　　　　上海市闵行区号景路159弄A座2楼206室 201101 www.ewen.co
印　　刷：苏州市越洋印刷有限公司
开　　本：1240×890 1/32
印　　张：12.375
插　　页：5
字　　数：288,000
印　　次：2025年1月第1版 2025年1月第1次印刷
Ｉ Ｓ Ｂ Ｎ：978-7-5321-8985-4/I.7076
定　　价：69.00元
告 读 者：**如发现本书有质量问题请与印刷厂质量科联系**　T: 0512-68180628